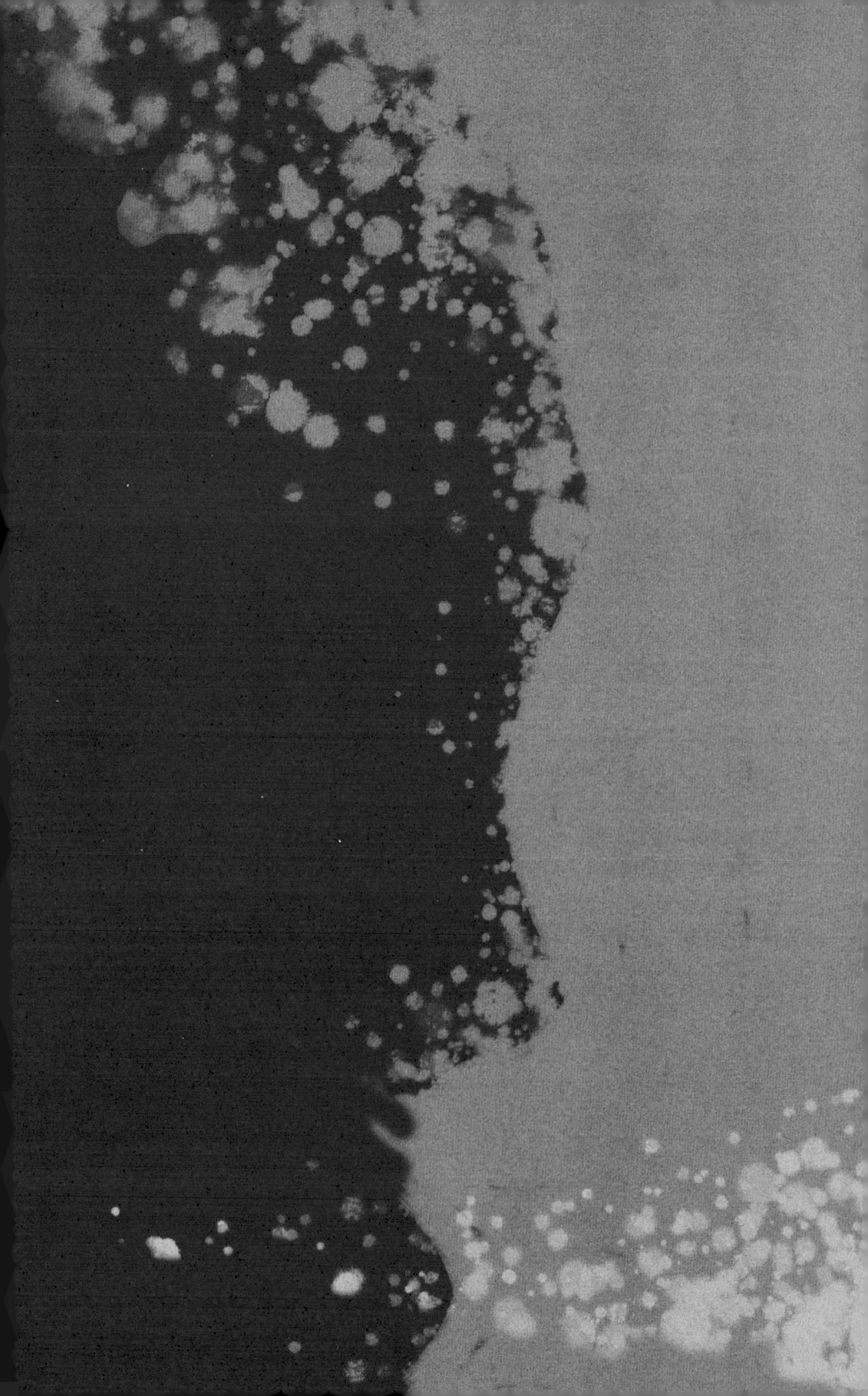

OS ARQUIVOS DE HAPARANDA I

HANS ROSENFELDT

NA BOCA DO LOBO

Tradução do sueco
Guilherme da Silva Braga

TRAMA

Título original: *Vargasommar*

Copyright © Hans Rosenfeldt 2020
Publicado mediante acordo com a Salomonsson Agency

Direitos de edição da obra em língua portuguesa no Brasil adquiridos pela Trama, selo da Editora Nova Fronteira Participações S.A. Todos os direitos reservados. Nenhuma parte desta obra pode ser apropriada e estocada em sistema de banco de dados ou processo similar, em qualquer forma ou meio, seja eletrônico, de fotocópia, gravação etc., sem a permissão do detentor do copirraite.

Editora Nova Fronteira Participações S.A.
Rua Candelária, 60 — 7.º andar — Centro — 20091-020
Rio de Janeiro — RJ — Brasil
Tel.: (21) 3882-8200

Dados Internacionais de Catalogação na Publicação (CIP)

R813n   Rosenfeldt, Hans
           Na boca do lobo (The Haparanda Series); Hans Rosenfeldt; tradução Guilherme Braga; Rio de Janeiro: Nova Fronteira, 2022
           432 p.

           Título original: *When crying wolf*
           ISBN: 978-65-89132-38-7

           1.Literatura sueca. I.Braga, Guilherme.II.Título.

                                            CDD: 890
                                            CDU: 821.113

André Queiroz – CRB-4/2242

www.editoratrama.com.br

  / editoratrama

O musgo e os arbustos fechavam-se ao redor dela no local onde estava deitada.

Os mosquitos zumbiam ao redor da cabeça, e ela respirava com dificuldade — a inconsciência parecia estar o tempo inteiro a poucos fôlegos de distância. Os olhos miravam o céu, onde as franjas das nuvens iluminavam-se em tons de rosa e laranja.

Era a estação quente. A estação sempre iluminada.

Por dias ela sentira o odor da infecção, mas não seria isso que a mataria. Nem mesmo a inanição, a fome. Ela estava satisfeita. Pela primeira vez em muito tempo.

A ferida recusava-se a cicatrizar, por mais que ela se esforçasse para mantê-la limpa. Aquela sensação ruim e quente havia se espalhado por toda a pata. O bando havia se adequado ao ritmo dela. Por um tempo. Três de suas crias haviam seguido com os outros, enquanto o menor havia permanecido ao seu lado. Condenado a perecer.

Ele já não podia mais caçar. Nunca chegou a aprender.

Os filhotes de alce, que seriam presa fácil naquela claridade toda, pareciam inalcançáveis. Mesmo as presas menores conseguiam fugir. E ainda era cedo demais no ano para as frutinhas silvestres que poderiam saciar-lhe *a fome em caso de absoluta necessidade. No dia anterior, eles tinham encontrado um pouco de carne, em parte escondida, com um cheiro que havia despertado seu instinto de se afastar, mas ela havia consumido assim mesmo. Depois foram todos até o rochedo na orla da floresta, onde encontraram mais. Bem mais. Pedaços grandes, maiores do que aguentaram comer.*

E então ela continuou a manquejar ao lado do mais novo até que ele diminuísse a marcha, começasse a gemer e a dar passos hesitantes para o lado, e, por fim, já não se aguentasse mais de pé.

Ela parou ao lado dele até estar absolutamente convencida de que havia morrido, e então continuou. Mas não chegou muito longe. As cãibras e os tremores a impediram. Ela caiu sobre o musgo e permaneceu deitada de lado.

No calor. Na luz. Naquela luz eterna.

NA BOCA DO LOBO

Prólogo

Tudo havia corrido conforme o plano.

Desde o começo.

Eles haviam chegado primeiro e estacionado o Jeep e o Mercedes preto lado a lado na clareira da floresta, usada por máquinas de corte e caminhões de toras como ponto de carga e manobra, com os radiadores virados para a pequena estrada florestal por onde haviam chegado. Com os vidros abaixados, o canto dos pássaros noturnos foi o único som a quebrar o silêncio antes que o ronco de um motor anunciasse a chegada dos finlandeses.

Um Volvo XC90, também preto, apareceu logo a seguir. Vadim notou que Artem e Mikhail pegaram as armas e desceram do Mercedes no mesmo instante em que ele e Ljuba saíram do Jeep. Ele gostava de Ljuba e achava que ela também gostava de si. Os dois haviam saído juntos para beber algumas vezes e, ao ser perguntada com quem preferiria voltar para casa, Ljuba o escolhera. Por um instante ele cogitou pedir a ela que o esperasse no carro, protegida. Pensou em dizer que tinha um pressentimento de que aquilo poderia acabar mal. Mas, se agisse dessa forma, o que os dois fariam a seguir?

Desapareceriam juntos? Viveriam felizes para sempre?

Seria impossível quando Ljuba entendesse o que tinha acontecido, e ela jamais iria contra Zagorny. Ela não gostava muito de Zagorny, disso Vadim tinha certeza. Então no fim ele não disse nada.

O Volvo parou uns poucos metros à frente, e os quatro finlandeses desceram. Estavam todos armados. Olharam desconfiados ao redor enquanto se espalhavam.

Tudo continuava em silêncio.

Como a calmaria antes da tempestade.

O líder do grupo, um homem corpulento de cabelos curtos e tatuagem tribal ao redor de um dos olhos, indicou com a cabeça o menor e mais magro entre os quatro homens, que então guardou a pistola no coldre, foi até a traseira do Volvo e abriu o porta-malas. Vadim também deu uns passos para trás, em direção ao porta-malas do Jeep.

Até aquele ponto, todos haviam agido de acordo com o plano.

Mas chegara a hora de executar o plano dele.

A bala do rifle com silenciador acertou o finlandês que estava mais perto do carro logo abaixo do olho. A explosão repentina de ossos, sangue e cérebro no momento em que o projétil saiu por trás da cabeça fez com que todos se assustassem e agissem por reflexo.

Todos começaram a atirar ao mesmo tempo.

Todos, menos Vadim, que tentou se proteger atrás do Jeep.

O homem com a tatuagem no rosto berrou e no mesmo instante atingiu Mikhail com quatro ou cinco disparos letais no peito. Artem revidou o ataque. O tatuado foi atingido por duas balas e cambaleou para trás, mas recobrou o equilíbrio e apontou a arma para Artem, que se jogou para trás do Mercedes quando já era demasiado tarde. Diversas balas atingiram-no da cintura para baixo. Ele caiu no cascalho seco, urrando de dor. Sangrando, berrando e atirando, o homem tatuado continuou a se movimentar em direção ao Volvo, decidido a escapar com vida. Mas segundos depois ele caiu de joelhos com um som gorgolejante na garganta, largou a arma e levou as duas mãos àquilo que havia restado de seu pescoço.

Em um lugar perto dali soaram mais tiros e ouviram-se mais gritos.

Arrastando o corpo, Artem conseguiu se sentar, e com movimentos improvisados tentou estancar o sangue que jorrava da coxa no mesmo ritmo acelerado do coração. Depois, ouviu mais uma série de tiros e sentiu o corpo congelar. O olhar foi do desespero à resignação, e os lábios formaram palavras mudas antes que o corpo desabasse para a frente, com a cabeça pendendo sobre o peito.

O terceiro finlandês havia procurado abrigo num sulco raso de onde tinha uma boa visibilidade sob os carros estacionados; uma rajada concentrada de seu fuzil atingira as costas de Artem. Vadim percebeu que também devia estar completamente vulnerável e tratou de dar a volta no Jeep para se proteger atrás de uma das grandes rodas. Quando chegou à lateral do veículo, encontrou o menor dos quatro finlandeses morto no chão.

Ljuba não estava em lugar algum.

Uma série de tiros se fez ouvir na beira da floresta, e as balas logo atingiram a parte traseira da roda, furando o pneu. Uma das balas chegou a atravessar a borracha e atingi-lo na lateral do tronco, logo acima da nádega. A dor espalhou-se como um relâmpago pelo corpo. Vadim conteve o grito, apoiou a cabeça contra os joelhos encolhidos e tentou ocupar o menor espaço possível. Enquanto soltava a respiração, percebeu que os disparos haviam cessado.

Tudo estava em silêncio. No mais absoluto silêncio.

Nenhum movimento, nenhuma voz, nenhum berro de dor ou de desespero, nenhum canto de pássaro — nada. Era como se o próprio lugar mantivesse a respiração suspensa.

Ele olhou com cautela para o Jeep.

Tudo continuava em silêncio. Tudo continuava tranquilo.

Lentamente, ergueu a cabeça para examinar a situação. O sol estava abaixo da copa das árvores e acima do horizonte — o cenário à frente estava banhado por aquela luz suave que apenas o sol da meia-noite é capaz de oferecer.

Aos poucos, ele ficou de pé, com a bala alojada entre músculos e tecidos, embora não parecesse haver danos a nenhum órgão vital.

Apertou a mão contra o ferimento. Havia sangue, mas ele mesmo poderia contê-lo com uma bandagem.

"Ljuba?!"

Ljuba estava encolhida contra o para-lama do carro dos finlandeses, com a respiração rasa e entrecortada. A frente da camiseta cinza estava encharcada de sangue, e ela ainda segurava a pistola na mão direita. Vadim avaliou os ferimentos. O sangue escorria de maneira constante, então nenhuma artéria fora atingida. Não havia bolhas de ar, portanto os pulmões deviam estar a salvo. Ela poderia muito bem escapar daquela.

"Quem foi que atirou?", perguntou ela com a voz resfolegante, agarrando-se à jaqueta de Vadim com a mão ensanguentada. "Quem foi o desgraçado que deu o primeiro tiro?"

"Ele está do nosso lado."

"Quê? Como assim, do nosso lado? Quem?"

"Venha comigo."

Com um movimento cuidadoso, Vadim tirou a pistola da mão dela e guardou no bolso, então inclinou o corpo e a ajudou a se levantar. Ela fez caretas motivadas pela dor e pelo esforço, mas conseguiu se erguer. Com uma das mãos na cintura de Ljuba e a outra no ombro, Vadim atravessou o espaço vazio entre os carros estacionados. Quando chegaram ao ponto onde o finlandês tatuado havia caído, ele parou, afastou o braço de Ljuba, soltou-a e deslocou-se com dois passos largos para o lado.

"Me desculpe..."

Ljuba pareceu surpreso, porém logo ela percebeu o que Vadim havia feito, para onde a havia levado, um instante antes que o projétil do rifle com silenciador atingisse-a na fronte e ela caísse no chão.

Vadim levou a mão à ferida nas costas, esticou o corpo e soltou um longo suspiro.

Apesar de tudo, o plano dera certo.

A cidade acorda.

Como sempre faz. Como sempre fez.

Desde o tratado de Fredrikshamn, em 1809. Com uma simples assinatura, a Suécia perdeu um terço do território e um quarto da população. O Império Russo recebeu a Finlândia e juntamente a cidade de Tornio, até então o maior centro comercial da região. A nova fronteira passou a ser o rio, e de uma hora para a outra a Suécia não tinha mais nenhuma cidade na região. Era preciso fundar uma cidade, quanto a isso não havia dúvida, porém onde? Houve muitas sugestões, as discussões foram longas. Enquanto tentava-se chegar a um consenso, ela esperou com paciência, deixou de ser uma pequena aldeia com um número reduzido de propriedades e transformou-se num vilarejo, até por fim ser declarada uma cidade. Foi em 1842, o ano de seu nascimento.

Passou a chamar-se Haparanda, uma adaptação sueca de "Haaparanta", que é como se diz "praia do choupo" em finlandês.

Os anos foram bons enquanto ela crescia. E ainda melhores quando as coisas iam mal em outras regiões. Ser uma cidade neutra na fronteira com um mundo em guerra tinha suas vantagens.

Houve momentos em que ela foi o único ponto de acesso à Rússia. O olho da agulha entre o Oriente e o Ocidente.

Uma passagem para bens, correspondências, mercadorias, pessoas. Legais, ilegais, vivas, valiosas, perigosas.

O comércio do mundo todo passava por lá, a despeito do que fosse. A cidade cresceu. Floresceu.

Mas atualmente está cansada. Sem dúvida leva uma vida mais calma. E, aos poucos, torna-se menor. Não que esteja em decadência, mas a cada ano que passa o número de mortos e de emigrantes ultrapassa o de nascidos e recém-chegados.

A cidade conhece os seus habitantes. Acompanha a vida de todos: ela vê e sabe. Tem lembranças e expectativas. E sente que precisa de todas aquelas pessoas. Afinal, como cidade ela só pode existir enquanto houver pessoas morando lá. Como uma divindade que deixa de existir no mesmo instante em que ninguém mais acredita nela.

E assim, silenciosa e paciente, a cidade recebe de braços abertos os recém-chegados e chora pelos que se vão, sempre estendida às margens do rio.

авia muitas vagas para escolher no estacionamento, então Hannah pegou uma das que ficavam mais perto da Stadiumbutiken, desceu do carro e olhou ao redor enquanto enfiava a camisa para dentro da calça do uniforme. Ao sair da delegacia ela tinha sentido uma onda de calor, e mesmo que a sensação houvesse durado pouco tempo, minutos depois ela sentiu o rosto quente e o suor descendo pelas costas.

O clima não ajudava muito.

Treze dias consecutivos de sol forte e temperatura acima dos vinte graus — o que era pouco comum em pleno junho — haviam diminuído o movimento no shopping center à margem da E4, onde dezenas de lojas enfileiravam-se abertas na esperança de que a força de atração da IKEA acabasse por render-lhes clientes. Hannah constatou que aquele não parecia ser um dia muito bom quando, sem nem ao menos dar por si, lançou um olhar em direção ao carro enquanto percorria os poucos metros até a porta da loja de artigos esportivos.

O interior da loja estava mais fresco. Havia uns poucos clientes espalhados ao redor dos expositores circulares em aço com placas que indicavam que todas aquelas mercadorias tinham descontos que iam de quarenta a setenta por cento. Hannah ergueu a mão em um aceno para a mulher que estava no caixa. Não a conhecia, mas sabia quem era. Tarja Burell, esposa de Harald, o irmão mais novo de Carin, que trabalhava na recepção. Tarja retribuiu o cumprimento e ao mesmo tempo fez um gesto de cabeça em direção ao interior da loja. Hannah compreendeu no mesmo instante por que tinha sido chamada lá.

Era um rapaz, que ela também reconheceu: Jonathan, a quem todos chamavam de Jonte, cujo sobrenome ela não lembrava, o que significava que ele não fazia parte dos visitantes mais frequentes do centro de detenção. Ela continuou andando entre as caixas de papelão empilhadas junto à parede onde o conteúdo ficava em exibição. O rapaz deu uns passos hesitantes em direção a um casal na casa dos trinta anos, que se afastou sem, no entanto, dar a ele a satisfação de tê-los assustado. Simplesmente fingiram que ele não existia.

"Posso falar com você?"

Jonte virou-se para Hannah. Mesmo que o rosto branco como papel e os movimentos espasmódicos não parecessem suficientes para indicar que estava lidando com um homem com uma forte crise de abstinência, as pupilas dilatadas não deixavam espaço para nenhum tipo de dúvida. Provavelmente heroína. Ou então buprenorfina. O uso desse medicamento tinha aumentado muito nos últimos anos, e também o abuso.

"O que foi?", perguntou o rapaz, com ar de ofendido, e então deu uma fungada.

"Eu só quero falar um pouco com você. Me acompanhe até a rua."

"Eu não fiz nada."

"É sobre isso que vamos conversar. Lá fora."

Ela colocou a mão no ombro dele, e Jonte teve um sobressalto tão violento que chegou quase a perder o equilíbrio, vendo-se obrigado a dar um passo para trás, a fim de não cair.

"Não encha o meu saco. Eu só estou pedindo dinheiro", prosseguiu ele, dando de ombros com um gesto exageradamente dramático. "Mendigando. Isso… isso não é crime."

"Tudo bem, mas o que você faz quando não consegue o que quer?"

"Como assim? O que você está dizendo?"

Hannah percebeu que ele se esforçava para conter o olhar inquieto fixo naquela expressão confusa.

"Você ameaça bater nas pessoas."

"É, mas… eu não fiz nada disso…"

"Você não pode andar por aí fazendo ameaças. Venha comigo."

Novamente, Hannah colocou a mão no ombro dele, e a resposta foi a mesma da primeira vez: um movimento exagerado para trás, que parecia chegar como uma surpresa total para o restante do corpo.

"Tire esses dedos gordos de mim!"

"Claro", disse Hannah, soltando o ombro dele. "Você me acompanha até lá fora?"

"Acompanho, mas não toque em mim."

Hannah deu um passo para o lado e indicou a saída da loja. Com passos cambaleantes, Jonte encaminhou-se para fora. Quando passaram ao lado de uma caixa cheia de cuecas de marca, ele tratou de estender a mão e pegar uns pacotes, que tentou esconder sob a fina jaqueta.

"É sério?", perguntou Hannah, cansada. "Você acha que por acaso deixei o meu cão-guia lá fora?"

"Que foi?", retrucou Jonte, sem entender.

Hannah continuou andando, soltou um suspiro, pegou as cuecas e as jogou de volta na caixa. Um empurrão nas costas indicou a Jonte que o ponto máximo de tolerância fora alcançado. Ele deu a impressão de entender o recado e caminhou até a porta sem mais nenhum protesto.

Quando os dois se depararam com a luz forte do sol, ele deteve o passo e levou a mão ao rosto a fim de proteger os olhos sensíveis à luz. Mais um cutucão fez com que seguisse em direção à viatura estacionada. No meio do caminho ele parou de novo, colocou uma das mãos na barriga e inclinou o corpo para a frente. Gotas de suor brotaram em sua testa.

"Putz, não tô legal."

"É porque você se enche de um monte de porcaria."

Jonte não respondeu, mas Hannah notou um discreto aceno de cabeça.

Ela o colocou no banco traseiro do carro, e logo partiram. O olhar dela recaiu sobre as mãos no volante. Com certeza a aliança estava um pouco mais apertada do que quando foi parar ali pela primeira vez, e já não existia mais nenhuma chance de que ela ainda coubesse no vestido de noiva se por acaso resolvesse tentar, mas os dedos não eram gordos. Ela não era gorda. A barriga tinha ficado um pouco mais rechonchuda no último ano, mas semanas atrás ela tinha encontrado um site na internet em que era possível informar o peso e a altura para calcular o IMC. O dela era 27. Ela pensou que talvez fosse engraçado dizer para o sujeito no banco de trás que o IMC dela era igual ao QI dele. Mas uma espiadela pelo retrovisor bastou para convencê-la de que seria como falar com uma parede: a cabeça dele estava abaixada junto ao peito, devia ter pegado no sono.

A viagem prosseguiu em silêncio. Logo os dois chegaram ao outro lado da E4, a caminho do centro da cidade, que estava mais ou menos deserto. Os clientes da grande loja de móveis raramente visitavam o antigo centro, que se estendia do outro lado da Europavägen, de certa forma uma linha quase tão definitiva como a fronteira com a Finlândia, localizada algumas centenas de metros adiante.

Hannah dobrou à esquerda quando chegou à construção de dois andares onde ficava a redação do *Haparandabladet*, o jornal local que atualmente era publicado duas vezes por semana, e fez uma curva em frente à construção alongada e relativamente genérica de três andares em tijolos cor de palha que a polícia dividia com a Receita Federal e a Segurança Social.

Já na garagem, estacionou numa das duas vagas disponíveis, desceu, inclinou-se para a frente no banco traseiro e sacudiu o rapaz até que desse sinais de vida. Com certa dificuldade ele saiu do carro e, sem que fosse preciso indicar o caminho, avançou em direção à porta que levava ao centro de detenção. Mas de repente ele parou, apoiou uma das mãos no capô da viatura e soltou um suspiro. Hannah parou ao lado dele a tempo de perceber o olhar vazio quando Jonte se virou.

Sem nenhum aviso prévio, uma cascata de vômito a atingiu logo abaixo do queixo. Ela sentiu o calor do vômito, que escorreu pela frente da camisa do uniforme. O fedor tomou conta.

"Puta que pariu!"

Ela deu um passo para o lado, a tempo de escapar da golfada seguinte, que não fez mais do que respingar-lhe nos sapatos e na barra da calça.

O rapaz havia se endireitado e tomava um longo fôlego, abrindo um sorrisinho. Hannah tentou respirar em lufadas curtas pela boca enquanto abria a porta que levava ao pequeno espaço onde as pessoas detidas eram registradas antes de acabar numa das quatro celas, que naquele momento estavam todas vazias. A mulher detida por posse de entorpecentes na semana anterior havia sido condenada e levada para Lule. Durante o fim de semana a polícia tinha trabalhado num caso de motorista dirigindo sob o efeito de drogas, aplicado duas multas — uma para um veículo que trafegava com documentação irregular e outra para um reboque com restrição de circulação — e, no domingo pela manhã, tinha ajudado a equipe da ambulância com uma mulher embriagada que havia quebrado o punho, além de ter encontrado uma rena ferida no acostamento. Nada que pudesse lotar o centro de detenção.

Morgan Berg apareceu no corredor com uma caneca de café na mão, porém, ao se deparar com aquela cena, logo se deteve e deu um passo para trás.

"Faça o registro dele", ordenou Hannah, conduzindo Jonte em direção ao banco que ficava preso à parede em frente à cabine de registro. Sem esperar respostas nem objeções, ela deu meia-volta, pegou o cartão e abriu a porta atrás de si. Um corredor curto, um armário de metal azul numa das paredes, cadeiras aqui e acolá, canos e fios no teto. A primeira impressão para um visitante seria a de uma galeria subterrânea, mas aquele era o vestiário masculino, por onde era necessário passar no caminho para o vestiário feminino.

Hannah foi até a porta de seu armário e começou a se despir. Não sabia se era apenas o cheiro ou se de fato havia vômito em sua boca.

Precisou se conter para não vomitar também. Nunca lidou muito bem com aquilo; quando as crianças eram pequenas, Thomas era o responsável por cuidar do vômito. Enojada, ela abriu os botões da camisa e a jogou no chão. Abaixou-se e tirou os sapatos e as meias. Estava usando apenas o sutiã e a calça do uniforme quando o telefone tocou. Pensou em ignorar a ligação, mas deu uma olhada para a tela.

Era um número de Uppsala.

Onde Gabriel estudava.

Não era o número dele, mas podia ser de um amigo. Talvez ele tivesse perdido o telefone, alguma coisa podia ter acontecido. Ela atendeu:

"Alô?"

"Alô? Estou falando com Hannah... Wester?", perguntou a voz de homem no outro lado da linha, que claramente havia procurado o sobrenome antes de pronunciá-lo.

"Eu mesma. Quem é?"

"Me desculpe. Eu me chamo Benny Svensén e estou ligando do INMV." Ele fez uma pausa, como se por um instante avaliasse a necessidade de explicar o que era o INMV mas no fim houvesse decidido que não seria preciso. "Eu gostaria de falar com você a respeito daqueles lobos, porque é você quem está cuidando desse assunto, não é?"

Provavelmente era.

Hannah estava liderando uma investigação preliminar sobre caça clandestina que envolvia lobos. Um trilheiro alemão havia ligado na quarta-feira e explicado em péssimo inglês que tinha encontrado um lobo morto. Com muita dificuldade, a polícia enfim havia conseguido a indicação de um lugar. Logo na chegada, ficou claro que não se tratava de apenas *um*, mas de *dois* lobos mortos. Uma fêmea e um filhote. Não havia lesões externas, mas parecia altamente improvável que os dois tivessem morrido de causas naturais a poucos quilômetros de distância um do outro. Conforme o protocolo, os dois corpos foram enviados para o Instituto Nacional de Medicina Veterinária, e esse fato parecia ter dado a Benny Svensén motivo para retornar a ligação.

"Pode ser", confirmou Hannah, resistindo ao impulso de cuspir. "Se você estiver falando da fêmea e do filhote encontrados perto de Kattilasaari na quarta-feira…"

"Esses mesmos. Por enquanto não temos mais nenhum lobo por aqui."

"Mas eu não tinha como saber, não é mesmo?"

"Claro que não, mas…"

"Deixa pra lá. O que você quer?"

Hannah se arrependeu de ter atendido a ligação. Queria apenas terminar de se despir e entrar no chuveiro o quanto antes. Mas ela já imaginava o que ele diria. Os lobos tinham sido envenenados. Aquilo era um crime que muito provavelmente seria colocado no fim da lista quando chegasse ao procurador de Luleå. Era um caso que exigia muitos recursos, com baixa prioridade e baixa chance de ser resolvido. Os lobos eram visitantes pouco comuns naquela região: pelo que ela sabia, não havia nenhuma área habitada por esses animais nas proximidades, embora eles chegassem vindos de outras partes da Suécia, da Rússia, da Finlândia e da Noruega. Quando eram descobertos, os lobos não demoravam para "sumir" outra vez.

"A causa da morte foi envenenamento", ela ouviu Benny dizer, e então imaginou-o lendo o laudo da necropsia.

"Eu sei", disse ela enquanto desabotoava a calça e começava a tirá-la. "Escute, eu estou meio atrapalhada por aqui. Seria melhor se você pudesse me enviar esse laudo."

Não havia como esconder a vontade de encerrar aquela conversa o quanto antes. Pelo menos era o que ela achava. Mas Benny Svensén parecia não perceber.

"Tem mais uma coisa."

"O quê?"

Ela bufou, incapaz de disfarçar a impaciência. Quando ouviu o que Benny tinha a dizer, Hannah parou e por um momento esqueceu-se de que estava seminua e toda suja de vômito. Achou que talvez tivesse ouvido errado.

Com certeza ela tinha ouvido errado.

"**O** lobo devorou uma pessoa?", perguntou Gordon Backman Niska enquanto encarava Hannah com os olhos arregalados. O tom de voz deixava claro que ele resistia a acreditar naquela possibilidade, ao mesmo tempo que tentava analisar as consequências se o caso realmente fosse verdade.

"Os dois lobos, segundo o INMV", Hannah respondeu, com um aceno de cabeça.

Gordon soltou um longo suspiro e se levantou com destreza da cadeira ergonômica, foi até a janela que dava para a Strandvägen e olhou para o estacionamento do outro lado. Aos 36 anos, ele era o mais jovem delegado a ter assumido o posto em Haparanda, e a camisa azul-clara de corte *slim fit* evidenciava que possivelmente era também o delegado em melhor forma física até então. Caso fossem necessárias mais provas, os diplomas de três edições do Ironman e quatro edições do Svenska Klassiker estavam pendurados acima da estante baixa logo atrás da escrivaninha. Hannah e Morgan permaneceram em silêncio quando Gordon colocou um sachê de *snus* por baixo do lábio superior.

Às vezes Hannah sentia o gosto do tabaco de *snus* quando estava com a língua na boca dele. Ela não gostava daquilo.

"Os lobos mataram e devoraram uma pessoa", Gordon recapitulou em tom de constatação. Uma nota de cansaço subjacente dava indícios de que as consequências da situação haviam começado a se insinuar.

A atenção. As manchetes.

A questão dos animais selvagens, e em particular a questão dos lobos, dividia a Suécia. O debate se tornava cada vez mais duro e cada vez mais inflamado nos últimos tempos. Episódios de ameaça, assédio e linchamento moral na internet eram ocorrências cotidianas para ambos os lados. E entre uma coisa e outra havia casos de dano ao patrimônio e violência física. Obviamente, o sonho dos que detestavam lobos era deixar de apontar o dedo para cães de caça mortos e ataques a pessoas ocorridos nas montanhas do Cazaquistão para se focar num lobo que de fato havia matado uma pessoa na própria Suécia. Mas, se esses grupos se tornassem mais ruidosos e recebessem mais apoio, a oposição também se tornaria mais intensa, e a polarização de todos os assuntos relacionados à caça seria ainda maior. Havia muitos caçadores no distrito policial de Gordon Backman Niska.

"Bom, eles comeram partes de uma pessoa", respondeu Hannah. "Não sabemos se foram os lobos que a mataram."

"O que mais poderia ter acontecido?", perguntou Gordon, virando-se para os dois colegas.

"Uma pessoa pode morrer de várias formas", disse Hannah, dando de ombros. "Pode ser um trilheiro ou um pescador que sofreu um infarto ou qualquer outra coisa."

Era possível, claro, mas ela mesma percebeu que aquilo soava vazio — e a ideia foi confirmada por um olhar cético de Gordon.

"Parece pouco provável, não?"

"Que os lobos tenham matado uma pessoa também não parece muito provável", contrapôs Morgan com a voz calma e profunda. "A não ser pela mulher que morreu naquele incidente no zoológico de Kolmården, já se passaram mais de duzentos anos desde a última vez que uma pessoa foi morta por um lobo aqui na Suécia."

Nem Hannah nem Gordon tiveram a ideia de perguntar a Morgan de onde ele havia tirado aquela informação. Estavam acostumados ao colega que sabia quase tudo sobre praticamente tudo. Morgan havia participado três vezes das finais de sexta-feira do programa de perguntas *Quem sabe mais* e levado para casa o prêmio de dez mil coroas. Em 2003 ele havia disputado também o *Quem quer ser um milionário?*, da TV4. No fim, ele ganhou três milhões de coroas com dois pedidos de ajuda sobrando. Todo mundo em Haparanda conhecia essas histórias, mas quase nunca mencionava — principalmente Morgan.

"Demos sorte, porque era um lobo sueco com rastreador", disse Hannah. Gordon encarou-a com um olhar que pedia mais explicações a respeito do assunto. "De acordo com o INMV, as partes do corpo humano passaram no máximo 36 horas no estômago do animal, provavelmente menos. Se o governo do condado conseguir rastrear o lobo, podemos refazer o caminho e encontrar o restante do corpo."

"Que distância um lobo caminha em 36 horas?"

"Entre 20 e 45 quilômetros por dia", respondeu Morgan.

"A fêmea estava ferida", acrescentou Hannah. "Não pode ter andado tão depressa."

"Uma fêmea ferida e um filhote", disse Morgan, assentindo. "Nessa situação, ela atacaria somente aquilo que pode alcançar. Coisas que andam devagar…"

"Qual é a resolução do GPS ou do satélite ou do que quer que seja que o governo do condado usa para rastrear os lobos?", Gordon perguntou com um suspiro, ciente daquilo que o colega sugeria.

"Não sei", respondeu Morgan, para variar um pouco. "Mas eu posso ligar e me informar."

"Então faça isso. Descubra quem é o responsável por rastrear aquele lobo em particular e solicite um mapa com todos os detalhes possíveis."

Morgan cofiou a enorme barba como se ainda tivesse um comentário, porém logo fez um aceno de cabeça e deixou a sala.

Gordon passou ao lado da escrivaninha e foi até a parede, onde um mapa do distrito policial estava afixado ao lado de um quadro branco que naquele momento estava ocupado por um misto de tabelas de horário de serviço e calendário de férias. Como era de esperar, Gordon ocupava a maior sala do prédio. Já na de Hannah, com dois passos à frente da escrivaninha, se bateria a cabeça na parede.

"Onde foi que encontramos os lobos?"

Hannah se aproximou e indicou um lugar cerca de trinta quilômetros a noroeste de Haparanda, poucos centímetros além de Kattilasaari. Gordon parou atrás dela. Perto, tão perto que ela chegou a sentir o calor dele.

"Por acaso vomitaram em você hoje?"

Hannah se virou na direção dele e levantou e cheirou a gola da camisa limpa.

"Eu estou fedendo?"

"Não, só ouvi comentários."

"Foi o Jonte… não sei das quantas."

"Lundin."

"O próprio. Lundin." Hannah virou-se mais uma vez para o mapa. "Foi aqui que os encontramos."

"Em 36 horas, digamos trinta quilômetros por dia… é um raio de 45 quilômetros." Gordon observou a escala do mapa, pegou uma régua e uma caneta da escrivaninha, mediu a distância, traçou um círculo e observou a própria obra. "É muita floresta. Vamos precisar de reforços."

"Talvez a gente devesse esperar e ver o que o Morgan descobre. Se os rastreadores não forem detalhados, nunca vamos encontrar o sujeito."

"Ao menos temos a informação se era mesmo um homem?"

Hannah tentou lembrar-se da conversa que tivera com Benny Svensén. Ele só tinha dito "pessoa", sem especificar o sexo.

"Não, me desculpe. Não chegou informação nenhuma a esse respeito."

"Por acaso não demos a sorte de ter recebido qualquer notícia de uma pessoa desparecida?"

Hannah balançou a cabeça. Gordon suspirou mais uma vez e, lançando um último olhar em direção ao mapa, voltou a sentar-se atrás da mesa.

"Muito bem. Vamos esperar o Morgan e então resolvemos o que fazer."

A reunião parecia ter chegado ao fim. Hannah foi em direção à porta, mas deteve-se no momento em que chegaria ao corredor.

"Eu sei que você sabe, mas vamos manter o assunto só entre nós três até a gente saber exatamente com o que estamos lidando."

Os olhos escuros do policial revelavam uma seriedade que Hannah tinha encontrado poucas vezes. Ele costumava estar sempre pronto para dar risadas e parecia descontraído sem jamais pegar leve no trabalho nem perder a autoridade. Hannah respondeu com um aceno de cabeça, e então saiu da sala. Andando pelo corredor, chegou à conclusão de que aquele era realmente um dia de merda.

Dez pessoas.

Gordon tentou recordar se em outros tempos já houvera tanta gente na sala de reunião do segundo andar. Todos estavam sentados ao redor da longa mesa em madeira clara, porém Morgan continuava escorado contra a parede, que, de cima a baixo, de um lado a outro, estava repleta de livros antigos. As lombadas marrons e pretas, gastas pelo tempo e pelo uso, faziam com que o ambiente se parecesse com um velho arquivo reconstruído, e não com uma sala de reunião moderna. Os livros dominavam a sala. Os livros e o enorme brasão da polícia fixado numa das paredes mais estreitas, entre fileiras de fotografias amareladas que retratavam os antigos chefes da corporação. Todos encontravam-se de costas em relação às imagens naquele momento porque tinham os olhares voltados para Gordon, que estava postado em frente à tela de projeção no lado oposto da sala. O projetor zumbia no teto e exibia um mapa com uma fina linha azul que ziguezagueava pelo norte da Suécia antes de parar nos arredores de Haparanda.

"O que é isso?", perguntou Roger Hammar, o mais alto e o mais magro dentre todos os colegas, que em razão da aparência esguia e da voz profunda era conhecido pelo nome de "Lurch", uma referência ao mordomo da Família Addams que passava batida por quase todos com menos de quarenta anos. Em vez de responder diretamente à pergunta, Gordon virou-se em direção a uma das quatro pessoas presentes que não faziam parte da força policial e fez um breve aceno de cabeça.

Era Jens, um jovem e enérgico funcionário do governo do condado em Luleå, que ao receber a solicitação do mapa feita por Morgan teve uma ideia melhor e se ofereceu para comparecer à delegacia e explicar tudo pessoalmente. Morgan havia deixado claro que a polícia era capaz de entender como um mapa funcionava por conta própria, mas Jens havia insistido. Morgan imaginou que não devia haver muitas coisas emocionantes acontecendo no governo do condado em Luleå.

"Vocês encontraram dois lobos mortos aqui na semana passada", disse Jens, esticando-se na cadeira com um apontador a laser voltado para o mapa.

Gordon ouviu quando Hannah soltou um suspiro junto à janela ao lado de P-O, que era dez anos mais jovem do que ela, mas que, em razão dos cabelos ralos e totalmente brancos e também do rosto magro, onde a pele dava a impressão de haver se soltado, parecia estar prestes a se aposentar a qualquer momento. Gordon viu que Hannah revirou os olhos e imaginou que estivesse pensando o mesmo que ele a respeito do pontinho vermelho que apareceu perto de Kattilasaari. Qual seria a dificuldade de se levantar, ir até a tela de projeção e apontar com o dedo? Como não parecer estúpido com um apontador a laser?

"Um deles tinha um rastreador, como vocês sabem, então nós sabemos que caminho ele percorreu." O pontinho vermelho começou a se deslocar ao longo da linha azul. "Ele fazia parte de uma matilha que veio do sul, andou por aqui, a oeste de Storuman, entre Arvidsjaur e Arjeplog, e depois seguiu em direção a Jokkmokk, onde mudou o trajeto rumo ao sudeste e provavelmente seguia em direção à Finlândia quando morreu aqui." O ponto retornou ao início, nos arredores de Kattilasaari. "O lobo parou de se movimentar às 4h33, e vocês querem saber onde ele estava 36 horas antes." Jens fez com que o apontador pousasse sobre um lugar a norte de Vitvattnet. "Ele estava por aqui. Percorreu 41 quilômetros nas últimas 36 horas de vida."

Jens desligou o apontador a laser e afundou-se mais uma vez na cadeira, parecendo satisfeito com a contribuição feita. A sala de reunião permaneceu em silêncio até que Roger pediu a palavra.

"Muito bem. *Por que* estamos olhando para esse mapa? Por que estamos rastreando um lobo morto?"

Era uma pergunta cabível, uma vez que Gordon tinha resolvido não falar sobre os motivos da investigação até que todos estivessem juntos, convencido de que, enquanto o momento não chegasse, seria melhor que o menor número possível de colegas soubessem daquelas circunstâncias.

Mas a hora enfim havia chegado.

Seis policiais e quatro civis.

Gordon tinha ligado e pedido reforços para a polícia de Kalix, mas diante da recusa ele chamou Adrian, seu irmão, que sem dúvida saberia manter sigilo, enquanto Morgan havia recrutado os vizinhos, um casal de sessenta e poucos anos que ele conhecia bem e com quem mantinha boas relações. E também havia Jens, do governo do condado. Quando Morgan contou que ele havia insistido em fazer a apresentação pessoalmente, Gordon teve a impressão de que era o tipo de pessoa que tentava parecer mais interessante do que realmente era. O emprego do apontador a laser não tinha servido em nada para mudar essa percepção. Certamente havia uma conta de Twitter onde nada daquilo poderia ser publicado, então Gordon ficou de olho nele.

"Enquanto não soubermos exatamente o que aconteceu, *nada* do que for discutido pode sair daqui", ele começou, e em resposta obteve vários acenos de cabeça: não havia dúvida quanto à seriedade naquela voz. "Os lobos que encontramos comeram partes de uma pessoa."

"Que partes?", perguntou Jens.

Gordon se virou para ele com uma expressão que parecia indagar que raio de pergunta era aquela.

"Isso importa?", ele indagou, e então voltou-se para os outros. "Precisamos encontrar o resto."

Dez minutos depois, eles cruzaram com um carro. O controlador mantinha uma velocidade constante de oitenta quilômetros por hora. A estrada se estendia em linha reta em meio ao verde. Depois que a neve desapareceu, a primavera, como de costume, demonstrara pressa em exibir o verde que prenunciava o verão. Naquele instante havia flores ao longo da beira da estrada. Para Hannah, não eram mais do que uma série de pontinhos coloridos — brancos, roxos e azuis. Thomas com certeza devia saber o nome de quase todas, e talvez Gordon também. Ela nunca tinha perguntado. Sem fixar o olhar em nada do que via, ela olhou para a floresta esparsa do outro lado da janela. Os abetos pareciam escuros e lúgubres comparados às árvores decíduas, que reluziam em tons claros de verde com as folhas recém-brotadas. De vez em quando surgia uma clareira, um campo ondulante ou um gramado que tinha ao fundo as montanhas no horizonte. Não se via nada além da linha das árvores, e assim as montanhas causavam a impressão de uma onda verde e macia que banhava toda aquela paisagem, não a de um paredão duro e maciço.

Uma onda de floresta. Para onde quer que se olhasse, havia somente floresta.

Aquela paisagem dava um sentimento de paz e tranquilidade. Era fácil imaginar o canto de pássaros distantes misturados ao rumor da leve brisa que soprava entre as árvores. Não apenas imaginar, mas também ansiar.

Assim que saíram de Haparanda, Jens começou a falar sobre o emprego, como havia ido parar lá, como era um trabalho que parecia aborrecida mas na verdade era emocionante. Não tão emocionante quanto trabalhar na polícia, claro, mas mesmo assim. Que tipo de influência aquilo poderia ter sobre futuras decisões em relação à caça sustentável, caso um lobo de fato tivesse matado uma pessoa. Ainda que nunca tivesse visto um cadáver, Jens imaginava que o mesmo se aplicaria à maior parte dos jovens de sua idade.

Hannah tinha catorze anos quando viu uma pessoa morta pela primeira vez, mas não disse nada.

Ninguém disse nada.

As perguntas feitas por educação e as respostas lacônicas dadas por ela e por Gordon haviam cessado muito tempo atrás, e nos últimos quinze minutos tudo se resumira a um monólogo vindo do banco traseiro. Jens percebeu a situação minutos antes que chegassem ao destino.

"Minha namorada diz que eu falo demais", ele disse, quase em tom de desculpa.

"A sua namorada tem razão", Hannah constatou.

Jens fez um gesto afirmativo ao ouvir o sarcasmo nada sutil e por fim calou-se. Hannah percebeu quando Gordon olhou para ela com um sorriso de satisfação. Tinha sido quase uma provação ter Jens junto no carro, mas a verdade é que ele tinha se demonstrado mais útil do que os dois haviam imaginado a princípio. Jens certificou-se de que todos os interessados tivessem o arquivo do mapa salvo no telefone celular e fez o necessário para que todos se conectassem ao mesmo satélite usado para rastrear os lobos, que assim emitiria um alerta caso se desviassem do trajeto informado. Nem Hannah nem Gordon entendiam direito como aquilo funcionava, mas o importante era que funcionava.

Morgan havia levado os vizinhos até o local nos arredores de Kattilasaari, onde passariam a seguir a rota dos lobos rumo ao noroeste. Lurch, P-O e Ludwig, todos da delegacia, tinham consigo o irmão de Gordon e seguiram até o ponto em que os lobos haviam cruzado a 398 entre Rutajärvi e Lappträsket. Lá, planejavam separar-se. Dois seguiriam rumo ao sudeste, na esperança de encontrar Morgan e seus vizinhos ao fim de aproximadamente dez quilômetros. Os outros dois seguiriam o trajeto rumo ao noroeste e encontrariam Gordon, Hannah e Jens após percorrer uma distância similar. A ideia era que cada grupo percorresse cerca de dez quilômetros, de maneira que, se tudo saísse conforme o planejado, o corpo seria encontrado em duas ou três horas.

Eles chegaram a Vitvattnet a partir do sul e estacionaram em frente ao prédio vermelho da estação de trem. Como muitos lugares da Suécia, aquele pequeno município havia florescido com a chegada da ferrovia, e como tantos outros também havia esvaziado, encolhido e perdido relevância assim que a ferrovia sumiu. Em outras épocas, o município tinha agências de correio, centros comunitários, cafés, lojas, um posto de gasolina e uma escola. Hoje restavam apenas uma lojinha e duas bombas de gasolina.

Hannah desceu do carro. Não era a primeira vez que ia a Vitvattnet, mas, como nas demais ocasiões, não tinha notado a presença de vivalma. Trabalho, formação, compromissos, lazer — tudo acontecia e tudo era feito em outros lugares. Gordon se aproximou e estende um frasco de repelente. No espaço aberto em frente à estação não havia ninguém, mas em meio às árvores, em meio aos arbustos ensombrecidos, a situação era outra.

Jens pegou o iPad, e todos atravessaram os trilhos em direção à floresta do outro lado.

"Agora estamos no trajeto deles", disse Jens, parando após umas poucas centenas de metros. Havia um ponto na tela, no meio da linha azul. "É para lá que vamos", ele prosseguiu, indicando as árvores a sudeste.

A caminhada teve início.

Jens mantinha a cabeça baixa, os olhos fixos na tela do iPad. Hannah e Gordon, cada um de um lado, observavam o solo, que além de raízes e galhos caídos, era em boa parte coberto por musgo e arbustos de arando e mirtilo. Hannah estava pensando em Thomas. Por que não tinha ligado para ele quando ficou decidido que seria preciso chamar mais gente? Ele gostava daquele tipo de coisa, de caçar, pescar, andar em meio à natureza. Às vezes, quando as crianças eram menores, ela tinha ido junto e fingido certo entusiasmo. Não queria que o ranço que sentia por atividades ao ar livre contagiasse as crianças. Tinha fingido que gostava de sentar-se rodeada por mosquitos — que sempre a mordiam, e não Thomas — num lugar ao abrigo do vento ou então na superfície de um lago congelado para beber café morno de uma caneca plástica e comer sanduíches amolecidos.

Já fazia muito tempo.

Os três continuaram andando com olhar fixo no chão, sem dizer muita coisa, enquanto Jens de vez em quando corrigia o trajeto. As copas das árvores impediam a passagem de boa parte dos raios de sol, mas assim mesmo fazia calor. Hannah abriu os dois primeiros botões da camisa do uniforme enquanto deixava o olhar correr atentamente de um lado para o outro. Atravessaram a estrada que levava a Bodträsk e continuaram em meio às árvores do outro lado. Hannah espantou os mosquitos que insistiam em zumbir ao seu redor: o frescor do banho na delegacia já parecia estar distante. Suada e ofegante, ela olhou para os outros dois. Jens estava concentrado na tela. Gordon parecia tranquilo.

Ao fim de quase uma hora, quando, segundo Jens, os três haviam percorrido cerca de quatro quilômetros, grandes corvos pretos levantaram voo ao vê-los, e Hannah soube que haviam encontrado o que procuravam antes mesmo de ver.

"Espere aqui", ela disse para Jens enquanto avançava na companhia de Gordon.

O corpo estava apenas em parte coberto por galhos de abeto, musgo e gravetos. Pedras relativamente pequenas haviam sido colocadas em cima para manter o arranjo daquela maneira. A pessoa estava deitada de costas, e um dos braços estendia-se para fora dos galhos. A mão havia perdido todos os dedos a não ser o polegar, e grandes pedaços das partes do corpo que estavam visíveis tinham sido arrancadas. À primeira vista, os ferimentos pareciam ter sido causados por lobos. Perto do ombro, no pescoço e na lateral do tronco, que não estava de todo coberta, havia vários ferimentos menores causados por bicos de pássaro. Moscas gordas zumbiam ao redor do cadáver. Um cheiro acre e adocicado encheu as narinas quando os dois se aproximaram. O protocolo seria não tocar em nada: não havia nenhuma dúvida de que aquela pessoa estava morta, e para os peritos seria melhor que o lugar fosse alterado o menos possível, mas mesmo assim Gordon se aproximou e afastou os gravetos e galhos que cobriam o rosto.

"É um homem", constatou.

"E a não ser que os lobos tivessem habilidades muito peculiares, não foram eles que o mataram", Hannah disse. "Parece que temos um homicídio."

"É, mas ainda assim pode ser que não tenha sido o pior desfecho", disse Gordon, afastando-se. "Precisamos telefonar e chamar mais gente para cá. Você sabe exatamente onde estamos, não?"

Gordon olhou para Jens, que. Ele assentiu, pálido e em silêncio.

"Me dê as coordenadas", Gordon pediu enquanto pegava o telefone.

Hannah olhou ao redor. Eles haviam cruzado uma estrada secundária poucas centenas de metros atrás. A estrada devia passar em um ponto não muito distante, à direita de onde estavam. Ela se afastou do local e avançou pela floresta.

Ao fim de alguns minutos Hannah chegou a uma pequena estrada. Na verdade, a estrada era pouco mais do que dois sulcos de pneu e um espaço vazio ao lado. Hannah enxugou o suor da testa e lançou um olhar em direção à floresta de onde tinha saído. Se o homem não tivesse sido morto no ponto onde o haviam encontrado, se um cadáver tivesse sido levado até aquele lugar para ser enterrado, os responsáveis por isso deviam ter estacionado a poucos metros do ponto onde ela estava. Sem saber direito o que estava procurando, Hannah começou a percorrer vagarosamente o caminho.

Rastros de sangue? Objetos deixados para trás? Talvez marcas de pneu?

Não havia muita esperança quanto ao último. A estrada estava dura e seca após semanas sem nenhuma precipitação. Ela deu mais uns passos à beira da estrada e então parou de repente e se abaixou.

Cacos. De diferentes cores.

Cacos de material translúcido — incolor, vermelho e amarelo.

Hannah resistiu ao impulso de juntá-los, mas tinha quase certeza de que vinham de um carro. Faróis, luz de freio e seta. O que sugeria danos tanto à parte dianteira quanto à parte traseira.

Eram, portanto, dois carros.

Os joelhos de Hannah protestaram um pouco quando ela se agachou perto de uma grande pedra que saía da floresta. Havia uma coloração azul-escura numa das laterais. Marcas de tinta. Seria impossível dizer há quanto tempo aquilo estava lá, claro, mas, dada a presença dos cacos quebrados, ela pressupôs que as coisas estariam relacionadas.

Hannah se levantou e olhou ao redor como se a estrada vazia pudesse lhe contar o que aconteceu. A partir da floresta, um sopro de vento trouxe fragmentos da conversa de Gordon com os superiores em Luleå. Às vezes Hannah tirava conclusões apressadas e tinha plena consciência disso, mas naquele caso em especial ela tinha um grau bastante alto de certeza em relação ao que tinha acontecido.

Ninguém tinha ido até lá para desovar um cadáver.

Dois carros haviam colidido, uma pessoa morrera no acidente, e a pessoa do outro carro decidira simplesmente livrar-se do corpo. Largou-o no meio da floresta e ocultou-o longe da estrada antes de continuar o trajeto.

Hannah se deteve. Os dois veículos haviam desaparecido.

Portanto, devia haver pelo menos duas pessoas no outro carro. Ou talvez não. Era possível que uma pessoa sozinha houvesse primeiro levado o próprio carro e depois voltado para buscar o carro da vítima.

Era uma ideia improvável, mas não impossível: nas estradas solitárias da região, podia-se agir por horas a fio sem que ninguém percebesse.

Hannah foi obrigada a admitir que sua única certeza era que uma pessoa havia morrido e que outra pessoa havia feito o que estava ao seu alcance imediato para evitar que o corpo fosse encontrado. O que talvez jamais tivesse acontecido se uma terceira pessoa não tivesse a ideia de envenenar dois lobos a dezenas de quilômetros dali.

Katja estava à espera.
 Ela sabia esperar.
 Tinha dedicado grande parte da infância e da adolescência a esperar. Tinha aprendido que a paciência era a chave do sucesso. Para fazer com que o tempo passasse mais depressa, ela sabia que outras pessoas tentavam não pensar em nada. Tentavam simplesmente esvaziar a cabeça, desaparecer em si mesmas.
 Ela, não. Ela se cansava rápido demais.
 Então começou a andar por aquele apartamento estranho. Quarto, sala e cozinha no sétimo andar à beira do rio na periferia de São Petersburgo. Ela já tinha estado no pequeno quarto, sentado na beira da cama de solteiro com a manta de crochê e as duas almofadas e estudado os poucos objetos em cima da mesa de cabeceira, que indicavam que o apartamento era habitado por uma mulher temente a Deus que usava óculos de leitura e aparentemente não tinha uma vida sexual ativa.
 Na cômoda junto à janela estava a fotografia de um homem que ela reconhecera.
 Stanislav Kuznetsov.

Também havia uns poucos artigos simples de maquiagem em frente a uma penteadeira. Sem pensar em nada, ela reorganizou as embalagens — primeiro as redondas, depois as quadradas, os três batons ordenados por cor, do mais claro para o mais escuro — enquanto olhava para a rua em direção aos outros prédios de onze andares que rodeavam um jardim interno com poucas árvores e pouquíssimo verde para que parecesse atraente a qualquer pessoa que não fosse obrigada a levar os filhos pequenos ao parquinho decrépito e sem alma que havia na região.

Havia roupas de baixo, meias, camisolas, lenços, xales e lenços de cabeça em duas gavetas da cômoda. Katja dedicou-se por um tempo a dobrá-los e guardá-los em pilhas simétricas antes de abrir o armário.

Não eram muitos. Logo ela alterou a ordem dos cabides para que as diferentes peças de roupa estivessem agrupadas por tipo, da esquerda para a direita: blusas, saias, vestidos. Com um último olhar em direção à arte indiferente que decorava as paredes, ela saiu do quarto e foi para a sala.

Havia um sofá de três lugares, sem dúvida fabricado nos anos 1990, e também uma mesa de centro manchada logo à frente. Sob a mesa havia um tapete felpudo verde-escuro. Uma poltrona afundada. Tudo apontado para uma TV na parede, rodeada por uma estante em madeira escura que abrigava uma quantidade similar de livros, álbuns de fotografia e fotos emolduradas de pessoas que ela imaginava serem parentes.

Katja pegou um dos álbuns ao acaso e sentou-se na poltrona. O conteúdo parecia remontar à década de 1970, uma vez que o menino fotografado, que devia ser Stanislav, parecia ter seis ou sete anos. Ele e a irmã mais velha apareciam na maioria das fotografias, por vezes ao lado de um homem que Katja imaginou ser o pai — que, segundo ela sabia, tinha falecido oito anos atrás em um acidente de carro. Em uma das fotografias ele aparecia na porta de uma cabana em meio a uma paisagem rural, com os olhos apertados em razão do sol forte, fazendo sombra com a mão e um sorriso nos lábios.

Sem nenhum aviso prévio surgiu uma fotografia do homem que por muitos anos ela havia chamado de pai. Também numa porta, mas sem nenhum sorriso no rosto e nenhum raio de sol.

De imediato ela afastou aquele pensamento, fechou o álbum, se levantou e colocou-o de volta na prateleira antes de ir até a janela. O intenso tráfego na Afonskaya Ulitsa não passava de um rumor distante. Ela enfiou o dedo em um dos vasos que ficavam no parapeito e constatou que as plantas precisavam de água antes de sair da sala e entrar no banheiro. O lugar era forrado com revestimento impermeável cinza e um assoalho plástico num tom levemente mais claro. Havia seis azulejos brancos dispostos em retângulo acima da pia e também uma banheira pequena mas funda em ferro fundido, com pés também de ferro e uma cortina com estampas do que pareciam ser anjos.

Por um instante ela se viu de volta àquela grande sala.

As doze banheiras enfileiradas com água gelada.

Ela se voltou em direção ao armário que ficava acima da pia. Antes de abrir a porta, viu o próprio rosto no espelho. Os cabelos pretos do corte chanel assimétrico, as sobrancelhas marcadas acima dos olhos castanhos, as maças do rosto salientes, o nariz reto, os lábios carnudos. Ela estava sem maquiagem, como sempre, a não ser quando o trabalho exigia. Sabia que os outros a consideravam bonita e que isso simplificava as coisas, facilitava a aproximação, principalmente com os homens, mas a experiência de anos tinha lhe ensinado que todos, independentemente do sexo, demonstravam mais abertura e mais interesse diante de pessoas bonitas.

O armário do banheiro estava uma bagunça. Ela abaixou a tampa da privada e começou a retirar tudo o que estava dentro do armário e colocar ali. Curativos, pasta de dente, fio dental, spray nasal, desodorante, hidratante, tesouras de unha, lixas de pé, grampos de cabelo, brincos de pressão, sais de banho, lenços de papel e remédios, uns que não precisavam de receita, outros prescritos. Mas não havia nenhum indicativo de que a mulher responsável por aquele banheiro tivesse uma vida sexual ativa. Por outro lado, ela sofria, ou pelo menos tinha sofrido, com uma candidíase, a dizer por uma das bisnagas que naquele instante se encontrava em cima da tampa da privada.

Quando o armário ficou vazio, Katja o limpou com pedaços de papel higiênico úmido antes de colocar tudo de volta conforme um sistema que se dividia em quatro grupos: medicamentos, produtos para o corpo, produtos para o cabelo e outros.

Satisfeita com a forma como havia passado os últimos vinte minutos, ela foi até a cozinha. Decidiu que poderia fazer uma refeição, e então abriu a geladeira, pegou manteiga, queijo, ovos e uma cerveja. Enquanto os ovos cozinhavam, ela abriu o armário verde-claro à procura de pão, louça e talheres. Encontrou o que procurava e arrumou a mesinha que ficava ao lado da janela. O jornal para o qual Kuznetsov escrevia estava em uma cesta de vime no chão. Ela pegou o exemplar e o colocou ao lado do prato que havia tirado do armário. Quando os ovos ficaram prontos, ela os escorreu sob a água fria e colocou a panela em cima de um descanso.

Depois sentou-se e pôs-se a comer enquanto lia. Ocorreu-lhe que seria bom ter um acompanhamento musical, e assim ela começou a procurar um rádio ou coisa parecida. Não encontrou nada, mas talvez não fizesse diferença. Se quando eles chegassem houvesse música no interior do apartamento, talvez parecesse suspeito. Mas ela acreditava que eles ainda demorariam horas para chegar.

Então ela esperou.

Ela sabia esperar.

O restante da tarde simplesmente desapareceu. Hannah tinha chegado de volta ao local no mesmo instante em que Gordon terminara a chamada.

"O que o pessoal de Luleå disse?"

"O departamento de crimes de alto potencial ofensivo vai assumir."

Não é nenhuma surpresa. Um corpo enterrado era tratado como homicídio até que se provasse o contrário, e homicídios iam para Luleå.

"Quem?"

"O Erixon."

Erixon, assim mesmo, com X. O primeiro nome era Alexander, vulgo X.

Hannah o conhecia. Não apenas o conhecia, mas também gostava dele. Ele tinha sido o investigador-chefe de outros casos surgidos ao longo dos anos.

A última vez tinha sido quando um cadáver fora pescado em Kukkolaforsen na primavera anterior.

Hannah contou o que tinha encontrado na estrada mais adiante e disse que o mais provável era que houvesse dois carros envolvidos, um deles azul.

Gordon assentiu e então pediu que ela buscasse o carro em Vitvattnet.

"Leve-o com você", ele disse, apontando o queixo em direção a Jens, que parecia ocioso e desnecessário junto a uma árvore tombada um pouco adiante.

"Você acha realmente necessário?"

"Acho."

"Venha comigo, então", disse Hannah, acenando para Jens, e os dois se afastaram pelo mesmo caminho por onde haviam chegado enquanto Gordon ligava para informar os outros que podiam dar a busca por encerrada e retornar ao ponto de partida.

Quarenta e cinco minutos depois, Hannah estacionou perto, mas ainda a uma certa distância do local.

Jens esperou no carro enquanto ela e Gordon isolavam a estrada e a região próxima ao ponto onde o cadáver fora encontrado. Os peritos com certeza ainda levariam cerca de uma hora para chegar, talvez mais — esse era o ônus de ser um município pequeno e ter a maioria dos recursos disponíveis somente a cento e cinquenta quilômetros de distância —, então Gordon pediu a Hannah que levasse Jens de volta e trouxesse comida.

No caminho de volta até o carro ela sentiu um calor repentino no rosto e no pescoço, sentiu que o calor se espalhava pelo corpo enquanto todos os poros se abriam e o suor começava a escorrer.

Mesmo sem olhar no espelho ela sabia que estava vermelha e suada quando sentou-se ao lado de Jens e deu a partida no carro. Baixou a temperatura do ar-condicionado até o mínimo e teve que resistir ao impulso de abrir o vidro.

Era a segunda vez naquele dia.

Já era ruim o suficiente quando acontecia poucas vezes por semana — seria aquela a frequência dali em diante?

Era como se tivesse feito esforço físico duas vezes, mas sem os benefícios de um treino real, apenas o suor e o rosto vermelho como um tomate.

"Posso diminuir um pouco o ar?", Jens perguntou ao fim de poucos quilômetros.

"Não, não pode."

"Está muito frio."

"Quando o corpo de uma pessoa incomoda diariamente, é essa pessoa que decide a temperatura do carro, está bem?"

Jens fez um gesto afirmativo sem entender nada e a seguir fez uma tentativa de falar com ela sobre os acontecimentos daquelas últimas horas, porém as queixas lacônicas que vinham como resposta deixaram óbvio que seria melhor prestar atenção à estrada do que à conversa, e assim ele se calou.

Jens manteve a boca fechada até que os dois entrassem no estacionamento em frente à delegacia e estivessem já no lado de fora do carro.

"Bem que vocês podiam dar notícias sobre o que está acontecendo."

"Por quê?"

"Ah, estou curioso. Sinto que faço parte disso."

"Claro", Hannah se apressou em mentir para encerrar a conversa o quanto antes. "Morgan tem o seu contato. Vamos manter você informado. Dirija com cautela."

Ela despediu-se com um aceno, satisfeita de tê-lo visto pela última vez, e foi de carro até o supermercado. Tinha pensado em comprar comida no Ica Maxi, mas o Coop ficava mais perto. Hannah foi até as prateleiras de comida pronta para providenciar o jantar. Gordon queria algo gostoso. Por fim, ela pegou uma salada de camarão. Tudo o que a apetecia, no entanto, precisaria ser esquentado no micro-ondas, então ela pegou um wrap de frango. Uma minibaguete rústica para Gordon, duas garrafas de Coca-Cola e um pacote de nachos encerraram a compra.

Na volta já havia mais carros estacionados perto da área isolada. Os peritos estavam lá, Gordon os havia informado sobre tudo o que fora descoberto até então. O médico tinha atestado o óbito e os outros faziam o que era preciso. Já meio supérfluos naquela situação, Gordon e Hannah sentaram-se para comer numa pedra ao lado das barreiras e ficaram observando o trabalho dos colegas, sem dizer muita coisa.

O silêncio podia ser percebido com o corpo. O sol continuava alto, os insetos zumbiam no calor e de vez em quando ouviam-se fragmentos de breves interações feitas a meia-voz entre os homens que trabalhavam no interior da área isolada.

Quando terminaram de comer, Hannah ofereceu-se para voltar e assumir a papelada: bastava que um dos dois acompanhasse a perícia. Gordon poderia voltar com um dos peritos.

Duas horas e meia depois ele bateu na porta de Hannah no momento em que ela fechava o relatório que havia escrito.

"Você ainda está por aqui", ele constatou, deixando-se afundar na única cadeira extra da sala.

"Eu estava prestes a ir embora. Você acabou de chegar?"

"Sim. O pessoal vasculhou metade da floresta."

"Já sabemos quem é o homem?"

Gordon balançou a cabeça e tapou um bocejo com a mão.

"Nenhum documento, nada."

"Como vamos fazer? Começamos por uma identificação visual?"

"Amanhã vamos discutir melhor o assunto. Eu e o X."

Gordon tornou a se levantar como se tivesse realmente sentido o quanto estava cansado ao sentar-se. Hannah fez o logout, levantou-se e os dois saíram juntos pelo corredor.

"A causa preliminar da morte foi uma fratura no pescoço."

"Quanto tempo ele ficou por lá?"

"É difícil saber ao certo. Ele virou comida de lobo uma semana atrás, então já estava por lá nessa ocasião."

Os dois chegaram ao fim do corredor. A sala de Gordon era a última antes da porta que levava à escada.

"Nos vemos amanhã", ele disse, indicando sua sala com a cabeça, dando a entender que trabalharia mais um pouco.

Para a própria surpresa, Hannah se deu conta de que queria que Gordon perguntasse a ela se não queria esperá-lo e acompanhá-lo por um trecho do caminho na volta para casa. Na verdade, ela estava torcendo por isso.

Logo veio a irritação. Aquele não era um comportamento típico dela.

"Nos vemos amanhã, então", ela disse, abrindo a porta e desaparecendo na escada.

Minutos depois ela saiu do saguão envidraçado e tomou um longo fôlego enquanto a porta se fechava atrás de si.

Estava claro como o dia e tranquilo como a noite.

Havia uns poucos carros na E4, mas o tráfego estava calmo a ponto de Hannah poder ouvir o rio e o canto dos pássaros quando tomou o caminho de casa. Ocorreu-lhe que não havia falado com Thomas ainda, nem para dizer o que tinha acontecido nem para avisar que chegaria tarde. Ele, por outro lado, tampouco havia ligado para perguntar. Já estava tarde demais. Ele já devia ter ido dormir.

Ela continuou andando pela Strandgatan, dobrou na Packhusgatan e passou em frente à biblioteca pública. Thomas havia passado bastante tempo lá quando as crianças eram pequenas; Hannah também frequentara o lugar, mas apenas de vez em quando. Fazia muitos anos desde a última vez que retirara um livro da biblioteca. Na verdade, fazia muitos anos desde a última vez que havia lido um livro. Ela dobrou à esquerda na Storgatan, que já não era exatamente a rua mais movimentada do mundo, e que à meia-noite de uma segunda-feira em junho estava totalmente deserta a não ser por ela. Passou em frente à construção em madeira amarela que abrigava a sede da ordem Odd Fellow e chegou à zona do comércio. Percebeu que estava com fome quando passou em frente à uma confeitaria fechada. Muitas horas haviam se passado desde o wrap de frango e os nachos. No cruzamento a seguir, ela parou. Era naquele ponto que costumava dobrar à direita para subir a Köpmansgatan e passar pela esplanada, pelo Stadshotellet e pelo reservatório de água a caminho de casa. Mas havia coisas que pareciam estar se remoendo em seus pensamentos.

Um acidente fatal seguido de fuga. Dois carros envolvidos.

Não que ela tivesse uma grande expectativa de ainda encontrá-lo, mas não faria mal nenhum passar lá. Dar uma olhada. Boa parte dos carros ficava na área externa.

Então Hannah seguiu em frente, passou em frente às duas agências bancárias e a loja H.M. Hermanson, situada na grande construção em madeira cinzenta que estava lá desde 1832 e que, com a casa principal e doze armazéns, ocupava um quarteirão inteiro. A seguir, as lojas transformavam-se em construções de alvenaria sem nenhuma personalidade, que poderiam estar em qualquer cidade, anônimas, mesmo que uma construção mais antiga de madeira também estivesse lá e fizesse o possível para relembrar o antigo esplendor da Storgatan. Hannah dobrou à direita em direção à Fabriksgatan e olhou para o terreno localizado atrás da primeira construção vermelha e baixa.

O palpite havia dado resultado. A luz da oficina estava acesa. Hannah examinou parte dos carros que estavam estacionados no lado de fora e abriu a porta de metal ao lado da entrada larga e suja da garagem, onde uma placa indicava que o local fechava às 19 horas nos dias úteis.

O lugar cheirava a motor, óleo e fumaça de escapamento, e os primeiros compassos de "Für Elise" indicavam que a pessoa que chegava por lá havia por um instante vencido a rádio que tocava músicas dos anos 1980. Havia quatro carros na oficina. Nenhum era azul-escuro.

"O que você está fazendo aqui?"

UV saiu do fosso e limpou as mãos num pano, mas não deu nenhum sinal de querer se aproximar para um aperto de mãos. E não era porque tivesse as mãos sujas. Os dois já haviam se encontrado antes. Muitas vezes. Até poucos anos atrás, não havia muitas crimes de menor potencial ofensivo nos quais UV não estivesse diretamente envolvido.

Roubos, invasões a domicílio, receptação, tráfico de entorpecentes.

Diziam que o chamavam — ou ele queria que o chamassem — de UV porque representava o submundo UltraViolento de Haparanda. Se fosse verdade, era um apelido completamente ridículo, pensava Hannah.

Cinco anos atrás ele havia sido flagrado por uma operação conjunta feita com a polícia da Finlândia. Fora condenado a três anos de prisão por crimes relacionados ao tráfico de entorpecentes: mil e quinhentos comprimidos de buprenorfina vindos da França.

Na época o mercado para esse tipo de droga era bem maior na Finlândia, mas a situação havia mudado. A clientela tinha aumentado em Haparanda e em toda a província de Norrbotten. Os consumidores eram principalmente homens jovens, como o que Hannah tinha encontrado pela manhã. Havia um número grande daqueles homens, grande demais — homens sem rumo, sem planos, sem trabalho. Haparanda tinha a maior taxa de desemprego de toda a província. Com uma larga margem. Era parte de um círculo vicioso. A estatística nacional de resultados escolares ao final do nono ano era muito clara. As meninas apresentavam o melhor desempenho, enquanto o desempenho dos meninos era marcadamente inferior. O mesmo valia para os conhecimentos adquiridos em todas as matérias. Os rapazes tinham índices muito abaixo da média nacional, e mais abaixo ainda da média nacional das meninas. Pareciam não ver nenhuma utilidade no estudo. Simplesmente iam levando. E continuavam por lá quando as meninas se mudavam para seguir estudando em outro lugar. Haparanda não era nem de longe a única cidade pequena em que se observava essa tendência, mas isso não tornava o problema menor.

Quando saiu da prisão ao fim de dois anos, UV tinha virado pai, e assim deixou a vida do crime de uma vez por todas e assumiu uma oficina mecânica, onde costumava trabalhar até altas horas da noite.

"Você está fazendo hora extra", Hannah constatou, se aproximando.

UV escorou-se num dos carros, cruzou os braços e a encarou.

"O que você quer?", ele perguntou, cansado.

"Por acaso você não recebeu um carro batido nessa última semana?", Hannah perguntou, atenta à reação dele. Seria melhor ir direto ao assunto.

"Não."

Hannah perdeu a compostura. Dos alto-falantes vinham os primeiros compassos da trilha sonora de *Fama*. A bateria, o teclado borbulhante. Hannah manteve-se calada e respirou fundo.

"Será que você pode desligar o rádio?"

"Por quê?"

"Será que você pode simplesmente desligar? Obrigada."

O tom não dava muito espaço para contestações nem para mais perguntas. UV deu de ombros e se aproximou do rádio para atender ao pedido. Hannah fechou os olhos por uns instantes, irritada ao ver que ainda era incapaz de controlar aquilo, que ainda era demasiado fácil derrubar os muros que ela havia construído com tanto cuidado ao redor de tudo o que dizia respeito à sua mãe, e também a Elin…

"Satisfeita?", perguntou UV.

"Sim. Obrigada."

Ela se recompôs às pressas. Enfim, o silêncio. Acostumada com aquela sensação, ela conseguiu afastar os pensamentos indesejados e concentrar-se na tarefa do momento.

"Então não apareceu nenhum carro acidentado?"

"Não."

"Um carro azul-escuro."

"Não", respondeu UV, enfatizando a negativa com um movimento de cabeça. "Nem azul-escuro nem de nenhuma outra cor. Não apareceu nenhum carro acidentado."

"Tem certeza?"

"Absoluta."

Hannah continuou lá, olhou ao redor, à procura de uma forma de confirmar as declarações dele, mas não havia nada, pelo menos não naquele instante.

"Se aparecer um cliente com um carro nessas condições, me dê notícias." Ela estendeu um cartão de visita. Ele não fez nenhuma menção de pegá-lo.

"Eu sei como entrar em contato com vocês."

Hannah manteve o olhar fixo no rosto dele enquanto tornava a guardar o cartão no bolso, mas por fim se virou para ir embora.

"Mande um alô para o Tompa", ela ouviu ao pôr a mão na maçaneta. Hannah se deteve. Ninguém chamava o marido por aquele apelido.

Até que ponto UV o conhecia de verdade? Será que a ideia era mandar um recado por meio dessa breve frase de despedida? Mais do que isso, ele demonstrava que sabia quem ela era e com quem era casada. Hannah decidiu não ceder à provocação e só abriu a porta. "Für Elise" a acompanhou quando ela se afastou da oficina e tomou o caminho de casa.

UV esperou até que a porta se fechasse e ele tivesse certeza de que Hannah não retornaria para colocar para fora de uma vez por todas a irritação. A polícia o havia deixado em paz desde que saíra do xadrez. Era importante continuar daquela forma, para que todos soubessem que ele havia parado, que desde então vivia a vida honrada de uma pessoa qualquer. Ele não queria saber de policiais na oficina. Não permitiria.

Qual seria o interesse da polícia em saber que ele trabalhava até tarde? Por que estavam se intrometendo? Por acaso havia uma nova suspeita?

Ele nem ao menos estaria na oficina se não houvesse necessidade, se a Segurança Social não houvesse tomado uma "nova decisão".

Nada havia mudado.

Lovis não conseguia levantar a cabeça, não falava, não ria, era em tese cega, recebia alimentação por sonda e tinha ataques epilépticos — às vezes vários no mesmo dia. Aos quatro anos, em muitos aspectos ela parecia menos desenvolvida do que uma criança recém-nascida, mas assim mesmo o tempo de assistência concedido à família tinha sofrido uma redução. Ele e Stina haviam recorrido e brigado com o governo municipal, com todo mundo, porém a decisão fora mantida, e assim não havia restado mais nada senão fazer com que aquilo funcionasse. Era preciso fazer tudo em turnos; um deles sempre tinha que estar em casa, em todas as 24 horas do dia.

Mas não havia funcionado.

Stina tinha adoecido e primeiro foi obrigada a diminuir a carga de trabalho de turno integral para meio turno, e depois a tirar uma licença médica. Ele tentava trabalhar o máximo possível, mas os dois estavam sempre exaustos, e para aguentar era preciso contratar ajuda quando necessário.

O que era frequente. E também caro.

A oficina ia bem, mas era preciso ter mais do que as revisões e as trocas de pneu e óleo. Então, quando estava absolutamente no fundo do poço, ele havia procurado os contatos na Finlândia e começado outra vez.

Em menor escala. Nada de drogas.

Naquele momento, a principal fonte de renda extra eram carros como aquele Mercedes S em que estava trabalhando quando a policial havia chegado. O carro se envolvera em um acidente nos Estados Unidos durante o inverno, fora tratado como perda total pela seguradora e então vendido e enviado para a Europa. Até esse ponto, tudo era feito dentro da lei. UV consertava-os, com frequência usando peças roubadas, e encarregava-se de despachar os carros no mercado sueco ou finlandês. Eram todos vendidos como usados. Não havia histórico capaz de revelar que o carro tivesse se envolvido em um acidente na Flórida meses antes. O dinheiro não era nenhuma fortuna, mas toda ajuda era bem-vinda.

E então, do nada, aquela policial tinha aparecido. Feito perguntas sobre carros acidentados.

Ele tinha decidido esperar mais uns dias e ver no que aquilo daria. Sabia de certas coisas, mas não sabia o que fazer com as informações que tinha naquele momento. A única coisa que sabia com certeza era que não podia de forma alguma voltar para o xadrez. Stina e Lovis não conseguiriam se virar sem ele.

Nua, ela saiu da cama e foi em direção ao banheiro. Sabia que ele estava de olho. Os dois tinham feito sexo. Ela era boa naquilo: tinha aprendido com o mesmo empenho que dedicava a todo o resto. Ele tinha se saído melhor do que o esperado.

Katja o havia escolhido num bar de hotel. Era um empresário estrangeiro. Devia ter uns 45 anos e parecia um sujeito ordinário, mas, com os olhos castanhos, o cabelo castanho bem cortado, a barba por fazer e o paletó por cima da camisa azul-clara abotoada até o pescoço, dava a impressão de ser um homem cuidadoso. Estava sozinho com o computador. Antes de se aproximar ela conferiu se ele não usava aliança. Não que se importasse com uma eventual traição, mas era sempre mais fácil quando os homens não precisavam tomar essa decisão. Nos piores casos os homens se acovardavam já tarde da noite, e ela não queria gastar tempo com ninguém que não estivesse disposto a ir para a cama com ela. Ela se aproximou e perguntou em inglês se o lugar à frente estava vago. Apresentou-se como Nadja.

O nome dele era Simon. Simon Nuhr.

De Munique.

"Eu falo um pouco de alemão", ela disse, com um forte sotaque russo que fez questão de enfatizar.

Ela falava alemão fluente, sem nenhum sotaque. Alemão e cinco outros idiomas, e além disso conseguia se virar em outros seis ou sete. Com alegria fingida pela chance de praticar o idioma, ela prosseguiu em alemão, cometendo erros simples para fazê-lo rir e corrigi-la. Ela perguntou se poderia lhe oferecer uma bebida, mas ele disse que fazia questão de pagar.

"Então eu quero uma taça de vinho branco. Obrigada."

Ele pediu uma cerveja. Os dois fizeram um brinde por cima do laptop dele. Ela abriu um sorriso e com leveza deu continuidade à conversa. Sem dúvida o homem havia percebido que ela tinha um nível muito superior no que dizia respeito à aparência física, e a alegria genuína demonstrada por ele com aquela companhia revelava que mal conseguia acreditar na sorte que dera. Mesmo assim, ou talvez justamente por causa disso, ele hesitou quando duas horas mais tarde ela sugeriu que os dois fossem para um lugar mais reservado.

"Eu não sou prostituta", ela disse.

Ele enrubesceu e, gaguejando, disse que jamais havia pensado isso dela. Estava mentindo. Quando mulheres jovens e atraentes procuravam homens de negócios visivelmente bem-sucedidos nos hotéis de São Petersburgo, os ocidentais tinham por hábito achar que devia tratar-se de prostituição. Talvez somada a chantagem. Ela sabia que certos empregadores alertavam os funcionários quanto a essa possibilidade. Naquele instante ele hesitou. Acovardou-se. Os dois tinham acabado de se conhecer, então pressupor quaisquer sentimentos genuínos pareceria estranho e suspeito; mas, se ela pretendesse atingir seu objetivo, seria preciso convencê-lo a vencer o temor de ser dopado, roubado ou coisa ainda pior.

Ela arriscou a verdade. Ou pelo menos uma variante da verdade.

Inclinou-se para a frente, baixou a voz e falou em inglês.

"Eu terminei um trabalho importante hoje", ela disse, olhando nos olhos dele. "Eu não sou daqui. Vou embora amanhã, então quero apenas me divertir um pouco. E gosto de sexo." Continuou a encará-lo, como se realmente quisesse tornar-se digna de confiança.

Teria exagerado? Excessivamente direta?

Talvez não. Simon Nuhr simplesmente fez um aceno de cabeça e não pôde disfarçar um sorriso ao revelar que estava hospedado no quarto andar.

Katja voltou do banheiro. Simon ainda estava na cama de casal, de onde a observava com um olhar que — mesmo que ele próprio não percebesse — revelava uma total incapacidade de entender como poderia ter dado sorte a ponto de acabar num quarto do hotel com uma mulher daquelas. Ela deixou que ele olhasse.

"Poder ligar a TV?", ela perguntou em alemão incorreto, pegando o controle remoto de cima da pequena escrivaninha.

"Você quer ver TV agora?", ele retrucou, olhando para o relógio.

"Você querer dormir?", ela perguntou, cometendo um erro de conjugação verbal e com uma expressão no rosto que dava a entender que, nesse caso, não pretendia incomodá-lo com a TV.

"Não, não, a gente pode ver TV."

Ela voltou e se deitou mais uma vez ao lado dele. Ajeitou o travesseiro nas costas. Tinha o controle remoto numa das mãos e a outra na barriga dele. Sentiu a musculatura do homem se contrair ao tocá-lo. Ela colocou a perna em cima da dele, com a lateral da coxa encostada no pênis de Simon, e começou a zapear até encontrar um canal de notícias.

Era uma grande operação de resgate em um prédio parcialmente destruído. Metade havia desabado por completo, como se tivesse sido pisoteada por um gigante, totalmente arrasada, enquanto a outra metade do prédio de onze andares permanecia intacta. As equipes de resgate tentavam encontrar sobreviventes nos escombros, era o que diziam o âncora e o texto exibido na parte inferior da tela. O jornalista Stanislav Kuznetsov e sua companheira Galina Sokolova haviam morrido na explosão de gás que havia destruído grande parte de um condomínio na Afonskaya Ulitsa.

"O foi que aconteceu?", Simon perguntou, com um aceno de cabeça em direção à TV, em que tanto as falas quanto o texto eram em russo.

"Uma explosão de gás. Um jornalista conhecido, opositor do Kremlin, morreu junto com a amante enquanto os dois trepavam no apartamento da mãe dele."

"É assim que estão noticiando?", perguntou Simon, surpreso. "Que ele estava sendo infiel?"

"Não, é só uma coisa que eu sei."

O celular dela bipou em cima da mesa de cabeceira. Ela o pegou. O pagamento havia entrado. Ela se permitiu um sorriso discreto.

"Boas notícias?"

"Sim."

Ela largou o telefone, pegou o controle remoto, colocou a TV no mudo e deslizou a mão que estava na barriga dele para baixo.

A os poucos ela volta à vida.
Haparanda.
O sol, ao levantar-se no céu limpo, parece implacável ao mostrá-la como prima-dona envelhecida. Ela precisa de ajuda, cuidados e engajamento, e também de coisas simples e tangíveis, como novas cores, novos revestimentos ou novas telhas para esconder as imperfeições que indiscutivelmente revelam que certas partes já não têm a energia vital e a crença no futuro demonstradas outrora.

Será que sente falta da glória? Claro que sente.

Houve épocas em que ser o ponto central do mundo não era uma simples impressão. Era um fato. Ela tinha sido uma grande metrópole ao norte. Espiões, contrabandistas, revolucionários, prostitutas, aventureiros e artistas iam para lá, vindos de todas as partes. Resoluções políticas, acordos empresariais e destinos humanos eram comentados, decididos e influenciados nos quartos do Stadshotellet.

Em abril de 1917, Lênin se hospedara por lá ao voltar do exílio na Suíça. Cavalos puxando trenós atravessaram o gelo levando-o primeiro rumo a Tornio e depois a Petrogrado, rumo a outubro e a um papel decisivo na história da humanidade. O que os outros acham disso depende do tipo de pessoa que são, mas ela não faz nenhum juízo de valor: simplesmente constata. Houve uma época em que todos pareciam saber quem ela era e onde estava, e queria chegar mais perto.

O sol ergueu-se ainda mais no céu e dissipou todas as sombras, tanto antigas como novas.

Esquentou o chão do cemitério onde, sob a luz matinal, Valborg Karlsson colocava flores no túmulo do marido. Ela sente falta dele. O tempo inteiro. Acorda cedo, em especial no verão, e todos os dias visita aquele túmulo. Foi assim que agiu durante os últimos nove anos, sem jamais perceber que a cuidadora da casa de repouso onde o marido vivia o assassinara com uma injeção de insulina.

O pequeno apartamento já está quente e cheira a lugar fechado e a mofo: é lá que Jonathan "Jonte" Lundin, com o corpo suado e a sugestão de um sorriso nos lábios, dorme totalmente vestido. Faltam horas até que acorde e novamente dê início à incansável busca por cada vez mais drogas. A essa altura ele vai ter esquecido que sonhou, não vai mais se lembrar do sentimento abstrato de liberdade e felicidade que há anos não sente em vigília.

Na casa da Klövervägen, Jennie e Tobias Wallgren fizeram sexo matinal terno e prazeroso. Os dois haviam se casado na igreja de Haparanda apenas duas semanas antes. Tobias tinha prometido a si mesmo que seria fiel após o casamento — o que não havia sido ao longo dos quatro anos de namoro e dos dois anos de noivado. Até então, havia mantido a promessa. Os dois fazem amor sem proteção, e a seguir Tobias atira-se com um longo gemido sobre o travesseiro. Um de seus espermatozoides chega até o óvulo de Jennie, que engravida de uma criança que em 23 anos será conhecida por todos, não apenas em Haparanda, mas na Suécia inteira.

Stina Laurin está na porta do quarto da filha. Naquele instante Lovis dorme um sono tranquilo, mas ela teve um ataque durante a noite. Era a noite dela, mas Dennis também se levantou para ajudá-la. Mesmo que houvesse trabalhado até tarde. Ele parecia cansado quando voltou à oficina pela manhã, porque o dinheiro ainda era mais necessário do que o descanso. Como inúmeras outras vezes em anos recentes, ela se perguntou quanto tempo mais seria possível viver naquela situação, e quando surge o medo de perdê-lo ela não consegue evitar o pensamento mais sombrio que existe: o fato de que não ama a própria filha, e de que os dois teriam uma vida melhor sem ela. E nessas horas Stina se odeia.

Numa das casas geminadas baixas e pequenas com paredes verde-claras na Kornvägen, Krista Raivio se pergunta como explicar os hematomas e o olho inchado para os colegas de serviço enquanto corta fatias de pão para o café da manhã do filho. Como em outras vezes, ela tenta imaginar qual seria a sensação de enfiar aquela faca afiada no peito do marido violento. Três anos ainda vão se passar antes que ela possa dar um jeito nisso.

Sandra Fransson sai de casa e deixa Kenneth dormindo no andar de cima para ir ao trabalho. Ela mal pode esperar pelo intervalo de almoço, quando pretende ir ao shopping center Rajalla, em Tornio, a poucas centenas de metros na outra margem do rio, no outro lado da fronteira, para comprar o vaso de que tanto gostou. Ela tem sessenta euros dobrados no bolso da calça. Sabe que não devia fazer aquilo, mas logo tenta evitar esse tipo de pensamento. Ela precisa daquilo, e além disso fez por merecer. Como os outros habitantes de Haparanda, ela olha em direção ao céu azul-claro e constata que aquele vai ser mais um dia bonito.

Ela não sabe, ninguém sabe, que as nuvens escuras tornam-se mais densas no oriente.

Mesmo antes de se virar, Hannah sabia que o outro lado da cama estaria vazio. Nos últimos tempos era sempre assim. Mesmo nos fins de semana. Thomas se deitava cedo, às vezes por volta das nove E dormia um sono profundo, de lado, com as costas voltadas para ela, quando a esposa se deitava horas depois. Às vezes ela ouvia o relógio dele apitar às cinco horas, mas essa não era a regra. Ela nem tinha certeza de que ele colocava o alarme para despertar todos os dias. Mesmo assim, Thomas acordava.

Para ele os dias tinham outro ritmo.

Ele sempre havia sido um sujeito matinal, que acordava e se exercitava antes de ir para o trabalho, tomava banho e se encarregava de garantir que as crianças acordassem e estivessem prontas na hora de ir para a escola. Ela, por outro lado, apreciava as horas solitárias em que o entardecer dava lugar à noite, quando as crianças já estavam na cama e a casa permanecia em silêncio. Aquele era o momento dela.

Mas os dois costumavam se ver, conversar.

No dia anterior, nem ao menos haviam se falado.

Hannah saiu da cama, vestiu a blusa e a calça jeans, foi até a cozinha, por simples força de hábito lançou um olhar em direção à mesa da cozinha, onde sabia que não haveria bilhete nenhum, e então abriu um dos armários, pegou o café e começou a encher a cafeteira. Enquanto aguardava o café ficar pronto ela deu uma olhada na capa do jornal que Thomas ainda fazia questão de receber na caixa de correio. Não havia nada sobre o homem que haviam encontrado na floresta. Ela nem precisaria folhear o jornal: se a notícia tivesse vazado, seria a maior e possivelmente a única manchete. Hannah pegou o celular, digitou um número e prendeu o aparelho entre o ombro e a orelha enquanto abria a geladeira. Thomas atendeu na segunda chamada.

"Oi. O que você está fazendo?", ela perguntou.

"Estou trabalhando, ou pelo menos no trabalho. As coisas estão bem tranquilas por aqui."

Hannah imaginou-o sentado, inclinado para trás na cadeira, com os pés apoiados no gaveteiro que ficava embaixo da escrivaninha organizada. O escritório ficava no último prédio da Stationsgatan e dava para a estação de trem mais próxima, que se assemelhava a um palácio, uma construção guiada pelo espírito de confiança e esperança no futuro durante a Primeira Guerra. Desde muitos anos o lugar havia passado a se chamar Casa da Juventude, uma vez que em 1992 o tráfego ferroviário de pessoas fora completamente desativado em Haparanda e, portanto, já não havia utilidade nenhuma para uma estação de trem. Em tempos recentes haviam começado debates sobre uma possível retomada, embora a maioria das pessoas preferisse manter o ceticismo enquanto os trens não estivessem de volta.

"A gente encontrou um corpo ontem", disse Hannah, pegando manteiga, queijo e suco da geladeira.

"É mesmo?"

"É. Foi por isso que cheguei tarde ontem."

"Tudo bem."

Não era a reação que ela esperava. Tinha imaginado Thomas endireitar-se na cadeira e inclinar-se para a frente, louco para saber mais, saber tudo. Não apenas um "tudo bem".

Ele sempre demonstrava um interesse sincero. Não apenas durante os anos em Estocolmo, mas também desde que haviam se mudado para o norte. Mesmo que ela nunca tivesse perseguido nenhum assassino em série nem participado de investigações espetaculares, Thomas sempre tivera curiosidade pelo trabalho dela. Bem mais do que ela pelo dele. Auditoria não era uma área muito palpitante.

"Houve um acidente, o passageiro de um dos carros morreu atropelado e acabou sendo enterrado na floresta", ela continuou, apesar da ausência de resposta, enquanto passava manteiga em duas fatias de *knäckebröd*.

"Vocês já têm algum suspeito?"

"Não, não sabemos nem de quem se trata."

"Quem foi que encontrou o corpo?"

"Nós. Uns lobos haviam comido pedaços dele e… é uma longa história."

"Me conte hoje à noite. Você vai estar em casa?"

"Depende do que ainda vai acontecer, mas acho que vou."

"Ótimo, até mais tarde então."

Um encerramento claro. Ele queria desligar. A ideia que ela tivera antes de sair da cama se pronunciou mais uma vez. Eles não tinham se falado no dia anterior — e quando tinha sido mesmo a última vez em que haviam feito alguma coisa juntos? Ela nem conseguia lembrar direito. Os dois haviam se visto, claro, passado tempo juntos em casa, mas quando tinha sido a última vez em que realmente haviam *feito* uma coisa juntos, apenas os dois?

Não que eles costumassem frequentar o circuito de cultura, esporte ou lazer da região, mas de vez em quando Thomas descobria um programa ou outro nas páginas do jornal *Norrländska Socialdemokraten* e a convidava para ir. Ocorreu a Hannah que ele havia parado por completo. Desde quando?

"Você e o UV são próximos?", ela perguntou enquanto fatiava o queijo, relutante em desligar.

"Quem?"

"O UV. Dennis Niemi."

"O mecânico?"

"É."

"Ele conserta os carros da firma e também o nosso carro e o scooter quando necessário. Por quê?"

"Por nada. Falei com ele ontem, e ele pediu para eu mandar um alô para você."

Não era toda a verdade, mas seria mais simples assim. A situação na noite anterior a havia lembrado de que não sabia direito o que o marido andava fazendo.

Nem onde nem com quem.

Não era apenas um outro ritmo. Os dois levavam praticamente vidas separadas.

Thomas havia passado mais tempo longe do que o normal no último ano. Tinha se dedicado mais tempo ao trabalho, à caça, à pesca, à cabana de férias, ao sobrinho. Havia outras coisas que o atraíam.

Talvez outra pessoa também.

Ela não tinha nenhuma suspeita concreta, mas também não podia excluir essa possibilidade. Era certo que vinham fazendo menos sexo. Hannah achava que o contrário aconteceria quando Alicia, a última dos filhos, saísse de casa. Ela tinha esperado aquele momento cheia de expectativa. Por muitos anos os dois haviam precisado esperar pelos momentos relativamente escassos em que estavam sozinhos em casa para não constranger adolescentes sensíveis. Naquele momento eram apenas os dois. Estavam livres. Mas não acontecia nada no quarto. Desde a virada do ano ela tinha decidido anotar no celular todas as vezes que eles faziam sexo. Apenas um "s", acompanhado pela data. Até aquele momento, havia dois "s" no calendário. O mais recente em 8 de abril. E já era início de junho.

"O que você fez ontem à noite?", ela perguntou, afastando depressa a ideia de que Thomas talvez estivesse cansado dela. De ambos, como casal.

"Nada de especial."

"Você não deu notícias."

"Imaginei que você estivesse trabalhando e não quis incomodar."

Hannah voltou mais uma vez a atenção para a manteiga e o queijo. Começou a se lembrar dos velhos tempos, quando eram recém-casados e tinham acabado de se mudar para Estocolmo. Na época, como praticamente todo mundo, ela não tinha celular. Em vez disso, tinha um bipe, e quando o aparelho soava, ela precisava dirigir-se o mais depressa possível a um telefone. Thomas estava em casa com Elin, podia ter acontecido alguma coisa, mas não. Ele queria apenas checar como ela estava, se fazer presente.

Às vezes ele queria apenas ouvir a voz dela.

Pouco importava que ela estivesse no trabalho. Pouco importava que ele estivesse atrapalhando.

"Tudo bem", ela disse, lacônica.

"É."

"Mas nos vemos à noite, então."

"Está bem. Eu devo chegar em casa na hora de sempre."

Ela desligou, largou o telefone em cima da bancada e começou a tomar café. Folheou distraidamente o jornal. Sem que fosse necessário qualquer esforço, aquela conversa matinal foi posta de lado.

Ruminar sobre as coisas nunca havia melhorado nada.

Após uma caminhada de pouco mais de vinte minutos, Hannah abriu a porta de entrada, cumprimentou Carin na recepção, passou o cartão de acesso em frente ao leitor, digitou o código e entrou para vestir o uniforme.

Enquanto subia para a reunião matinal, ouviu passos nas escadas. Parou e esperou por Gordon, que se aproximou com um sorriso nos lábios e uma pasta de arquivo numa das mãos.

"Oi! Você não trouxe o X?", ela quis saber, partindo do pressuposto de que o caso ainda estava sendo tratado como uma investigação de homicídio doloso, mesmo que a rubrica do crime provavelmente mais cedo ou mais tarde fosse alterada para crime de trânsito culposo, caso ficasse comprovado que o outro motorista não estava sob a influência de nenhuma substância ilegal. Se ao menos conseguissem encontrá-lo!

"Ele está aguardando os laudos da perícia técnica e da necropsia", respondeu Gordon. "Enquanto isso a gente continua a nossa parte e o mantém atualizado."

"Eu passei no UV ontem", ela disse enquanto o acompanhava em direção à copa.

"Quando?"

"A caminho de casa. Pensei imediatamente nele quando soube que havia o envolvimento de carros batidos."

"Mas ele largou o crime, não?"

"É o que ele diz, mas estava na oficina depois da meia-noite."

"Pode ser que haja muito trabalho."

"Deve ser incrível ter esse nível de fé na bondade das pessoas."

Ela sorriu para ele e abriu a porta que dava para o ambiente espaçoso que levava à sala de reunião. P-O estava sentado como um buldogue triste no sofá azul no canto, completamente perdido no celular, mas logo se levantou ao vê-los. Lurch estava no banco comprido junto à parede, esperando que a máquina de café terminasse o preparo.

"Olá", disse Hannah.

"Olá", respondeu Lurch enquanto pegava o café.

Gordon foi direto para a sala de reunião, seguido por Roger e P-O. Hannah apertou as teclas necessárias para um café grande, extraforte, sem leite.

Já na sala de reunião, ela sentou-se ao lado de Morgan, que a cumprimentou com um aceno de cabeça. No outro lado estavam Lurch, P-O e Ludwig Simonsson, o policial mais novo. Fazia pouco mais de um ano desde que havia chegado. Ele era de Småland e tinha estudado em Växjö, mas havia feito o curso preparatório em Kalix e começado um relacionamento com uma finlandesa que morava em Haparanda. Uma mãe solteira. Ela e a filha não falavam sueco, e Ludwig não falava finlandês. Mas Ludwig aprendia depressa, e logo havia começado a entender. Era um alívio e tanto, e não apenas na esfera pessoal. Um terço dos habitantes de Haparanda tinha nascido na Finlândia. Quatro em cada cinco tinham ascendência finlandesa. Às vezes Haparanda era descrita como "a cidade mais finlandesa da Suécia", embora não de forma incontroversa no meio da minoria da população que falava apenas sueco. A despeito do que se pensasse, a cidade era em tese bilíngue, e tornava-se cada vez mais difícil se virar sem o finlandês.

"Os laudos da perícia técnica e da necropsia ainda não estão prontos", disse Gordon, e o murmúrio na sala calou-se no mesmo instante.

"Porém muita coisa já foi descoberta nesse pouco tempo. Se começarmos com o trabalho dos legistas…" Ele abriu a pasta que tinha consigo e examinou um dos documentos. "Como eu disse, tudo é preliminar, mas a causa da morte foi uma fratura no pescoço. Os ferimentos nas pernas indicam que ele foi atropelado por um carro."

"Então ele estava fora do carro e foi atropelado", disse Hannah, num tom que sugeria mais uma constatação do que um questionamento.

"É o que parece. Mas ele também tem uma perfuração de tiro. Acima da nádega direita. A bala continua alojada." Gordon folheou os poucos separadores da pasta e pegou outro relatório. "O pessoal da perícia técnica diz que a arma usada foi de calibre 7,62 milímetros."

"Os fuzis finlandeses ainda usam esse calibre", esclareceu Morgan.

"Nada de identificação, nada nos bolsos a não ser uma caixa de fósforos russos e cigarros russos, e as roupas foram pelo menos em parte compradas na Rússia", prosseguiu Gordon. "Provavelmente é um russo, e, nesse caso, não existe em nossos registros", ele encerrou, tornando a fechar a pasta.

"E que diabos ele estava fazendo por lá?", perguntou P-O.

"Provavelmente contrabando", sugeriu Lurch, recebendo acenos de cabeça de todos os demais.

Onde existem fronteiras existe contrabando.

A fronteira de Haparanda não era uma exceção.

Entorpecentes, é claro, porém a maior parte do contrabando foi provocado pela União Europeia, que criara leis proibindo a comercialização de *snus* em todos os países-membros além da Suécia. Uma substância de venda proibida, impossível de ser comprada de maneira legal, que a poucas centenas de metros existia legalmente em abundância. Claro que o *snus* era objeto de contrabando. O *snus* não atraía somente jovens aventureiros querendo ganhar um dinheiro extra cruzando a fronteira com quantidades além do número permitido. Em grandes volumes, havia muito dinheiro envolvido. Um contrabandista russo usando pequenas estradas rurais era uma possibilidade real.

"A pintura na pedra… já sabemos qual era o modelo do carro?", Hannah perguntou.

"Ainda não. Mas ainda hoje devemos saber."

"Mas o suspeito do atropelamento é um morador local, certo?"

"Por quê?", perguntou Ludwig.

"Aquela estradinha de merda não aparece em mapas ou no GPS. É preciso saber chegar lá."

"Bem pensado. Vamos nos concentrar naquela região. Vou colocar uma equipe para bater na porta das pessoas."

Hannah fez um aceno de cabeça para si mesma. Seria preciso começar, o que significava delimitar a região das buscas, mesmo que ainda se tratasse de vinte e tantos vilarejos com mais de 350 moradores espalhados por centenas de quilômetros.

"Não houve uns russos envolvidos naquele tiroteio próximo a Rovaniemi umas semanas atrás?", perguntou Morgan, claramente ainda pensando em metralhadoras finlandesas e russos. Todos sabiam ao que ele se referia. Uma negociação que havia dado errado. A polícia finlandesa não havia pedido a colaboração da polícia sueca, então não havia mais detalhes.

"Existe uma suspeita de que as duas coisas tenham ligação?", Ludwig perguntou, com os erres guturais típicos do dialeto de Småland.

"Não faria mal investigar."

"Eu posso me encarregar disso", Hannah se ofereceu sem que ninguém fizesse objeções.

"Rovaniemi… Quer dizer então que vamos pedir a cooperação da polícia finlandesa?"

"Vamos ver", respondeu Gordon, olhando mais uma vez para todos ao redor da mesa. "Encontramos os resquícios da carne envenenada que os lobos comeram."

"É mesmo?", Hannah perguntou, surpresa. "Quando?"

"Eu e os vizinhos continuamos procurando ontem, depois que vocês encontraram o corpo", respondeu Morgan, levando um biscoito Brago à boca.

"E?"

Hannah aguardou Morgan terminar de mastigar e tomar um gole de café. Dando de ombros, ele disse:

"Nada de especial. A carne estava em cima de uma pedra. Também havia uns passarinhos e uma raposa mortos."

"E já sabemos quem pode tê-la colocado lá?", quis saber P-O.

"Não, mas o terreno pertence a Hellgren."

Todos à exceção de Ludwig fizeram um aceno de cabeça. Morgan não precisava dizer mais nada.

Anton Hellgren.

Suspeito de crimes de caça qualificada, receptação qualificada de caça e crueldade contra animais.

Alvo de notícias-crime por caça ilegal de linces, águias-reais, carcajus e ursos.

Investigado meia dúzia de vezes, porém jamais condenado ou sequer denunciado.

"Que tipo de veneno? Já sabemos?", perguntou Ludwig. "Podemos rastrear?"

"O INMV informou que os lobos morreram envenenados por alfacloralose", respondeu Hannah. "É um veneno comumente usado contra ratos, então provavelmente não."

"O que vamos fazer?", perguntou P-O, virando-se para Gordon.

"Em relação a Hellgren, nada, ao menos por enquanto", respondeu Gordon enquanto começava a recolher os papéis que tinha à sua frente. "Hannah vai contatar a polícia da Finlândia enquanto a gente se encarrega da nossa parte. Vamos ter uma breve coletiva de imprensa ao fim dessa reunião, e a partir de então pode ser que a gente comece a receber pistas."

"Vamos apostar nas manchetes?", Morgan sugeriu, com um sorriso por trás da enorme barba.

"É melhor não."

"'Gângster russo devorado por lobos'", disse Morgan, acentuando cada uma das palavras com as mãos à frente do corpo.

"Não pretendemos dizer nada a respeito da nacionalidade nem dos lobos, então a manchete não vai ser essa", disse Gordon enquanto se levantava. A reunião havia terminado.

"Que pena. É uma manchete perfeita. Russos e lobos assustam as pessoas mais do que aquelas matérias 'A sua dor de cabeça pode ser um tumor no cérebro'."

"Ludwig, como é que se diz 'Gângster russo devorado por lobos' em finlandês?", perguntou Lurch.

O colega passou um tempo pensando, e por fim os lábios se mexeram.

"*Venäläisen gangsterin ... syönyt sudet.*"

"Muito bem. Qualquer dia desses você e a sua namorada vão conseguir falar um com o outro também", disse Morgan, sorrindo pousando a mão no ombro de Ludwig.

Devia ter chovido, pensou Sami Ritola enquanto fumava escorado no tronco de uma bétula.

A chuva interminável, os guarda-chuvas pretos, os homens barbados e sérios com jaquetas de couro, os policiais mais ao fundo que tentavam ser discretos com as câmeras, a viúva e as crianças ao pé da sepultura aberta. A cena poderia ter saído de um filme. Caso chovesse.

Mas não chovia.

A cerimônia havia chegado ao fim. Um por um, aqueles homens brutos passaram pela viúva e pelas duas crianças, disseram palavras a meia-voz, fizeram um cumprimento de cabeça, pousaram a mão no braço ou no ombro dela e então deram ou receberam um abraço. Sami apagou o cigarro, expeliu a fumaça dos pulmões e se preparou. Seis dos sete mortos encontrados na clareira nos arredores de Rovaniemi já tinham sido identificados. Quatro eram membros ou contatos do Susia MC, uma das mais antigas gangues que existiam desde muito antes dos Outlaws e dos Bandidos, dos Shark Riders, dos Saturadah e de todos os outros começarem a se estabelecer. Nos últimos dez anos, a quantidade de gangues criminosas de motoqueiros havia mais do que dobrado na

Finlândia, mas o Susia MC tinha se mantido, e até mesmo ganhado membros com a concorrência. Uma das explicações possíveis eram os boatos de que membros desse grupo seriam excepcionalmente violentos; outra era que tinham vários bons contatos com os russos.

Com Valery Zagorny.

Um homem muito poderoso. E muito, muito perigoso.

Matti Husu, que com sua barba ruiva tinha sido o líder do grupo pelos último oito anos, chegou caminhando pela estradinha que levava ao estacionamento, onde as motocicletas estavam paradas em uma fileira impressionante. Os saltos das botas ecoavam contra o asfalto. Sami deixou o posto sob a bétula e passou a acompanhá-lo quando ele passou. Sem diminuir o ritmo, Matti lançou um olhar rápido que expressou com muita eloquência o que pensava a respeito da presença de Sami.

"Foi uma cerimônia bonita."

Não houve nenhuma reação; os dois simplesmente continuaram andando. Sami olhou por cima do ombro. Os outros membros da gangue estavam mais atrás, observando-o com olhares fixos e hostis. Sami apontou o túmulo mais ao fundo com o queixo.

"O Pentti... que cara. Eu adorava aquele negócio tribal que ele tinha ao redor do olho. Muito bacana." Ele voltou-se mais uma vez para Matti. "Ele fez aquilo antes ou depois do Mike Tyson? Você sabe?"

"Nem me fale a respeito dele."

"Mas sobre o que vamos falar, então?"

"Sobre nada. Não temos nada o que falar."

"Eu tenho, e você sabe o que eu costumo dizer: pode ser aqui ou na delegacia."

Ele tirou uma carteira de cigarros do bolso e a estendeu para Matti, que após instantes de hesitação soltou um suspiro e pegou um. Ele parou e fez um gesto para indicar aos outros que prosseguissem, enquanto Sami pegava um isqueiro e acendia os cigarros.

"Nós dois queremos a mesma coisa", ele disse, soltando a fumaça. "Alguém arrebentou o pescoço do Pentti com um tiro. Está certo isso que eu disse? Arrebentou o pescoço do... Ah, que se foda. Foi o que aconteceu. E além disso matou os seus outros colegas. Eu quero encontrar esse cara."

Matti não respondeu. Simplesmente deu uma tragada no cigarro e olhou para o restante da gangue: todos já o esperavam em cima das motocicletas.

"Havia um Jeep russo no local", disse Sami. "E conseguimos identificar outros dois sujeitos. Ambos eram russos. O que foi que aconteceu?"

"Você não sabe? Você parece saber tudo."

"Vamos lá, me ajude um pouco."

"Você nunca vai encontrá-lo."

Sami teve um sobressalto. O grau de confiança naquela declaração levantava uma série de questões. Questões que não eram apenas do interesse dele que fossem respondidas.

"Você sabe quem foi? Onde ele está?"

Matti o encarou em silêncio, como se já tivesse falado demais. Sami balançou a cabeça e lançou um olhar preocupado em direção ao líder barbado da gangue.

"Matti, ouça o que vou dizer. A polícia de Oulu já assumiu a investigação. Se os jornais continuarem a escrever sobre o caso, logo a polícia de Helsinki também vai entrar em cena. Existem vantagens políticas a serem tiradas, como você bem sabe, com investidas mais firmes contra as gangues, o crime organizado, blá-blá-blá. Vamos trazer mais agentes para cá, mais recursos e ficar de olho em vocês 24 horas por dia, o que pode dificultar bastante os negócios."

Sami parou de falar, deu uma tragada no cigarro e manteve o olhar fixo em Matti para avaliar que efeito teria aquele pequeno discurso. O outro homem parecia pensativo.

"Tem um mosquito na sua testa."

"Como?"

"Um mosquito", repetiu Sami, apontando. "Na sua testa. Eu podia dar um tapa nele, mas acho que talvez eu acabasse morto pelos seus colegas."

Irritado, Matti passou a mão na testa, olhou para os dedos e fez um movimento na direção oposta.

"Me conte o que você sab. A gente pega o sujeito e vocês podem continuar fazendo tudo normalmente. Nós dois saímos ganhando."

"Sami, esqueça o assunto. Ele está morto."

Sami encontrou o olhar tranquilo do líder da gangue. Sentiu que seus batimentos cardíacos estavam acelerados. Será mesmo? Então aquilo era uma confissão? Será que a teoria que ele tinha ouvido e descartado praticamente no mesmo instante podia estar certa? Ele precisava de mais informações. Quando o homem havia morrido, e, acima de tudo...

"Onde ele está? E onde é que... você sabe."

"Ele está morto. Simplesmente ainda não sabe." Matti deu-lhe um tapinha no ombro, jogou a bituca do cigarro no chão e saiu em direção à motocicleta. Sami olhou para as costas dele, estampadas com a cabeça de lobo com a corrente preta na bocarra aberta. Os outros deram a partida nos motores ao ver que Matti se aproximava, mas ninguém saiu do lugar antes que ele começasse a andar. O ronco dos motores rasgou o silêncio ao redor do cemitério quando todos saíram juntos em cortejo.

Sami voltou ao cemitério. Não havia grandes motivos para celebração: ele simplesmente queria chegar um pouco mais perto. Parou e olhou para a viúva e para as duas crianças, que eram conduzidas pela mão rumo a um carro estacionado, onde estavam pessoas que deviam ser os pais dela. Era lamentável para ela, claro, e também para as crianças, mas Pentti havia passado 14 de seus 38 anos preso, tinha sofrido dois ataques a faca e um a tiros, então estava longe de ser um aposentado que morreu de repente para a surpresa de todos. Será que ele devia abordá-la? Será que ela podia saber de alguma coisa? O telefone zumbiu no bolso, Sami o pegou e olhou para a tela. Era uma ligação da Suécia.

"Dou-lhe uma, dou-lhe duas, dou-lhe três. Vendido por 65 coroas."

O leiloeiro gorducho bateu o malhete que tinha na mão e enxugou a testa com um lenço antes de anunciar o próximo lote. René estava sentado no lado direito, tão longe quanto possível da janela onde as cortinas floridas tentavam com pouco ou nenhum sucesso bloquear o sol intenso. Fazia um calor opressor na sala, e o grande ventilador que girava vagarosamente no teto servia mais para espalhar o calor do que para dissipá-lo. Ele se abanava com o catálogo do leilão dobrado ao meio, avesso a tirar o blazer azul-marinho de abotoadura dupla e apresentar-se somente de camisa.

Tinha por hábito frequentar os leilões em Åskogen. E não era o único. O centro comunitário estava lotado. A maioria das pessoas estava lá por lazer, para se distrair: era uma chance de comprar, barato e no grito, objetos úteis ou apreciados. Também havia um ou outro antiquário. René reconheceu pelo menos dois. Ambos eram senhores na casa dos cinquenta anos que costumavam aparecer nos leilões da região. Tentavam ocultar o quanto sabiam para não aumentar o interesse nos objetos que lhes interessavam, mas René já havia percebido o truque muito tempo atrás. Eles sabiam exatamente em que momentos gritar, e também a soma a gritar.

Exatamente como René, embora por motivos totalmente distintos.

Naquele dia já tinham sido vendidos dois espólios. Por todo o pequeno palco havia móveis, porcelanas, artigos elétricos, lâmpadas, bibelôs, objetos de arte, tapetes, ferramentas, espelhos e as "caixas de achados", que estavam sendo oferecidas naquele momento. Eram caixas com diversos objetos de pequenas dimensões que não justificavam uma venda individual.

"Aqui temos a caixa de achados número quatro", disse o leiloeiro suado enquanto seu colega exibia o objeto. "Um golfinho de vidro, três xícaras com os respectivos pires, um globo de neve, um descanso de panela em metal e um pequeno gnomo de jardim com um carrinho de mão, entre outras coisas. São vários objetos decorativos. Temos uma oferta de vinte coroas?"

René esperou e olhou ao redor: ele tinha um palpite sobre quem daria lances. Uma mulher da segunda fileira ergueu a mão. Era uma das pessoas que René tinha em sua lista: ela já tinha comprado uma lâmpada de lava, uma Mona Lisa bordada em ponto-cruz e uma das caixas de achados oferecidas anteriormente.

"Tenho aqui vinte coroas", confirmou o leiloeiro.

"Trinta", disse René.

O homem com o malhete repetiu a oferta e olhou mais uma vez para a mulher, que aumentou o lance para quarenta.

"Quarenta coroas", ele disse, olhando para René, que ergueu a mão e fez um sinal afirmativo. "Cinquenta."

A mulher se virou para ver quem estava disputando o objeto. René abriu um sorriso. O leiloeiro repetiu a soma oferecida por René. A mulher balançou a cabeça.

"Quem dá mais? Dou-lhe uma, dou-lhe duas, dou-lhe três. Vendido por cinquenta coroas."

Enquanto o leilão continuava com a caixa de achados número cinco, René se aproximou para fazer o pagamento. Em dinheiro.

Era o terceiro objeto que tinha arrematado naquele dia; por ora, seria tudo. Com a caixa debaixo do braço, ele atravessou o café movimentado e foi até o Toyota Yaris vinho, que já tinha havia cinco anos. Colocou a caixa no porta-malas, onde estavam as outras coisas que havia comprado, deu a partida e começou a viagem de volta para Haparanda.

Já na estrada, regulou o controlador de velocidade para manter o carro a noventa quilômetros por hora e acompanhou o ritmo do tráfego. Um veículo comum entre outros tantos veículos comuns.

Anonimato. Podia existir coisa melhor?

Ele vinha fazendo negócios em Haparanda havia pouco mais de dois anos. Morava num apartamento central de um quarto. Trabalhava meio turno na hamburgueria Max. Para os colegas, tinha dito que estudava a distância no restante do tempo. Ciências da informação na Mittuniversitet. Ele tinha escolhido cuidadosamente o curso que pudesse despertar a menor curiosidade possível, para assim evitar que as pessoas demonstrassem interesse. Nunca participava das outras atividades, nunca saía para tomar uma cerveja com ninguém, nunca ia ao cinema, nunca ia à casa de um amigo ou conhecido. Não tinha namorada ou namorado. Sabia que os colegas de trabalho o consideravam esquisito devido às roupas certinhas e ao comportamento discreto, e que havia muito tempo tinham desistido de convencê-lo a participar do que quer que fosse. Para ele, melhor assim.

Não devia haver nem dez pessoas em Haparanda que soubessem que ele existia.

E somente quatro sabiam o que ele realmente fazia.

Outros na mesma situação gostariam que o maior número de pessoas — desde que se tratasse das pessoas "certas" — soubesse quem eram e o que estavam fazendo. Sentiam-se atraídos pela ideia de causar temor e admiração. Mas, para René, isso não serviria para nada além de inflar o próprio ego. Esse tipo de afirmação lhe parecia desnecessário e indesejado.

Ele sabia quem era e por que era dessa forma.

Um homem de sucesso, porque era sagaz e ambicioso.

Aos 15 anos, ele e os pais haviam feito uma avaliação psicológica. Durante a adolescência ele tinha sido diferente, estranho, um lobo solitário com dificuldades para estabelecer laços e fazer amizades, mas após certos incidentes na escola — um lugar que odiava —, os pais começaram a questionar a capacidade de empatia do filho. Naturalmente o problema devia estar nele, e não nos pais, que eram pessoas sem ambição, medíocres e sem imaginação com as quais se via obrigado a morar.

Após uma bateria de testes, exames e consultas psicológicas, enfim os pais tinham conseguido o que tanto queriam. Não um filho grato, capaz de perceber que havia errado e que em razão disso estaria disposto a fazer o possível para não odiar cada instante passado naquela existência de classe média desprovida de sentido. Não, eles tinham conseguido uma coisa bem melhor. Um diagnóstico. Uma confirmação daquilo que sabiam desde o início.

Ele era doente.

Um sociopata de alto desempenho. Ou talvez um psicopata; nesse ponto os diagnósticos divergiam um pouco. Mas não era sequer essa parte do diagnóstico o mais importante. Pelo menos não para ele. O importante era a parte do alto desempenho.

Ou, dito em outras palavras: inteligente.

Mais tarde ele havia feito diversos testes de QI, e no melhor resultado atingira 139 pontos na escala Wechsler. Sendo assim, preencheria todos os requisitos para tornar-se membro da Mensa e de outras entidades similares, porém não tinha nenhum interesse em participar de grupos maiores. Nem de alardear sua inteligência superior.

O rádio ao fundo tocava uma música de Whitney Houston. René aumentou o volume. Whitney Houston era de uma perfeição absoluta. Ela tinha tudo: a voz, o visual, a fragilidade, a força, a intimidade. Era uma artista completa. Nesse assunto ele concordava com Patrick Bateman, o personagem principal do romance *Psicopata americano*, de Bret Easton Ellis. Ele não gostava dos outros artistas admirados por Bateman — Genesis, Phil Collins, Huey Lewis and the News, e tampouco achava que o livro fosse particularmente bom, mas o havia lido em razão do título, mesmo que nunca tivesse assistido ao filme.

Mas com Whitney era diferente.

Ele considerava o primeiro álbum dela o melhor álbum de estreia de todos os tempos, mesmo que o seu favorito fosse *My Love Is Your Love*, de 1998.

A história dela também era perfeita, desde o início até o trágico fim. A infância, a música gospel, a família presente mas exigente, os ataques, as descobertas, as conquistas, a chegada ao topo, o reconhecimento em todo o mundo, a imprensa, a obrigação de esconder a própria sexualidade, a traição da família, a queda, a tentativa de redenção, a humilhação pública e por fim a morte. Nenhum roteirista de Hollywood poderia ter criado uma história melhor nem com uma lição moral mais clara.

Don't do drugs, kids.

René sorriu, aumentou o volume ainda mais e continuou a andar dentro da velocidade permitida em direção a Haparanda.

Kenneth estava sentado na escada de pedra com uma lata de cerveja na mão quando Thomas chegou de carro e dobrou no acesso que passava em frente à grande casa de dois andares com fachada de placas corrugadas e mansardas que, junto com outras duas ou três casas, constituíam o pequeno município de Norra Storträsk. Em princípio, não precisava de manutenção nenhuma, segundo o corretor que vendera o imóvel a Kenneth e Sandra dois anos antes.

Em princípio… Mas certas placas corrugadas haviam rachado e precisaram ser trocadas, e a casa inteira se beneficiaria de uma bela limpeza, porque em várias tábuas havia manchas verdes, que Sandra imaginava serem algas enquanto Thomas receava que fossem mofo. A tinta branca havia começado a se desprender dos parapeitos, que nesses pontos começava a apodrecer. Uma das vidraças estava quebrada, substituída por um tapume de compensado, e a escada em que Kenneth estava, e de onde se levantou a contragosto, havia rachado em diversos pontos ao redor do corrimão. Se alguém de carro avançasse pela estrada — o que não ocorria com muita frequência —, poderia facilmente acreditar que aquela era mais uma das casas abandonadas e em ruínas na região.

Thomas acenou e saiu do carro. O sobrinho nunca teve uma aparência muito sadia, mas daquela vez parecia ainda mais pálido e magro do que o normal, aproximando-se a passos arrastados. Cabelos na altura dos ombros, olheiras, uma camiseta preta com uma criatura similar a um zumbi chamada Eddie, bermuda verde-escura nas pernas finas e pálidas e os pés enfiados num par de sapatos de madeira.

"O que você está fazendo aqui?", Kenneth perguntou quando se aproximou de Thomas e lhe deu um rápido abraço.

"As coisas estão paradas no trabalho, então pensei em dar um jeito no aquecedor."

"Legal."

"Como você está?", Thomas perguntou enquanto abria a porta de trás e pegava a caixa de ferramentas e as peças sobressalentes que havia comprado.

"Bem, tudo bem."

"O que você anda fazendo?"

Kenneth deu de ombros e levantou as palmas das mãos.

"Nada de especial. Estou meio que por aí…"

Ele passou uma das mãos pela barba rala e evitou encontrar os olhos de Thomas, dando meia-volta e seguindo em direção à casa. Thomas o examinou antes de segui-lo. Será que era impressão ou Kenneth realmente estava um pouco… tenso? Era como se tivesse se esforçado para dar a impressão de que tudo estava como sempre. Thomas não achava que ele tivesse voltado a usar drogas; Sandra nunca admitiria uma coisa dessas e já o teria expulsado de casa. Kenneth amava Sandra e jamais colocaria o relacionamento deles em risco.

Mas havia algo ali.

Ele tinha convivido de perto com o sobrinho naquele último ano e fora o único membro da família a visitá-lo quando estava na prisão. Quando Kenneth foi solto e decidiu ficar em Haparanda, Rita perguntou a Thomas se não poderia dar uma olhada nele de vez em quando, ajudá-lo na medida do possível e certificar-se de que estava bem.

No início ele havia tentado convencer a irmã a aparecer para dar um alô, não só para o filho, mas também para ele e Hannah. Mas nunca parecia haver uma ocasião conveniente: sempre surgia um impedimento. Thomas nunca havia dito nada, mas sabia que ela não os visitava por causa de Stefan, seu marido. Se Thomas conhecia bem o cunhado, ele não devia fazer nenhuma proibição explícita, mas apenas dar a entender como ficaria decepcionado caso ela decidisse vê-los. Então ela nunca aparecia. E também quase nunca ligava nem fazia contato nas redes sociais. Segundo Kenneth, era porque o pai dele, um sujeito controlador, para dizer o mínimo, conferia o telefone de Rita em intervalos regulares.

A ordem e a organização surgiam a partir da obediência e da disciplina.

Thomas sabia que Stefan tinha proibido o filho de voltar para casa. Ele poderia voltar para Estocolmo se quisesse, mas não seria bem-vindo em casa. Ficar óbvio àquela altura que Stefan tinha apenas dois, e não três filhos.

"Cheguei numa hora ruim?", Thomas perguntou a caminho da casa, dando a Kenneth chance de falar se havia alguma coisa que o incomodasse.

"Não, estou contente de saber que o conserto vai sair."

Sandra estava tomando banho no trabalho, mas Thomas não soube dizer como Kenneth fazia para tomar banho. Se é que tomava. Thomas esperava que sim, ao menos por Sandra. O aquecedor tinha estragado mais de uma semana atrás.

Os dois entraram na casa, passando pelo no pequeno corredor em que Thomas ajudara a colocar o papel de parede após o conserto de uma infiltração. Ele abriu a porta do porão à esquerda, que ainda estava um pouco emperrada, acionou o interruptor preto no lado de dentro e desceu a escada. Kenneth o acompanhou. O lugar era frio e úmido, e como de costume Thomas imaginou sentir cheiro de mofo lá embaixo. Desceu até a velha caldeira redonda que durante as últimas semanas havia derrubado o disjuntor instalado após a mudança. Provavelmente era um problema na fiação: ele tinha consigo duas resistências novas. O aquecedor ficava atrás de uma prateleira, meio embutido na parede, e Thomas precisou remover caixas de plástico que guardavam pregos e parafusos, um par de vasos, um saco de argila expandida, uma bandeja com veneno para ratos e umas latas velhas de tinta para chegar ao local.

"Como vão os trabalhos?", ele perguntou, desligando a chave do aquecedor e abrindo a válvula que o esvaziava.

"Devagar."

"Você tem procurado?"

"Tenho, mas não agora. Já faz um tempo que não procuro."

Thomas largou a chave de boca, se levantou e olhou para Kenneth com uma expressão séria.

"Está tudo bem?"

"Claro que está."

"Você parece meio... estranho."

Kenneth permaneceu em silêncio, de braços cruzados. Em geral ele se mostrava disposto a falar sobre assuntos pessoais, nem sempre de um jeito muito detalhado, mas pelo menos respondendo a perguntas diretas. Naquele momento, pareceu a Thomas que o sobrinho estava mentindo.

"Ah, só estou meio cansado", disse Kenneth, dando de ombros. "Tenho dormido mal."

"Por quê?"

"Não sei. Talvez por causa do calor."

Kenneth desviou o olhar e cofiou a barba. Thomas ficou com a mesma sensação de quando encontrara o sobrinho em frente à casa, mas naquele momento ocorreu-lhe a palavra justa.

Perseguido. Kenneth dava a impressão de estar sendo perseguido.

"Como andam as coisas com a Hannah?", perguntou Kenneth, quebrando o silêncio que se instalara.

"Bem, mas ela anda trabalhando muito... Será que você pode esvaziar o encanamento? Abra a pia da cozinha."

"Claro."

Kenneth subiu a escada e pareceu quase aliviado ao sair do porão. Quando voltasse à casa do sobrinho, Thomas conduziria a conversa por um rumo mais neutro, sem perguntar como Kenneth estava ou falar sobre Hannah.

Ele havia pensado nela desde aquela manhã, desde que ela havia contado sobre o corpo encontrado na floresta. Tinha notado que ela esperava maior interesse, maior engajamento da parte dele. Como antes.

Mas ele não se atrevia. Tinha receio de revelar demais.

Talvez houvesse um peso nas costas de Kenneth, mas quem seria ele para se intrometer nesses assuntos? Os deuses sabiam que ele já tinha segredos mais do que suficientes.

Hannah estava sentada em frente à escrivaninha com a terceira caneca de café. Após a reunião e a conversa com a polícia da Finlândia ela tinha lido os relatórios e relido as próprias anotações para ver se fazia uma descoberta que pudesse avançar a investigação, mas não havia muito que pudesse fazer enquanto Sami Ritola não lhe revelasse a identidade do russo na floresta. Gordon havia mandado um requerimento à Interpol e uma amostra de DNA para o registro mantido pelos países signatários da Convenção de Prüm, mas ainda não tinha recebido nenhum tipo de retorno. Os finlandeses mortos nos arredores de Rovaniemi, no entanto, pertenciam a uma gangue local de motociclistas e, se a vítima na floresta mantivesse contato próximo com eles, era possível que Ritola soubesse de quem se tratava. Hannah tinha mandado uma fotografia para ele e desde então mantinha os dedos cruzados. Precisava se ocupar de um jeito ou de outro, então tratou de esvaziar a caneca e saiu ao corredor, rumo à sala de Gordon.

"Vou fazer uma visita ao Hellgren", ela disse enquanto vestia a jaqueta do uniforme.

"Por quê?"

"Ainda temos uma investigação de caça aberta, mas vou até lá principalmente para infernizar."

Essa era também a única coisa que com toda a certeza conseguiria fazer. Hellgren já tinha livrado a própria cara diante de provas bem mais convincentes, e naquele momento o que a polícia tinha mal servia como indício.

"Você quer companhia?"

"Claro."

Os dois saíram juntos da delegacia. Hannah esperava pelo menos um jornalista no lado de fora, mas não havia ninguém. A coletiva de imprensa em Luleå, ao lado de Gordon, tinha sido bastante enfadonha. Oficialmente, haviam dito que se tratava de um acidente fatal seguido de fuga e pediram que os habitantes da região que tivessem visto alguma coisa, como um carro azul-escuro, por exemplo, fossem à polícia. Nada sobre o ferimento a bala, sobre os lobos ou sobre possíveis ligações com Rovaniemi. Mas, numa cidade em que uma batida contra um alce dava matéria de capa, Hannah acreditava que a morte violenta de uma pessoa seria inflada para render o máximo possível. Porém, ficou claro que não.

Eles entraram no carro de Gordon, pegaram a E4, passaram pela IKEA e saíram da cidade pelo oeste. Estavam na estrada havia poucos minutos quando Hannah sentiu que a familiar, porém, sempre indesejada onda de calor se espalhava do peito em direção à cabeça.

"Não pode ser!" Ela abriu o vidro para pegar um pouco de vento. Sentiu o suor escorrer do pescoço e descer por entre os seios.

"O que foi?", perguntou Gordon, lançando um olhar rápido em direção a ela e instintivamente diminuiu a velocidade.

"Vocês são muito sortudos, hein?" A voz expressou mais raiva do que ela pretendia, mas serviu para esconder a iminência do choro. Ela parecia mais brava do que triste. "Vocês, homens, se deram muito bem."

"Está bem..."

"Eu passei quarenta anos menstruando todos os meses a não ser quando estava grávida, mas nessas horas eu estava enorme e passava o tempo inteiro com vontade de fazer xixi e me sentindo enjoada."

Gordon permaneceu em silêncio, porque entendeu que seria melhor não responder nada. Hannah, irritada, enxugava o suor do rosto e passava as mãos na calça do uniforme.

"Agora cheguei ao fim desse inferno. Mas por acaso acabou? Não. Agora eu tenho essa merda."

"Você quer que eu pare?"

Hannah inclinou o corpo para trás e apoiou a cabeça no encosto, fechou os olhos e começou a respirar profundamente. O vento a refrescou, a onda de calor passou e ela começou a reassumir o controle.

"Não, está tudo bem… Me desculpe."

"Tudo bem. Essas oscilações de humor são comuns quando os níveis de estrogênio se alteram."

Ela balançou a cabeça e franziu as sobrancelhas, confusa. Será que ele estava brincando? Por instantes, Gordon tirou os olhos da estrada e a encarou.

"Eu li a respeito disso."

"Você leu a respeito de menopausa?"

"Eu me preocupo com a minha equipe", ele explicou, dando de ombros.

Hannah sabia que aquilo não era apenas da boca para fora: quando surgiam problemas entre colegas, fossem particulares ou profissionais, Gordon fazia todo o possível a fim de oferecer apoio e ajuda no local de trabalho.

Gordon Backman Niska era um bom chefe. Uma boa pessoa.

Mesmo assim Hannah achava que ele devia estar fazendo um esforço adicional por se tratar dela. Com o olhar fixo à frente, ela pousou a mão na perna dele. Não era um gesto sexual, apenas uma expressão física de apreciação, a comunicação de um sentimento — uma coisa que ela sempre havia feito mal com palavras. Com o rabo do olho, Hannah notou que Gordon havia lançado um olhar rápido para ela. Em seguida ele pegou sua mão e a apertou.

Os dois continuaram a avançar calados, saíram da E4 e seguiram rumo ao norte. Hannah fechou o vidro. Dez minutos mais tarde pegaram uma estradinha tão pequena que era preciso saber que estava lá para encontrá-la. Seguiram devagar até que a floresta se abrisse em um quadrado com cinco construções que pareciam abandonadas. A casa era construída em madeira pintada de amarelo. Atrás havia um galpão pintado de vermelho com portas duplas pintadas de verde, que dava a impressão de funcionar como estábulo, mesmo que nunca tivesse havido animais por lá. Pelo menos não animais vivos. Ao lado do galpão havia um pequeno armazém de lenha e uma casinha de cachorro onde dois cães de caça anunciavam a chegada de Hannah e Gordon com latidos incessantes. A última casa do terreno, uma cabana de tábuas com o telhado quebrado, parecia ter saído de um camping. Não estava claro para o que servia, se é que ainda tinha serventia.

Gordon estacionou, e os dois saíram. Hannah lançou um olhar rápido para o carro enquanto andava em direção a Hellgren, que estava postado na porta da casa de braços cruzados sobre a camisa de flanela. Ele parecia mais jovem do que seus pouco mais de sessenta anos, mais jovem do que P-O, ocorreu a Hannah, e era um homem inteligente e musculoso com um rosto que eram prova das incontáveis horas passadas em meio à natureza. Era um rosto de barba curta e branca e olhos azuis gelados que se mantinham fixos com uma expressão contrariada sob o boné, que fazia propaganda de um óleo de motor.

"O que vocês querem?", ele perguntou, sem nenhuma indicação de uma recepção formal ou amistosa.

"Você tem veneno de rato em casa?", Gordon perguntou, indo direto ao assunto.

"Não. Quando aparecem ratos eu atiro neles."

De uma forma ou de outra, a maneira de falar "ratos" deu a Hannah a impressão de que Hellgren via tanto ela como Gordon, e possivelmente todos os policiais, como pragas.

"E quanto aos camundongos? Eles são mais difíceis de acertar."

"Uso ratoeiras. Não tenho veneno por aqui. Tenho cachorros."

"Você parece até um defensor de animais", Hannah provocou.

"Sabe por que estamos perguntando?"

"Imagino que vocês tenham encontrado um bicho envenenado por aí", disse Hellgren, parecendo ao mesmo tempo cansado e irritado.

"No seu terreno", disse Hannah. Não era bem verdade, mas havia uma chance de que, indignado, ele a corrigisse, revelando assim saber que os lobos tinham sido envenenados *fora* da propriedade.

"Eu tenho muita terra e pouca cerca", Hellgren respondeu tranquilamente, dando de ombros.

"Podemos dar uma olhada por aqui? Dentro das construções?"

"Não."

Hannah olhou para Gordon, que de maneira quase imperceptível balançou a cabeça. Os dois podiam decidir na hora fazer uma busca se o crime suspeitado tivesse pena de prisão e se tivessem motivo para crer que nas construções houvesse coisas de importância decisiva para a investigação. O primeiro critério estava devidamente atendido, porém, mesmo que encontrassem um pallet inteiro de veneno para rato, jamais conseguiriam associá-lo de maneira decisiva ao lobo envenenado.

"Mais alguma coisa?"

Gordon olhou ao redor e deu a impressão de estar pensando sobre o assunto enquanto tomava uma decisão.

"Não, por enquanto não. Mas pode ser que a gente passe aqui de vez em quando."

"Por quê?"

"Por que não?"

"Vocês têm suspeitas a meu respeito?"

"Não, agora não. Mas, como eu disse, pode ser que a gente passe aqui outra vez mais tarde."

Os dois pegaram o caminho de volta, e Hannah teve a impressão de sentir o olhar indignado de Hellgren em suas costas. Quando se aproximaram do carro, ouviram o ronco de um motor, e no instante seguinte outro carro entrou no pátio e estacionou. Um homem bem-vestido de vinte e poucos anos desceu e seguiu em direção à casa com passos decididos, que indicavam que aquela não era sua primeira vez por lá. Ele lançou um olhar desinteressado em direção a Hannah e Gordon e fez um discreto aceno de cabeça ao passar.

"Quem era?", perguntou Hannah, virando a cabeça e vendo o rapaz se aproximar de Hellgren e apertar a mão do homem antes que os dois entrassem na casa.

"Não sei. Não conheço."

Gordon continuou andando em direção ao carro. Hannah hesitou, pegou o celular e, com uma última olhada para a casa, deu mais uns passos à frente para obter com a maior clareza possível o número da placa do Toyota Yaris vinho em que o rapaz havia chegado.

A menina no parquinho parecia ter por volta de oito anos.
Com as mãos nos ombros do irmão, que devia ter a metade da idade dela, levava-o a uma nova brincadeira e dizia que aquilo seria muito divertido. Com um sorriso alegre, Katja estudava como a menina fazia com que tudo na brincadeira ocorresse à maneira dela, pegando mais um morango da caixa que tinha a seu lado no banco do parque. Ela adorava morangos. Devia ter a idade daquela menina quando os experimentou pela primeira vez. No lugar que até então considerava sua casa nunca havia morangos, nunca havia nenhuma fruta fresca, ou pelo menos nenhuma da qual ela se lembrasse, a não ser pelas maçãs azedas da macieira que havia no pátio.

Eles a haviam buscado na escola, onde todos achavam que ela morava com a tia materna, porque a mãe era incapaz de tomar conta dela. Katja — ou Tatjana, como ela se chamava na época — não sabia por que essa mentira era importante: certa vez havia perguntado em casa, mas logo recebeu um doloroso lembrete de que devia se limitar a fazer como lhe mandavam.
Certa manhã a professora tinha sido chamada do lado de fora da sala de aula. Ela parecia nervosa, e minutos depois, ao voltar, disse que

Tatjana devia acompanhá-la até o corredor, onde dois homens a esperavam. Um deles se aproximou com um sorriso caloroso e amigável nos lábios, agachou-se na frente dela e apresentou-se como Tio. O outro permaneceu um pouco atrás e não disse nada.

Tio perguntou se ela não gostaria de acompanhá-lo ao pátio para que conversassem um pouco. Tatjana havia olhado para a professora, que fez que sim com a cabeça para indicar que devia segui-lo, o que a menina então fez.

Já no lado de fora, os dois sentaram-se num dos bancos atrás do ginásio esportivo. O pátio estava vazio: todos estavam em aula. Era outono, mas o inverno já estava no ar. Ela começou a tremer de frio, usava apenas um por casaquinho fino. Tio fez um gesto para o outro homem, que se aproximou e pendurou a jaqueta de couro nos ombros da menina.

"Você ainda está com frio?", perguntou Tio, preocupado.

Ela balançou a cabeça, mantendo o olhar fixo no chão. Tinha pegado uma caixinha de pastilhas, colocado uma na boca, oferecido uma a Tatjana e recebido mais uma negativa em resposta.

"Eu quero que você saia daqui comigo", ele disse, guardando a caixinha novamente no bolso. Tatjana não respondeu nada. "Quero levar você para longe daqui, para outro tipo de escola onde você possa fazer novos amigos."

Ela não tinha nenhum amigo naquela escola, mas não quis fazer esse comentário. Simplesmente manteve a cabeça baixa, o olhar fixo nas botas que se balançavam a poucos centímetros do chão.

"O que você acha, Tatjana?", ele perguntou depois de um tempo em silêncio. "Quer vir comigo?"

Ela balançou mais uma vez a cabeça.

"Por que não?"

"A mamãe e o papai", ela murmurou, quase como um desabafo.

"Ah, mas aquelas pessoas não são a sua mãe e o seu pai. São pessoas ruins."

Uma constatação breve que, naquele momento, soou de uma forma ou de outra verdadeira. Era um sentimento inexplicável que ela tinha de vez em quando, de que em outra época tinha havido outras pessoas, outra situação. Pela primeira vez ela virou o rosto cautelosamente e olhou para aquele homem.

"Você gosta de estar com eles? Você se sente bem ao lado deles?", ele perguntou.

O pai já havia lhe dito o que aconteceria se ela contasse para outras pessoas o que acontecia em casa, se outras pessoas soubessem que as coisas não iam muito bem. Ela não conhecia aquele homem, não imaginava quem poderia ser. Ele parecia gentil, mas talvez fosse contar ao pai tudo o que ela dissesse. Talvez estivesse lá apenas para conferir se ela era uma menina obediente. Então ela apenas assentiu.

"Eu não acredito no que você está dizendo", disse Tio, embora sem parecer bravo como a mãe e o pai quando achavam que ela estava mentindo. "E sabe por que eu não acredito?"

Ela apenas balançou a cabeça, achava que, quanto menos falasse, melhor. Então Tio começou a falar.

O que acontecia na casa, o que eles faziam, o tipo de coisa a que a submetiam.

Ele sabia de tudo. Era como se tivesse estado lá, vivido na casa: o tom e a repulsa na voz davam a impressão de que tinha vivido ao lado dela. Ela chorou quando o homem terminou de falar, um choro convulsivo que fez o corpo todo estremecer. Os ombros ergueram-se quase até as orelhas, as mãos crisparam-se com tanta força que os dedos ficaram vermelhos. Ela sentia vergonha e medo, mas também um estranho alívio.

"Você quer voltar?" Ele entregou-lhe um lenço. Ela balançou a cabeça e limpou o ranho que escorria em dois longos filetes do nariz. "Se você me acompanhar, ninguém mais vai fazer mal a você. Nunca mais."

Ela olhou para ele, e naquele instante o olhar do homem levou-a a acreditar no que ele dizia.

O menininho levou um empurrão, caiu e pôs-se a chorar. A irmã ajudou-o a se levantar e limpou o pó de suas roupas. Um homem que Katja imaginava ser o pai das crianças se aproximou, agachou-se na frente do menino e voltou o rosto em direção à menina. Katja se levantou. Bater em crianças era proibido, mas isso não impedia que muitos pais ainda recorressem aos castigos físicos. Uma das regras mais importantes era jamais usar os conhecimentos que detinha fora de um contexto predefinido, mas nada a impediria de fazer uma censura leve ao homem se ele decidisse bater na menina. Para o alívio dela, o homem deu a impressão de querer apenas conversar com a filha, que logo demonstrou ter compreendido o erro e deu um abraço no irmão. O celular de Katja bipou mais uma vez. Ela colocou outro morango na boca e pegou o aparelho. Era uma mensagem de Tio.

Um novo trabalho. Em Haparanda.

Todos na delegacia estavam reunidos na sala de conferências.

Gordon deixou o lugar costumeiro na ponta da mesa e Alexander "X" Erixon puxou a cadeira, arregaçou as mangas da camisa azul-clara e sentou-se. Depois de inteirar-se das possíveis ligações com o assassinato ocorrido em Rovaniemi, tinha decidido coordenar a investigação in loco. Aquele era um reforço muito bem-vindo. Os colegas gostavam dele, e para Gordon o sentimento parecia ser mútuo. X havia trabalhado com boa parte da equipe em outros casos: a exceção era Ludwig.

Porém o homem na outra ponta da mesa, que estava sentado logo abaixo do emblema da polícia com uma camisa xadrez e um colete de couro enquanto mascava um palito de fósforo, era um novo colega inclusive para Gordon. Sami Ritola. Da polícia de Rovaniemi. Ritola os havia procurado e apresentado o arquivo policial razoavelmente escasso sobre a vítima encontrada na floresta.

Era Vadim Tarasov, um homem de 26 anos nascido em um pequeno vilarejo da Carélia russa, que depois havia se mudado para São Petersburgo.

P-O havia se perguntado qual seria o problema com telefones e e-mails, uma vez que todo mundo parecia fazer questão de prestar esclarecimentos pessoalmente. Quando todos compreenderam que Ritola havia pensado em ficar por lá e assistir à apresentação completa do caso, P-O perguntou abertamente por que haveria gastado uma hora e meia na estrada em vez de simplesmente enviar o arquivo.

"Eu quero ver como anda a minha investigação", Sami respondeu, com uma confiança relaxada, em finlandês, enquanto Morgan, sentado ao lado, fazia a tradução simultânea.

O sueco de Sami deixava a desejar, e o finlandês de Alexander era inexistente.

"Do ponto de vista formal, a investigação é nossa. Quer dizer, *minha*", Alexander fez questão de explicar, embora ao mesmo tempo fizesse um esforço para não dar a impressão de que estava marcando o território. "A questão é elucidar o assassinato ou o homicídio desse Tarasov."

"Que estava no meu caso antes de estar no seu", respondeu Sami com um aceno de cabeça. O raciocínio não estava errado: a ligação entre os casos tornava a presença de Sami justificada, e não faria mal nenhum manter um bom relacionamento com a polícia finlandesa, pensou Gordon. Os pensamentos de Alexander pareciam seguir o mesmo rumo.

"É verdade. Não vamos mais discutir por conta disso", ele disse, com um sorriso conciliatório. "O caso é nosso, mas você é bem-vindo por aqui."

Da cadeira, Sami fez uma mesura e um aceno de mão cheios de sarcasmo, como se estivesse na presença de um rei do século XVIII.

"Aceite os meus humildes agradecimentos."

Morgan permaneceu em silêncio; preferiu não traduzir a frase, pois tinha certeza de que a mensagem já fora entendida. Alexander virou-se para os outros policiais na sala e fez aparecer uma imagem na tela de projeção às suas costas.

"O morto era, portanto, Vadim Tarasov", ele constatou, voltando-se mais uma vez para Sami. "Vocês estabeleceram uma ligação dele com o tiroteio nos arredores de Rovaniemi ocorrido na semana passada."

"Foi um massacre", Sami confirmou. "Sete mortos. Hoje pela manhã um deles foi enterrado."

"Sete finlandeses mortos?", perguntou Ludwig.

"Quatro. E três russos."

"Nem todo mundo aqui está a par da investigação", Alexander comentou. "Você pode fazer um resumo do que aconteceu em Rovaniemi?"

"Como eu disse, foram três russos e quatro finlandeses. Os corpos foram deixados no local. As armas foram deixadas no local. Então temos uma boa ideia do que aconteceu."

Enquanto Morgan traduzia, Sami abriu a pasta que tinha consigo e distribuiu a maioria das fotografias que estavam lá dentro pela mesa. Eram cadáveres. Vários cadáveres.

"Temos certeza de que foi um encontro de negócios. Os russos eram os vendedores, e os finlandeses, os compradores."

"Drogas?", perguntou Lurch, embora ninguém achasse que poderia ser outra coisa.

"É."

"Você já conhecia os finlandeses de outras ocorrências?", perguntou Gordon, que junto com Alexander havia se levantado para examinar o material de perto.

"Todos têm ligação com o Susia, a gangue de motociclistas que se envolve em tudo quanto é merda na Finlândia. Entre outros."

"O que foi que aconteceu?", perguntou Alexander.

"Eles começaram a atirar uns nos outros. Esse rapaz aqui…" Sami apontou para uma das fotografias, na qual um homem de cerca de vinte anos encontrava-se à frente de um Volvo XC90 preto. "… era um dos finlandeses. Não chegou a disparar nenhum tiro, ao contrário de todos os outros, então acreditamos que deve ter sido o primeiro a morrer."

Sami colocou o dedo em cima de outra fotografia. Era um homem, visivelmente mais velho do que o primeiro, com uma grande tatuagem tribal ao redor de um dos olhos. O pescoço tinha um ferimento enorme.

"O Pentti, esse sujeito aqui, que foi enterrado hoje, matou esse russo e feriu esse outro aqui com o fuzil antes de levar um tiro no pescoço."

A seguir ele indicou outras duas fotografias em que havia dois homens, ambos com pouco mais de trinta anos, mortos no chão.

"O terceiro finlandês consegue se proteger numa vala. Foi ele quem matou o russo que o Pentti feriu, antes de levar um tiro."

"E essa menina e esse outro sujeito?", perguntou Hannah, apontando para as duas fotografias restantes. Eram um rapaz magro, que parecia ser o mais jovem do bando, e uma moça de uns 25 anos que tinha um ferimento enorme na cabeça.

"Ele é finlandês, ela é russa. Eles atiraram um no outro, mas não foi ele quem a matou. Foi o mesmo atirador que acabou com os outros três finlandeses."

"Você não tinha dito que ela era russa?"

"Tinha."

"Não entendi. Foi o Vadim que atirou nela?", perguntou Lurch, dando voz à pergunta que estava na cabeça de todos.

"De certa forma." Sami calou-se e olhou ao redor. "Todos os quatro tinham ferimentos causados por uma arma que não foi encontrada no local", ele disse, e então fez uma pausa tanto para dar a Morgan tempo para traduzir suas palavras, como também pelo efeito. "Um rifle VSS Vitorez."

"Uma arma de atirador de elite", constatou P-O, que se interessava por história militar e sabia quase tudo que se podia saber a respeito de armas e guerras desde a época do Império Sueco.

"Exato. E Vadim serviu como atirador no Exército, onde também fez amizade com esse sujeito."

Sami retirou mais uma fotografia da pasta. Ao contrário de todos os demais, o homem estava vivo no momento em que a imagem foi capturada, e devia ter aproximadamente a idade de Vadim.

"Yevguêni Antipin. Acreditamos que Vadim deve ter dado a dica, e ele, escondido na floresta, deve ter atirado nos finlandeses e na russa."

"E o que o Vadim fez enquanto tudo isso estava acontecendo?"

"Devia estar protegido num abrigo qualquer", respondeu Sami, dando de ombros. "Provavelmente foi o que aconteceu. Vocês não disseram que ele levou um tiro no rabo?"

"Foi."

"E depois deve ter olhado para todos, tanto russos como finlandeses, e por fim… deve ter pegado toda a droga e todo o dinheiro", Gordon constatou, resumindo a informação disponível.

"Essa é a linha da nossa investigação."

"Então faltam duas pessoas?", Alexander perguntou, examinando a fotografia de Antipin.

"E como vocês sabem que Antipin estava envolvido?", Hannah perguntou, antes que Sami conseguisse responder.

Ele sorriu para os dois, como se estivesse à espera daquilo para apresentar a reviravolta.

"No dia seguinte nós o encontramos com uma bala na cabeça dentro de um Mercedes com placas russas incendiado nos arredores de Muurola. O rifle Vintorez estava dentro do carro."

"E vocês estabeleceram uma ligação entre o Mercedes e o tiroteio?", perguntou Gordon.

"As balas no carro eram compatíveis com as armas dos finlandeses, então o carro sem dúvida tinha andado por lá."

"Espere um pouco", disse Hannah, erguendo a mão. "Será que eu entendi direito? O Tarasov leva um atirador de elite para fechar um negócio, dá um jeito para que todo mundo acabe morto, pega as drogas e o dinheiro, mata o amigo, vem de carro para a Suécia e é atropelado aqui?"

"É o que parece", Sami respondeu. "Eu falei com o pessoal do Susia, tentei descobrir quem estávamos procurando, mas parece que vocês resolveram o assunto."

Gordon olhou para Alexander, que assentiu. Sami tinha razão ao afirmar que, com a descoberta do corpo de Vadim Tarasov, o tiroteio ocorrido nos arredores de Rovaniemi estava resolvido do ponto de vista investigativo.

Não havia mais ninguém a encontrar e ninguém a denunciar no que dizia respeito ao massacre na Finlândia.

Todos os envolvidos haviam morrido, logo, embora ele ainda pudesse mostrar-se útil, a presença de Sami ali já não fazia mais tanto sentido.

"Agora vocês precisam encontrar a droga e o dinheiro", disse Sami, colocando o palito de fósforo mais uma vez na boca e reclinando-se para trás na cadeira.

"De quanto dinheiro estamos falando?", perguntou Ludwig.

"As informações que temos nos levam a crer que o Susia MC faria uma compra de 300 mil euros."

Ludwig não conteve um assovio. Todos sabiam o que aquilo significava. Naquele instante, alguém tinha um carregamento no valor de aproximadamente 30 milhões de coroas suecas circulando na rua.

"Mas vamos voltar um pouco", disse Hannah, olhando mais uma vez para Sami. "O Tarasov deve haver trocado de carro em… lá onde incendiou o Mercedes…"

"Em Muurola", Sami a ajudou.

"Muurola, isso mesmo. Vocês sabem qual foi o carro que ele pegou?"

"Temos uma lista de carros roubados na região imediata por volta do horário do crime", disse Sami, e então pegou a pasta na mesa e a abriu.

"Por acaso um deles é um Honda? O pessoal de Luleå disse que os vestígios de tinta que encontramos no local vieram de um Honda."

Sami examinou a lista sem dizer nada. Era apenas uma página: a não ser que tivesse dificuldade para ler, a pausa demorada seria apenas para efeito dramático, pensou Gordon, limpando a garganta como que par dar continuidade ao assunto.

"Um boletim de ocorrência registrou o furto de um Honda CR-V 2015 azul-escuro na tarde anterior ao tiroteio", Ritola disse por fim.

A atmosfera na sala mudou: aquilo poderia ser importante. Depois da coletiva de imprensa pela manhã houve poucas ligações; não aparecera nada que merecesse um aprofundamento. Eles tinham revelado poucos detalhes e sido vagos. A partir daquele momento poderiam fazer perguntas a respeito de um carro específico, de cor e modelo definidos. O carro precisava ter seguido por um caminho qualquer depois do acidente, e não se podia subestimar a atenção que as pessoas dispensavam a quem ia e vinha pelas estradas, ou simplesmente trafegava pelos vilarejos.

"Sabemos de que tipo de droga estamos falando?", perguntou Gordon.

"Não exatamente, mas são drogas sintéticas. Provavelmente anfetamina."

"Não é o maior dos nossos problemas, mas também é um problema", Gordon informou, embora Alexander tivesse uma boa noção das estatísticas policiais em relação ao assunto, e Haparanda não era uma exceção.

"Imagine que uma pessoa tropece em trinta milhões em anfetamina por aqui", prosseguiu Sami. "O que essa pessoa faz a seguir? Com quem entra em contato? Onde vai parar essa droga?"

As perguntas foram recebidas com silêncio: todos pareciam avessos a expor a triste verdade.

"Não sabemos ao certo", Gordon disse por fim. "Infelizmente não temos informações precisas sobre quem comanda o tráfico atualmente."

"Mas pouco importa", Hannah acrescentou, quase como se pretendesse salvá-lo. "Se quem encontrou foi um zé-ninguém apavorado, ele nem vai saber o que fazer com a droga."

"Sem dúvida ele vai querer ganhar dinheiro com isso", observou P-O.

"Como? As pessoas comuns não têm como vender drogas."

"Quando as pessoas comuns sabem quanto dinheiro aquilo vale, elas tentam", insistiu P-O.

"Eu me daria por satisfeita com o dinheiro", Hannah respondeu, dando de ombros.

"Tudo bem. Falem com quem vocês acham que pode saber de qualquer coisa, e além disso vamos ficar de olhos abertos e ouvidos atentos para ver se não há um aumento significativo na oferta", Alexander interrompeu, lançando um olhar rápido em direção ao relógio de pulso. Claramente era hora de encerrar a reunião. "Vamos tentar colher informações a respeito do Honda. Amanhã vamos bater de porta em porta, começando por Vitvattnet. Eu me encarrego de arranjar mais gente. Obrigado por enquanto."

Todos fizeram menção de se levantar, mas foram impedidos por Sami, que se inclinou por cima da mesa.

"Vadim Tarasov trabalhava para Valery Zagorny em São Petersburgo. Vocês sabem quem é essa pessoa?"

Todos fizeram que não, à exceção de Morgan.

"Oligarca. Não é dos mais ricos, mas deve estar entre os cinquenta mais, e correm boatos de que teria ligações com a máfia."

"São mais do que boatos: ele com certeza faz parte da máfia e hoje tem uma influência maior do que nunca. É um homem muito poderoso e muito, muito perigoso."

"E isso importa porque…?", indagou Gordon.

Sami virou-se para ele; pela primeira vez ao longo da reunião parecia totalmente sério.

"A droga era dele. Com certeza vai fazer tudo que for possível para encontrar o Honda."

Ela tinha se hospedado em um dos maiores quartos, no último andar daquela construção palaciana, porém um pouco decadente no centro da cidade. As paredes eram num tom sóbrio de verde-escuro acinzentado, com uma cama de casal, uma escrivaninha, duas poltronas na mesma cor do carpete e pesadas cortinas rubras nas três janelas que davam para a esplanada mais à frente, que nem ao menos se parecia com uma esplanada. Uma localização claramente única em razão das quatro ruas que chegavam cada uma de uma direção e encontravam-se em uma rotunda central, o que fazia com que a própria esplanada fosse composta por quatro partes diferentes, em vez de se apresentar da maneira usual, como uma superfície contínua com tráfego ao redor.

Katja saiu do banheiro, onde havia disposto o conteúdo do *nécessaire* na ordem específica que servia para acalmá-la. As roupas já estavam prontas no armário, dobradas na gaveta da cômoda ao lado do espelho de corpo inteiro junto à porta. O quarto estava preparado. Restavam somente as armas na bolsa. Uma Walther Creed com silenciador e mira a laser e uma faca Winchester Bowie na bainha de tornozelo. Ela guardou a pistola no cofre e prendeu a faca na panturrilha. Não esperava ter nenhum problema, mas não havia como ter certeza.

O nome dela era Louise Andersson, e estava fazendo uma viagem por Norrland em busca de inspiração. Sentia que precisava ter uma mudança de ares, viver novas experiências, ver novos rostos, recarregar as baterias. Pelo menos foi o que disse cheia de entusiasmo à recepcionista simpática e solícita que a recebera no hotel.

Era muito bom estar de volta à Suécia, falando e pensando em sueco outra vez. Tudo muito natural. De todos os idiomas que ela tinha aprendido, sueco fora o mais fácil. Ela sentia falta de usar a língua, percebeu, enquanto elogiava a iluminação fantástica e perguntava à recepcionista se havia um estúdio de ioga na cidade. A partir daquele momento as oportunidades seriam muitas. Ela tinha uma reserva de uma semana. Devia ser o bastante para o que precisava fazer.

Katja encheu a chaleira elétrica com água da pia do banheiro e preparou um café solúvel enquanto dispunha o material que tinha consigo em cima da escrivaninha. Quase tudo a respeito de Rovaniemi vinha da investigação feita pela polícia da Finlândia — que deixou a informação vazar — e das notícias publicadas em jornais suecos e finlandeses.

Ela leu tudo duas vezes antes de pegar o laptop, conectá-lo ao roteador portátil — evitando assim a rede wi-fi desprotegida do hotel — e conferiu se havia chegado alguma novidade. Lá estava. A polícia queria ouvir pessoas que tivessem avistado um Honda CR-V azul-escuro na região por volta do horário do crime. Era bom saber. No mais, não havia muita coisa sobre o morto encontrado na floresta. No entanto, o pouco que havia suscitava uma questão.

O que Vadim estaria fazendo por lá?

Ele tinha acabado de roubar um homem muito perigoso, que faria de tudo para encontrá-lo. Por que não pegar as estradas principais e tentar se afastar o máximo e o mais depressa possível de Zagorny? Ela ficou satisfeita ao saber que ele não tinha feito nada disso. Depois de examinar o mapa, percebeu que aquela não era uma estrada trafegada por qualquer um. A pessoa que o atropelou devia ter conhecimentos locais e possivelmente morava na região.

Havia o matado por acidente e depois arrastado o corpo até a floresta.

A pessoa devia estar em choque, incapaz de pensar direito. De acordo com as poucas informações publicadas, Vadim não estava sequer enterrado: o corpo estava apenas coberto por vegetação. Aquilo dava a ela certa esperança. Ela procurava uma pessoa na região que agia por instinto.

Um amador em assuntos relacionados à morte.

O que significava que essa pessoa devia ter cometido uma série de erros.

Devia ter gastado o dinheiro. Possivelmente havia tentado vender a droga. Estava na hora de arregaçar as mangas. A missão dada por Valery Zagorny tinha sido clara:

Encontre a droga e o dinheiro.

E mate quem os levou.

A melodia de "Für Elise" veio de um alto-falante oculto quando ela abriu a porta. Uma melodia de Ludwig van Beethoven, possivelmente composta em 1810. Era um dos incontáveis fatos mais ou menos triviais que ela havia se acostumado a memorizar. Um homem musculoso com a cabeça raspada e vestido com um macacão azul de serviço saiu de um dos cômodos internos e se aproximou dela.

"Oi, UV", ela o cumprimentou, aproximando-se com a mão estendida.

"Oi?"

A hesitação na voz e o olhar desconfiado revelavam que ele procurava desesperadamente lembrar se já a tinha visto antes e onde.

"Você acha que consegue arranjar tempo para me ajudar um pouco?", Katja perguntou, fazendo um gesto em direção à porta que levava ao pátio.

"Estamos fechando neste exato momento", ele respondeu depois de olhar depressa para o relógio.

"São cinco minutinhos. No máximo." Ela abriu um sorriso cheio de expectativa, que também evidenciava uma dose de submissão.

Para enfatizar a importância do pedido, ela pousou a mão de leve no braço dele. "Por favor!"

"Já nos vimos antes?", ele perguntou, numa tentativa de identificá-la.

"Temos amigos em comum."

"Entendi."

UV a seguiu até o pátio, onde dez carros já consertados ou à espera de conserto o aguardavam amontoados. Katja recolocou os óculos de sol. UV acendeu um cigarro e estendeu a carteira para ela. Ela balançou a cabeça.

"Qual é o seu?", perguntou UV.

Katja apontou para o Audi Q5 que a esperava quando o jatinho particular pousou em Haparanda e que naquele instante estava no acesso à oficina.

"Qual é o problema?", perguntou ele.

"Nenhum, acho eu. É um carro recém-saído da locadora."

Ela continuou andando em direção ao carro e se apoiou contra o capô. UV deteve-se a poucos metros de distância e a encarou com um misto de raiva e desconfiança.

"O que você quer, afinal?"

"Вы работали с людьми, которых я знаю", disse Katja, para que ele entendesse de onde ela vinha. Uma atmosfera de seriedade tomou conta da situação. Era possível que ele tivesse entendido, mesmo sem compreender o que ela havia dito. "Você costumava trabalhar com pessoas que eu conheço", ela traduziu.

"Isso não explica o que você quer", ele respondeu, sem se deixar afetar. "Eu parei com essa merda toda."

UV deu uma tragada no cigarro, mas não fez menção de se afastar e continuou a encará-la como se quisesse decidir se valia a pena ficar lá para ouvir o resto da história. Katja imaginou que, apesar de tudo, ele tivesse a expectativa de receber uma proposta de negócios. Se havia entendido bem, aquele sujeito precisava de um fluxo de dinheiro constante.

"Eu sei, mas por outro lado andei ouvindo uns boatos…"

"Será que você pode dizer logo o que quer e então dar o fora?"

"Por acaso alguém tentou vender um grande carregamento de anfetamina? Ou por acaso surgiu alguém novo que esteja vendendo anfetamina na rua?"

"Não faço ideia. Eu já disse que larguei esse negócio."

"Mas você continua envolvido com carros batidos e receptação, acobertando criminosos…" Ela se afastou do carro, levantou os óculos e se aproximou dele. "Você ainda está por dentro do que acontece."

"Me desculpe, mas não sei de nada que possa ajudar você." UV apagou o cigarro fumado pela metade e preparou-se para entrar no escritório.

"Você ouviu falar sobre o rapaz encontrado na floresta?"

Katja notou que ele tentava entender qual seria a relação entre as duas coisas, mas era inteligente o bastante para não fazer pergunta; sabia que não receberia nenhuma resposta.

"A polícia está à procura de um carro azul-escuro. Isso é tudo o que eu sei."

"Um Honda."

"Não sei", ele disse, dando de ombros. "Estiveram aqui ontem, perguntando se eu havia trabalhado nesse carro."

"Mas você não tinha?"

"Não."

"Porque nesse caso você teria que me contar." Ela fez com que a breve constatação soasse como ameaça. "Teria que me dizer quem o trouxe até aqui."

"Claro."

Ela acreditou nele. UV não era um tonto, um descuidado. Mesmo que não soubesse exatamente quem eram, sabia que aquela mulher trabalhava para pessoas que não gostariam nem um pouco de saber que ele poderia ter ajudado, mas tinha mantido silêncio a esse respeito.

"Se hoje não vendem mais para você, então vendem para quem?"

"Eu já disse que não sei."

"E quem poderia saber?"

"Nossos 'amigos em comum', talvez?"

"Não, parece que não", ela respondeu de maneira sincera. Quando ela aceitou o trabalho, Tio havia se encarregado de fazer um levantamento de quem em Haparanda seria capaz de converter a droga de Valery em dinheiro. Ele havia lhe dado um ponto de partida, mas ninguém parecia saber mais detalhes. A oferta era boa, o que derrubava os preços, mas, independentemente de quem fosse, essa pessoa usava canais próprios para obter as mercadorias e uma rede de venda própria que não chamavam nenhuma atenção, e até então ninguém mais tinha conseguido se estabelecer no mercado.

"Também não sei", respondeu UV.

"Você já disse e eu acredito em você. Só estou querendo descobrir quem pode saber."

UV hesitou. Katja tinha certeza de que conseguiria um nome. O homem à sua frente se viu obrigado a refletir sobre lealdade, sobre o próprio renome e talvez sobre a própria segurança. Tudo seria levado em conta. Katja tornou a baixar os óculos, virou o rosto em direção ao sol e esperou.

"Talvez o Jonte saiba", ele disse, contrariado.

"Jonte do quê?"

"Jonathan Lundin. Ele continua no ramo a todo vapor."

"E onde é que ele mora?"

Houve um longo suspiro repleto do mais puro desconforto: UV não gostava nem um pouco da presença daquela mulher. Mas por fim ela conseguiu um endereço.

Era o meio do intervalo no refeitório moderno e bem-iluminado: as pessoas já haviam comido as refeições levadas de casa. Sandra raramente deixava sobras no prato: quase nunca jogava comida fora. Embora a cena tivesse ocorrido mais de quinze anos atrás, ela ainda se lembrava das palavras da mãe, que tinha o cigarro matinal nos lábios enquanto servia o mingau de aveia para o café da manhã. Às vezes com leite, mas na maioria das vezes sem.

Coma bem hoje na escola, porque não vamos ter comida em casa quando você chegar de volta.

Naquele momento ela estava satisfeita e tomava a segunda caneca de café. Até então, tinha se comportado como praticamente todos os outros. Ela gostava daquela situação. Os hábitos e costumes haviam feito com que relaxasse, e haviam tornado mais fácil convencer-se de que tudo estava normal. De que ela tinha um trabalho, um namorado. De que havia passado o fim de semana arrumando o jardim e fazendo uma visita à mãe. De que estava ansiosa pelo show de Felix Sandman em Luleå, ao qual iria com as amigas no início de julho. De que não havia ajudado a enterrar um rapaz desconhecido a poucos quilômetros de casa.

Como sempre, ela havia deixado Kenneth dormindo no andar de cima e ido para o trabalho naquela manhã. Simplesmente havia pegado o carro que estava no pátio, sem pensar no motivo para que não estivesse na garagem com duas vagas. Tinha chegado à penitenciária havia pouco mais de uma hora. Após trocar de roupa e tomar uma caneca rápida de café, chegara a hora de encontrar os detentos e, ao fim do café da manhã, passar três horas na marcenaria, um dos 39 centros de produção do Serviço Penitenciário no país. Havia chegado um pedido grande de pallets, e 13 dos 19 detentos trabalhavam na oficina cinco dias por semana. Depois era a hora do almoço, que eles mesmos preparavam. Sandra ficou por lá até meio-dia, quando foi dispensada e subiu até o refeitório dos funcionários, comeu a marmita que havia levado e então foi de carro a Tornio comprar o vaso que tanto queria. O vaso estava no carro, e ela havia pensado em enchê-lo com flores do jardim assim que chegasse em casa. Ela e Kenneth não tinham muitas coisas bonitas em casa.

A tarde passou como de costume, e naquele instante ela conferia posts no Instagram. Amigos, conhecidos, pessoas com quem ela havia perdido contato e também uma celebridade ou outra no meio daquela torrente. Sorrisos, óculos de sol, crianças alegres, taças de vinho rosé e cava, um presságio do verão e das férias, tudo perfeito. Quanto a ela, raramente fazia posts. O que teria a mostrar? Arame farpado, aço e o pátio do trabalho, ou então as casas praticamente desabadas de Norra Storträsk. O jardim era bonito, claro: havia natureza ao redor, havia o sol da meia-noite — essas imagens sempre recebiam comentários e corações dos seguidores —, mas ela não se sentia confortável; pelo contrário, sentia-se decepcionada, como se ainda usasse roupas velhas herdadas e nunca tivesse as coisas certas.

Como se fosse chata. Pobre. Insignificante.

O rádio ao fundo informava as horas e anunciava o boletim de notícias locais. Naquela manhã, a polícia de Haparanda tinha dado informações sobre a descoberta de um corpo na floresta dezenas de quilômetros ao norte da cidade. Sandra sentiu um calafrio e de frente para os alto-falantes a fim de ouvir melhor. A polícia estava à procura de pessoas que tivessem visto um Honda CR-V azul-escuro na região por volta do horário do crime.

Quando mudaram de assunto, Sandra levantou-se devagar e sentiu as pernas bambas. Não foi exatamente uma mentira quando ela avisou que estava passando mal e precisaria ir para casa mais cedo. Os colegas foram compreensivos; ela realmente estava pálida.

Enquanto ela manobrava para entrar no pátio, desligava o motor e descia do carro, Kenneth saiu de casa e foi ao encontro dela com uma expressão preocupada.

"O que você está fazendo em casa? Você não tinha um turno de doze horas?" Sandra lançou um olhar rápido para a casa vizinha mais próxima e a seguir deu passos apressados em direção a Kenneth e baixou o tom de voz.

"A polícia o encontrou."

"Como é que você sabe?"

"Disseram no rádio."

Juntos, os dois entraram em casa e foram até a cozinha, que combinava muito bem com a fachada decrépita da casa. Ela foi ao quarto trocar de roupa. O uniforme deu lugar a uma calça jeans e uma camiseta, e ela soltou o rabo de cavalo apertado e deixou os cabelos soltos emoldurarem o rosto largo e sardento. Encarou os próprios olhos verdes no reflexo do espelho. As condições haviam mudado: ela, que já tinha ido longe, seria obrigada a ir ainda mais longe. Antes de sair do quarto ela abriu o guarda-roupa, e lá estavam elas — enfiadas no meio dos sapatos, da cesta de roupa suja e das histórias em quadrinhos de Kenneth.

Sandra ainda se lembrava da primeira vez que as tinha visto.

Ela tinha dormido no carro ao voltarem da festa, que tinha sido boa mas durara até tarde. Acordou de maneira bruscamente, despertada pelos barulhos de metal amassado, de vidro quebrado e dos xingamentos de Kenneth.

"Merda! Merda! Merda!"

"O que houve?" Apesar do barulho, sua mente buscou a resposta mais provável. "Foi uma rena?" Foi um bicho?"

Kenneth tinha passado alguns segundos com o olhar fixo à frente antes de se virar para ela com uma voz surpreendentemente tranquila.

"Não, não foi bicho nenhum."

Os dois saíram do carro e olharam para o homem estatelado no chão. Ela abafou um grito com a mão. Kenneth se agachou e pôs a mão no pescoço do homem. Ela bateu nos bolsos da jaqueta e da calça. Sabia o que era obrigada a fazer. Mas não encontrou o que procurava.

"Onde está o meu telefone?"

"Para que você quer o telefone?", Kenneth perguntou ao se levantar. Ela lembrou-se de ter achado aquela pergunta totalmente insana. O que ele estava pensando? Havia um homem morto na frente do carro deles.

"Temos que avisar a polícia."

Ela voltou para o carro. Kenneth a alcançou e a segurou.

"Espere", ele pediu. "Espere um pouco, temos que pensar. Eu bebi e a minha carteira de motorista está suspensa."

Excesso de velocidade. Uma aposta estúpida em um final de tarde no inverno anterior. Ele ganharia duzentas coroas se chegasse ao Systembolaget antes que a loja de bebidas fechasse. E por isso dirigiu a 145 quilômetros por hora numa estrada com limite de oitenta. Perdeu a carteira na mesma hora. E deu sorte de não ter acabado na cadeia. Outra vez.

Aquela tinha sido apenas mais uma decisão ruim numa longa série de decisões similares. Sandra tinha ficado furiosa com ele.

"Não importa, a gente precisa ligar." Ela começava a lutar contra o choro à medida que o choque inicial passava.

"Já vamos, já vamos", ele disse com a voz calma enquanto limpava as lágrimas dela com o polegar. "Mas espere, espere um pouco…"

Atrás do carro ele começou a andar de um lado para o outro, com passos largos, enquanto passava as mãos pelos cabelos. Sandra desabou na estrada, com as costas apoiadas no para-choque dianteiro e a testa contra os joelhos encolhidos. Diferentes ideias e sensações rodopiavam em sua mente, mas o sentimento dominante era a raiva. Aquela situação era a cara de Kenneth. Se jogar de cabeça na merda. Levando-a junto daquela vez. Ela não sabia quanto tempo havia se passado quando ele voltou e sentou-se ao lado dela.

"Vamos enterrá-lo."

A voz havia soado firme. Decidida. Sandra encarou-o, perplexa, como se ele tivesse pronunciado uma frase em outro idioma.

"Vamos enterrá-lo e levar o carro embora."

"Não."

"Ninguém sabe que fomos nós. Ninguém precisa saber o que aconteceu."

"Não. Temos que ligar para a polícia."

"Eu vou acabar preso outra vez. E não posso acabar preso outra vez. Por favor…"

Ela não respondeu; simplesmente fechou os olhos e voltou a apoiar a cabeça nos joelhos. As lágrimas escorreram em silêncio, amaldiçoando-o por colocá-la naquela situação horrível.

"Escute…"

Kenneth pousou uma das mãos sobre as dela. Sandra evitou aquele toque e deu um empurrão decidido no peito dele. Os olhos vermelhos de choro encararam-no, furiosos.

"Como foi que você conseguiu atropelar o cara?"

"Ele simplesmente estava parado no meio da estrada."

"Mas se está claro, como foi que você não viu?" Ela empurrou-o outra vez, e ele se encolheu e a olhou com uma expressão que ela conhecia muito bem. Era a expressão que ele adotava quando não havia pensado direito e via-se obrigado a admitir que tinha cometido uma estupidez.

"Eu… eu peguei o seu telefone porque queria trocar de música, mas o telefone caiu e…"

Ela não precisava saber de mais nada; pouco importava. O olhar dela pousou sobre o Honda atrás de Kenneth, parcialmente caído na vala à beira da estrada. De repente ela foi atingida por um sentimento terrível que a acertou em cheio, como um soco no ventre.

Pense bem.

Sandra ficou de pé e aproximou-se do carro devagar, como uma sonâmbula. Fez uma prece a um deus no qual não acreditava, pedindo que não houvesse mais ninguém lá dentro. Mais nenhum ferido, nenhum morto. Por favor, meu bom Deus, nenhuma criança.

Ela se aproximou e olhou por uma das janelas laterais. Para seu grande alívio, o carro estava vazio. Vazio de pessoas. Mas no banco traseiro havia três bolsas esportivas. Sem compreender ao certo porquê, ela abriu a porta traseira e inclinou-se para dentro do carro. Abriu o zíper de uma das bolsas. Eram cédulas. A maior quantia de cédulas que Sandra já tinha visto. Ela abriu a bolsa seguinte. Mais dinheiro. Muito dinheiro. Euros. A terceira bolsa continha coisas que só podiam ser drogas. Muitas drogas.

Kenneth chegou perto, vendo o mesmo que ela.

"Isso é grana?"

Sandra endireitou as costas e assentiu, mas não conseguiu tirar os olhos das bolsas. Do dinheiro.

Era dinheiro para transformar a vida de qualquer um.

"O que vamos fazer?"

Por fim ela o encarou. Kenneth parecia frágil, como se estivesse prestes a desabar. Estava apavorado com a ideia de acabar outra vez na cadeia. Ela era mais forte do que ele. Tanto em termos físicos como psicológicos. Ele se apoiou nela, precisava dela.

Sandra pousou a mão no rosto barbado do parceiro.

Seria muito fácil convencer-se de que estava fazendo aquilo por ele.

"Vamos fazer como você sugeriu. Vamos enterrá-lo e levar o carro."

Kenneth pareceu quase tão surpreso como havia parecido ao lado do carro quando ela colocou as bolsas em cima da mesa da cozinha antes de fechar as cortinas das duas janelas.

"O que vamos fazer agora?"

"É sobre isso que precisamos conversar", ela disse, postando-se ao lado do namorado junto à mesa. "Sobre o que vamos fazer agora."

"A polícia disse se tinha pistas sobre o que aconteceu?", Kenneth perguntou.

"Não. Só disseram que estão procurando o Honda."

"E mencionaram testemunhas ou suspeitos?"

"Não disseram nada."

"A gente mexeu nele. Que merda." Kenneth se levantou da cadeira e deu uma série de passos rápidos, subitamente tomado pelo instinto. "Devemos ter deixado DNA nele, não? Quando a gente mexeu nele."

"Não sei."

"Se encontrarem o menor resquício que seja de DNA eu estou fodido. Porque o meu está no registro."

"Se encontrarem o seu DNA, logo vão aparecer aqui e tudo vai estar acabado." Sandra se surpreendeu com a tranquilidade na sua voz, uma tranquilidade que de fato sentia. Foco. Não era mais possível dar nenhum passo em falso: o futuro dela estava em jogo. O futuro *deles*, ela se corrigiu.

"Mas, caso não venham, precisamos de um plano."

Kenneth assentiu, mas continuou a andar de um lado para o outro na cozinha.

"Sente-se", disse Sandra em tom categórico, e Kenneth obedeceu. "Vamos começar pelos carros."

"Sim, eu também pensei nisso", ele disse, quase tropeçando nas palavras, feliz de poder contribuir de um jeito ou de outro. Sandra não tinha certeza de que Kenneth estivesse seguindo a mesma linha de raciocínio dela, mas fez um gesto sugerindo que prosseguisse.

"Aquele Volvo vai dar bastante trabalho. Mas claro que o UV pode dar um jeito…"

"Não podemos envolvê-lo", Sandra o interrompeu, balançando a cabeça com firmeza.

"Mas eu não sei se consigo fazer tudo sozinho, então pensei que… que podemos comprar outro."

"Com que dinheiro?"

Com um olhar de absoluta perplexidade, Kenneth olhou para as bolsas em cima da mesa.

"Com esse dinheiro."

Sandra entendeu. Havia dinheiro. Muito dinheiro. Por que não simplesmente comprar tudo aquilo que queriam ou de que precisavam? Ninguém entendia melhor do que ela. Durante toda a infância e toda a adolescência ela sonhara em ter ao menos parte das coisas que para todos os outros pareciam ser triviais. Mas para sua mãe solo, que trabalhava meio turno por um salário irrisório, nunca sobrava dinheiro para nada a não ser vinho e cigarros, que curiosamente jamais faltavam em casa.

Sandra estava farta de ser pobre.

Não que pretendesse levar uma vida ao estilo da família Kardashian; ela era realista. Queria apenas se dar uns pequenos luxos sem que isso trouxesse consequências indesejadas. Queria uma vez na vida não ter que ficar correndo atrás de promoções e poder reformar a casa com tranquilidade.

Nada de exageros, somente aquilo a que a maioria das pessoas está acostumada.

Uma vida boa. Tranquila do ponto de vista econômico.

Sendo assim, eles tinham a obrigação de serem espertos. De resistir ao impulso de arranjar essa vida melhor de imediato. Haparanda era uma cidade pequena. Sandra trabalhava em turno integral na penitenciária, mas o salário era baixo, e Kenneth estava desempregado. Muito dinheiro chamaria atenção. Eles não podiam correr esse risco. Em especial quando se levava em conta a pessoa com quem o tio de Kenneth era casado.

"Vamos começar nos livrando do Honda e escondendo isso aqui num lugar onde ninguém jamais possa achar", ela sugeriu, colocando a mão nas três bolsas em cima da mesa e notando que Kenneth não havia entendido a ideia. "Mesmo que você acabe preso, mesmo que nós dois acabemos presos, isso aqui precisa estar à nossa espera quando a gente sair."

"Vamos esconder a droga também?"
"O que mais você tinha pensado em fazer?"
"Vender."
"Não! De jeito nenhum."

Seria um risco muito grande começar a gastar aquele dinheiro. Sandra tinha recebido uma chance. E nada haveria de tirar isso dela. Se a partir daquele momento seria obrigada a viver sabendo que havia presenciado a morte e ajudado no enterro de uma pessoa, então que ao menos também houvesse um lado positivo. Sandra amava Kenneth, mas ele não seria o responsável por mudar a vida dela. Não seria ele quem a tiraria daquela casa embolorada com placas corrugadas em Norra Storträsk, nem quem lhe ofereceria oportunidades de obter tudo aquilo que havia desejado ao longo da vida.

Eram aquelas três bolsas em cima da mesa.

Aproximadamente 1.580.000 resultados. Parecia uma piada.
Hannah acrescentou "temperos" na linha de busca, pensando que talvez a receita incluísse manjericão ou tomilho, e de repente eram apenas 244 mil receitas para ler. Ela correu os olhos pelas duas primeiras páginas, mas não reconheceu nada daquilo. Quase tudo parecia gostoso e ela poderia ter escolhido qualquer uma: era apenas um jantar caseiro, mas ela estava decidida. Era um prato fácil que tinha agradado a Thomas. Ela praguejou e fechou o buscador.

"O que você está fazendo?"

Ela se virou para a porta, e Gordon parecia estar prestes a dar o dia por encerrado.

"Procurando uma receita de macarrão com frango que eu preparei uns meses atrás e agora não encontro."

"Vamos dar uma volta e comer fora em vez disso."

O convite soava interessante, mas se tudo desse certo os planos que ela tinha para a noite acabariam em sexo.

"Eu prometi ao Thomas que passaria a noite em casa com ele. Faz um tempo que não nos vemos."

"Fica para a próxima, então", Gordon disse, dando de ombros; se havia decepção naquela resposta, estava muito bem escondida.

"Claro."

Hannah pensou que Gordon se despediria e iria embora, mas em vez disso ele entrou e sentou-se no lugar habitual ao lado da porta. Hannah olhou para o relógio. Ainda precisava trocar de roupa, ir às compras, chegar em casa e preparar o jantar. Não custaria nada lhe dar cinco minutos.

"Então você acha mesmo que alguém jogaria trinta milhões na privada."

"Eu só disse que pessoas comuns não têm como vender drogas."

"Pode ser que você tenha razão. O que a gente faz nesse caso?"

Hannah hesitou, porque um pensamento havia surgido desde a reunião. Ainda não era um pensamento completo e ela estava considerando guardá-lo até o dia seguinte, mas naquele instante resolveu testá-lo em Gordon.

"Pode ser uma ideia idiota, mas o que você acharia de divulgar a informação de que a polícia sabe o que estava no carro e que estamos dispostos a receber a carga em troca de anistia? Para que qualquer um possa nos entregar a droga e permanecer anônimo?"

Gordon ficou pensativo. No ano anterior houvera um período de anistia para armas. Três meses durante os quais qualquer um podia entregar à polícia qualquer tipo de armamento sem nenhuma pergunta e nenhum tipo de investigação. A mesma política mais tarde fora adotada em relação a explosivos. O resultado tinha sido animador, mas nunca se havia experimentado fazer o mesmo com drogas. E, até onde Hannah sabia, não parecia haver nenhum plano mais definido nesse sentido. Ela não tinha nenhuma certeza quanto à disposição da polícia de Haparanda em abrir uma exceção.

"O problema é que essas pessoas já tinham atropelado o rapaz quando pegaram a droga", Gordon disse por fim.

"Podemos oferecer anistia para a droga e continuar a investigação sobre o acidente fatal seguido de fuga."

"E se essas pessoas mantivessem o dinheiro?"

"Não sei", disse Hannah com um suspiro, e arrependeu-se de não ter esperado até a manhã seguinte, para que tivesse mais tempo de analisar as repercussões da sugestão. "Não é um plano, era só uma ideia para tirar essa merda toda das ruas."

"Não é uma ideia de todo má", Gordon admitiu.

"Muito obrigada."

"Amanhã posso falar com o X, se você quiser. Talvez a gente possa aproveitar uma variante da sua ideia."

Hannah assentiu, desligou o computador e se levantou. Gordon permaneceu sentado e não fez nenhuma menção de sair do lugar. Ela imaginou que ele fosse acompanhá-la até o vestiário no andar de baixo. Parecia avesso à ideia de voltar para casa.

"O que você acha de tê-lo por aqui?", ela perguntou, guardando os objetos que tinha em cima da mesa.

"Bom. Por que não seria bom?"

"Ele chegou e assumiu a sua investigação."

"Ele assumiu quando encontramos o corpo."

"É diferente tê-lo por aqui."

Aquela era apenas a terceira vez, durante todo o período de Gordon como chefe, que a polícia de Luleå tinha aparecido e assumido uma investigação in loco. Nessas ocasiões tinha ficado claro para todos que Gordon não era a última instância da chefia, que acabava descendo um degrau. Hannah não achava que a chegada de Alexander fosse um problema para ele, mas não custava nada perguntar, demonstrar um pouco de interesse.

"É como as coisas são", respondeu Gordon, dando de ombros. "Não é a primeira vez e não vai ser a última."

Ele olhou para o quadro de avisos dela, onde ao lado de um mapa estava a fotografia de um rapaz com o cabelo repartido no lado, barba feita e olhar fixo na câmera.

Ela tinha pegado aquela foto do arquivo de passaportes, e nessa categoria era uma das melhores fotografias que já tinha visto.

"O rapaz do Hellgren", disse Gordon, que então se levantou e se aproximou do quadro.

"René Fouquier." Hannah percebeu que havia pronunciado o sobrenome como *fucker*. "É em francês, não sei como se diz."

"Vamos torcer para que não seja assim", Gordon disse, rindo. "O que sabemos a respeito dele?"

"Nasceu em Lyon e se mudou com a família para Gotemburgo aos cinco anos. Veio para cá há pouco mais de três anos, trabalha meio turno no Max e durante o resto do tempo estuda a distância. Tem 26 anos."

"E o que ele tem a ver com o Hellgren?"

"Não faço ideia", respondeu Hannah, correndo os olhos uma última vez pela escrivaninha; não havia esquecido nada. "Ele não consta em nenhum dos nossos registros e nunca recebeu sequer uma multa de trânsito."

"Um cidadão exemplar."

"Que mantém contato com Anton Hellgren."

"Ele tem licença de caça?"

"Não, e eu também não o encontrei no Facebook nem em nenhum outro site na internet, por isso também não sei o que ele pensa a respeito da caça e dos animais selvagens."

"Ou sobre velhos que usam camisas de flanela."

Hannah lançou um olhar de dúvida para Gordon quando apagou a luz e os dois saíram juntos da sala dela. Não lhe havia ocorrido que a visita daquele rapaz a Hellgren pudesse ter um contexto romântico ou sexual.

"Você acha que o Hellgren é gay?"

"Ele nunca foi casado."

"Você também não."

"Mas eu não recebo visitas de rapazes bem-apessoados com cabelo arrumado e blazers de abotoadura dupla."

"Tenho certeza de que você não poderia ter sido mais preconceituoso com essa observação", Hannah disse com um sorriso.

Os dois passaram pela sala de Gordon, passaram pelo corredor e desceram a escada. Pararam ao lado da porta que levava à recepção. Ela continuaria à direita, passaria em frente ao centro de detenção e seguiria até o vestiário.

"Até amanhã", disse Gordon, com a mão na maçaneta.

"O que você vai fazer hoje à noite?"

"Agora que não posso jantar com você?"

"É."

"Nada. Pensei em ver se o meu irmão não quer aparecer e jogar FIFA."

Era nessas horas que Hannah se dava conta da diferença de idade entre eles. Não porque não soubesse do que Gordon estava falando. Ela sabia muito bem, na verdade: seu filho costumava jogar FIFA com os amigos quando ainda morava em casa. Assim como Gordon fazia com o irmão. Três anos mais novo. Divorciado, com dois filhos que passavam semanas alternadas com o pai. Uma casa em Nikkala. Hannah tinha encontrado Adrian umas poucas vezes, mas não fazia a menor ideia se ele sabia de seu caso com Gordon. Será que os irmãos se contavam esse tipo de coisa?

Não lhe ocorreu perguntar, ela não se importava.

"Divirta-se."

"Você também."

Então ele saiu. Hannah ficou parada por alguns instantes antes de atravessar o corredor às pressas. Os pensamentos haviam retornado ao trabalho. Ela queria fazer mais uma coisa antes de começar a noite com o marido. Seria um jantar tardio.

Lovis estava dormindo, como em geral fazia por volta daquela hora.
A organização do dia e as rotinas diárias eram importantes. A previsibilidade trazia segurança. UV estava na cama que haviam colocado no quarto dela, ouvindo um podcast em volume baixo no telefone. O aparelho bipou quando ele recebeu um snap. De Stina. Era metade do rosto dela, na sala da casa em Kalix. Como vão as coisas? Ele clicou em "Responder" e tirou uma fotografia da cama de Lovis com o abajur aceso. Bem. Ela está dormindo. Tudo tranquilo. Enviar.

Ele mal se lembrava da última vez que tinha dividido a cama com Stina nos últimos tempos. Devia ter sido na época em que ainda tinham assistência também à noite. Naquele momento, um deles sempre passava a noite no quarto de Lovis e o outro sozinho na cama de casal, ou, quando realmente precisavam dormir, na casa de amigos ou dos pais, como Stina fazia naquela noite. Mas para ele a opção não existia. Os pais de Stina nunca tinham gostado dele, e depois que ele passou três anos na prisão por crimes ligados a drogas, o relacionamento foi de difícil a irreparável. Mesmo no que dizia respeito a Lovis, a ajuda que se dispunham a dar era pouca. Não havia como saber o tipo de comportamento que adotariam em relação a ela, e como eles nunca tinham demonstrado a coragem necessária para cuidar dela sozinhos, não era possível contar com eles de nenhuma forma.

Stina tinha engravidado durante a temporada que ele havia passado na prisão. Assim que ela pôs o teste de gravidez positivo na mesa da sala familiar da penitenciária, ele decidiu largar aquela vida. Teve certeza de que era a coisa certa a fazer. Jamais correria o risco de acabar na prisão outra vez. Já tinha sido ruim o bastante não estar ao lado dela na primeira etapa, então ele havia se decidido a participar e a estar presente no restante do tempo — tudo o que sempre havia desejado do pai durante a infância e a adolescência.

Ele não conseguiu autorização para assistir ao parto, mas na manhã seguinte foi com dois agentes penitenciários ao hospital em Luleå, onde o chamaram em uma sala para explicar que houvera complicações decorrentes de oxigenação insuficiente durante o parto, embora existissem muitos indícios de que também houvesse alterações cromossômicas. A extensão do comprometimento ainda era desconhecida, mas estava claro que se tratava de uma situação grave. A filha dele estava na UTI neonatal.

Ele ainda se lembrava da onda de tristeza que o invadira ao ver Lovis pela primeira vez. Ele havia esperado por aquele momento desde que soube que seria pai. Desde que ele e Stina passaram a ser uma família. Mas ali no hospital o sentimento que tivera não foi o de ter ganhado uma filha, e sim de que haviam lhe tirado alguma coisa.

Ele ficou ao lado da incubadora e lamentou por aquela criança.

Todos os planos de um futuro, todos os sonhos para aquele pacotinho de gente que já o havia influenciado, já o havia transformado, já o havia talvez até mesmo salvado — tudo desapareceu.

Stina reagiu com raiva.

Em relação à vida, a todas as coisas que não aconteceram da maneira como havia imaginado.

Ela detestava as outras mães, que tinham filhos saudáveis; não queria sair do quarto. Ao fim de uma semana recebeu alta e pôde ir para casa, embora sem Lovis: foi preciso esperar outros quatro meses até que a filha pudesse estar mais uma vez nos braços dos pais. Naquela altura ele já tinha cumprido dois terços da pena e foi posto em liberdade condicional.

Pôde voltar para casa e para aquele caos.

Stina passava os dias e as noites às voltas com Lovis, porém sempre preocupada, sempre com um sentimento de não estar fazendo o suficiente. Mas de uma forma ou de outra eles haviam conseguido fazer com que tudo funcionasse, em meio a inúmeras visitas ao hospital, operações, tratamentos, remédios, solicitações e contatos com as autoridades e com o governo municipal. O apoio dos assistentes sociais tinha sido inestimável. Pessoas que dia após dia cuidavam para que, apesar de tudo, os dois tivessem a oportunidade de fazer o que outros casais também faziam.

A vida havia seguido.

Porém, logo veio a decisão oficial de reduzir a assistência oferecida, e tudo desmoronou outra vez.

Essas reflexões foram interrompidas quando a campainha tocou. Ele olhou depressa para o relógio. Quem seria àquela hora? Ele nunca tivera um círculo muito grande de contatos, e com o passar dos anos as visitas haviam se tornado cada vez menos frequentes. Com um olhar rápido em direção à filha, ele saiu do quarto, cruzou o apartamento e abriu a porta.

Era a polícia, claro. A mulher de Tompa. Hannah. Meio ofegante por conta da escada, com uma caixa do supermercado ICA numa das mãos.

"Me desculpe incomodar você a uma hora dessas", ela disse, num tom que parecia sincero.

"O que você quer?"

"Fazer umas perguntas. Tudo bem? Vai ser rápido, eu prometo."

Quando aquela mulher que parecia ser russa ou ter ligações com a Rússia apareceu e falou sobre anfetamina, ele teve certeza de que logo a polícia trataria de aparecer. Mesmo assim, ele havia cumprido regularmente a pena e, aos olhos da polícia, levava uma vida regrada já fazia três anos.

A situação o deixou furioso, mas naquele momento ele tinha apenas duas alternativas: Enxotá-la, correndo o risco de levantar suspeitas e dar início a uma investigação a respeito dele e da oficina, ou então convencê-la de que não havia feito nada e não sabia de nada, e talvez enfim fosse deixado em paz. E obtivesse informações importantes nesse processo. Ele assentiu e chegou para o lado, deixando-a entrar.

"Não precisa tirar os sapatos."

Ele não pensava em deixar Lovis sozinha nem mesmo por uns poucos minutos, e assim tratou de cruzar mais uma vez o apartamento bagunçado. A organização ocupava um lugar baixo na lista de prioridades já havia um bom tempo.

"Podemos nos sentar aqui", ele disse, indicando o quarto de Lovis.

Hannah o seguiu e deteve-se antes de entrar. A cama regulável com grades de aço nas laterais, mesmo que Lovis não se mexesse durante o sono, a cadeira de rodas, o guincho, o aspirador de muco, a máquina de oxigênio, os medicamentos, as pomadas, as cintas, todos os outros equipamentos. Não havia no mundo inteiro quadros, móveis coloridos ou bichinhos de pelúcia suficientes para fazer com que aquele cômodo se parecesse mais com um quarto de criança do que com um quarto de hospital.

"Não vamos acordá-la?", Hannah perguntou quase num sussurro.

"Não", UV respondeu, sentando-se na cama. "O que você quer?"

"Aquele carro azul que eu mencionei antes para você…", Hannah começou, meio sem jeito.

Será que ele havia se equivocado ou ela de fato o olhava de maneira diferente naquele instante? Como se tivesse pena? Ele não queria aquele tipo de compaixão. O problema não era Lovis.

"O que tem?"

"Era um Honda. Um CR-V ano 2015, você ficou sabendo?"

"Ainda não."

"Havia drogas nesse carro. Anfetamina."

"Certo. O que mais?"

"Como assim, o que mais?"

"No carro."

Hannah não havia previsto esse tipo de pergunta. Ele percebeu que ela ficou pensativa e hesitou, o que lhe dizia que havia mais coisas no carro.

"Como assim?"

"Você não quer que eu fique de olho nesse carro? Para dar notícias? Não é para isso que você está aqui?"

"É", Hannah admitiu. "Você ficou sabendo de alguma coisa?"

UV pensou depressa para ver se havia mais informação a ser extraída daquela conversa, algo que pudesse ajudá-lo a decidir a melhor forma de levar tudo adiante, mas chegou à conclusão de que já havia descoberto o suficiente.

"Eu larguei essa vida, como você deve saber."

"Ninguém vai saber que você nos ajudou."

Ele estava prestes a dizer que não podia fazer nada e dispensá-la, mas no fim se deteve. A mulher do Audi tinha se dado por satisfeita quando ele a encaminhou para outro lugar. Um nome. Talvez não fosse preciso nada além disso para que a polícia o deixasse em paz.

Ele fingiu estar pensando, embora já estivesse decidido, e por fim olhou para Hannah com uma expressão que pretendia transmitir a ideia de que aquela informação estava sendo prestada a contragosto, realmente como um favor.

"Você já ouviu falar de Jonte Lundin?"

O pequeno quitinete cheirava a ar viciado, fumaça de cigarro, bitucas, sujeira e bebedeiras. A cama estava desfeita no canto, e mesmo uma olhada rápida seria o bastante para revelar o estado deplorável dos lençóis. Na mesa em frente ao sofá velho e manchado havia uma planta morta num vaso usado como cinzeiro, latas de cerveja e um prato com restos do que parecia ser molho seco de tomate. Katja havia tentado levantar o prato segurando apenas o garfo que estava em cima.

Tinha dado certo.

A cozinha era ainda pior. O fogão estava cheio de restos de comida queimados, havia duas panelas com sobras endurecidas no fundo, garrafas, restos de comida congelada, embalagens, tudo jogado de qualquer jeito no lugar onde tinha sido aberto ou usado pela última vez.

Ela não gostava nem um pouco de esperar lá dentro.

Tinha começado a organizar as latas de cerveja numa fileira sobre a lateral mais curta da mesa em frente ao sofá, mas percebeu que havia outras na cozinha e até mesmo no banheiro. Organizar uma parte ínfima daquele caos era ainda mais irritante do que deixar tudo como estava.

Então ela foi até o centro do cômodo.

Não encostou em nada. Não fez nada. Simplesmente ficou à espera.

A campainha tocou. Katja foi até o corredor minúsculo e olhou em silêncio pelo olho mágico. Havia uma mulher do outro lado. Mal devia ter completado cinquenta anos, e tinha um corpo, um penteado e roupas comuns. E uma caixa do ICA na mão. Talvez fosse a mãe de Lundin, pensou Katja. Devia estar reabastecendo a despensa e a geladeira para que o filho pelo menos não morresse de fome. Será que teria uma chave para entrar caso o filho não abrisse? No instante em que pensou em dar um passo para trás, Katja ouviu vozes na escada. Olhou novamente para fora. Um homem que ela reconheceu como Jonathan Lundin havia chegado pelos degraus, e a mulher foi ao encontro dele. Katja não conseguiu ouvir o que diziam, mas Lundin balançou a cabeça diversas vezes e tentou passar. A mulher estendeu o braço em direção à parede, tentou impedi-lo e voltou a falar, dando a impressão de ter feito uma pergunta. Lundin baixou a cabeça e continuou a balançá-la. A mulher pareceu perceber que não conseguiria nada dele e afastou o braço. Ele deu uma série de passos apressados e cambaleantes em direção à porta. Katja mais uma vez se afastou às pressas. Ouviu o girar da chave e o abrir e fechar da porta, e também o momento em que Lundin soltou um resmungo incompreensível antes de entrar e se jogar sofá com um gesto destrambelhado. Katja manteve-se imóvel, ainda que estivesse no meio do cômodo. Mesmo assim, ele não deu sinais de perceber sua presença. Os olhos, a linguagem corporal e os movimentos similares aos de um bicho-preguiça executados quando tentou amarrar os cadarços dos sapatos levaram Katja a pensar em uma mistura de álcool e drogas.

"Oi, Jonte", ela disse em tom calmo.

"Oi?", ele respondeu com um sorriso, como se estivesse contente em vê-la, mas naquele instante não soubesse exatamente o que pensar. Logo ocorreu a ele que os dois nunca tinham se visto. "Espere, você também é da polícia?"

"Quem mais é da polícia?"

"Ela. A mulher lá fora."

"Mas eu não", Katja respondeu, aproximando-se do braço do sofá.

Jonte fez um gesto afirmativo, dando-se por satisfeito com a resposta, e não pareceu se preocupar com o fato de que havia uma mulher desconhecida no apartamento em que morava.

"Eu quero conversar", Katja prosseguiu, tentando ganhar a atenção daqueles olhos velados e inconstantes. "Sobre drogas."

"A policial queria saber a mesma coisa."

"A policial? O que foi que ela disse? Você ainda se lembra?"

"Era queria saber se... se tinha alguém vendendo. Ou então alguém comprando..."

Se a polícia estivesse à procura da mesma pessoa, nos mesmos círculos, já teria identificado Vadim e estabelecido sua ligação com os fatos ocorridos em Rovaniemi. Era bom saber.

"E o que foi que você disse?"

"Nada."

"Porque você não sabe ou porque você não quis abrir o bico para a polícia?"

"Como?"

Ele a encarou como se aquela ideia tivesse sido complexa demais para que pudesse entendê-la. Katja o analisou. Quem poderia saber o que havia feito, quem poderia saber por que havia decidido entregar-se aos entorpecentes? Talvez a infância dele tivesse sido o mesmo horror que ela havia sofrido durante os primeiros oito anos de vida, e nesse caso não era nem um pouco difícil entender por que ele aproveitaria todas as oportunidades de reprimir e esquecer. Também havia a possibilidade de que tivesse sido um menino normal com uma infância normal, houvesse decidido que as drogas o fariam parecer mais durão e no fim não tivesse mais conseguido controlar o vício. Talvez ele tivesse herdado uma personalidade dependente.

Mas, a despeito do que tivesse acontecido, ele era um fraco. E os fracos podiam ser usados.

Katja tirou um maço de cédulas do bolso da frente da calça jeans e começou a folhear as notas. Jonte acompanhou os movimentos com o olhar de um labrador faminto. Cinco notas de quinhentos em cima da mesa.

Quando ele se inclinou para a frente a fim de pegar o dinheiro, Katja pôs a mão em cima.

"Primeiro você precisa responder umas perguntas."

Jonte assentiu e tirou os olhos do dinheiro, e ela percebeu que ele fazia um grande esforço para manter a concentração.

"Apareceu alguém vendendo? Uma cara nova? Na semana passada?"

"Não que eu saiba…"

"Você ouviu falar a respeito de um grande carregamento de anfetamina?"

Ele balançou vigorosamente a cabeça, como um menino de três anos que acabou de receber um prato cheio de brócolis.

"Tem certeza?", ela perguntou, colocando mais uma cédula em cima da mesa. Jonte respirou fundo, decidido a dar um jeito naquilo.

"Não, eu realmente não sei de nada", ele respondeu, firme.

"E quem poderia saber? De quem é que você compra?"

"Não sei."

Por fim a paciência de Katja acabou. Ela se inclinou para a frente e apertou as bochechas dele com força.

"Sabe muito bem, sim."

"Não, eu estou dizendo a verdade", ele respondeu, com os lábios espremidos pela mão dela. "Desde que o UV… pelo menos agora… eu pago, envio uma mensagem e depois me respondem… dizendo onde eu posso buscar."

Katja largou-o, e Lundin voltou a se apoiar no encosto. Aquilo explicava por que ninguém parecia saber quem estava por trás daquele negócio. Tudo era realmente feito de maneira anônima, sem nenhum contato presencial.

"Escreva uma das suas mensagens, mas não a envie."

"Quê? Como assim?"

"Pegue o telefone e escreva uma das mensagens que você costuma escrever quando quer comprar, mas não a envie."

Jonte hesitou; era evidente que, mesmo em meio à névoa em que se encontrava, ainda compreendia que aquilo provavelmente era uma má ideia, mas as cédulas na mesa logo capturaram sua atenção novamente. Três mil coroas. Com um suspiro, Lundin pegou o telefone e fez o esforço necessário para escrever uma mensagem curta que a seguir mostrou para Katja.

"Muito bem. Onde você deixa o dinheiro?", ela quis saber, e então tirou o telefone da mão dele sem que houvesse nenhum protesto.

"Na lixeira de papéis lá no ponto de ônibus. Atrás do hotel."

"O Stadshotellet?"

Jonte assentiu e mais uma vez se recostou no sofá. Um ponto de ônibus atrás do hotel não seria difícil de achar.

"Quem foi que disse para você fazer dessa maneira?", ela perguntou, se levantando, já pronta para ir embora.

"Não me lembro. Já faz tempo."

"É uma pena", ela disse, e então deu de ombros e recolheu as cédulas de cima da mesa. Lundin estendeu a mão numa tentativa pífia de impedi-la.

"Mas… mas eu ouvi…", ele disse no sofá antes de perder o fio da conversa, piscando os olhos duas ou três vezes.

Katja se inclinou e lhe deu dois tapas de leve.

"Vamos lá!"

"Às vezes, uma vez… eu ouvi… sobre um francês."

"Um francês? Um francês mesmo, da França?"

"Sei lá… Todo mundo o chamava de 'o francês'."

Sem dúvida era uma pista que podia ser explorada. Se fosse realmente um francês, quantos devia haver em Haparanda e arredores? Mesmo que não passasse de um apelido, era possível avançar com aquela dica, que apontava numa direção clara. Ela tornou a colocar duas notas de quinhentos em cima da mesa, e Lundin conseguiu se esticar o suficiente para juntá-las.

"Não diga que fui eu", ele pediu enquanto se sentava novamente no sofá. Katja não respondeu: simplesmente foi até a porta e o deixou largado ali, aninhado às cédulas.

Cerca de meia hora depois ela estava sentada no Audi, observando o ponto de ônibus atrás do hotel pelo retrovisor. Tinha deixado um envelope com mil e quinhentas coroas na lixeira verde próxima ao ponto de ônibus, voltado ao carro e enviado a mensagem a partir do telefone de Jonte.

E naquele momento ela aguardava.

O rádio estava ligado, com o volume baixo. Era uma música sueca sobre um homem que gostava de usar uma blusa que a ex-namorada detestava. Ela gostou da música e começou a tamborilar os dedos no volante enquanto mantinha o olhar fixo no retrovisor.

Um jovem com os cabelos pretos raspados em ambos os lados da cabeça e as mãos enfiadas nos bolsos da jaqueta fechada chegou ao ponto de ônibus. Olhou ao redor na rua vazia e foi até a lixeira de papéis. Katja estendeu o corpo à frente. O homem enfiou a mão lá dentro, puxou o envelope, guardou-o depressa num dos bolsos internos e voltou pelo mesmo caminho por onde havia chegado.

Katja esperou até que houvesse dobrado a esquina, onde havia uma construção de madeira amarela com todas as lojas do primeiro andar tristes e vazias, saiu do carro e começou a segui-lo. Os dois passaram em frente ao reservatório d'água e seguiram até a Köpmansgatan. O homem fez uma curva à direita em um ponto identificado pela placa como Västra Esplanaden e continuou sem pressa. Ele não havia se virado nenhuma vez: aparentemente jamais lhe ocorrera que poderiam segui-lo, mas assim mesmo Katja manteve distância, seguiu em frente, em direção ao ginásio de esportes, e continuou a observá-lo do outro lado da rua. Ela notou que ele se aproximava de uma zona com vários prédios residenciais. Passou em frente ao primeiro, mas dobrou antes do segundo. Katja apressou o passo, olhou depressa ao redor e atravessou a rua, correndo atrás do homem, que naquele momento estava fora de seu campo de visão.

Ela chegou à parte de trás do prédio ainda a tempo de ver a segunda porta deslizar e fechar. Não havia muito mais que pudesse fazer naquele momento. Ao redor havia somente um gramado que não oferecia nenhum lugar onde pudesse esconder-se, mas um pouco adiante havia um pequeno campo de futebol atrás de umas árvores, de onde seria possível vigiar a porta sem risco de ser descoberta. Os mosquitos deram-lhe as boas-vindas de imediato quando ela se postou embaixo de uma bétula, mas o jeito foi ignorá-los. As picadas não lhe fariam mal nenhum, e qualquer tipo de movimento podia chamar atenção.

Não foi preciso esperar muito tempo. Minutos depois o rapaz tornou a sair e voltou pelo mesmo trajeto que havia feito antes. Provavelmente estava indo fazer a entrega do pedido, mas por ora o local dessa entrega não interessava a Katja. Já o lugar onde ele buscava a droga...

Para ter certeza de que o rapaz não voltaria, ela esperou uns minutos antes de ir até o portão. A vidraça na porta deixava a luz passar, porém assim mesmo ela apertou o botão que reluzia com um brilho alaranjado na parede e acendeu as luzes ao entrar. As escadas estavam totalmente em silêncio. Não havia sons em nenhum dos seis apartamentos. De acordo com o mural, eram dois em cada andar, com os nomes dos moradores devidamente informados. Katja examinou o mural e não conseguiu conter um sorriso de satisfação ao descobrir quem morava no segundo andar.

René Fouquier. O nome parecia francês.

"**M**e desculpe", disse Hannah enquanto tirava a mesa. "Eu esperava me superar."

Após conversar com UV e a visita inútil a Jonte Lundin ela não tivera mais tempo nem vontade de preparar uma refeição, e então assim passou no Leilani e pediu comida para levar. Pelo menos eles não tinham comido direto das caixinhas, Hannah pensou enquanto enxaguava os pratos antes de colocá-los na máquina de lavar louça. Já era alguma coisa.

"Não tem problema, estava bom", disse Thomas, embora ela não acreditasse, porque boa parte do filé de porco com brócolis e molho escuro ainda estava na caixa.

"Você quer um café?"

Ele aceitou com um aceno de cabeça e ela começou a preparar a cafeteira enquanto retirava os últimos itens de cima da mesa. Ela contara ao marido sobre a investigação durante o jantar, explicando que ninguém imaginava que X apareceria, nem que receberiam ajuda da polícia da Finlândia. Thomas havia escutado, acenado com a cabeça e feito perguntas.

Quando já não havia muito a falar — o trabalho dele como sempre recebia um tratamento expresso —, voltaram a atenção aos filhos, como de costume.

Gabriel, que havia saído de casa três anos antes, estudava fonoaudiologia em Uppsala e naquele momento ainda estava lá, com um emprego de verão. Talvez aparecesse por uma ou duas semanas no fim de agosto. Thomas disse que havia pensado em reservar uma semana de férias para recebê-lo, caso o plano se concretizasse.

Alicia estava fazendo um mochilão desde setembro do ano anterior e achava que estaria de volta em casa para o Natal, mas os planos já haviam sofrido várias alterações. No início de julho chegariam os resultados das faculdades nas quais havia se inscrito, e então ela poderia decidir se voltaria para casa ou se continuaria viajando para tentar outras vagas no semestre a seguir.

Gabriel e Alicia. Os filhos deles.

Jamais Elin.

Elin, que faria aniversário em breve. No dia 3 de julho. Ela faria 28 anos. Se não fosse pela tempestade naquela tarde em Estocolmo.

Se não fosse por Hannah.

Eles nunca falavam a respeito dela. Não mais.

Hannah não queria, não conseguia. Thomas entendia e aceitava.

Afinal, eram casados há 37 anos. Ela mal havia completado dezessete anos quando o encontrou pela primeira vez na área de fumantes? Três anos depois de chegar em casa da escola, colocar a trilha de *Fama* no toca-fitas da cozinha e, dançando, abrir a porta da sala e encontrar a mãe enforcada no gancho da luminária.

Ainda parecia muito errado.

Ela tinha visto Thomas pelos corredores, era difícil não ver, porque tinha mais de um metro e noventa de altura e estava pelo menos vinte quilos acima do peso naquela época. Mas não era por isso que ele havia lhe chamado a atenção. Era pela atitude. Ele simplesmente era. Um sujeito que andava em silêncio de um lado para o outro, não fazia nenhum esforço para se adequar às expectativas dos outros e estava pouco se lixando para o que pensavam a respeito dele. Ele estava um ano à frente dela, mas era dois anos mais velho. Tinha entrado na escola com um ano de atraso. Haviam-no considerado imaturo na época. Quando os dois se conheceram ele estudava economia, tinha carteira de motorista e carro e gostava de um monte de coisas que ela não apreciava, como estar na natureza, pescar e sentar-se em volta de uma fogueira num lugar qualquer, mas por gostar dele Hannah o acompanhava.

Seria difícil precisar quando passaram a ser um casal, mas aos poucos ambos começaram a passar mais tempo juntos e menos tempo com outras pessoas. Mesmo assim, ela se lembrava do momento em que havia compreendido que acabariam juntos.

Os dois estavam na cama do quarto dele, que ficava no porão da casa dos pais, em Kalix, com *Nebraska* tocando nos alto-falantes quando ele lhe pediu que contasse sobre a mãe. No mesmo instante ela adotou uma postura defensiva.

"Por quê?"

"Porque deve ter sido horrível para você, mas você nunca fala sobre o que aconteceu."

"Porque eu não quero. Ela arruinou a minha vida."

"Tudo bem."

"Ela era doente mental e se enforcou. O que mais você quer que eu diga?"

Ele deixou o assunto de lado e sugeriu que fossem a Luleå ver *O retorno de Jedi*. Mais uma coisa de que ele gostava e ela não: ficção científica. Mas ela aceitou o convite. Depois do filme ele a levou até em casa, e antes que Hannah descesse do carro Thomas disse:

"Não foi culpa sua."

"O quê?"

"O que aconteceu com a sua mãe."

"Eu nunca achei que fosse", ela mentiu.

"Que bom. Porque não foi mesmo."

Eles nunca mais falaram a respeito daquilo. Pelo menos não durante muito tempo. Na hora não foi nada além disso. Mas ela só foi compreender o quanto precisava ter ouvido aquilo depois que ele disse. O pai tinha simplesmente constatado que a mãe não tinha aguentado mais viver, porém nunca havia conversado com Hannah sobre os motivos. Depois do enterro ele parou por completo de falar sobre ela. Costumava dizer que ruminar as coisas nunca havia melhorado nada. Ele nunca tentou entender, e nem ao menos pareceu perceber que o comportamento da filha, agressivo e por vezes autodestrutivo, podia estar ligado a um sentimento esmagador de culpa.

Mesmo que os últimos anos tivessem sido repletos de acusações e de crises.

Eu não aguento mais você.
Você quer me ver morta?
Hannah, você ainda vai acabar comigo.

Como Hannah acharia que não era culpa dela? Ninguém jamais havia dito o contrário. A não ser por Thomas. Um simples "não foi culpa sua", que não somente aliviou a culpa, mas também demonstrou o quanto ele a conhecia e o quanto a compreendia.

Foi a partir daquele momento que os dois acabaram juntos. O relacionamento nunca fora particularmente apaixonado: era mais um prolongamento da amizade, sem predisposições ao romantismo. Um relacionamento seguro. E a segurança fazia-lhe bem, oferecia-lhe tudo aquilo de que precisava. Desde sempre.

E especialmente depois do que tinha acontecido com Elin.

"Ele é bom para você", o pai dela havia dito anos mais tarde. "Não o deixe escapar."

Ela não deixara. Eles haviam se apegado um ao outro, e talvez até mesmo agido como se o outro sempre fosse estar lá, e quando os filhos saíram de casa, quando os dois voltaram a ter o tempo inteiro para si, Thomas havia decidido que passaria boa parte desse tempo longe. Ela nunca o tinha confrontado. Ruminar as coisas nunca havia melhorado nada. Em vez disso, ela terminou nos braços de Gordon.

Naquele momento Hannah chegou por trás do marido, que estava de pé junto ao balcão da cozinha, e o abraçou.

"Você não quer ir para a cama?", ela perguntou, dando-lhe um beijo no pescoço enquanto descia a mão pelo peito dele, em direção à virilha.

"Eu prometi ao Kenneth que ia ajudá-lo a consertar o aquecedor."

Hannah se deteve e subiu as mãos devagar, porém manteve o abraço, feliz por ele não poder ver a expressão em seu rosto.

"A essa hora?"

"Quanto antes melhor. Eles estão sem água quente."

"E não basta ajudar amanhã cedo?"

"Foi uma promessa, então…"

Hannah ainda o desejava, mas havia limites. Ela não queria ter que convencê-lo a fazer sexo, então o largou, foi até a cafeteira e serviu uma caneca de café. Thomas esvaziou a caneca dele no silêncio levemente tenso que surgiu a seguir, se levantou e colocou-a na máquina de lavar louça.

"Nos vemos mais tarde. Devo levar umas boas horas."

"Tudo bem. Mande um alô para ele."

Com um aceno de cabeça, Thomas saiu da cozinha, vestiu uma jaqueta leve e calçou os sapatos.

"Até mais", ele disse, e então abriu a porta sem esperar uma resposta.

A sós na cozinha, Hannah pensou em ligar para Gordon, mas no fim desistiu. Convenceu-se de que não queria estragar a jogatina dos irmãos, e além disso não podia correr o risco de ser rejeitada também por ele.

Nenhum deles sabia para que a casinha fora usada em outras épocas, mas naquele momento aquilo não passava de quatro paredes de madeira sem janelas nem portas, uma chaminé decrépita de alvenaria e um telhado parcialmente afundado no terreno de Thomas e Hannah, centenas de metros no interior da floresta. Thomas havia mostrado a casinha para ele e para Sandra numa das primeiras visitas que haviam feito à cabana e dito de brincadeira que estava pensado em transformá-la numa casa de hóspedes. Thomas realmente levava jeito com trabalhos manuais, mas já naquela época a pequena construção estava além de qualquer tentativa de salvação. Não passava de um amontoado de escombros que aos poucos eram reivindicados pela natureza, e até onde Kenneth sabia os tios simplesmente deixavam que a construção se deteriorasse ritmo natural das coisas.

Seria perfeito para eles.

Em especial porque num dos cantos havia um alçapão que devia ter sido um depósito ou uma despensa na época em que a construção ainda era usada. E naquele momento as três bolsas esportivas se encontravam lá, cada uma delas envolvida por um saco de lixo preto. Kenneth estava prestes a fechar novamente o alçapão, porém se deteve.

"E se houver ratos? E se eles roerem o dinheiro?"

"Não existem ratos embaixo da terra."

"Mas existem redes de esgoto e essas coisas todas."

Ele notou a hesitação dela. O plano era deixar o dinheiro lá durante pelo menos três anos, caso não acabassem presos, óbvio. Nesse caso ficaria lá por mais tempo. Ao fim de três anos eles poderiam começar a usar o dinheiro aos poucos, dizer que tinham feito economias, talvez que haviam ganhado um dinheiro numa das centenas de cassinos on-line que faziam propaganda em toda parte. Se tudo desse certo, Kenneth também haveria arranjado um emprego até lá, e assim a história toda se tornaria mais crível.

Três anos. Sandra estava decidida.

O desleixo e a falta de cautela não poderiam colocar todo o futuro deles a perder. Mas ela preferia evitar que na volta descobrissem que trezentos mil euros haviam se transformado em casa e comida para um bando de roedores.

"Nós temos veneno de rato em casa. Vamos trazer e espalhar por aqui", ela disse, assentindo. "E também podemos comprar umas caixas de metal ou de plástico rígido."

Kenneth fechou o compartimento, e os dois saíram da casinha decrépita e começaram a andar em direção à cabana de Thomas e Hannah. A bem da verdade, a cabana era mais de Thomas, havia pertencido aos pais dele, os avós maternos de Kenneth, com quem ele praticamente nunca havia se encontrado, porque Stefan achava que os dois tinham uma influência ruim sobre as crianças. Quando os pais morreram, Thomas havia comprado a parte da irmã. A cabana era pequena e muito simples. Sem eletricidade nem água quente, não era um lugar muito bom para uma estada de semanas a fio, e ele a usava apenas para caçar e pescar, coisas que Kenneth sabia que não interessavam nem um pouco a Hannah.

Eles saíram da floresta por trás da construção de madeira pintada de vermelho e, ao darem a volta, notaram que Thomas chegava ao pequeno pátio e estacionava ao lado do carro de Sandra. Os dois trocaram um olhar preocupado antes de erguer a mão para cumprimentá-lo e se aproximaram com o que achavam que fosse um sorriso relaxado. Thomas desligou o motor e saiu do carro, visivelmente surpreso de encontrá-los por lá.

"Ora, o que estão fazendo por aqui?"

"A gente… a gente só estava dando uma passada", respondeu Kenneth, lançando um olhar inseguro em direção a Sandra. Os dois não imaginaram que teriam de explicar a presença naquele lugar e não haviam inventado uma mentira convincente.

"Uma amiga nossa que mora em Övertorneå teve bebê e a gente está voltando de uma visita", Sandra inventou, mas na mesma hora viu que Thomas perceberia que nesse caso não havia motivo nenhum para "dar uma passada" na cabana, que, embora ficasse a pouco mais de uma hora de Haparanda, situava-se literalmente no meio do nada.

"Resolvemos fazer um desvio no caminho de volta", Kenneth emendou.

"Para ver se vocês estavam por aqui", Sandra continuou.

Thomas não disse nada, simplesmente encarou-os com as sobrancelhas erguidas ao ouvir a história.

"E você, o que está fazendo aqui?", perguntou Kenneth, numa tentativa de mudar o rumo da conversa.

"Eu só vim… buscar umas coisas. Que eu tinha esquecido", Thomas respondeu, com um aceno de cabeça em direção à cabana, que também deu a Kenneth a impressão de que ele estava mentindo. Mas por que ele mentiria em relação ao motivo para estar lá? Talvez ele e Hannah tivessem brigado.

"Bem, acho que vamos para casa", disse Sandra, olhando para Kenneth. "Amanhã eu começo cedo, então…"

"Tudo bem. Se cuidem. Bom encontrar vocês!"

Thomas não os convidou para entrar. Para tomar uma xícara de café. Claro que teriam recusado o convite, mas mesmo assim… Ficou parecendo que Thomas queria livrar-se deles o quanto antes.

"Obrigada por ter arrumado o aquecedor", disse Sandra, já ao lado do carro.

"Não foi nada."

Kenneth e Sandra pensaram que Thomas fosse dizer mais alguma coisa, mas ele ficou calado. Kenneth abriu a porta do carro, mas antes de entrar fez uma última pergunta ao tio.

"Ouvimos dizer que a polícia encontrou um cadáver na floresta. Hannah está trabalhando nesse caso?"

"Está."

"Quem era?"

"Um russo, ao que parece."

"E a polícia já tem suspeitos?"

"Não. Estão à procura de um carro. O carro do russo. Um Honda azul."

Kenneth fez um aceno de cabeça e viu que Sandra o encarava com um olhar que parecia dizer "já chega", mas sentiu-se obrigado a pedir mais detalhes.

"Mas a polícia não sabe nada a respeito do carro que o atropelou?"

"Acredito que não."

"E não encontraram DNA nem nada parecido?"

"Também não sei. Por quê?"

Thomas deu um passo à frente, mais uma vez com as sobrancelhas erguidas e uma dúvida estampada no rosto. Sandra limpou discretamente a garganta.

"Não, por nada. Só porque aconteceu perto da gente e acabou despertando a curiosidade."

"Outra hora vocês conversam melhor sobre isso. Acho que agora está na hora de a gente pegar o caminho de casa", Sandra o interrompeu com um sorriso. "Tchau, Thomas! Mande um alô para a Hannah."

"Pode deixar. Até a próxima!"

Quando saíram da estrada que cortava a floresta, Sandra aumentou a velocidade e continuou dirigindo em silêncio com o olhar fixo à frente. Não foi necessário dizer seu grau de irritação nem o motivo para tal.

"Eu fiz perguntas demais", Kenneth constatou.

"Demais mesmo."

"Me desculpe. Eu só queria saber o que a polícia já tinha descoberto."

Sandra não respondeu. Kenneth achava que tinha o direito de perguntar, porque todos os dias era como se acordasse com uma bola de angústia na barriga, que o deixava paralisado. Era ele que acabaria na cadeia se a polícia encontrasse traços de DNA. Era ele que tinha matado outra pessoa. De todo modo, ele não gostava de ficar brigado com Sandra.

"Me desculpe", ele repetiu.

Eles já tinham brigado naquela tarde. Depois que haviam decidido o que fazer com o dinheiro, a primeira coisa que ela fez foi sair de casa e voltar com um vaso recém-comprado.

"Ah, então você pode gastar o dinheiro, mas eu não?", ele havia dito, ciente de que o comentário soava extremamente infantil.

"Eu peguei sessenta euros. Você quer comprar um carro."

"Um carro usado."

"Se você achar um por sessenta euros, pode comprar."

"Não consigo nem consertar o Volvo com esse dinheiro."

"Então acho que vamos ter que vendê-lo para o ferro-velho."

Kenneth não respondeu. Ela não podia estar falando sério. Então não podia comprar um carro novo e tampouco consertar o velho? Sem carro, ele passaria o dia todo preso em casa.

"Como assim? Você está querendo dizer que eu vou ficar sem carro? O que você quer que eu faça quando eu tiver que sair?"

"Isso custa dinheiro, e se vamos agir como se a gente estivesse guardando…", ela disse, respondendo à pergunta.

"Mas a gente tem dinheiro!", ele gritou, e então foi até a mesa da cozinha, abriu uma das bolsas e pegou um punhado de cédulas. "A gente tem dinheiro pra cacete!"

"Não estrague as coisas para mim, Kenneth", ela disse em voz baixa, com uma escuridão no olhar que ele jamais vira.

"Que diferença faz se a gente gastar dois ou três mil?"

"A gente não vai tocar nesse dinheiro. Como pode ser tão difícil de entender?"

"A não ser que a gente resolva comprar uma porcaria de vaso inútil, claro!"

Ele jogou as cédulas de volta na bolsa e saiu às pressas, mas se arrependeu de imediato. Que cena desnecessária. Em especial porque ele sabia o quanto aquilo era importante para ela. Poder comprar uma coisa nova, uma coisa bonita. Ela tinha colocado flores do jardim no vaso, tirado uma fotografia com o sol ao fundo e postado no Instagram. Tinha sido a primeira atualização em semanas. Ele sabia que ela queria ter algo para mostrar, e também sabia que isso em parte era culpa dele, que não tinha um trabalho, que não levava dinheiro para casa.

Nos piores momentos, ele se perguntava quanto tempo Sandra aguentaria viver naquela situação.

Uma hora antes do fechamento havia poucos clientes na lanchonete. Katja passou em frente ao caixa automático e foi até o caixa tradicional, onde um rapaz estava a postos com o dólmã de chef que tinha o logotipo amarelo da rede estampado no peito. Logo abaixo, um crachá que confirmava que ela havia encontrado a pessoa que procurava.

"Oi, René."

"Oi, seja bem-vinda. Como posso ajudá-la?"

"*Vous préférez parler français?*"

"Não…", ele respondeu, surpreso. "A não ser que você queira."

"Achei que você era conhecido como 'o francês'", Katja prosseguiu com um sorriso repleto de significado enquanto o olhava bem nos olhos dele para ver como reagia àquele nome. Nada. Talvez fosse um apelido que usassem para falar a respeito dele, não diretamente com ele.

"O meu pai é francês", ele disse, aparentemente sem entender por que estavam discutindo o assunto.

"Você tem tempo para conversar um pouco?"

"Depende. Estou no meio do meu expediente."

"Pode ser que demore um pouco. Você tem intervalo? Ou prefere que eu espere até a hora de fechar?"

René achou melhor não responder: simplesmente respirou fundo e tentou centrar a conversa no fato de que estava lá, com o mesmo sorriso profissional de antes.

"Você gostaria de comer alguma coisa?"

"Pode escolher por mim. O seu prato favorito."

"Você come carne?"

"Como."

Ele fez um pedido no touchscreen.

"São 79 coroas."

Katja entregou-lhe duas ou três notas e fez um gesto com a mão para indicar que não queria o troco. Ele colocou a moeda no pote de doações que ficava ao lado do caixa.

"Você tem intervalo?", ela tornou a perguntar.

"Não, por quê?"

Sem esperar resposta, ele se virou e pegou um saquinho de batatas fritas que estava a postos no suporte ao lado das fritadeiras. Já estava farto dela. Ao retornar ele recuou diante da cena. Havia cacos de um pequeno anão de jardim em cima da bandeja.

"Pensei que a gente podia falar sobre isso aqui", Katja sussurrou, apontando discretamente para os cacos.

René afastou os pedaços com um movimento da mão e fez com que tudo desaparecesse sob o avental, olhando atentamente ao redor. Nenhum dos colegas na cozinha parecia estar preocupado com o que acontecia no caixa com aquela cliente solitária.

"Você não tem mesmo nenhum intervalo?", Katja perguntou novamente, certa de que dessa vez obteria uma resposta.

"Dez minutos, está bem?"

"Claro."

Ela cantarolou a música dos alto-falantes enquanto esperava que René colocasse o pedido na bandeja. Encheu o copo vazio que havia recebido com Coca-Cola Light, pegou ketchup, sal, pimenta e três guardanapos e, ao seguir em direção às mesas, arrependeu-se e voltou para o caixa, onde estava René.

"Mais uma coisa", ela disse, debruçando-se no balcão. "Eu não sou policial, então você não precisa desaparecer. Até porque eu vou encontrar você onde quer que vá."

Com um pequeno gesto de cabeça para indicar que os dois estavam de acordo, Katja pegou a bandeja e sentou-se a uma mesas de onde enxergava tudo.

Ela já tinha comido o hambúrguer e mergulhava as batatas fritas no ketchup uma por uma quando as portas se abriram e dois rapazes entraram. Ambos usavam calças jeans e camisetas justas que marcavam os músculos bem-definidos. Katja acompanhou-os com o olhar quando se aproximaram do balcão e pediram café e sundae para a menina que havia substituído René no caixa. Os dois sentaram-se na mesa ao lado de Katja, esforçando-se para não dar a entender que tinham qualquer tipo de interesse por ela. Por um instante ela cogitou dizer aos rapazes que sabia que eles tinham sido chamados até lá e convidá-los para sentar-se à mesa, mas, antes que fizesse qualquer coisa, René apareceu, se acomodou na cadeira e fixou os olhos nela.

"Você esteve na minha casa", ele constatou, com uma voz tranquila.

"Sim. Um apartamento bonito. Realmente gostei de ver tudo bem organizado."

René a examinou detidamente, como se tentasse avaliar se aquela mulher era simplesmente uma louca ou se existia algo mais que devesse saber ou com que se preocupar antes de tomar uma providência. Katja estava convencida de que ele faria ameaças e e xingaria, cogitando até mesmo matá-la. Ela não o conhecia, não sabia até que ponto estaria disposto a ir ou do que seria capaz.

"Você fez uma grande besteira vindo até aqui", ele disse, confirmando a primeira impressão que ela teve.

"Pode ser."

"O melhor que você pode fazer agora é ir embora e nunca mais dar as caras."

"Infelizmente não vai ser possível", respondeu Katja com uma expressão resignada. "Eu tenho um trabalho a fazer."

"E que trabalho seria esse?", René perguntou, tendo no sorriso uma insinuação de que jogava um jogo cuja vitória era garantida. Katja decidiu assumir o controle daquela conversa, inclinando-se para a frente e baixando ainda mais o tom de voz.

"Eu não me importo nem um pouco com os seus negócios e não estou tentando tirar você da jogada nem tomar o seu lugar." Ela o encarou com tranquilidade. "Estou à procura de informações. Depois vou desaparecer por conta própria."

"Informações sobre o quê?"

"Eu quero saber se na semana passada não apareceu ninguém oferecendo para você um grande carregamento de anfetamina, ou se você não ouviu falar de uma história assim. Um carregamento realmente grande."

"Como foi que me encontrou?" O sorriso de repente sumiu, como se a menção às drogas o houvesse lembrado de que até então havia se mantido longe de todos os radares, mas que a partir daquele momento havia um elo mais fraco na corrente.

"Primeiro responda à minha pergunta."

"Por que você quer saber?"

"Você quer ou não quer ser deixado em paz?"

René inclinou a cabeça para o lado, encarou-a durante uns poucos segundos e por fim deu de ombros.

"Não, não ouvi nada a respeito de um carregamento de anfetamina."

"Se por acaso ouvir, entre em contato comigo", disse Katja, e então pegou um post-it laranja, anotou o número de seu celular sueco e entregou-o para René.

"Pode deixar." Ele pegou o post-it, dobrou-o cuidadosamente ao meio e o guardou no bolso. "Como foi que você me encontrou?"

"Não foi muito difícil", Katja respondeu, sorrindo e pegando a bolsa, já prestes a se levantar.

René inclinou-se depressa para a frente e agarrou-a pelo pulso. Katja poderia livrar-se em um segundo; bastaria puxar a faca do tornozelo antes mesmo que ele compreendesse o que estava acontecendo, mas permaneceu quieta, encarando-o com um olhar interrogativo.

"Conte o que você sabe. Pelo seu próprio bem."

Ela olhou para a mão de René e o encarou, séria.

"Jamais encoste em mim sem o meu consentimento."

Os dois seguiram nesse confronto silencioso por mais alguns instantes, mas logo René a soltou, reclinou-se na cadeira e abriu os braços com um sorriso que pretendia desarmá-la.

"Recolha a bandeja, por favor." Katja se levantou e pendurou a bolsa no ombro. "Ou então peça a um dos seus amigos que a recolha", ela acrescentou, pousando a mão no ombro de um dos homens na mesa ao lado. Ao tocá-lo, ela sentiu os músculos dele se enrijecerem. "Mantenha esses dois ocupados por um tempo, para que não tenham muitas ideias."

E então ela saiu rumo à luz e ao relativo calor do dia. A caminhada de volta ao hotel levaria um tempo, mas Katja não tinha pressa. Com um último olhar em direção à lanchonete, onde os três homens permaneciam sentados, ela começou a descer em direção ao rio.

"Chegou a hora."
Sandra virou-se e logo saiu da peça. Kenneth largou o iPad e se levantou. Tinha se mantido acordado à base de uma maratona de Netflix, porque já estava cansado quando voltaram da cabana de Thomas, mas estavam apenas na metade do plano. Quando pegou as chaves do carro na gaveta da cômoda, ele pensou que teria sido bem mais simples fazer tudo aquilo em dezembro, quando todas as horas do dia eram escuras, mas não havia alternativa. A polícia estava à procura do Honda e não poderia encontrá-lo por lá: o veículo precisava desaparecer. Quando ele saiu, Sandra já estava ao lado do carro dela, pronta para dar a partida. As possibilidades econômicas futuras pareciam ser uma fonte inesgotável de energia para ela.

"Todos os quartos estão com as cortinas fechadas", ela disse, fazendo um gesto em direção à casa do vizinho. "Todas as luzes estão apagadas. Vamos lá."

Kenneth abriu a porta da garagem e saiu com o carro. Sabia que era apenas impressão, mas tinha a sensação de aquele carro fazia bem mais barulho do que o carro de Sandra e achava que acabaria acordando a cidade toda. Ele olhou pelo retrovisor, mas não viu Sandra: o plano era justamente esse. Não andar muito próximo. Assim, caso alguém avistasse o Honda e soubesse que a polícia estava atrás do carro, seria impossível estabelecer qualquer ligação com o veículo dela.

Kenneth dirigiu até o lago que emprestava o nome à cidade e pensou sobre as decisões erradas que havia tomado.

Eram muitas. Desde muito tempo.

Ele atribuía a culpa ao pai, que era um desgraçado de primeira categoria. Infinitamente bem-sucedido, respeitado e admirado. Mas assim mesmo um filho da puta.

Nunca tinha sido um bom marido. Nunca tinha sido um pai amoroso.

Era um desses empresários de sucesso que por acaso acabam tendo uma esposa e filhos.

Toda a identidade dele era ligada ao trabalho. Para fazer sucesso, era preciso manter foco e controle absolutos, sem nenhuma distração. A ordem e a organização deviam ser permanentemente mantidas no casarão localizado em uma região nobre nos arredores de Estocolmo, e isso havia deixado marcas ao longo de toda a formação de Kenneth. A ordem e a organização vinham da disciplina e da obediência. Erros eram sinais de fraqueza, e uma das motivações para combater a fraqueza era saber que aquele era um sentimento doloroso.

Era muita dor acumulada ao longo dos anos. Muitas decisões erradas.

A forma que Kenneth encontrara para demonstrar sua insatisfação foi fazer sempre a escolha que o pai detestaria. Promover o caos. Ele perdia, esquecia, retrucava, se lixava, faltava às aulas, roubava, se drogava...

E tinha sido assim que fora parar em Norrland, cinco anos atrás.

Na penitenciária de Haparanda. Nível de segurança dois.

Três anos e oito meses por roubo. Sandra trabalhava lá. Quatro anos mais velha e um palmo de altura a mais, sempre havia mantido uma atitude amistosa e profissional, mas com a passagem dos meses aquele relacionamento aos poucos foi se tornando mais pessoal. Logo os dois estavam apaixonados. Qualquer tipo de relacionamento entre agentes penitenciários e internos era terminantemente proibido, então eles não fizeram nada que pudesse resultar numa transferência ou numa demissão. Simplesmente esperaram, sempre perto um do outro, porém nunca perto demais, nunca com intimidade, e assim contaram os dias. Dois anos depois, quando ele saiu, estava livre das drogas e resolveu ficar em Haparanda. Não tinha mais nada nem ninguém para onde pudesse voltar. Se mudou para o apartamento de Sandra, que no ano seguinte eles desocuparam para comprar uma casa em Norra Storträsk.

Longe da cidade, longe daquelas inúmeras tentações.

Tudo estava bem. Tudo estava ótimo. Perfeito.

Mas já não mais.

Ele fez uma curva antes de Grubbnäsudden e pegou uma das pequenas estradas que levavam a Bodträsk. Lá a estrada tornava-se novamente mais larga, porém a ideia não era ir tão longe. Depois de percorrer pouco mais de um quilômetro, Kenneth diminuiu a velocidade para fazer uma curva à esquerda e soltou um palavrão. Havia outro carro na estrada. Ele tentou decidir o que chamaria menos atenção: dobrar mesmo assim, apesar do carro que se aproximava pela outra pista, ou então esperar, mesmo que houvesse tempo para fazer a curva naquele momento.

Dobrar ou esperar?

No fim, passou-se tempo suficiente para que a única alternativa viável fosse esperar. Kenneth baixou a cabeça e olhou para o lado quando o outro carro passou, e então o acompanhou nervoso pelo retrovisor. Os faróis traseiros desapareceram sem que o carro freasse ou fizesse qualquer menção de voltar. Aliviado, ele fez a curva para o outro lado, tomou a estradinha e avançou pelo caminho, que tinha de um lado a floresta e do outro um terreno amarelado e pantanoso. Em seguida dobrou mais uma vez no ponto onde, com um pouco de boa vontade, seria possível discernir dois rastros deixados por uma máquina florestal, mesmo que já estivessem praticamente cobertos pela vegetação.

Arbustos e gravetos roçavam o chassi enquanto o carro lentamente se aproximava do destino. Minutos depois, Kenneth parou e desceu do carro. À frente, havia um declive cheio de pedrinhas onde samambaias e pés de mirtilo cresciam sobre uma fina camada de terra. O declive terminava em um paredão vertical de cinco ou seis metros de altura que se erguia a partir das águas escuras mais abaixo.

O plano poderia funcionar. Não havia ninguém na estrada, e as águas eram profundas o bastante.

Kenneth se inclinou para dentro do carro, deixou-o em ponto morto, posicionou-se ao lado da porta e começou a empurrar. Quando as rodas da frente chegaram ao declive, o veículo passou a avançar por conta própria, e ele deu um passo para o lado. O Honda seguiu penhasco abaixo, uma explosão em plena noite de verão ao chocar-se contra a superfície da água. A seguir ele avançou cautelosamente e observou. A água já havia coberto o capô e entrava no carro pela porta aberta do motorista, enchendo-o e fazendo com que afundasse depressa. Logo se via apenas a traseira amassada, que por fim também desapareceu. Bolhas de ar chegaram à superfície, mas logo também cessaram, e então o lago recobrou a aparência tranquila e espelhada de antes.

Kenneth subiu a encosta e pôs-se a caminhar de volta ao local onde Sandra estaria à espera. Pela primeira vez desde o acidente ele sentiu um raio de esperança. Sim, aquele homem tinha morrido, não havia nada que pudesse fazer em relação a isso, mas a polícia não tinha aparecido, tudo indicava que ele tinha dado a sorte de não deixar resquícios de DNA no corpo e além disso o dinheiro estava bem escondido e o carro havia sumido.

Tudo poderia mesmo dar certo no final.

Nas casas e nos apartamentos, canecas cheias de café preparam os habitantes da cidade para enfrentar mais um dia.

Um de muitos. Em Haparanda.

As pessoas tomam o transporte público, turnos começam, turnos se encerram, alguns ligam avisando que vão ter que faltar em razão de filhos doentes, pegam cartões de acesso, vestem uniformes, apressam-se rumo ao jardim de infância e a momentos de lazer. Lojas abrem e negócios são feitos. Apesar de tudo.

Muita gente trabalha. Muita gente não.

A cidade lembrava-se de quando a IKEA abrira as portas. Era a filial mais ao norte no mundo inteiro. O próprio Ingvar Kamprad havia comparecido para a inauguração. As pessoas passaram horas em filas em meio à neve derretida. Os hotéis estavam lotados com a presença da imprensa sueca e internacional, câmeras rodavam, a cidade era fotografada, filmada, admirada. A partir daquele momento tudo haveria de mudar. Quando chega a IKEA, chegam também outras empresas, chegam também os clientes, chegam também as oportunidades de emprego, chega também o crescimento, chega também o florescimento da cidade. As pessoas falavam cheias de orgulho sobre o crescimento.

As pessoas chegaram — para ir à IKEA —, mas a cidade não recobrou o brilho de outrora. Nem de longe.

Talvez a resposta estivesse numa expressão ouvida com muita frequência.

Ei se kannatte.

"Não vale a pena", em *meänkieli*, o dialeto de finlandês falado no vale de Torne. O menor dentre os três idiomas falados na cidade. Mesmo que a frase geralmente seja dita com um sorriso nos lábios, mais ou menos como uma brincadeira, a cidade sente que aquilo está por toda parte. Há muitos anos essa é a primeira reação quando se fala sobre uma nova aposta na cidade, seja relativa a esportes, negócios, turismo ou política.

Haparanda tinha o menor índice de participação nas eleições em toda a Suécia.

Ei se kannatte.

Era difícil saber o que resultava no quê, mas a verdade era que poucas dessas apostas haviam dado certo. O problema devia ser as profecias que se autorrealizavam ou então o clima excepcionalmente hostil. Um pouco de cada, talvez. Mas, a despeito do motivo, não havia nada que a cidade pudesse fazer.

O sol já está quente e Gordon Backman Niska olha para o relógio de pulso. 142. Depois de 13 quilômetros percorridos em 54 minutos. Ele treinava seis dias por semana. Sem exceções. Em geral, o ritmo das passadas e da respiração tinham um efeito quase meditativo sobre ele. Mas naquele instante Gordon estava pensando em Hannah. De novo. Sentia dificuldade em admitir para si mesmo, mas no dia anterior tinha sentido falta dela, tinha desejado a companhia dela ao ir para a cama. Com frequência desejava aquela companhia. Ele acelerou o ritmo, concentrou-se na respiração e tentou afastar aqueles pensamentos.

Quando eles atravessaram a fronteira com a Finlândia, Ludwig olhou para a menina de sete anos calada no banco de trás. Era sua enteada. Estava de férias. Ele a leva para a casa da avó, em Kemi, onde à tarde Eveliina há de buscá-la. Não fica particularmente entusiasmado com a ideia de passar esse tempo a sós com a menina. Ela não entende o finlandês dele — ou talvez não queira entender. Ludwig está convencido de que ela inventa palavras ao falar com ele para fazer com que pareça estúpido. E está praticamente convencido de que ela não gosta dele. E tem razão, mas vai arranjar problemas ainda maiores em poucos meses, quando Eveliina entrar para uma seita e levar a filha junto.

Viggo, o gato azul russo de três anos, mia em tom de censura quando Morgan Berg chega em casa. A ração acabou, e ele queria ter passado a agradável noite de verão na rua, não preso dentro de casa. Morgan serve um pouco de ração seca e oferece água fresca ao gato antes de ir irritado para o chuveiro. No último entardecer ele jantou na casa dos vizinhos, e depois os três acabaram na cama, como às vezes acontecia quando dava vontade. Depois dormiram. Aquilo o deixa irritado, porque ele queria acordar em casa, manter a rotina, e naquele instante mal arranjaria tempo para tomar um banho antes de sair para a delegacia.

A investigação do desaparecimento ocupa toda a sala no porão da casa. P-O Korpela já havia passado duas horas por lá àquela altura da manhã. Aquilo havia se tornado uma obsessão. Ela. Lena Rask. Ele havia perdido a virgindade com ela, aos 17 anos. Quatro anos depois, ela e uma amiga desapareceram sem deixar rastros. Nunca mais foram vistas, nunca mais deram notícia. Já fazia muitos anos que aquela investigação era dada como um caso perdido. P-O não sabe que convive regularmente com o homem que as assassinara.

O dia começa a esquentar, então Roger abre uma fresta na janela e olha para Nora, que ainda dorme na cama de casal. Ele sentiu-se muito feliz quando os dois se encontraram, e naquele momento sentia um medo enorme de perdê-la. Por anos eles vinham falando sobre filhos. Roger fingia compartilhar daquela vontade. Na noite anterior a fertilização in vitro tinha sido mencionada pela primeira vez, e lá está ele, agora com medo de ser descoberto, com receio de que os exames revelem que ela não tinha engravidado simplesmente porque em segredo ele havia feito uma vasectomia um ano após terem se conhecido se conhecido.

Ele fecha as cortinas e sai do quarto e da casa. Assim como os colegas, que já devem estar todos reunidos na delegacia há pouco mais de uma hora, ele acha que aquele vai ser um dia normal.

Mas não é o que vai acontecer.

Hannah não tinha ouvido quando Thomas chegou em casa na noite anterior nem quando saiu pela manhã. Ela sabia que o marido havia estado em casa porque o descobrira ao seu lado da cama quando acordou às três da madrugada, morrendo de calor. Ela se levantou, pegou um cobertor mais leve e abriu a janela, aproveitando para fazer xixi e lavar o rosto com água fria. Tornou a deitar-se e ficou ouvindo a respiração regular e tranquila de Thomas. Pensou em se deitar junto dele, queria dormir perto, mas a ideia daquele corpo quente debaixo das cobertas fez com que mudasse de planos.

Na manhã seguinte, quando o alarme tocou, ele já não estava mais em casa.

Hannah saiu do chuveiro e abriu a porta do banheiro para deixar o calor sair enquanto secava-se em frente ao espelho. A cintura já não era fina como antes, e a gravidade parecia ter afetado os seios e as coxas: não havia escapatória. A pele já não era tão firme, especialmente no colo e ao redor do pescoço. Ela tinha 54 anos, e a idade se fazia notar, mas ainda assim gostava bastante daquele corpo. Pelo menos em termos de aparência — não de como vinha se comportando ultimamente. Ela queria apenas que Thomas o apreciasse mais.

Hannah aproveitou que estava em frente ao espelho para passar um pouco de maquiagem. Uma leve sombra nos olhos castanhos, um pouco de rímel nos cílios e um batom discreto. Depois ela passou a escova nos cabelos, que a cada três meses eram tingidos para esconder os fios grisalhos que começavam a aparecer. Calcinha e sutiã novos, e no mais as mesmas roupas do dia anterior. A seguir, um café da manhã rápido enquanto corria os olhos pelo jornal e observava a rua.

O sol já estava quente quando ela saiu da casa de pavimento único em tijolo à vista na Björnholmsgatan e pegou o rumo do centro. Logo adiante ela cumprimentou com um aceno o homem que saía de outra casa, mas não se deteve para conversar. Ela nunca se preocupara em manter um contato mais próximo com os vizinhos da região.

Queria manter a sensação de banho recém-tomado pelo tempo mais longo possível, e assim desacelerou o passo enquanto subia a encosta que levava à igreja, dobrou à esquerda na Köpmansgatan e passou pela Tornedalsskolan, onde tanto Gabriel quanto Alicia haviam estudado, mesmo que em anos diferentes. Logo ela estava no centro. Hannah levava pouco mais de 15 minutos para chegar ao trabalho, e aquele era um trajeto que percorria todos os dias, tanto no inverno como no verão. Estava tão acostumada que já nem registrava mais as coisas que havia pelo caminho, a não ser que uma loja nova houvesse aberto ou — o que era bem mais frequente — fechado.

Para a surpresa dela, Gordon e Morgan a esperavam em frente à delegacia quando ela chegou.

"Aí está você. Já ia telefonar", disse Gordon ao vê-la.

"Alguma novidade em relação ao Tarasov?"

"Não, mas você está atrasada."

"Para o quê?"

"Para a prova de competência."

Hannah soltou um longo suspiro, porque não tinha sido bem um esquecimento: estava mais para uma negação. A cada ano e meio, todos os policiais armados eram obrigados a fazer um exame de tiro para manter o porte de arma. No ano anterior ela havia passado com a pontuação mínima e desde então não havia praticado nenhuma vez. Nunca sentira necessidade de andar armada. Ao longo de toda a carreira como policial, tinha sacado a arma somente três vezes, e jamais havia disparado.

"Isso não pode esperar um pouco?", ela arriscou.

"Não. Você já adiou duas vezes. Se você fizer a prova agora, tem uma semana para tentar outra vez caso não passe."

Hannah soltou mais um suspiro e avançou contrariada em direção à construção baixa nos fundos da delegacia, em direção ao rio. Morgan andava uns passos à frente de todos, com o olhar fixo no chão.

"Como foi ontem?", Gordon perguntou, tentando engatar uma conversa.

"Como foi o quê ontem?"

"O jantar, a noite em casa."

"Estava bom", disse Hannah, dando de ombros para sinalizar que não queria mais tocar no assunto.

"Você fez o macarrão com frango?"

"Não. No fim peguei uma comida pronta."

Ela pensou em contar o que a levara chegar tarde demais para fazer comida, sobre as visitas a UV e a Jonte, mas pensou melhor e decidiu que aquilo não daria em nada.

"E a jogatina, como foi? Ganhou?"

"Acabou não saindo. Meu irmão não pôde."

"Que pena", ela disse, pensando que afinal poderia ter passado uma parte da noite com ele.

Eles passaram pela porta de metal, e quando Morgan acionou o interruptor, as luzes fluorescentes no teto iluminaram uma pista de tiro pequena, mas funcional. Havia cinco alvos ao longo da parede mais estreita, cada um com a metade superior de uma silhueta humana e um círculo no peito, que representava o alvo válido.

Gordon chegou com as armas, os carregadores e a munição. Hannah colocou os protetores auriculares, carregou e engatilhou a arma e se colocou em posição. Tiro de precisão a vinte metros de distância.

Para ser aprovado no exame era preciso acertar quatro de cinco tiros no interior do círculo, sem que nenhum errasse o alvo. Na cabine ao lado, Morgan efetuou os disparou numa série rápida, com todos os tiros no interior do círculo. Sem nenhum problema. Hannah respirou fundo e apertou o gatilho. Quatro no interior do círculo, embora nem todos centralizados como os tiros de Morgan.

Logo todos avançaram treze metros para as duas etapas seguintes: tiro de prontidão e disparo de emergência. Morgan acertou cinco de cinco disparos nas duas modalidades. Hannah passou da primeira apenas porque Gordon validou dois tiros que haviam acertado a borda do círculo, ainda que estivessem em boa parte para o lado de fora.

O disparo de emergência — sacar a arma, engatilhá-la e fazer o disparo num intervalo de três segundos — ela não conseguiu executar.

Um acabou fora do círculo, o outro completamente fora do alvo.

"Vamos deixar para a semana que vem. Não se preocupe", disse Gordon em tom consolador enquanto tirava a arma dela.

"Claro", disse Hannah, dando de ombros ao deixar a pista de tiro.

Ela não precisava ser consolada, porque não estava nem triste nem preocupada. Qual era a pior coisa que podia acontecer?

Ser colocada para fazer trabalho burocrático até passar no exame? Ela seria apenas privada da arma de serviço. Aquilo não era uma ferramenta de uso diário.

Depois de vestir o uniforme ela subiu para sua sala e esbarrou na faxineira que saía. Não se lembrava de tê-la visto antes. As duas se desculparam ao mesmo tempo, e Hannah disse que ela podia ficar à vontade para continuar o trabalho.

"No, no, I am done", disse a jovem loira, com um jeito que mesmo naquela frase curta era reconhecível como um sotaque do leste da Europa.

As constantes substituições de mulheres do leste da Europa que prestavam serviços de limpeza na delegacia sugeriam que talvez fosse uma boa ideia fiscalizar as condições de trabalho na empresa que havia ganhado a licitação, Hannah pensou ao ver a jovem, que seguiu pelo corredor em direção à porta seguinte. Hannah entrou na sala, e tinha acabado ligar o computador quando o celular tocou. Era Thomas. Provavelmente ligara para se desculpar pela noite anterior, por tê-la deixado quando era evidente que ela desejava a companhia dele. Era o que Hannah esperava que ele fosse dizer.

"Alô?", ela atendeu, deixando o corpo afundar na cadeira enquanto digitava a senha.

"Sou eu", disse Thomas.

"Eu sei."

"Aquele Honda que vocês estão procurando. Talvez eu saiba onde está."

Dez minutos mais tarde, Thomas chegou de carro à delegacia.

"Por que essa pessoa ligou para você?", Hannah perguntou assim que entrou no veículo.

"Ele sabe que sou casado com você", disse Thomas, dirigindo em direção à E4.

"Por que ele não ligou direto para a polícia?"

"Nem todo mundo quer falar com a polícia."

"Com que tipo de clientes você trabalha?"

A resposta veio como um leve dar de ombros. Hannah compreendeu. Não era preciso que a pessoa em questão tivesse qualquer tipo de envolvimento em atividades criminosas ou ilegais; em teoria, podia ser qualquer um. As pessoas queriam se preservar, não se expor, não se envolver. A desconfiança em relação às autoridades era relativamente disseminada por aquela região, e a polícia não era uma exceção. Desconfiança e também má vontade pura e simples.

"Como foi o conserto do aquecedor?", Hannah perguntou, levando a conversa de volta para assuntos do cotidiano.

"Bom. Está arrumado."

"Que bom."

Nada mais. Nenhum pedido de desculpas. Será que ela devia falar? Dizer que sentia falta dele? Que ela tinha se sentido rejeitada quando ele foi embora? Que havia ficado triste? Que ela percebia que os dois tinham se afastado, ou melhor, que ele havia se afastado dela? Se distanciado?

Qual seria o rumo da conversa?

Será que ele contaria o que tinha acontecido, será que diria o que estava guardando para si, que não queria mais continuar ao lado dela, que o tempo deles provavelmente havia chegado ao fim?

O que ela ganharia com isso?

Era melhor não confrontá-lo. Enquanto ninguém tocasse no assunto tudo era possível, inclusive dizer a si mesma que as coisas estavam como sempre foram ou que voltariam a ser como sempre foram. Então Hannah preferiu comentar que não havia passado na prova de tiro. Ele perguntou quais seriam as consequências disso, e ela respondeu que nenhuma, que isso apenas provava o que os dois já sabiam: que ela era uma atiradora de meia-tigela. Depois se calaram.

"Foi aqui que ele dobrou", Thomas disse após um tempo, parando o carro no acostamento e apontando para uma estrada menor à direita.

"E ele disse ter certeza de que era o carro que estamos procurando?", perguntou Hannah, olhando para a floresta.

"Mais ou menos. Era um Honda azul, batido e sem faróis traseiros."

"E quando foi que esse carro esteve por aqui?"

"Mais ou menos às duas e meia."

"O que o seu amigo estava fazendo a essa hora?"

"Para início de conversa, ele não é meu amigo. Além disso, é justamente por causa desse tipo de pergunta que ele ligou para mim e não para você."

Com um pequeno sorriso que a encheu de ternura, Thomas deu a partida no carro e entrou pela estrada menor. Continuou lentamente por uns poucos quilômetros até que a estrada simplesmente acabasse num retorno improvisado.

Hannah suspirou, decepcionada.

A conversa com Thomas havia lhe dado esperanças. Uma ou mais pessoas haviam tirado o Honda do local do crime, depois escondido por um tempo e por fim o levado até ali ontem, ou melhor, nas primeiras horas de hoje. Seria preciso bastante esforço para fazer tudo isso sem deixar rastros. O carro provavelmente forneceria traços de DNA e outras provas técnicas. Mas ele não estava lá. Talvez o motorista tivesse entrado no acesso errado, descoberto que havia um retorno e voltado, ou então o comunicante simplesmente podia ter se enganado.

O fato era que o carro não estava lá.

"Vamos voltar", constatou Hannah, reclinando-se decepcionada no assento.

Thomas manobrou o carro até dar a volta completa no retorno e começou a fazer o trajeto de volta em direção à estrada principal. Passados poucos minutos ele parou outra vez. Hannah endireitou-se no assento.

"Por que paramos?"

"Olhe."

Ele apontou com o dedo para o outro lado da janela. Ela viu na mesma hora.

A vegetação rasteira ainda não havia se reerguido o suficiente para esconder o rastro dos pneus, que estavam bastante visíveis para quem olhasse com atenção. Pequenos arbustos quebrados revelavam a superfície clara mais abaixo e confirmavam que alguém tinha aberto caminho no meio daquela floresta esparsa.

Hannah e Thomas desceram do carro e seguiram o rastro de vegetação achatada. Só eles dois. Juntos. Hannah segurou a mão dele. Por um instante ela cogitou que ele poderia afastá-la, mas em vez disso Thomas enlaçou os dedos aos dela, e os dois avançaram de mãos dadas. Logo chegaram a um declive arenoso que dava para o lago. O rastro terminava no declive um pouco mais adiante, e não havia nenhuma dúvida de que aquele fora o rumo tomado pelo carro.

"Você sabe que lago é esse?", ela perguntou antes de começar uma descida em direção à borda e olhar para baixo.

"Não faço a menor ideia."

Seria impossível calcular a profundidade daquelas águas escuras, mas com certeza era suficiente para que lá do alto não fosse possível enxergar um carro no fundo.

"Trate de descobrir. Precisamos arranjar um mergulhador", Hannah constatou.

Mesmo que houvesse passado a noite inteira em claro, ele não estava cansado. Uma energia inquieta o agitava. As perguntas não paravam de martelar em sua cabeça. Essas perguntas eram por ora bem mais numerosas do que as respostas, e René não gostava disso.

Não gostava nem um pouco.

O mais importante era descobrir como a mulher que o havia procurado no local de trabalho tinha conseguido encontrá-lo. Se ela tinha conseguido, então outros também conseguiriam. Mesmo assim, esse não era o foco de sua concentração naquele instante.

Ela tinha estado na casa dele.

Tinha encontrado o anão de jardim quebrado. Segundo parecia, não havia mexido na droga, mas, de qualquer forma... Será que ele teria de abandonar o método genial que havia encontrado para vender a mercadoria?

O entregador havia visitado a exposição dos itens que fariam parte do leilão no momento combinado e, caminhando em meio aos objetos, havia deixado um anão de jardim numa das pequenas caixas cheias de porcarias que eram vendidas em lote e podiam ser encontradas em qualquer leilão por aquelas bandas. Depois mandou uma mensagem indicando o número da caixa em que estava a mercadoria, e René foi até lá para arrematá-la.

Tudo havia funcionado à perfeição: ninguém suspeitara de nada.

Até aquele momento. Até aquela mulher aparecer.

"I Learned From the Best", o quinto single do disco favorito dele, saía dos alto-falantes do sistema de som caro e moderno e rimbombava pelo apartamento. Era um sucesso modesto para os padrões de Houston, mesmo que os críticos por vezes o comparassem a clássicos como "Saving All My Love For You", e assim o single chegou apenas à 27.ª posição nos Estados Unidos. Na Suécia, 23.ª. Obviamente ela merecia mais do que isso. O remix feito por Hex Hector e Junior Vasquez permaneceu no topo das mais tocadas nas pistas de dança dos Estados Unidos por três semanas, mas essa pequena obra-prima parecia ter sido deixada de lado, infelizmente. Ele havia deixado o disco no *repeat* durante a manhã inteira, porém nem mesmo Whitney poderia dissipar aqueles pensamentos ou aplacar as perguntas que se insinuavam.

O que aquela mulher estava fazendo em Haparanda?

Segundo ela havia dito, não tinha nenhum interesse em desafiá-lo, trabalhar naquele ramo ou denunciá-lo à polícia — mas então o que estaria fazendo? Estava à procura de um carregamento de anfetamina. Mas para quem, e por quê? O que ela faria quando encontrasse o carregamento? Simplesmente desapareceria outra vez? Passaria a ocupar um espaço no mercado? Eram muitas perguntas, mas todas levavam sempre à mesma conclusão: ele sabia pouco enquanto ela sabia muito, e, portanto, representava uma ameaça.

Pela primeira vez René entendeu as outras pessoas que se encontravam na mesma posição que ele e compreendeu os benefícios de ser temido e admirado. Se ele tivesse renome, se tivesse fama de ser perigoso, se tivesse cultivado essa mitologia, tudo seria diferente. A mulher teria sido obrigada a pedir uma reunião, a tomar providências a fim de encontrá-lo. Em vez disso, ela tinha simplesmente aparecido de surpresa.

E ele detestava surpresas.

Só mesmo idiotas achavam que era legal e emocionante deixar o controle sobre acontecimentos futuros nas mãos de outras pessoas, sem nenhuma possibilidade de influenciá-los. Mas talvez ele pudesse tirar vantagem daquela situação. A parte boa de saber que ela o encontrara sem maiores dificuldades, sem nenhum tipo de proteção, era que provavelmente ela o subestimara.

Subestimara o que era capaz de fazer. Subestimara o que estava pensando em fazer.

Assim que a mulher foi embora ele colocou quatro capangas no encalço dela. A maioria dos visitantes hospedavam-se no Stadshotellet. Se ela não estivesse lá, bastaria fazer perguntas. A cidade não era grande e aquela mulher chamava muita atenção. Com certeza dariam um jeito de achá-la. Na próxima vez em que os dois se encontrassem, seria em condições estipuladas por ele. Não haveria surpresa nenhuma. As perguntas seriam respondidas. Depois ele procuraria pela anfetamina e daria sumiço na mulher.

De uma vez por todas, mesmo que à força.

René nunca tinha matado ninguém. Tinha machucado bastante gente, ainda numa idade muito tenra, mas nunca tinha ido até o final. Havia dois motivos para tal.

O primeiro era que um cadáver sempre resultava em maior envolvimento da polícia. Claro, era possível tomar as providências necessárias para evitar que o cadáver fosse encontrado, porém mais cedo ou mais tarde quase todos apareciam, e desaparecimentos também eram cuidadosamente investigados. Além disso, ganhavam bastante destaque na imprensa.

O segundo é que ele tinha quase certeza de que acabaria tomando gosto pela coisa. Ele gostava de estar no controle, apreciava a sensação de poder. E decidir sobre a vida e a morte não seria o poder absoluto? Ele sempre tinha se mostrado indiferente à dor e ao sofrimento dos outros. Nunca tinha gostado de prejudicar ninguém, nunca tinha sentido prazer com essas coisas, mas também nunca havia sentido que isso era errado nem se arrependido mais tarde.

Simplesmente não sentia nada.

Um ovo quebrado numa frigideira quente começa a endurecer, uma chave girada na ignição de um carro dá a partida, um soco no rosto de um menino de oito anos faz com que os lábios se abram e o sangue escorra.

Causalidade. Causa e consequência.

Um acontecimento determinado que tem um resultado previsível. Sem nenhuma participação dos sentimentos.

Com o tempo ele havia começado a encarar essas coisas como uma força que consistia em não se importar.

Com nada. Com ninguém. A não ser consigo mesmo.

A seção dos metais entrou depois do rápido solo de violão e preparou o terreno até a marca de 3:26, e então vieram a virada da bateria e a seguir a voz de Whitney, que chegava a provocar calafrios com uma mistura perfeita de força indômita, anseio e fragilidade quando ela deixa claro para o homem que a tinha abandonado que não pretende voltar para os braços dele.

Que ela aprendeu a partir um coração e que aprendeu com o melhor...

O telefone de René zumbiu, e ele o tirou do bolso, deixou-o vibrar nas mãos por um tempo e esperou até que Whitney começasse a cantar por cima da linha principal antes de atender.

A mulher fora encontrada.

A cidade não parecia ter nenhuma pressa em começar o dia. O tráfego era esparso, os clientes nas lojas eram raros e o movimento na rua era pequeno, apenas algumas pessoas se dirigindo ao centro. A manhã tinha sido boa, produtiva. Depois da ameaça à filha, Stepan Horvat fizera a entrega daquilo que seria necessário e as coisas haviam corrido de acordo com o plano. Katja estava a par de tudo quando abriu as belas portas de vidro que davam acesso ao hotel e viu o homem que estava sentado num dos sofás de couro ao lado do elevador. Ele parecia ter se esforçado para não chamar a atenção, mas ela o reconheceu logo de cara. Da noite anterior.

Será que aqueles sujeitos eram mesmo tão amadores?

Qual era o objetivo daquilo? Ameaçá-la? Fazer com que se sentisse intimidada só porque o sujeito visivelmente passava várias horas por semana treinando na academia? Chegava a ser quase fofo. Subindo a larga escada de mármore ela chegou a se preocupar por ter sido descoberta, mas logo abandonou essa ideia. Ela dera o número de telefone para René e os capangas dele sabiam que estava na cidade, então naquele instante a localização exata não tinha importância.

No último andar ela dobrou à direita e viu mais um rosto conhecido. O outro homem da noite anterior estava sentado numa das duas cadeiras entalhadas em estilo rococó que ficavam ao lado de uma mesinha no corredor. Folheava um prospecto para turistas, mas olhou para ela quando a ouviu se aproximar. Katja diminuiu o passo, o homem se levantou, avançou um pouco e bloqueou o caminho. Era um sujeito grande e musculoso, como o amigo no saguão, e tinha as pernas levemente abertas para manter o equilíbrio, mas não estava armado — pelo menos não que desse para ver. Katja diminuiu ainda mais o passo e tinha o olhar fixo nele quando ouviu passos calmos e pesados se aproximando na escada logo atrás. O homem que a esperava na recepção logo dobrou no corredor.

"Vocês realmente querem fazer isso aqui?", ela perguntou, caminhando de costas em direção à parede até que pudesse ter os dois no campo de visão sem que precisasse virar a cabeça. Nenhum deles respondeu, tampouco se mexeu. Os dois simplesmente continuaram parados, encarando-a.

Ela seria obrigada a pôr um fim àquilo, e logo.

Havia muitos hóspedes no hotel, e mesmo que ela raramente os encontrasse no corredor, outras pessoas podiam aparecer a qualquer momento. Nem que fossem os funcionários. Será que ela deveria gritar por ajuda e afastá-los? Era o que Louise Andersson faria, mas assim chamaria atenção desnecessária para si. Talvez chamassem a polícia, e ela não queria que isso acontecesse. Matá-los estava fora de questão. Caso os machucasse, seria obrigada a sair de lá por conta própria. Sem que ninguém a visse.

"Qual é o plano?", ela perguntou, abaixando-se, levantando a perna da calça e soltando a faca, deixando a lâmina curva e larga deslizar ao longo da coxa. Mas não houve resposta. "Voltem e digam ao René que não deu certo."

Os homens se encararam, trocaram um aceno de cabeça e começaram a avançar. Katja escolheu o que estava mais perto, tomou impulso a partir da parede, alcançou-o num único movimento largo, trocou de direção às pressas, chegou às costas do homem e colocou o pé na dobra do joelho dele. Quando ele caiu no chão a mulher prendeu um de seus braços e ameaçou-o com a faca Bowie na garganta. O outro parou no mesmo instante.

"Pense bem", ela disse em voz baixa. "Eu estou em outro nível."

Aquela seria a pior situação imaginável para Louise Andersson, então Katja soltou o homem, deu dois passos para trás, com a palma da mão junto à perna, escondendo a faca. O homem à frente se colocou de pé, encarou-a com um olhar assustado por cima do ombro e em seguida aproximou-se do companheiro. Deu-lhe um empurrão de leve para indicar que o seguisse, e logo ambos desapareceram na escada com passos ligeiros. Katja se abaixou e voltou a prender a faca na bainha.

Seria preciso ter uma boa conversa com René Fouquier.

Ela seguiu adiante, fez a curva no fim do corredor e mal conseguiu perceber o terceiro homem que a esperava apoiado contra a parede antes que uma dor lancinante se espalhasse do peito ao restante do corpo. Ela começou a tremer violentamente e lutou com todas as forças para não perder o controle e manter-se de pé, mas não conseguiu. O carpete estampado veio a seu encontro quando ela caiu de repente. Quando já estava no chão, o intelecto bem-treinado tentou afastar a dor, fazer uma ligação direta nos músculos, e logo ela estendeu a mão novamente em direção à faca presa ao tornozelo. Antes que pudesse alcançá-la, uma mão segurou seu pulso. Os outros dois homens tinham voltado e se juntado ao terceiro, que usara o taser contra ela.

Katja fez uma última tentativa de livrar-se, porém no mesmo instante o homem se aproximou. Mais uma vez ele apoiou uma das pernas no chão, porém dessa vez recolheu o braço e desceu o punho no rosto dela com força, e assim Katja perdeu a consciência.

As coisas pareciam estar um pouco melhores.

De banho recém-tomado, com uma toalha presa ao redor da cintura, Kenneth entrou na cozinha, ligou a cafeteira, abriu a geladeira e abriu um sorriso de satisfação: aquilo não era imaginação.

As coisas pareciam estar melhores.

Ele estava com uma fome que não sentira desde acidente e tinha dormido até as nove e quinze. Assim que abriu os olhos, seus pensamentos voltaram-se para aquele momento, porém de um jeito diferente. Já não o atormentavam tanto o homem caído na estrada, os olhos vidrados e corpo sem vida. A angústia por ter matado outra pessoa e o medo de acabar na prisão haviam diminuído. Era mais fácil tentar convencer-se de que tudo estava de volta ao normal. O alívio que havia sentido ao ver o Honda afundar na água continuava a acompanhá-lo: os dois conseguiriam dar um jeito naquilo.

Era uma sensação realmente boa.

Ele pensava mais em Sandra. Nos dois, juntos. Assim que haviam chegado pela manhã ela foi direto para a cama, ainda de mau humor. Precisava sair para o trabalho às oito, e, portanto, restavam-lhe poucas horas de sono. Ele tinha sugerido que ela colocasse o despertador para o horário de costume, ligasse dizendo que estava doente e voltasse a dormir, que ficasse em casa com ele. Mais uma vez Sandra havia se irritado: tudo estava como sempre fora, será que ele ainda não tinha entendido?

"Mas ontem você veio para casa mais cedo porque não estava bem", ele mencionara. "Nesse caso não seria normal que você continuasse doente?"

"Eu vou para o trabalho", ela respondeu, dando-lhe as costas. Discussão encerrada. Kenneth queria dormir de conchinha, mas teve que desistir. No fim, acabou deitado de costas, olhando para o teto. Cansado, mas ainda com a adrenalina correndo nas veias.

Ela o havia salvado.

Soava dramático, mas era verdade. O que ele faria ao sair da cadeia se ela não tivesse aparecido? Qual teria sido o rumo de sua vida? Ele não era bem-vindo em casa, e Thomas e Hannah eram gentis, mas não chegavam a ser uma alternativa realista. Ele teria acabado num lugar qualquer, sozinho, infeliz e suscetível a todo tipo de influências. Tomaria decisões ruins. Sandra o salvara. Tinha sido um porto seguro. Kenneth gostaria de lhe proporcionar tudo aquilo que ela desejava, porque ela era uma pessoa incrível e merecia tudo de melhor, mas a verdade era que ele havia oferecido muito pouco.

Ela queria se casar. Não dar uma passada no cartório, depois sair para jantar e voltar para a casa deles em Norra Storträsk. Queria uma festa de verdade. Com vários convidados, um bom serviço, drinques e música. Uma noite de núpcias num hotel. Uma viagem de lua de mel, como todo mundo fazia. Era por isso que ele nunca a pedira em casamento. Um casamento não é nada barato. Filhos tampouco. Sandra queria ser mãe, disso ele tinha certeza, mas os dois simplesmente não tinham dinheiro suficiente.

Em três anos, sem dúvida uma parte daqueles milhões iria para um casamento e para uma família. Se tudo desse certo ele também arranjaria um emprego, como ela queria. E então eles poderiam levar uma vida livre de preocupações, como Sandra merecia. Ele sorriu com essa ideia.

Parecia haver uma luz no futuro. Era um sentimento bom.

O silêncio na casa foi quebrado pela campainha. O corpo de Kenneth se enrijeceu: por um instante, teve certeza de que era a polícia. Afinal, ele havia deixado rastros. Estariam lá para buscá-lo. Ele acabaria preso outra vez. Tudo estava acabado.

"Quem é?", ele perguntou junto à porta, e então ouviu uma voz aguda.

"Sou eu", disseram do lado de fora. "O UV."

Kenneth relaxou e abriu a porta com um sorriso aliviado.

Os dois haviam se conhecido na prisão; UV já estava lá quando Kenneth chegou. Começaram a conversar, se deram bem e aos poucos mostraram-se determinados a mudar de vida. Os dois mantiveram contato mesmo soltos e encontravam-se de vez em quando, mas UV tinha uma família que exigia muito tempo e Kenneth havia se mudado, então acabaram se vendo cada vez menos. E nos últimos tempos houvera aquela noite fatal. Todos haviam estado na mesma festa: ele, UV e Sandra.

"Você tem certeza de que vai mesmo dirigir?", UV havia perguntado quando Kenneth abriu o carro.

"Claro. Por quê?"

UV não respondeu, apenas deu de ombros, num gesto que dizia tudo.

"Eu só bebi umas cervejas."

"Tudo bem, nos vemos depois, então", dissera UV, dando tchau e se afastando.

"A gente pode dar uma carona para você", Kenneth oferecera, mas UV recusou a oferta e continuou andando. Se ele tivesse aceitado a carona, tudo seria diferente.

Ele e Sandra não estariam na estrada da floresta bem na hora em que o russo havia decidido esticar as pernas. Sandra talvez não tivesse dormido mais cedo, talvez nem tivesse dormido, e assim ele não tentaria mudar a playlist, não teria deixado o celular cair e não teria descolado os olhos da estrada.

Era uma longa série de *se* e *talvez*.

"Olá", UV disse sem qualquer nota de alegria quando a porta se abriu. Kenneth teve a impressão de que o amigo estava muito cansado. Estava com os olhos fundos, barba por fazer e uma ferida bastante feia no lábio inferior.

"Oi. Bom te ver. Entre."

Kenneth percebeu que ainda estava com a toalha na cintura quando passou ao lado de UV, que naquele momento tirava os sapatos.

"Vou me vestir e já volto. Tem café na cozinha."

"Tudo bem."

Kenneth subiu depressa e vestiu uma cueca, uma calça jeans e uma camiseta. O relativo bom humor matinal havia se tornado ainda melhor com a visita. Kenneth não tinha muitos amigos em Haparanda, eram realmente poucos, mas UV com certeza era um deles. Era o melhor amigo dele. Kenneth pegou um elástico de cabelo, prendeu os fios num rabo de cavalo e desceu à cozinha. UV estava sentado à mesa, com o olhar perdido no outro lado da janela.

"Não quis um café?", perguntou Kenneth, a caminho da bancada.

"Não, estou bem assim."

"Não quer um pão?"

"Já fiz um lanche em casa."

"Como está o trabalho e todo o resto?", Kenneth perguntou enquanto preparava o café da manhã.

"Bem. Tudo tranquilo."

"Você tem conseguido tempo livre? Minha impressão é que você parece bem cansado."

UV não respondeu. Soltou apenas um suspiro e esfregou os olhos. Ele parecia carregar um fardo.

"A Segurança Social diminuiu a nossa assistência, cheguei a te contar?"

"Não, acho que não."

"Temos direito a quarenta horas por semana. Qualquer coisa além disso temos que pagar do próprio bolso."

"Quantas horas vocês tinham antes?"

"Cento e vinte."

"Porra, é menos da metade. Como vocês estão se virando?"

"Não estamos. A Stina está de licença médica outra vez."

"Se a gente tiver como ajudar, é só falar."

Kenneth disse aquilo mais porque era o tipo de coisa que as pessoas esperavam ouvir nessas horas do que por uma real intenção de ajudar. Ele sempre havia se sentido pouco à vontade na presença de Lovis; não sabia direito como se comportar, não apenas em relação a ela, mas também em relação a Stina e a UV quando ela estava por perto.

"Tem uma coisa…"

Kenneth pegou o café da manhã e sentou-se diante do amigo. UV olhou para as mãos enlaçadas e então para ele. Kenneth já tinha visto aquele olhar. Quando a mãe dele era obrigada a castigá-lo, mesmo contra a própria vontade, mesmo que na verdade não achasse que ele tinha feito nada de errado. Era um olhar que dizia: "Me desculpe pelo que eu vou fazer agora".

"O que foi?", perguntou Kenneth com um pressentimento cada vez maior de que não gostaria nem um pouco da resposta.

UV hesitou mais uma vez: claramente seria um pedido difícil de fazer.

Kenneth não gostaria *nem um pouco* daquilo.

"Eu passei aqui uns dias antes pensando em pegar de volta aquelas chaves de catraca que tinha emprestado para você."

"Putz, eu tinha me esquecido por completo. Me desculpe", disse Kenneth, tentando parecer despreocupado.

"Vocês não estavam em casa."

"Sei…"

"Então entrei na garagem para ver se encontrava."

Os olhares de ambos se encontraram por cima da mesa. Kenneth permaneceu sentado, em silêncio. O que poderia dizer? Nenhuma desculpa serviria. A angústia que pela manhã se fazia sentir era apenas uma ruminação longínqua de repente se tornou um trem desgovernado e o deixou quase sem fôlego quase o atropelou. Kenneth sabia o que UV tinha visto. E entendeu que o amigo sabia o que ele e Sandra haviam feito. Mas isso não explicava aquele olhar. Não explicava por que não havia nele solidariedade e compreensão, mas apenas melancolia, talvez vergonha.

O que ele queria, afinal? O que estava fazendo lá?

Kenneth tentou entender, mas não conseguiu.

"Eu estou triste, Kenneth. Triste de verdade", disse UV, quebrando o silêncio. "Mas você vai me entender. Meu relacionamento com a Stina está desmoronando."

Esse comentário não ajudava em nada. O que isso tinha a ver com a redução da assistência oferecida pela Segurança Social? O que UV queria, afinal?

"Não estou entendendo… Como assim?"

"Eu quero 75 mil. Para esquecer o Volvo e o Civic."

Por um instante Kenneth teve certeza de que aquilo era uma brincadeira, de que logo UV abriria um sorriso, se ajeitaria na cadeira e começaria a rir da cara do amigo. Impagável! Mas não aconteceu nada disso. Kenneth tratou de organizar os próprios sentimentos, imaginando que deveria sentir-se assustado ou revoltado, mas, para a própria surpresa, percebeu que lágrimas começaram a escorrer de seus olhos.

"Você está de brincadeira?" Ele tentou manter o tom de voz firme. "De onde eu vou tirar 75 mil?"

"Vende uma parte da droga. Não para mim. Para outra pessoa."

"Que droga?", Kenneth perguntou em um reflexo, já sem nenhuma pretensão de entender o que estava acontecendo. O melhor amigo dele estava na cozinha de casa, chantageando-o.

"A que estava no Honda."

"Não tinha nada no Honda."

"Tinha, sim."

"Como é que você sabe?"

"Um passarinho me contou."

"Quem?"

UV hesitou mais uma vez: pareceu ter a resposta na ponta da língua, mas tratou de engoli-la. Kenneth teve a impressão de que, independentemente do que viesse a seguir, não seria a verdade, ou pelo menos não toda a verdade. Não que isso tivesse muita importância. Dificilmente haveria traição maior do que aquela.

"A polícia", ele disse por fim. "Não estão querendo acreditar que larguei essa vida."

"Sei…"

Não havia muita coisa a dizer.

"A gente realmente precisa do dinheiro", UV disse, num tom que para Kenneth pretendia não apenas explicar, mas justificar tudo aquilo. Empurrando a cadeira para trás, ele se levantou. Kenneth não disse nada, e recusou-se a direcionar a ele um olhar sequer, mas deteve-o a caminho do corredor.

"O que acontece se eu não molhar a sua mão? Você pretende me denunciar? Assim você também acaba sem dinheiro."

"Não vale a pena me dar uma parte para não acabar de novo no xadrez?"

A pergunta era retórica. UV sabia. Eles já tinham falado sobre aquilo. Muitas vezes. Kenneth achava que não aguentaria outra temporada naquele lugar. Perder Sandra. Perder tudo. Afundar de vez.

A confiança e a proximidade construída entre eles e que naquele momento eram usadas contra ele.

Ele havia se enganado. Poderia, sim, haver traição maior.

"Você podia simplesmente ter pedido." Naquele instante as lágrimas desceram sem freio. "Sem me ameaçar. Eu teria ajudado você. Nós somos amigos."

UV deu as costas e foi embora. O que mais havia a dizer? Segundos depois Kenneth escutou a porta bater, o carro partir e então o silêncio, que pareceu sugar todo o oxigênio do recinto. Ele deslizou da cadeira e se encolheu no chão, hiperventilando enquanto as lágrimas corriam por seu rosto.

O sentimento de que naquela manhã tudo estava melhor, de que havia uma luz no fim do túnel, parecia muito distante.

Katja havia recuperado a consciência cerca de cinco minutos antes.
Não tinha se mexido, simplesmente continuara a respirar devagar, com a cabeça caída sobre o peito e os cabelos cobrindo o rosto. De qualquer forma, ela não se atreveu a abrir os olhos ou fazer qualquer movimento brusco, para não perceberem que estava acordada. Ela tentava compreender a situação da melhor forma possível. O ar tinha um cheiro de terra, como num armazém de batatas, e a luz do sol era perceptível através dos olhos semicerrados, o que a levou a pensar numa construção com problemas de infiltração. Havia quatro vozes. Uma era a de René Fouquier, e as outras três supostamente pertenciam aos homens do hotel. Seu rosto, e ela passou alguns instantes amaldiçoando a si mesma.

Por ter se permitido acabar naquela situação.

Deixara-se levar por um bando de amadores do inferno.

Sim, ele tinha sido astuto. Mandara os dois que ela conhecia para deixá-la confiante e acreditar que tinha uma vantagem, mas além disso tinha colocado um terceiro para surpreendê-la. Mas não era por isso que ela se encontrava naquela situação.

Tinha sido descuidada. E sabia muito bem por quê.

Tudo havia sido muito fácil desde que chegara a Haparanda. UV tinha entregado Jonte, que tinha entregado René, que parecia um funcionário público que trabalhava numa lanchonete e traficava drogas em anões de jardim. Aquela cidadezinha pacata também havia lhe dado uma falsa sensação de segurança. E no fim ela havia se descuidado da própria segurança e baixado a guarda. Tinha subestimado René, e naquele momento estava pagando o preço.

Mas não adiantaria nada se lamentar, era preciso sair dali.

Estava sentada, o que já era melhor do que estar deitada. Mas tinha as mãos amarradas nas costas e sentia a pele dos pulsos machucada. Eram lacres plásticos ou coisa parecida — talvez um fio de plástico ou uma linha de pesca, mas com certeza não era corda. Uma pena: a corda sempre acabava cedendo após um tempo. As pernas estavam presas à cadeira. A faca, claro, fora removida. O mais importante seria usar os dedos para sentir se haveria o que fazer com o material plástico ao redor dos pulsos, mas ela não se atrevia a se mexer. Nenhuma das vozes que ela ouvira até então tinha vindo de trás, mas assim mesmo era possível que houvesse alguém por lá — alguém que não houvesse falado.

"Acorde-a", ela ouviu René pedir de repente.

"Como?"

"Agora."

Katja mexeu a cabeça de leve para evitar uma tentativa amadora de acordá-la. Ela ergueu a cabeça e soltou um leve gemido que não era fingido, a nuca doía em razão do tempo passado naquela mesma posição. Devagar, ela abriu os olhos e piscou com dificuldade, tentando parecer mais zonza do que realmente estava. A cada piscada ela virava a cabeça para examinar tanto quanto possível a sala e o tipo de resistência que enfrentaria.

Eram cinco homens.

No que parecia ter sido uma cozinha.

Os dois sujeitos da lanchonete estavam ao lado da porta, que se mantinha presa ao batente apenas pela dobradiça inferior, e o homem do taser escorava-se na parede à direita, onde o carpete havia se desprendido ou sido arrancado. René vinha em sua direção e olhava para o sujeito de cabelos escuros que ela havia seguido até o apartamento e que bebia cerveja direto da lata recostado numa cadeira ao lado de um fogão velho, enferrujado e caído sobre uma das laterais. Não havia nenhuma arma à vista à exceção da faca Bowie em cima do balcão, sob uma fileira de armários altos, todos vazios e sem portas. O teto havia cedido num dos cantos, provavelmente como resultado de uma infiltração jamais consertada. A pintura soltava-se por toda parte, as duas janelas estavam sem vidraças e o piso de linóleo cheio de irregularidades estava repleto de sujeira levada lá para dentro tanto por gente como pela natureza.

Era uma casa decrépita e abandonada. Provavelmente isolada. Uma boa escolha.

"Qual é o seu nome?"

Katja olhou para René e piscou os olhos, como se tentando focar.

"Hmm?", ela conseguiu resmungar, como se não tivesse entendido a pergunta, ou pelo menos não tivesse entendido o sentido daquilo.

"Qual é o seu nome?", ele repetiu.

"Louise… Louise Andersson."

O tapa veio sem nenhum aviso. A cabeça dela foi jogada para o lado e o rosto começou a arder. Por um instante Katja sentiu a fúria borbulhar, mas logo se obrigou a reassumir o olhar velado, e chegou a deixar que as lágrimas escorressem, não faria mal algum.

"Existe uma Louise Andersson com o mesmo número de identidade que você, mas eu consegui entrar em contato e ela não está aqui. Está na casa dela, em Linköping."

René não se dera por satisfeito ao dizer *que* sabia que ela havia mentido, mas sentira-se obrigado a explicar também *como* sabia. Queria se gabar, mostrar que era esperto. Mais esperto do que ela.

"Quem é você?"

Katja por fim decidiu a estratégia. Ofereceria uma sensação de vantagem sem mostrar-se fraca demais, complacente demais. Pela maneira como havia se comportado na lanchonete no dia anterior, René saberia que aquilo era um teatro.

"Meu nome é Galina Sokolova."

"Você é russa?"

"É o que parece, não? Да, русская."

Ela imaginou ter percebido certa hesitação. A máfia russa havia sido retratada como um bando de canalhas sem nenhum tipo de escrúpulo em inúmeros livros, filmes e séries de televisão. Ela imaginou que ele tivesse feito essa associação e estivesse pensando no que estaria se metendo, se valeria a pena continuar para além daquele ponto. René fez um rápido aceno de cabeça em direção a um dos homens que estavam no corredor do hotel.

"O Theo disse que você é boa na luta corpo a corpo."

"É. Sou boa mesmo."

"Mas agora você está aí."

Subentendido: eu sou melhor. O que seria muito bom para ela. Assim poderia minimizar as próprias habilidades e fazer com que as dele parecessem maiores.

"O que você fez no hotel foi bem esperto."

"Obrigado."

"Eu subestimei você."

"Subestimou mesmo. Me conte sobre a anfetamina."

"O que você quer saber?"

"O que você sabe."

Então ela falou sobre Rovaniemi, sobre a negociação que havia dado errado, sobre Vadim, sobre o que provavelmente tinha acontecido na estrada florestal, e disse que as partes interessadas queriam recuperar aquilo que havia desaparecido. Era mais do que gostaria de revelar, mas ela não sabia o quanto eles já sabiam ou o quanto já haviam descoberto por conta própria. A verdade fez com que todos relaxassem. Eles conseguiram a informação que queriam e assumiram o controle da situação. Já não importava muito o quanto soubessem: ela não tinha a intenção de deixar nenhum deles vivo.

"E por isso mandaram você? Só você?"

Para sua grande alegria, Katja percebeu desconfiança naquela voz. Como se fosse impensável que uma mulher sozinha pudesse dar conta daquilo. Pelo menos uma mulher como ela.

"Só."

"E como foi que você me achou?"

"Me desculpe, mas isso eu não posso dizer."

O golpe chegou no instante seguinte. A cabeça foi jogada para o lado. De propósito, ela deu uma forte mordida no interior da bochecha e deixou a mistura de sangue e saliva escorrer pelo canto da boca enquanto se endireitava na cadeira. Era preciso convencê-los de que tinham a vantagem — uma vantagem cada vez maior.

"Doeu?"

"Doeu."

Ela o encarou. Havia sempre uma coisa no olhar dos homens que gostavam de machucar outras pessoas. Uma coisa que parecia se movimentar nas profundezas, como uma névoa preta e oleosa. Viva. Ela tinha visto aquilo muitas vezes, inclusive no olhar do homem que havia chamado de pai. Nos olhos de René Fouquier ela não via nada. Nenhuma vontade, nenhuma alegria, nenhuma satisfação, nenhum impulso que pudesse obscurecer-lhe o juízo. Katja teve a impressão de que ele não sentia absolutamente nada, o que o tornava muito mais perigoso.

"Como foi que você me encontrou?"

Katja o encarou e a seguir encarou os outros. Um dos homens estava às voltas com o telefone, enquanto o que aparentemente se chamava Theo parecia desconfortável ao testemunhar agressões a uma mulher amarrada e preferia vigiar a porta. O homem de cabelos escuros continuava sentado, bebendo cerveja. Todos sentiam que ela não representava uma ameaça. Tinham certeza disso.

Estava na hora de agir.

"Lembra que eu disse para você jamais encostar em mim sem o meu consentimento?"

René olhou depressa para ela. Uma tentativa clara de intimidação. Aquilo era um desafio. Na frente dos outros. Se tivesse feito a leitura correta, ela sabia o que viria a seguir. E realmente veio. Ele tomou impulso, e o punho chegou fechado com uma força bem maior do que antes. Katja acompanhou aquele movimento com o corpo inteiro, deslocando o centro de gravidade, se impulsionando da melhor forma possível enquanto a cadeira virava. Assim que as pernas dianteiras da cadeira levantaram-se do chão, ela projetou o quadril para a frente, estendeu as pernas o máximo que conseguiu e sentiu as presilhas plásticas deslizarem ao longo das pernas da cadeira no mesmo instante em que caía no chão. Ela tomou o cuidado de manter as pernas coladas no mesmo lugar, na esperança de que ninguém houvesse percebido a discreta manobra. René agachou-se ao lado dela.

"Como foi que você me encontrou?"

"Um dos seus viciados me contou sobre a situação dos negócios, eu mandei uma mensagem a partir do telefone dele dizendo que queria comprar e depois segui o sujeito que apareceu até a sua casa."

Katja indicou com a cabeça o homem na cadeira. René lançou-lhe um olhar que dava a entender que não se esqueceria daquilo, mas trataria do assunto mais tarde.

"Quem era o drogado?"

"Um Jonte não sei das quantas."

"Jonte Lundin", disse o homem com a lata de cerveja, ansioso por jogar a culpa em outra pessoa. "Ele comprou ontem. Deve ter sido ele."

René se levantou mais uma vez e fez um aceno de cabeça em direção aos dois homens mais próximos da porta. Katja torcia para que René não mandasse ninguém dar uma lição em Lundin naquele momento. Queria manter todos reunidos no mesmo lugar.

"Levantem-na."

Os homens se aproximaram. Um pegou-a pelos braços, enquanto o outro ergueu a cadeira. Ela apertou as panturrilhas contra as pernas da cadeira. Aquele era um momento crítico, e se qualquer um dos dois prestasse um mínimo de atenção, perceberia que ela já não estava mais presa.

Mas ninguém prestou atenção. Logo Katja estava sentada outra vez e os dois homens voltavam para seus postos. René se aproximou novamente.

"Você tem ideia de onde essa anfetamina foi parar?"

"Tenho", ela disse, limpando a garganta. A seguir tossiu, cuspiu sangue. "Você pode me dar um pouco d'água?"

"Não temos água por aqui."

"Vocês têm qualquer coisa que eu possa beber?", ela perguntou, com uma voz fraca e rouca, olhando para o homem sentado na cadeira. René fez um gesto com a mão e ele se levantou, aproximou-se de Katja e levou a lata de cerveja a seus lábios.

Ela voou da cadeira, chutou-a para longe e saltou o mais alto que pôde ao mesmo tempo em que erguia os joelhos em direção ao peito e passava as mãos por baixo dos calcanhares. Com os braços à frente do corpo já ao aterrissar, Katja estava na frente do homem de cabelos escuros antes que ele pudesse reagir, prendendo-o prendeu junto do próprio corpo. Ele deixou a lata de cerveja cair. Aquilo pareceu quebrar a paralisia dos restantes. Aos gritos, René ordenou que tratassem de pegá-la, e dois homens se aproximaram. Estavam hesitantes, pois ambos tinham visto do que ela era capaz ainda no hotel.

Katja precisava de um pouco mais de tempo, e assim usou o homem como escudo e fincou os dentes com toda a força no pescoço dele. Ela apertou as mandíbulas e puxou a cabeça para trás. O homem berrou de choque e de dor. O sangue começou a escorrer ao longo do pescoço e logo se espalhou pela camiseta branca. O ataque repentino e o urro do companheiro tiveram o efeito desejado: os outros homens se detiveram e olharam uns para os outros. Que diabos era aquilo? Katja cuspiu o tanto de pele que arrancara do pescoço do homem e partiu novamente para o ataque. Dessa vez ela conseguiu o que tanto quisera durante todo aquele tempo. Os dentes atingiram a carótida, e o sangue começou a jorrar para cima em um jato potente. O homem berrou ainda mais alto enquanto Katja o puxava para trás. Com os braços ainda ao redor do corpo, ele não tinha nenhuma chance de estancar o sangue que se esvaía do corpo. Katja voltou a cuspir e encarou os outros homens no recinto, todos em choque por conta dos acontecimentos daqueles últimos instantes, e então abriu um sorriso exibindo os dentes ensanguentados.

Já perto de uma janela ela ergueu os braços e soltou o homem, que desabou no chão logo à frente. Certa de que ele sangraria até a morte, Katja se jogou para trás, para o lado de fora. Caiu de costas no chão do outro lado. A queda de pouco mais de um metro foi suficiente para deixá-la sem ar, porém ela continuou a executar o plano que havia internalizado. Rolou, colocou-se mais uma vez de pé e correu o mais depressa que podia, afastando-se do local onde havia caído. Dobrou a esquina, parou, recobrou o fôlego e a seguir compreendeu onde estava e o que poderia fazer.

Conforme o esperado, não havia outras construções à vista. Apenas a casa decrépita de dois andares, no meio do nada. E um pequeno pátio com um carro estacionado. Um gramado verde e de grama alta crescia de um lado. Do outro, estava a floresta. Não seria difícil fugir, se esconder e planejar os passos seguintes. Mas ela não queria que os quatro homens restantes se dividissem e se afastassem de lá — fosse a pé ou de carro. Do lado de dentro, ouviu René gritar com os capangas ordenando que saíssem com a missão de capturá-la, ela não podia escapar. Pela quantidade de vezes que ele foi obrigado a repetir a ordem, Katja concluiu que ninguém estava muito a fim de persegui-la após o espetáculo na cozinha.

Katja roçou as presilhas plásticas contra o canto da casa e logo cortou as amarras. Estava livre, e assim retornou ao lugar de onde havia saído. Imaginava que René ou um dos capangas teria olhado depois que ela se jogara pela janela e visto que não estava mais por lá. Sendo assim, ela trataria de aparecer no lugar onde menos a esperavam. Ela se apoiou na parede e ergueu o corpo: um olhar rápido para o interior da cozinha revelou que o lugar estava vazio. De maneira ágil, silenciosa e controlada, ela tornou a entrar. Havia sangue por toda parte. O homem com o pescoço cortado estava morto, poucos metros adiante. Devia ter se arrastado até lá numa tentativa inútil de salvar a própria vida.

Ela passou por cima dele e avançou até a bancada, onde por sorte ainda se encontrava a faca Bowie. Ela tirou-a da bainha e avançou.

O cômodo seguinte, que provavelmente em outras épocas tinha sido usado como sala de jantar, estava tão deteriorado quanto a cozinha. Katja continuou discretamente, embora o chão de madeira rachado e mofado prejudicasse a discrição. Ela parou e escutou. Teve um pressentimento de que já não havia ninguém na casa. Continuou a avançar e chegou a um corredor menor, onde o papel de parede estava caído por cima dos lambris apodrecidos com tinta descascando. Os restos de um armário embutido caindo aos pedaços, uma chapeleira em péssimo estado e um antigo motor de carro todo desmontado estavam espalhados pelo chão junto com agulhas de pinheiro, folhas e sujeira. Ela continuou em direção ao vão sem porta e olhou cautelosamente para fora. Poucos metros à esquerda, de costas para ela, estava o homem que no dia anterior a havia esperado no saguão do hotel. Claro que ninguém tinha imaginado que ela apareceria dentro da casa.

"Está vendo alguma coisa?", ele gritou, e Katja viu Theo vários metros à frente, andando em direção a densos arbustos de frutas silvestres e segurando um cano de meio metro. Katja virou a faca na mão, a fim de segurá-la pela ponta, deslizou em silêncio e agarrou o rapaz pelas costas. Permitiu que ele soltasse um gritinho de surpresa, o que levou Theo a se virar. Katja ergueu o braço e atirou a faca. Não o acertou da maneira como pretendia, mas a faca penetrou a barriga, logo abaixo do esterno, e devia ter causado ferimentos no fígado e perfurado a vesícula. Theo caiu para trás com um grito enquanto Katja dava uma rasteira no rapaz que segurava para derrubá-lo no chão. Pisou com força no pescoço dele, fraturando o pomo de adão e a traqueia, virou o pé e ouviu aquelas tentativas inúteis de respirar antes de correr até Theo, que estava caído de barriga para cima na grama alta com as duas mãos ensanguentadas no cabo da faca. Ele gemia em voz baixa e encarou-a com um olhar suplicante quando Katja se abaixou e puxou a lâmina. Em seguida ela voltou a esfaqueá-lo, bem no coração.

Três baixas até então. Restavam dois homens ainda de pé.

Ela se levantou, voltou discretamente à casa e entrou mais uma vez. Atravessou o interior da construção até as janelas que davam para o outro lado. Assim que chegou, viu que o homem que a havia esperado com o taser no corredor do hotel estava acabando de fechar o porta-malas do carro. Ele tinha nas mãos uma espingarda, que foi carregada com dois cartuchos, e começou a andar pela casa com a arma engatilhada à frente do corpo. Katja esgueirou-se até o corredor e subiu a escada para o segundo andar.

Ela tinha uma faca. Ele tinha uma espingarda.

Ela precisaria chegar perto. Ele sabia disso.

No andar de cima havia três pequenos cômodos e um banheiro com toda a porcelana quebrada e jogada no chão. Ela se orientou depressa e entrou num dos aposentos, que em outra época tinha sido um quarto. Estava vazio, a não ser por uma cama marrom tomada pelo mofo num dos cantos. O colchão estava cortado e comido em vários pontos. Katja foi até a janela e olhou com cautela para a rua e para baixo. Ela tinha acertado o palpite. O homem com a espingarda estava sentado no lance de escadas que se projetava em frente à porta. Era difícil vê-lo lá, mas ele tinha uma boa visão do jardim. A partir daquele momento, se tentasse alcançar o carro ela não teria nenhuma chance.

Katja recolheu a cabeça e começou a traçar uma estratégia. Segundo andar. Três e meio, quatro metros até o chão. Talvez um pouco mais. Mas era uma queda controlada, e havia algo — ou alguém — para aparar a queda. Katja se decidiu, aproximou-se e colocou um dos pés em cima da esquadria. Apoiou-se com força; o parapeito aguentou e não fez qualquer ruído. Com um movimento ágil, Katja ergueu o corpo e e então se agachou no vão da janela. Tinha certeza de que havia executado os movimentos em silêncio e que nada havia caído, porém o homem lá embaixo devia ter percebido alguma coisa, porque havia se mexido e olhado para cima no momento exato em que ela saltou. Ele foi rápido; se a queda tivesse sido maior, teria conseguido erguer a espingarda. Mas naquela situação pôde apenas chegar até a metade do caminho com um urro de raiva antes que ela caísse em cima dele e enfiasse a faca com as duas mãos num dos olhos arregalados. Por um instante ela permaneceu escarranchada em cima dele, respirando tranquilamente enquanto avaliava se havia se machucado na queda. Ela percebeu que não, e então pôs-se de pé. Logo se abaixou e pegou a espingarda. Recuou até a parede e o examinou.

"René! Você é o último!"

Ela ficou parada, escutando. Nada. Somente a natureza, de vez em quando um barulho de motor trazido pelo vento desde o ponto onde os carros passavam em alta velocidade, ao longe. Katja permitiu-se relaxar um pouco. Tinha quase certeza de que René não tinha uma arma de fogo e de que era esperto demais para atacá-la desarmado. E certamente esperto o bastante também para saber que não poderia negociar com ela e sair daquela situação na base da conversa.

Ele sabia que ia acabar morto.

E que sua única chance seria fugir. Depressa e para bem longe.

Havia uma possibilidade não muito grande de que já houvesse fugido; ela não o tinha visto nem ouvido desde o momento em que havia gritado ordens, logo depois que ela se jogou pela janela. Uma vez que havia perdido o controle, havia perdido também a iniciativa. Mas ele não poderia ter chegado muito longe. Devia estar a caminho de Haparanda. Ela tinha um carro à disposição e poderia voltar mais depressa do que ele. Katja olhou para o relógio e então para o sol. Não sabia onde estava, mas pelo menos tinha uma ideia em relação aos pontos cardeais.

Mais cedo ou mais tarde ela acabaria por encontrá-lo. Não importava que demorasse um pouco.

Ela sabia esperar.

F*azia muito tempo desde a última vez em que ela havia estado lá.*
No apartamento da Råggatan. Ela gosta do lugar.
Um apartamento grande e espaçoso de dois quartos. As nuvens escuras no lado de fora. Mas ela não consegue vê-las, pelo menos não do corredor, onde tenta fazer com que Elin vista o macacão.
Não sabe que estão lá.
No quarto, Bruce Springsteen.
Ela não sabia ao certo se conseguiria adaptar-se à vida num apartamento. E além disso na cidade grande. Na maior de todas. Mas ela estava gostando. Da vida que tinham em Estocolmo. Elin não quer sair sem o papai. O papai era o xodó dela. Não era estranho; em geral, Elin passava bem mais tempo com ele. Hoje ele tem uma entrevista de emprego. De terno e gravata. Estiloso. E assim Elin, que acaba de completar dois anos, vai ficar com Hannah. Um dia agradável de mãe e filha. Por mais que Thomas goste de estar em casa, ele começa a sentir falta de uma outra vida — a vida de um homem adulto. Além disso, um dinheiro extra seria muito bem-vindo.
Se ao menos Elin vestisse as roupas de sair!

O jeito seria oferecer-lhe um suborno. Deixar que calçasse os sapatos vermelhos de verniz, mesmo que aquele não fosse o tipo de coisa para usar na rua. E se ela ganhasse um sorvete durante as compras? Não seria uma boa ideia? Por fim os braços e as pernas acabam no devido lugar. As duas vão se divertir juntas. Dê um tchau para o papai. Pela última vez.

Ela também não sabe.

Thomas está cantando na sala.

Young lives over before they got started.

This is a prayer for the souls of the departed.

Depois de prender Elin na cadeirinha e dar a volta no carro para chegar ao assento do motorista, Hannah olha para o céu. Então ela as avista. As nuvens escuras.

Será que começaria a chover?

Será que ela devia voltar e pegar um guarda-chuva?

Ela não queria desafivelar Elin outra vez. O jeito seria torcer para que não chovesse. Hannah senta-se no carro e começa a dirigir.

"Chegamos."

Hannah abriu os olhos e piscou. Olhou ao redor ainda um pouco zonza. O carro estava parado em frente à delegacia. O motor estava desligado.

"Você dormiu", disse Thomas, por mais desnecessário que fosse.

"Tive uma péssima noite de sono ontem", Hannah justificou-se, limpando a saliva que havia escorrido pelo queixo enquanto se endireitava no assento.

Eles haviam permanecido à margem do lago até que X e Gordon aparecessem e constatassem aquilo que Hannah já sabia e havia dito: seria preciso chamar um mergulhador. Levaria tempo até que o profissional chegasse, e não seria preciso que todos esperassem por lá. Hannah logo tratou de se oferecer para voltar. Não era um acontecimento frequente, mas ela sempre ficava meio tensa quando Thomas e Gordon se encontravam. Os dois voltaram pelo mesmo caminho que haviam feito ao chegar, sob o mesmo silêncio que os acompanhara na ida, e dez minutos mais tarde Hannah havia se ajeitado no assento e cochilado.

Naquele momento ela conferiu o relógio e olhou para o marido.

"O que você acha de a gente almoçar?"

"Claro."

Será que ele tinha hesitado ou ela estava imaginando coisas? Thomas novamente deu a partida, dirigiu vagarosamente pelo centro pouco movimentado até o restaurante Leilani e estacionou o carro. Em seguida eles entraram.

Sami Ritola estava sentado numa das mesas ao fundo, junto com um homem que Hannah não reconheceu. O colega estava de costas, e ela não fez questão de que ela a visse. Hannah ficou um pouco surpresa ao vê-lo, pois achava que Ritola teria voltado para Rovaniemi ao fim da reunião no dia anterior. X tinha sido claro ao dizer que os serviços dele não seriam requisitados durante o prosseguimento da investigação e que, se qualquer coisa fosse necessária, haveria de contatá-lo por telefone.

Os dois passaram pelo balcão e dobraram à esquerda, deixando para trás a enorme estátua de um Buda cor de vinho, e sentaram-se. Depois que haviam feito os pedidos, Hannah pegou o telefone, abriu um mapa e colocou o celular entre os dois.

"Essa pessoa conhecia o lago, a estrada coberta pela vegetação e o despenhadeiro. A gente tinha razão. É uma pessoa com bons conhecimentos locais."

"Pode ser", Thomas respondeu enquanto servia um copo d'água para si.

"O homem foi atropelado aqui, e o lago fica aqui." Ela deslizou os dois dedos pela tela para ampliar o mapa. "Se a gente for para essa região — Vitvattnet, um pouco mais além, em direção a Norra Storträsk, Grubbnäsudden, Bodträsk —, pode ser que um dos moradores tenha visto a movimentação."

Thomas bebeu sua água com o olhar fixo na tela do celular e deu a impressão de estar pensando.

"Aquele não amigo seu que telefonou... ele não viu quem estava no volante?", Hannah perguntou.

"Ele não me disse."

"Você tem como perguntar para ele?"

"Claro."

"Obrigada."

Ela guardou o telefone no bolso, estendeu a mão por cima da mesa e pegou a de Thomas, acariciando os dedos do marido com o polegar.

"Foi bom vir aqui com você hoje. Fazer uma coisa com você."

"É…"

"Mesmo durante o expediente."

"Sei."

"Eu senti falta de você ontem, quando você foi ajudar o Kenneth."

"É mesmo?"

"É, eu me senti um pouco… rejeitada, para ser bem sincera."

Pronto. Ela tinha falado. Estava surpresa consigo mesma. Não havia nenhum plano de tocar no assunto. Pelo menos não naquela hora e naquele lugar. Talvez fosse porque os dois estivessem em território neutro. Almoçando fora. Como um casal. Aquilo retirava o caráter dramático do assunto. Não era preciso que fosse tratado como uma grande coisa: era apenas uma conversa durante o almoço. Um assunto entre vários outros.

E naquele instante a bola estava no campo dele.

Thomas não deu uma resposta direta. Apenas encarou-a com uma seriedade que ela tinha visto uma única vez nos olhos dele.

Vinte e quatro anos atrás. Em Estocolmo.

Quando ele havia dito que eles tinham duas escolhas: deixar que tudo desabasse ou então seguir adiante.

Hannah sentiu-se assustada. Teve a impressão de que, independentemente do que ele fosse dizer, seria pior do que ela havia imaginado. Pior do que ela seria capaz de imaginar. Thomas respirou fundo, como se quisesse prepará-la, mas logo pareceu desistir de prosseguir, balançou de leve a cabeça e soltou o ar num longo suspiro. Quando tornou a encará-la, o peso daquela seriedade parecia ter desaparecido.

"Não era a minha intenção. Eu não sabia que… Eu não sabia."

Hannah chegou um pouco para a frente e baixou a voz, para que somente Thomas pudesse ouvi-la.

"Eu estava com as mãos na sua calça. Acho que isso já dizia muito sobre minhas intenções."

"Me desculpe."

"Já faz um bom tempo que você parece… me evitar."

"Me desculpe. Não é nada disso."

Thomas parecia sinceramente triste e culpado, e assim Hannah mostrou-se disposta a acreditar; ele não havia compreendido que a magoava quando, na visão dela, se distanciava daquela forma. A explicação seria mesmo essa? Que os dois simplesmente compreendiam as situações de maneira distinta, não falavam a respeito, guardavam tudo para si e assim mantinham-se alheios ao que o outro sentia e pensava?

"Mas você pode se redimir agora", ela disse, com um sorriso aliviado.

"Agora?"

"Não aqui. Os meus dois chefes vão para o lago daqui a umas horas, e aí a gente pode ir para casa."

"Eu preciso trabalhar", ele disse, e afastou a mão de leve, avesso a decepcioná-la outra vez, mas o suficiente para marcar um distanciamento.

"Eu achei que você estivesse com pouco movimento no trabalho", disse Hannah, deixando que ele soltasse a mão dela por completo. Foi o fim da mentira em que ela estivera disposta a acreditar.

"Sim, é pouco movimento, mas assim mesmo eu tenho coisa para fazer. E o Perka sai de férias na semana que vem, então…"

"Claro. Tudo bem, então."

"Mas hoje no final da tarde pode ser."

"Claro. Pode ser."

A refeição chegou, e os dois comeram em silêncio. Ao terminar, nem ao menos pediram café; simplesmente pagaram e saíram. Pararam na calçada. Thomas abotoou o casaco fino e fez um gesto em direção ao carro.

"Você quer uma carona de volta?"

"Não, prefiro ir a pé."

"Então nos vemos no final da tarde."

"Está bem."

Hannah continuou parada e viu quando Thomas atravessou a rua, entrou no carro e partiu. Ele acenou, e Hannah fez o mesmo e retomou o caminho em direção ao centro e ao trabalho. Logo adiante ela tirou o telefone do bolso e hesitou por um tempo. Não era costume fazer aquilo, não era o que ela pretendia, mas pouco importava. Ela precisava. E além disso, queria. Ela ligou para um número, esperou um pouco e logo foi atendida.

"Quanto tempo você deve passar lá no lago?"

"**R**ené! Só falta você!"

A voz dela cortou o silêncio. E chegou até ele, escondido sob uma árvore derrubada, poucos metros rumo ao interior da floresta. René não a enxergava entre as moitas e os arbustos, e tampouco enxergava o carro ou a construção. Não se atrevia a levantar a cabeça devido ao risco de ser descoberto. Com o rosto próximo às raízes e ao musgo, tentava respirar da maneira mais discreta e mais silenciosa possível. Tinha medo de que os sons da respiração o denunciassem naquele silêncio absoluto depois que o berro de Marcus fora interrompido de forma abrupta cerca de trinta segundos antes. E depois aquela voz confiante:

René! Só falta você!

Ele não duvidou nem por um segundo. Mas o que ela podia querer? Seria apenas uma forma de expressar a própria superioridade, uma coisa que havia dito para assustá-lo, ou seria um pedido de que se revelasse porque já havia se livrado da ralé e naquele momento gostaria de retomar as negociações? Dificilmente. Se René tivesse a anfetamina ou soubesse onde estava, talvez, porque nesse caso teria certo poder de barganha, mas naquela situação não haveria como chegar a nenhum tipo de acordo. Ele não tinha nada a ganhar revelando onde estava. Se ela o descobrisse, ele seria um homem morto.

A única chance dele seria fugir. Depressa e para bem longe.

Quando a mulher disse que se chamava Galina, René tinha hesitado por um instante, porque não pretendia se envolver nos assuntos dos russos, tendo inclusive recusado ofertas e se esforçado para evitar problemas, mas não tinha dado atenção aos sinais de alerta porque estava numa posição de vantagem e de controle. Ou melhor, porque ela o havia levado a crer que estava nessa posição. Em outras circunstâncias ele teria sentido inveja e admiração. Ela era muito superior. Não sem razão, René tinha um conceito relativamente elevado de si mesmo, porque sabia que era esperto e melhor do que todos os outros, porém, em comparação com aquela mulher ele mal passava de um macaquinho amestrado. Quando ela dilacerou o pescoço de Norman — aquilo tinha sido a coisa mais insana que ele já tinha visto — e se jogado de costas pela janela, o jovem acreditou que ainda tinha uma chance, que ainda podia vencer. Ainda eram quatro contra uma. Não estavam todos armados, mas mesmo assim… Eram quatro contra uma. Todos de guarda, para não se deixarem surpreender como Theo no corredor do hotel ou Norman na cozinha. Ou pelo menos era o que ele havia imaginado. Depois ele tinha ouvido o grito, sentido pânico, sido envolto por um silêncio cada vez maior — e naquele momento estava sozinho.

A única chance dele seria fugir. Depressa e para bem longe.

E assim esperava, junto da árvore caída. Meia hora transformou-se em quarenta e cinco minutos, uma hora, uma hora e meia. O frio e a umidade atravessaram as roupas, e René tentou evitar que os dentes começassem a bater, mas não mudou de posição, não fez o menor movimento. Mosquitos e borrachudos zumbiam ao redor, e René sentia-os pousando na testa e no pescoço, mas deixou que o picassem. Ele não podia fazer nenhum ruído, nenhum movimento. Assim conseguiria sobreviver àquilo. Com certeza seria obrigado a se mudar, a fugir, mas não seria o fim do mundo. A não ser pelos negócios, não havia nada que o segurasse em Haparanda. A cidade era apenas um buraco onde ele conseguia ganhar dinheiro. Ele não precisava sequer voltar ao apartamento. Lá havia alguns milhares de coroas em drogas, mas o grosso do dinheiro seria acessível a partir de qualquer lugar. Ele podia ir para longe, sair do país, sumir por um tempo, quem sabe por anos. Não era por causa dele que aquela máquina assassina estava em Haparanda. A tarefa dela era encontrar a droga e o dinheiro. Ela não gastaria tempo nem recursos indo atrás dele, disso René tinha certeza. Caso sobrevivesse, ele daria um jeito em tudo.

Bastaria ser esperto, como de fato era.

Depois de quase duas horas ouvindo apenas os sons da natureza, René saiu vagarosamente do esconderijo e avançou rumo à beira da floresta. Tinha a esperança de que os arbustos e a grama alta o escondessem. Continuou até que pudesse ver a casa e o pátio. Do lado de fora, à direita da porta junto à qual antes estava sentado, Jari estava caído, mas ele não via os outros. E acima de tudo não via aquela mulher. René olhou para os dois lados, remexeu o musgo e encontrou uma pedra do tamanho de um punho fechado. Ergueu o tronco o suficiente para conseguir arremessá-la num longo arco. Com um baque claramente audível, a pedra aterrissou no cascalho. René deitou-se rente ao chão e observou. Nada. Ninguém. Ela devia ter achado que ele havia desistido e fugido em pânico, e que assim poderia cuidar do assunto mais tarde. Naquele momento, provavelmente estava à espera dele no apartamento. Para ter certeza, René jogou mais uma pedra, esperou outros dez minutos e, após respirar fundo, se levantou. Manteve-se imóvel e fechou os olhos, esperando que uma faca ou qualquer outra coisa voasse em sua direção. Tinha certeza de que aquela mulher poderia transformar qualquer coisa numa arma. Porém nada aconteceu.

Ele deu o primeiro passo já fora da floresta. Totalmente indefeso, totalmente à vista. O corpo ainda protestou quando, mantendo todos os sentidos em alerta, tomou o caminho da casa. Ao chegar ele se deteve junto da parede e olhou ao redor. Tudo continuava parado, em silêncio. Ele deu a volta na casa. O carro ainda estava lá. Parecia intocado. René colocou a mão no bolso para ter certeza de que não sentaria no assento para só então descobrir que não poderia ir embora dirigindo porque havia perdido a chave. Mas a chave estava lá. Ele deu um passo para longe da casa e sentiu a respiração tornar-se pesada quando avançou em direção ao carro. Estava muito perto.

Quando sentiu o metal na mão, René chegou a suspirar de alívio. Ele conseguiria. Escaparia. Começaria a dirigir e não pararia antes de estar muito, muito longe daquele lugar. Se aproximou pelo lado do motorista e estava prestes a abrir a porta quando sentiu uma pressão na perna e olhou para baixo, mas não sentiu nenhum tipo de alívio ao ver o cano da espingarda contra o tornozelo antes que o tiro fosse disparado e a carga de chumbinho praticamente lhe arrancasse o pé direito. Involuntariamente, René deu alguns passos para trás e caiu no chão urrando de dor. Viu quando Louise, ou Galina, ou como quer que ela se chamasse saiu de baixo do carro. Como o fantasma de um daqueles filmes de terror japoneses que ele tinha visto. Os cabelos pretos e desgrenhados que se grudavam às bochechas, a sujeira no suor que escorria, o sangue no rosto e no pescoço e os olhos arregalados, fixos nele. Ela parecia completamente louca. Naquele instante René deu-se conta do pavor que tinha dela, do medo de morrer e da dor lancinante que sentia na perna antes que ela pulasse nele.

"Por favor...", foi tudo o que conseguiu dizer.

"Por favor..."

Katja pegou a faca e a afundou com ambas as mãos no pescoço dele, logo abaixo do pomo de adão. René gorgolejou em vão e arregalou os olhos enquanto lágrimas escorriam em direção às têmporas. As mãos tentaram agarrar-se ao ar por duas ou três vezes, mas logo pararam. Um minuto depois ele estava morto.

Katja se levantou e esticou o corpo, que estava meio rígido ao fim de horas embaixo do carro. Ela tinha aproveitado o tempo para pensar no que faria. A partir daquele momento, precisaria desovar os corpos. Quanto aos rastros de sangue, não havia problema. Pouco importava se descobrissem que um incidente violento havia ocorrido naquela região:

não daria para saber o que se passara nem encontrar as vítimas. O mais fácil seria colocar tudo no porta-malas, ir embora e livrar-se do carro e dos corpos. Depois, encontrar um jeito de voltar para a cidade e trabalhar naquilo que a havia levado até lá.

Seria preciso dedicar um dia inteiro àquela situação.

Sem ter descoberto nada sobre a droga ou o dinheiro.

Ela ficava irritada só de pensar no assunto. Mas o jeito seria começar o quanto antes.

Katja voltou à casa para colocar os outros corpos no carro quando de repente se deteve. Havia um barulho de motor. Perto, e mais perto a cada instante. Katja escondeu-se atrás da parede e olhou para a frente. Uma Range Rover preta entrou devagar no pátio. Ela não conseguia ver ao certo quantos ocupantes havia no interior, mas eram pelo menos dois. Será que devia matá-los também?

Seriam mais corpos e mais um carro a desovar.

Ela estava prestes a dar um passo em direção ao jardim e se revelar quando um segundo carro manobrou logo atrás do primeiro. Era gente demais, simplesmente demais. Sem condições de avaliar as consequências, Katja recuou devagar, deu meia-volta e, sem que ninguém a visse, contornou a casa e desapareceu em meio à floresta sem fazer nenhum som.

Os dois estavam na cama enorme de Gordon. Era uma cama de um metro e oitenta de largura, embora ele morasse sozinho. Na verdade, era grande demais para o quarto, que devido ao papel de parede antigo e do armário em madeira escura já parecia menor do que era. Hannah estava deitada, olhando para o teto, e a seu lado estava Gordon, com uma das mãos na barriga dela e o rosto afundado em seu pescoço. A respiração dele parecia tranquila e ritmada; talvez estivesse dormindo.

Tinha sido fácil convencê-lo a deixar X no lago e ir para a cama com ela. Ele não tinha feito perguntas nem dado a impressão de que achara estranho receber aquela ligação no meio do expediente: simplesmente a recebeu no apartamento, onde ela o beijou assim que a porta fechou.

Ela apertou o corpo contra o dele e o sentiu endurecer no mesmo instante.

Gordon sentia-se atraído por ela, sentia desejo por ela.

O quarto estava quente, e ela chutou a coberta que a cobria até o umbigo, sentindo-se grudenta no meio das pernas por causa do lubrificante e do sêmen de Gordon. Eles não haviam usado nenhum tipo de proteção: para ela, o trem da gravidez havia partido muito tempo atrás, enquanto o lubrificante era uma necessidade. As mucosas estavam secas, finas e fragilizadas. Hannah riu ao lembrar-se de uma comediante de stand-up que ela e Thomas tinham visto em Luleå anos atrás. Ela havia dito que boa parte dos incêndios florestais no verão eram causados pelas chispas soltadas por mulheres de meia-idade que inventavam de fazer sexo em meio à natureza sem usar lubrificante.

Foi engraçado porque era verdade.

"O que foi?", Gordon perguntou, erguendo a cabeça.

"Só estava pensando numa coisa."

"O quê?"

"Nada. Não vai ser engraçado se eu contar para você."

"Tudo bem." Ele se apoiou no cotovelo e afastou a mecha de cabelo que estava caída sobre a testa dela. "Acho que temos que voltar ao trabalho."

Antes que Hannah pudesse responder, o telefone dele começou a tocar. Quando se esticou por cima dela para alcançar a mesa de cabeceira, a policial percebeu que seu telefone também havia começado a vibrar no bolso da calça jogada no chão. Ela viu um grande X na tela de Gordon antes que ele limpasse a garganta e aceitasse a ligação.

"Alô?"

Hannah não conseguia ouvir a pessoa do outro lado, mas tampouco era preciso: ela viu pela expressão de Gordon que o assunto era sério.

Já havia dois carros parados na estrada. Gordon passou ao lado e estacionou logo atrás. Ambos desceram, e enquanto Hannah lançava um olhar rápido em direção ao carro, eles começaram a se aproximar da construção à qual o GPS os havia conduzido. Logo adiante a estrada fora isolada com a fita azul e branca da polícia. Morgan, que estava do outro lado, ergueu-a ao vê-los se aproximar.

"O que foi que aconteceu por aqui?", Gordon perguntou, se abaixando sob a fita.

"Me diga você."

"O X falou em cinco mortos."

"Por enquanto é isso."

Gordon se endireitou, tomou fôlego e soltou um suspiro exausto.

"Que merda."

"Aham."

"Ele está por aqui?"

Morgan apontou para o outro lado do jardim. Junto à beira da floresta, Alexander andava de um lado para o outro com o telefone colado à orelha. Gordon foi até ele. Hannah olhou para a casa vermelha de dois andares, que em outras épocas devia ter sido bonita, mas naquele momento dava a impressão de que poderia desabar a qualquer instante. O telhado cheio de falhas, a chaminé caída, todas as vidraças quebradas, as calhas pendendo na vertical ao longo da fachada, a pintura toda descascada. Certa vez uma família havia morado lá, vivido sua vida, amado, cuidado, sentido orgulho daquela casa. Provavelmente os pais haviam permanecido lá depois que os filhos saíram de casa, e no momento da partilha da herança ninguém havia demonstrado interesse em assumi-la. Tinham a vida em outro lugar, em outra cidade, provavelmente ao sul. Como seria impossível vendê-la, ou pelo menos a venda não justificaria o trabalho envolvido, nada mais restara senão deixá-la abandonada. Haparanda não era única em nenhum aspecto. A não ser pelas grandes cidades, havia casas como aquela por toda a região de Norrland.

Hannah olhou para o carro estacionado no pátio. A poucos metros havia um cadáver tapado com uma manta.

"O que está acontecendo agora?", ela perguntou a Morgan.

"X chamou peritos, médicos-legistas e cães. O Ludwig e o Lurch estão na floresta para averiguar se não há outros por lá, e uma parte do pessoal que estava batendo de porta em porta em Övre Bygden está a caminho para nos ajudar."

"O responsável pela investigação ainda é o X?"

"Pelo que sei, sim."

Hannah assentiu. Já não tinha mais certeza de que a investigação permaneceria com a polícia de Haparanda.

Cinco mortos. Assassinados. Um homicídio múltiplo.

Até onde ela sabia, nada parecido jamais tinha acontecido em Haparanda, então havia o risco de que os superiores em Umeå decidissem se envolver, ou talvez até mesmo que a investigação acabasse sob a responsabilidade da Divisão Nacional de Operações em Estocolmo.

"Onde estão os outros?", ela perguntou, indicando com a cabeça o cadáver coberto próximo ao carro.

"Um está dentro da casa e os outros espalhados ao redor."

"Todos homens?"

Morgan fez que sim.

"Todos mortos a tiro?"

"Não, quase todos a faca, segundo parece."

"Cinco pessoas mortas a faca?"

Era impossível não se mostrar cético diante daquela constatação. Morgan deu de ombros.

"Pelo menos três. Os outros dois já não tenho muita certeza, porque ainda não os examinei de perto."

Hannah tentou absorver aquela informação. Cinco homens. Mortos a faca. Uma arma de combate corpo a corpo. Deviam estar separados, e o assassino os matara um a um. De forma silenciosa e efetiva. Se não tivesse sido assim, os mortos poderiam ter dominado o assassino ou então fugido, não? Claro que era difícil fazer essa afirmação sem saber exatamente onde os corpos estavam e em que ordem haviam morrido, porém matar cinco homens com uma faca soava quase inverossímil. A não ser que…

"Vários assassinos?", Hannah perguntou a Morgan, não porque esperasse uma resposta, mas pensando consigo mesma.

"Me diga você", Morgan respondeu.

Hannah percebeu que tinha conseguido todas as informações disponíveis até o momento. Não sentia vontade nenhuma de ver os corpos; mais tarde as fotografias e o laudo da necropsia seriam o bastante, e assim ela se virou em direção aos carros pretos no pátio e às quatro pessoas sentadas e escoradas nas carrocerias que falavam com P-O.

"Foram eles que encontraram os corpos?"

"Aham."

"O que estavam fazendo por aqui?"

"Aquela lá...", disse Morgan, apontando para a única mulher do grupo, uma jovem de talvez vinte anos que estava sentada no banco da frente de um dos SUVs com a porta aberta. "...é uma influencer. Disse que pretendiam tirar umas fotografias por aqui."

"Por quê?", Hannah perguntou.

"Parece que o município tinha feito um pagamento a ela em troca de dez postagens."

"Sério?"

"'Para colocar esse fim de mundo no mapa', como ela explicou de maneira bastante diplomática."

Hannah preferiu não dizer o que pensava a respeito de influencers. Durante o ensino médio, por um breve período Alicia estava decidida a seguir essa carreira. Por uns meses ela aguentou, mas abandonou o projeto ao ver que os seguidores, a fama e o dinheiro não vinham. Não que Hannah tivesse qualquer reserva do ponto de vista pessoal: eram pessoas jovens e empreendedoras o bastante para lucrar com o narcisismo e a necessidade de encher telas com pessoas estranhas que diziam o que todos deviam fazer, pensar, gostar e principalmente comprar. Mas o simples fato de que essa profissão existia, de que era um trabalho para o qual havia uma formação, era sintoma de que todos estavam vivendo no melhor dos mundos na pior das épocas.

O sol queimava implacavelmente aquele espaço aberto quando Hannah atravessou o pátio em direção aos dois carros pretos, e ocorreu-lhe que não havia perguntado há quanto tempo os corpos estavam lá; tinha simplesmente pressuposto que tudo acontecera pouco tempo antes. Caso tivessem passado dias por lá, naquele clima, a resolução de não examiná-los mais de perto teria sido uma ideia ainda melhor.

Ela parou ao lado de P-O, que lhe lançou um olhar rápido antes de voltar ao bloco de anotações.

"E vocês não viram ninguém por aqui nem pelo caminho quando chegaram?"

Olhares foram trocados entre os três homens bem-penteados e bem-arrumados que usavam roupas leves, mas sem dúvida caras, e tênis, e a seguir vieram meneios de cabeça.

"Não", respondeu a jovem no carro, enquanto Hannah notava que a pele dela era perfeita. Não havia nenhum poro e nenhuma mancha à vista. Seu rosto tinha um leve brilho, mas não havia uma gota de suor. Os cílios e os lábios pequenos, assim como o nariz. Os cabelos pretos e curtos que emolduravam o rosto e o corpo magro realçavam a aparência de boneca que a jovem claramente havia dedicado muito tempo e dinheiro para atingir.

"Quem é você?", ela perguntou, olhando para Hannah.

"Hannah Wester", respondeu a policial, resistindo ao impulso de estender a mão, acreditando que a mulher não gostaria de arriscar as unhas de dois centímetros apertando a mão de uma autoridade local com a pele avermelhada e suada. "E você?"

"Nancy Q", a jovem respondeu, como se o nome devesse ser conhecido por Hannah, uma vez que a fisionomia não tinha sido o bastante.

Hannah ouviu um carro se aproximar, virou-se e viu dois homens saírem de um Renault verde-escuro e apressarem-se em direção à linha do bloqueio. Um deles tinha na mão uma câmera fotográfica que não parava de clicar.

"Ei, ei, ei!", disse Morgan, estendendo a mão para impedi-los.

"Já terminamos?", Nancy perguntou, fazendo um gesto em direção aos jornalistas recém-chegados. "Eles estão aqui para falar comigo."

"Você chamou a imprensa?", Hannah perguntou, e Nancy com certeza percebeu o tom gélido na voz dela, mas mesmo assim olhou com perplexidade.

"Claro que chamei."

Hannah olhou para os dois homens, que estavam tendo uma conversa inflamada com Morgan. Não eram do *Haparandabladet*. Então Nancy tinha ligado para outros jornalistas, provavelmente de um jornal maior, de circulação nacional, o que por sua vez havia despertado o interesse de outros jornalistas mais ou menos locais. Isso deve ter demorado.

"Você ligou para a imprensa antes de ligar para a polícia", ela constatou.

"Eu não liguei para a polícia. Quem ligou foi o Tom." Nancy fez um gesto de cabeça em direção a um dos homens barbados antes de sair do carro. "Já terminamos?"

"Você não pode falar a respeito do que viu aqui", P-O comunicou.

"Posso, sim", respondeu Nancy, fazendo menção de seguir em direção ao bloqueio. Hannah estendeu a mão para impedi-la de avançar.

"Vocês por acaso tiraram fotografias ou fizeram gravações antes da nossa chegada?"

"Talvez. E daí?"

"Me entreguem os telefones de vocês."

"Não. Vocês não têm o direito de apreendê-los."

Pelo olhar de desafio que a jovem lançou a Hannah, a policial percebeu que ela não estava acostumada a receber ordens. . Mas isso estava prestes a mudar. A jovem continuou a andar, mas Hannah agarrou-a pela lã macia do blusão fino e a deteve.

"Fotografias e filmagens são provas. Se vocês retirarem provas do local desse crime, vão ficar por aqui bem mais tempo do que gostariam e não vão poder falar com mais ninguém. Você entende o que eu estou dizendo?"

"Entendo."

"Então me entreguem essas porcarias de telefones ou então eu vou deter todos vocês aqui e agora."

Pela primeira vez Nancy pareceu insegura e se virou em direção aos três homens do grupo, que tinham as mãos nos bolsos e estavam prontos para entregar os celulares. Uma careta de insatisfação deu a entender que, na opinião dela, os homens a haviam traído, e por fim Nancy enfiou a mão no bolso e sacou o próprio telefone com um suspiro.

"Já posso ir embora?"

"Pode, o quanto antes. Assim não preciso mais enxergar você na minha frente."

Hannah observou-a enquanto se afastava com passos rápidos em direção ao bloqueio, se abaixava para atravessar a fita plástica e desaparecia na companhia de dois homens. Ela olhou para P-O, que ainda tinha o bloco de anotações nas mãos.

"Me desculpe. Você já tinha terminado de falar com ela?"

"Acho que já. E, mesmo que não, ela deve voltar."

"Que idiota", Hannah balbuciou para si mesma, sentindo que a irritação a obrigava a se mexer um pouco. Ela foi ao pátio, colocou as mãos na parte de trás do pescoço e respirou fundo.

"Você está bem?"

Hannah se virou. Gordon estava vindo em sua direção.

"Estou puta da vida."

"Com o quê?"

"Com o mundo em geral e principalmente com a Nancy Q."

Estava claro que Gordon não estava bem a par da situação, mas não se aprofundou no assunto porque devia ter coisas mais importantes a fazer. Ele chegou mais perto.

"Eu dei uma olhada nos corpos… O rapaz ao lado do carro é o René Fouquier."

Por um instante Hannah teve a impressão de que haviam seguido a pista errada, de que aquele era um apartamento decorado onde ninguém morava. Uma jaqueta solitária pendurada na chapeleira do corredor, sem nada nos cabides atrás. Dois pares de sapatos polidos na sapateira logo abaixo. O tapete cuidadosamente encostado à soleira da porta. Um banco junto à parede, ao lado de uma mesinha em que havia somente um rolo adesivo guardado num dos cantos.

Enquanto o chaveiro se ocupava em abrir a porta, eles tinham vestido trajes protetores brancos por cima das roupas, calçado protetores de sapato, luvas e prendido os cabelos sob toucas brancas, parecidas com toucas de banho, que ninguém poderia usar mantendo a dignidade intacta. Todos pareciam estar prestes a começar o turno em uma usina nuclear russa durante a década de 1980, Hannah pensou, em frente à porta do apartamento na Västra Esplanaden 12, vendo-se no espelho também imaculado, que não tinha nenhum tipo de marca ou impressão digital.

"Ordem e organização", constatou Hannah, dando o primeiro passo em direção ao interior do apartamento estéril e até então completamente impessoal.

"O que você acha? Eu confiro o quarto, você confere a sala e depois nós dois conferimos juntos a cozinha?"

"Claro."

Hannah entrou no pequeno cômodo à direita. Como seria possível manter tudo limpo e organizado daquele jeito? Nem sua casa recém-faxinada chegava perto daquilo. Nem sequer agora, quando ela morava sozinha com Thomas. Era como abrir uma revista de decoração de interiores. Ou melhor, um catálogo de móveis, já que o espaço não tinha personalidade alguma, e todos os móveis pareciam escolhidos conforme a função, e não por gosto pessoal. Na mesa em frente ao sofá cinza de dois lugares havia seis porta-copos dispostos em fileira ao longo da borda esquerda, intercalados em preto e vermelho — mas não havia mais nada. Nenhum jornal, nenhuma revista, nenhum bibelô ou castiçal, nada que pudesse indicar qualquer tipo de interesse. Talvez uma revista de aparelhos eletrônicos? Havia uma TV de tela plana afixada à parede. Logo abaixo, um console de videogame com um joystick cuidadosamente posicionado em cima. Hannah contou sete alto-falantes no cômodo, e assim imaginou que seria um sistema 7.1. Um aparelho de som ao lado do sofá, capaz de tocar vinis, CDs e fitas cassete. A única coisa que denunciava a presença de uma pessoa naquele espaço era a capa de um LP largada em cima da tampa escura de plexiglass que cobria o toca-discos. Hannah levantou o envelope branco que cobria a capa. Deparou-se com Whitney Houston, agachada com uma blusa polo azul-escura e botas. Hannah largou o envelope, olhou para a estante de livros que ocupava uma das paredes e abriu os poucos armários. Não havia muita coisa dentro, e o que havia eram objetos úteis, nada que pudesse ser descrito como decoração ou artigo pessoal com valor afetivo, a não ser por três ovos, todos colocados num suporte que os mantinham de pé numa prateleira. Hannah teve a impressão de que René Fouquier era uma pessoa muito especial.

"Hannah."

Ela deixou a sala e entrou no quarto, que mantinha o mesmo padrão exemplar de organização. Havia uma cama bonita e arrumada numa das paredes, uma mesa de cabeceira com despertador ao lado, um carregador de celular e um abajur. Dois pôsteres anônimos emoldurados nas paredes.

Gordon estava em frente ao guarda-roupa aberto. Três prateleiras com roupas perfeitamente dobradas, e logo abaixo um número idêntico de cestos plásticos. Na prateleira de cima, fileiras de pequenos envelopes plásticos autosselantes. Havia diversos comprimidos e tabletes numa das fileiras, e um tipo de pó na outra. Um pouco além, já perto da porta do guarda-roupa, em grandes pacotes, havia algo que só poderia ser maconha.

"Tem muita coragem esse desgraçado. Nem ao menos tentou esconder."

"Mas por que ele faria isso? A gente nem sabia que ele existia."

"É verdade."

Gordon puxou um dos cestos. Lá, entre outras coisas, havia uma balança doméstica e um bloco de anotações à moda antiga, com uma capa azul e um identificador, embora não houvesse nada escrito nesse último. Hannah pegou o bloco e o abriu na primeira página. Gordon aproximou o rosto para ler por cima do ombro dela. Ela sentiu o próprio cheiro nele. As negociações estavam documentadas em fileiras perfeitamente organizadas. Entradas e saídas. Quem, quando, o quê e quanto. Eram pelo menos três caligrafias diferentes.

"Pelo menos agora a gente sabe quem abasteceu a cidade durante esse tempo", ela disse, virando a folha. Havia muitas transações registradas todos os dias. Páginas e mais páginas. Por semanas e meses.

"Isso não explica por que eles foram mortos naquela casa."

"Um carregamento de anfetamina no valor de trinta milhões desapareceu cerca de uma semana atrás. O Ritola tinha dito que o russo mandaria alguém em busca disso."

"Você acha que quem pegou foi o René?"

"Aqui não consta nada sobre uma venda dessas", disse Hannah, indicando o bloco de anotações. "Mas temos cinco mortos, e sabemos que um deles tinha envolvimento com drogas. Seria improvável que as duas coisas não estivessem relacionadas." Mais uma vez ela voltou a atenção ao guarda-roupa e abriu a última gaveta. Eram envelopes vazios, máscaras cirúrgicas e um cofre portátil modelo grande. Hannah tentou abri-lo. Estava trancado.

"Precisamos ligar para o Ritola e perguntar se ele tem ideia de quem o russo pode ter mandado", disse Gordon.

"Ele ainda está por aqui. Eu o vi durante o almoço. No Leilani."

"O que ele ainda está fazendo por aqui?", Gordon perguntou, genuinamente surpreso.

"Não sei. Não falei com ele."

Ela continuou a vasculhar a gaveta à procura de uma chave. Não havia nenhuma. Hannah levantou o cofre portátil e o examinou. De um dos lados havia um post-it laranja com um número de telefone, que ela arrancou.

"O que é isso?"

"Um número de telefone."

Com certa dificuldade, Hannah pegou o celular de baixo da roupa protetora, abriu a página *hitta.se*, que identificava a origem do número, e digitou.

"Aqui só consta o nome da operadora, não do assinante."

"Tome nota. Vamos colocar alguém para investigar isso."

Ela pegou um envelope de provas, colocou o post-it lá dentro e tornou a guardá-lo no bolso. Gordon empurrou os cestos e fechou a porta do guarda-roupa. O restante ficaria a cargo dos técnicos.

"Pode ser que o René tenha conseguido a anfetamina e pensasse em vender tudo de volta para os russos", sugeriu Gordon ao sair do quarto e voltava para a cozinha.

"Tentar vender uma coisa de volta para o dono é uma ideia bem estúpida."

"Eles acabaram mortos."

"Mas o René já andava por aqui há muitos anos e não havia chamado a atenção de ninguém. Dê uma olhada nisso aqui. Ele não era descuidado. Não era idiota."

"Mas então que diabos aconteceu por lá?"

"Não sei, mas podemos começar descobrindo o que ele estava fazendo na casa do Hellgren."

Kenneth estava no pátio, com uma embalagem de veneno para rato numa das mãos e a chave do carro na outra. Antes de sair ele refletiu sobre o assunto e chegou à conclusão de que não havia escolha, mas mesmo assim hesitou antes de abrir a porta da garagem. O risco era grande, muito grande, e tinha o potencial de arruinar tudo, mas o que mais ele podia fazer? Mesmo que conhecesse outras pessoas na cidade para pedir uma carona, essa não seria uma alternativa viável. Seria arriscado demais. As pessoas com quem se relacionava em Haparanda eram meros conhecidos, não amigos, e ele não confiava nelas. Se esperasse até que Sandra voltasse para casa e pegasse o carro dela, a esposa perguntaria aonde ele ia e por quê, e nesse caso talvez só lhe restasse contar a verdade.

Ele não era bom em mentir para ela.

Talvez por falta de prática. Nunca tinha mentido para ela. E aquele era um assunto que não devia chegar ao conhecimento da esposa. Nesse caso, qual seria a alternativa? Não havia. Restava apenas torcer para que tudo desse certo.

Kenneth abriu a porta da garagem. Lá estava o Volvo. Os estragos eram maiores do que ele lembrava. Por um instante ele sentiu-se de volta àquela estrada na floresta.

Àquele momento exato. Quando a vida dele foi transformada.

Mais do que quando havia sido preso por roubo em Estocolmo, ao que parecia. Mais do que quando ele foi encarcerado, mais do que quando a família o rejeitou. Ele tentou reprimir aqueles pensamentos, porque não havia espaço para inseguranças. Daria para esconder os piores amassões e os faróis quebrados? Na garagem, Kenneth olhou ao redor, mas percebeu que, independentemente do que fizesse, chamaria ainda mais atenção, então por fim jogou a pequena mochila roxa dentro do carro e saiu dirigindo.

Pegou as menores e menos trafegadas estradas que conhecia para ir até a cabana de Thomas. Quando deu por si, estava mais uma vez pensando na família. A verdade era que não sentia saudades. Não tinha interesse em tê-la de volta em sua vida. Mas dali a três anos, quando ele e Sandra estivessem oficialmente ricos, ele gostaria que a família soubesse.

Que ele havia tomado jeito.

Que tudo estava bem mesmo sem eles. Que na verdade estava ainda melhor.

Que os dois haviam se casado, dado uma festa incrível sem convidar nenhum deles e que Rita e Stefan jamais conheceriam os netos e não fariam parte da vida deles. Em vez disso, as crianças chamariam Hannah e Thomas de vovó e vovô.

Mas antes disso seria necessário sair da merda em que tinha se metido. *Que UV o tinha metido*, ele se corrigiu ao parar no acostamento da estrada e desligar o motor. Ainda faltava um pouco até a floresta, mas ele não se atreveu a continuar de carro. Não havia como saber quando Thomas estava ou não por lá.

Kenneth começou a andar com passos rápidos e se afastou do caminho quando estava a cerca de cinquenta metros da casa. Os mosquitos logo se interessaram pelo recém-chegado que adentrou a vegetação imóvel à sombra, e Kenneth tentou afastá-los da melhor forma possível. Parou assim que viu a casinha entre as árvores. Não havia carros e ninguém se movimentava pelo terreno. Meio encoberto pela floresta, ele avançou até a casinha decrépita, foi até o alçapão e o abriu.

Começou espalhando o veneno para rato ao redor das três bolsas. Caso Sandra descobrisse que ele havia estado por lá, Kenneth responderia que fora para colocar veneno e assim proteger o dinheiro. Era verdade. Não toda a verdade, mas mesmo assim verdade.

Não contar tudo não era o mesmo que mentir.

Quando todo o veneno da embalagem foi aplicado ele pegou uma das bolsas e a abriu. Kenneth sabia exatamente o que encontraria, mas respirou fundo.

Era muito dinheiro. Dinheiro deles.

Um euro valia aproximadamente dez coroas, então em valores redondos seria preciso 7.500. Kenneth pegou dez mil. Ele tinha um plano para os outros 2.500. Hesitou, com a bolsa aberta e o dinheiro na mão. Estava sozinho em casa por dias a fio, sem carro e sem nenhuma chance de ir a outros lugares. E começava a se cansar daquilo. Um PlayStation 4 custava mais ou menos 4 mil coroas. Em vista daquilo, não era nada. A seguir ele pegou mais quatrocentos euros. Com um bom esconderijo e um pouco de disciplina, Sandra jamais descobriria. Pelo menos não aquilo. Ela tinha contado o dinheiro quando os dois haviam chegado em casa naquele entardecer, mas será que se lembrava do valor exato? Será que daria pela falta de tão pouco? Se desse, ele poderia contar tudo. Já teriam se passado três anos, e ela não teria como se irritar depois de todo esse tempo. Além disso, a maior parte teria sido usada para resolver um problema urgente, para neutralizar uma ameaça.

Kenneth enfiou o dinheiro na mochila, fechou a bolsa e o saco de lixo antes de colocá-lo de volta e baixar a tampa do alçapão.

Dez minutos mais tarde estava de volta ao carro. Ele parou e examinou os estragos com mais atenção. As estradas da região eram uma coisa, mas ele não poderia andar por Haparanda naquilo. O carro teria que desaparecer. Em especial para evitar que a chantagem de UV continuasse. UV já tinha mostrado que a amizade entre os dois não valia merda nenhuma, então nada era impossível.

A solução mais fácil seria um ferro-velho, mas e se a polícia houvesse contatado os ferros-velhos? Pedido que os funcionários mantivessem os olhos abertos? Era possível, e até mesmo provável. Surgiu a ideia de queimá-lo. O fogo apagaria os traços de DNA, mas havia um risco de que o encontrassem quase de imediato. Mesmo que ele arrancasse as placas, havia o número do chassi e outras merdas que podiam ser usadas para identificar um carro, ou será que essas histórias não passavam de mito? Além do mais, ele podia começar um incêndio florestal de grandes proporções. não chovia por semanas.

O ideal seria que o carro nunca fosse encontrado.

Que tal usar o mesmo lugar onde haviam desovado o Honda?

Aquilo tinha sido relativamente simples, mas a situação poderia acabar se complicando se encontrassem dois carros juntos no mesmo lugar. Mesmo assim, afundá-lo num lugar qualquer ainda parecia ser a melhor alternativa.

De repente Kenneth teve uma ideia.

Uma ideia tão simples que chegou a se amaldiçoar por não ter pensado naquilo antes. Markku, um dos rapazes da prisão condenado por incêndio criminoso, certa vez havia contado, ou melhor, oferecido uma dica quando os dois passaram uma tarde juntos na sala de convivência.

Se um dia você tiver que se livrar de um negócio por aqui, o que quer que seja... a mina de Pallakka.

Por lá, Markku já havia jogado diversas coisas que diferentes pessoas, pelos mais variados motivos, haviam-no contratado para fazer sumir. E provavelmente não tinha sido o único a fazer isso. Ou então tinha sido muito requisitado. Anos atrás Kenneth tinha lido uma reportagem sobre imagens subaquáticas feitas nos fossos da mina. Havia pelo menos 18 carros, três motocicletas, um barco e vários tonéis de conteúdo desconhecido. O município havia declarado que os custos para remover tudo aquilo seriam altos demais e o que o risco de que os tonéis começassem a vazar se fossem mexidos seria muito grande. Então tudo ficou por lá.

Se um dia você tiver que se livrar de um negócio por aqui, o que quer que seja...

A mina havia entrado em operação em 1672. Minério de zinco e de cobre eram levados até o rio e de lá para o sul. As atividades tinham se encerrado no fim do século XIX. Isolada e alagada, a mina de Pallakka não ficava muito longe, e não era uma atração turística como a mina de cobre de Falu nem havia se transformado em balneário, como tinha acontecido a outras antigas minas alagadas. A mina de Pallakka era apenas uma série de buracos no chão. Não havia nenhuma construção por lá, nenhuma placa indicativa, nada que pudesse ser considerado um patrimônio cultural. Apenas buracos. Oito buracos de dez metros, talvez. Uns maiores, outros menores. Mas todos profundos. Se sua memória não estivesse falhando, Markku tinha dito que o mais fundo tinha 260 metros.

Satisfeito com o plano, Kenneth acelerou e chegou lá em menos de meia hora. A pintura e a parte inferior do chassi sofreram vários arranhões que faziam barulhos estridentes à medida que ele forçava o carro a andar em meio à vegetação até a pequena concentração de água, que parecia retirada de uma pintura de Egerkrans em que a escuridão e o silêncio eram rodeados por uma floresta sombria.

Kenneth chegou o mais perto que se atrevia e estacionou, desceu e tirou suas coisas do carro. Não era muito. O mais importante era a mochila. Depois ele sentou-se no banco do motorista, deu a partida, engatou a primeira marcha e soltou a embreagem e o freio de mão enquanto saía do carro. O Volvo avançou devagar em direção ao pequeno lago de enorme profundidade. Avançou para além da boca do fosso, posicionou-se na vertical logo que o chão firme desapareceu sob as rodas dianteiras. O motor parou assim que foi tomado pela água e ao fim de poucos segundos o carro submergiu em silêncio.

Kenneth se levantou em êxtase. Um sentimento semelhante ao que tivera ao afundar o Honda, ao que havia experimentado na cozinha antes que UV aparecesse.

Tudo acabaria bem. Os dois conseguiriam dar um jeito em tudo.

Com o Volvo desaparecido, não haveria nenhuma prova de que ele e Sandra pudessem ter qualquer relação com o que ocorrera.

Logo ele voltou para a estrada. Até aquele ponto ele tinha um plano. Mas como sairia de lá para voltar a Haparanda? Kenneth tirou o celular do bolso.

"Estou com o dinheiro. Preciso que você me busque", ele disse, quando o ex-amigo atendeu.

"Você não pode simplesmente vir aqui?"

"Não. Se você quer o dinheiro eu preciso que me busque."

"Você está em casa?"

"Não…" Kenneth fez um cálculo rápido de cabeça. Não queria fazer menção à mina, porque não queria revelar onde o carro estava. UV levaria cerca de uma hora para chegar, o que daria a Kenneth tempo suficiente para ir até Koutojärvi.

"Como você veio parar aqui?", foi a primeira coisa que UV perguntou ao encontrar Kenneth cerca de uma hora depois no único cruzamento da cidade.

"O meu comprador me deixou aqui."

Kenneth percebeu que UV não tinha acreditado, mas isso não importava. Se UV achasse que era lá que tinham escondido a vítima do Honda, poderia muito bem voltar e procurar o quanto quisesse. Ele nunca encontraria nada. E tampouco o carro. Para sua alegria, Kenneth sentiu que as lágrimas da manhã pareciam distantes; naquele momento havia somente raiva e desprezo. Ele abriu o zíper da mochila e mostrou o conteúdo.

"Euro?", UV perguntou ao ver o dinheiro.

"Eu fiz uma venda para um finlandês", Kenneth disse, firme. Já esperava que UV pudesse fazer um comentário desse tipo. E já tinha preparado uma mentira. Não era uma mentira forçada: UV realmente tinha contatos no país vizinho quando se mantinha ativo no ramo.

"Quem?"

"Não importa."

UV passou um tempo em silêncio, tamborilou os dedos no volante e pareceu hesitar, mas por fim se decidiu.

"Esse dinheiro também estava no carro?"

"Não."

Será que a resposta tinha sido rápida demais? Enfática demais? UV ainda parecia muito desconfiado, mas mesmo assim não levou o assunto adiante e simplesmente assentiu.

"São 10 mil", disse Kenneth.

"É demais."

"Eu quero um carro novo."

"Não tenho nenhum à venda."

"Arranje um."

Ele soou duro. Decidido. Muito diferente da maneira como havia se comportado pela manhã. UV encarou-o pela primeira vez desde que os dois tinham se encontrado no interior do carro. Era difícil olhá-lo nos olhos.

"Eu sei que você está puto."

"Que bom."

"Eu jamais faria uma coisa dessas se a gente não…"

"Eu não quero saber", Kenneth o interrompeu, mantendo a dureza na voz. "Você consegue me arranjar um carro?"

UV pensou um pouco. Kenneth viu que ele estava cansado e percebeu quanto estresse a situação lhe causava. Viu, compreendeu e não se importou nem um pouco.

"Sim, eu consigo arranjar um carro. Em breve", ele acrescentou.

"Ótimo."

Kenneth jogou a mochila no banco de trás e reclinou-se no assento, olhando pela janela. Era evidente que a conversa havia chegado ao fim. Em silêncio, os dois voltaram a Haparanda.

Ele já havia esperado cinco minutos. No mínimo. O telefone estava completamente mudo. Sami olhou para a tela a fim de certificar-se de que a ligação não havia caído. Não havia.

Simplesmente estavam fazendo com que esperasse.

Ele continuou a caminhar ao longo do rio e desabotoou o casaco fino. Na outra margem das águas que corriam em silêncio, a flecha da igreja de Alatornio erguia-se majestosamente acima da floresta. Aquela construção era mais bonita do que o caixote preto que geralmente chamavam de igreja nessa cidade, ele pensou, sentando-se num dos bancos ao longo do calçadão. Mas, afinal de contas, o que não era mais bonito e melhor na Finlândia? Nada. O governo mais estável do mundo, o país mais seguro do mundo, a população mais feliz do mundo, o ar mais puro, a melhor distribuição de renda, os melhores índices de educação… e a lista não acabava por aí. Até os jornais suecos publicavam artigos chamando atenção para o fato de que o país vizinho se saía melhor em quase tudo.

Sami foi despertado desses pensamentos sobre o país natal quando ouviu um clique no telefone. Ele apagou o cigarro e sem dar por si endireitou-se no banco.

"*What do you want?*", perguntou a voz grave. Não houve nenhum cumprimento, nenhuma desculpa pelo tempo em espera.

Afinal, era Valery Zagorny.

Por cerca de dois anos, Sami havia trabalhado para ele. Fora contatado pela primeira vez quando a organização do russo começou a fazer negócios com o Susia MC e precisava de uma pessoa capaz de mantê-lo a par de operações futuras e atividades dos concorrentes, e também de soar o alerta caso a polícia descobrisse qualquer coisa. Enfim, alguém que se mantivesse de olhos abertos. O pagamento oferecido era muito bom.

Após o massacre em Rovaniemi, Matti Husu, o líder do Susia, e dois de seus homens mais próximos haviam procurado Zagorny em São Petersburgo e pedido o dinheiro de volta. Afinal, Vadim trabalhava para Valery, então aquilo seria o justo, segundo pensavam.

No dia seguinte, Zagorny tinha feito contato com Sami. Ele suspeitava que os finlandeses estivessem por trás de tudo.

Que houvessem matado os próprios homens *e também* os homens dele na floresta em Rovaniemi e dado sumiço no corpo de Vadim para botar a culpa nele, quando na verdade tinham ficado com toda a droga e todo o dinheiro. E agora queriam um ressarcimento no valor de trezentos mil euros.

Havia diversos indícios que invalidavam a teoria de Zagorny. Em primeiro lugar, os finlandeses não eram ambiciosos o bastante. Ninguém naquela organização conseguiria bolar um plano desses. Um plano que envolvesse matar quatro aliados e arriscar uma guerra que não teriam como vencer.

Esse tipo de coisa exigia cérebro, coragem, visão.

O Susia MC não era conhecido por nenhuma dessas características.

Em segundo lugar, os finlandeses jamais se atreveriam. Se Zagorny conseguisse uma única prova disso, todos acabariam desaparecendo.

Seriam erradicados da face da terra.

Junto com as famílias e os amigos. Sami não apresentou nenhuma dessa objeções e tampouco disse que o atirador de elite achado morto era uma prova de que Vadim Tarasov realmente estava por trás de tudo.

Mas ele prometeu que investigaria o assunto. Tentaria se aproximar do Susia. E daria notícias.

No enterro, quando Matti disse que Sami "nunca ia encontrá-lo" e pediu que "esquecesse o assunto" porque Vadim estava morto, por um instante Sami achou que Zagorny tinha razão, que Matti tinha mesmo sido ambicioso e louco o suficiente para tentar enganá-lo. Mas logo depois os suecos tinham encontrado Tarasov na floresta, nos arredores de Haparanda.

Zagorny queria que Sami fizesse parte da investigação sueca. Além disso, mandaria outra pessoa com a única missão de encontrar a mercadoria e o dinheiro, mas seria bom ter um agente infiltrado caso a polícia de Haparanda, contra todas as expectativas, solucionasse o caso e encontrasse aquilo que lhe pertencia.

Então Sami atravessou a fronteira e deu aos colegas suecos todas as informações da investigação finlandesa, mas além disso informou que Zagorny havia mandado alguém. Uma forma simples de desviar a atenção. Seria importante caso mais tarde ele fosse obrigado a agir com base em informações que só a polícia tinha, porque isso abria a possibilidade de um vazamento.

"Você já conseguiu de volta aquilo que desapareceu?", ele perguntou a Valery, baixando a voz enquanto olhava ao redor, embora não houvesse ninguém por perto.

"Não. Como assim?"

"Achei que a outra pessoa já tinha encontrado."

"Não."

Nada mais. Apenas um silêncio compacto e desagradável que deixou Sami nervoso e inseguro quanto à decisão de entrar em contato.

"Um pessoal envolvido com drogas foi morto por aqui, então achei que fosse ele e que você já tivesse recuperado tudo", ele prosseguiu em tom de explicação, mesmo que Valery não tivesse perguntado nada.

"Não."

"Tudo bem, então… Acho que vou continuar."

Mais um silêncio, porém dessa vez diferente. Valery havia desligado. Sami guardou o telefone, pegou mais um cigarro e notou que suas mãos estavam tremendo de leve ao acendê-lo. Ele continuava sentado no banco, ao sol. Tentava aproveitar o clima, a água e o calor, mas ao mesmo tempo se perguntava se Zagorny tinha apreciado a conversa. Sami esperava que sim, porque se havia uma pessoa com quem não gostaria de ter problemas, essa pessoa era Zagorny.

Quando os peritos de Luleå chegaram, Hannah e Gordon já haviam deixado o apartamento de René Fouquier e estavam indo ao encontro de Anton Hellgren. O noticiário no rádio apresentou com destaque a notícia de que cinco corpos tinham sido encontrados nos arredores de Haparanda, mas por ora não havia mais informações disponíveis. Quando a programação anunciou uma entrevista telefônica com a influencer Nancy Q, que estava na cidade, Hannah desligou. Ela não queria de jeito nenhum ouvir aquela garota, e além disso tinha dificuldade de identificar qualquer importância em relatos de testemunhas. Costumavam ser apenas variações de "horrível", "claro que eu fiquei com medo" e "é terrível quando acontece tão perto". Não entendia que valor teria, para os ouvintes, uma voz desconhecida que não fazia mais do que constatar o óbvio.

"Esse caso vai ser grande", Gordon se apressou em dizer quando Hannah desligou o rádio.

"Vai mesmo."

Como na última vez, quando os dois se aproximaram Hellgren estava na porta, à espera. As roupas também eram as mesmas, ou pelo menos outras peças de modelo idêntico: um par de calças para atividades ao ar livre e uma camisa de flanela. O olhar desgostoso sob a aba do boné certamente era o mesmo.

"O que é que vocês querem?"

"Conversar um pouco", Gordon respondeu.

"Estou ocupado."

"O que quer que seja, vai ter que esperar, porque o nosso assunto é mais importante."

"É o que você está dizendo."

"Queremos ouvir você no contexto de uma investigação de homicídio em curso, então você tem razão. Sou eu que estou dizendo."

"Quem foi assassinado?"

"É o que vamos contar para você lá na delegacia", respondeu Gordon, indicando viatura.

Hellgren deu de ombros, pegou a jaqueta de um gancho no interior da casa e os acompanhou.

Quando os três manobraram em frente à garagem havia cerca de dez pessoas com celulares e câmeras, que os acompanharam até onde podiam gritando perguntas, o que era completamente inútil, uma vez que não conseguiriam ouvir uma resposta eventualmente dada no interior do carro.

Sem parecer abalado com a visita da polícia e a situação como um todo, Hellgren sentou-se diante de Hannah e Gordon. As salas de interrogatório em geral eram representadas como lugares assustadores. Pequenas e austeras, com frequência sem janelas, escuras e mal iluminadas. Pelo menos era o que Hannah percebia quando assistia a um filme na TV, antes de pensar que aquilo não chegava nem perto da sala de interrogatório em seu local de trabalho. Era como se alguém, depois de terminar todas as salas da delegacia, tivesse lembrado que afinal o lugar também precisaria de uma sala de interrogatório e então houvesse desocupado um depósito no subsolo, colocado um tapete triste no chão e dado o assunto por encerrado. A sala era apertada e sufocante, e tinha o teto baixo o suficiente para ser claustrofóbica mesmo que não houvesse canos saindo por toda parte. Havia uma mesa branca e quatro cadeiras plásticas com hastes de metal, tudo parafusado no chão para que não pudesse ser usado como arma branca. Nada de espelhos de dois lados, nada de aparelhos de gravação sofisticados: apenas paredes cinzentas, duas portas e mobiliário simples, iluminado pela luz fria e dura das duas lâmpadas fluorescentes que zumbiam no teto. A impressão que se tinha era que bastava deixar uma pessoa sozinha lá dentro por tempo suficiente e ela estaria disposta a confessar qualquer coisa só para sair daquele lugar.

Hannah detestava aquela sala.

Gordon colocou o celular em cima da mesa, começou a gravar e mencionou quem estava na sala e o horário. Hannah pegou um bloco de anotações e colocou-se a postos para tomar notas. Quando se tornou delegado, Gordon havia decidido que todos os interrogatórios seriam acompanhados de gravações e registros escritos, tudo para minimizar o risco de que os acusados levantassem suspeitas sobre os métodos de interrogação em caso de processo criminal.

"Você pode falar sobre a sua relação com René Fouquier?"

Hellgren não respondeu. Apenas manteve a expressão tranquila e encarou Gordon com seus olhos azuis gelados.

"A gente sabe que vocês se conhecem", Gordon prosseguiu. "Já o vimos na sua casa."

"Nós nos conhecemos."

"Como?"

"Como? Cada um de nós conhece o outro. É assim quando as pessoas se conhecem."

"Como foi que vocês se conheceram?"

"Através de amigos em comum."

"Você pode nos dar o nome desses amigos?", Hannah perguntou.

Hellgren parou por instante, pensativo, mas logo tratou de balançar lentamente a cabeça.

"Me desculpe, mas eu não lembro."

"O que ele estava fazendo na sua casa?"

"Uma visita."

"Para quê?"

"Para me fazer uma visita."

Hannah podia jurar que tinha percebido um discreto sorriso de satisfação nos lábios de Hellgren, que parecia bastante tranquilo respondendo às perguntas sem efetivamente dizer nada.

"Temos motivos para crer que vocês dois se envolveram na prática de uma atividade criminosa", Gordon prosseguiu, sem cair na provocação.

"Que tipo de atividade seria essa?"

"Crimes relacionados a narcóticos, e no seu caso específico talvez um homicídio."

"Por que vocês acham isso?", Hellgren perguntou, curioso.

"Você sabe se René planejava se encontrar com uma ou mais pessoas no dia de hoje?", Gordon prosseguiu, ignorando a pergunta feita por Hellgren.

"Não."

"E você tem qualquer tipo de informação a respeito das pessoas com quem ele fazia negócios?"

"Não é mais simples fazer essas perguntas diretamente a ele?", Hellgren disse, e então conferiu o relógio, deixando claro que já havia se aborrecido com o interrogatório.

"René Fouquier está morto", Gordon disse, sem rodeios. "Ele e outros quatro homens foram assassinados hoje pela manhã. É por isso que estamos aqui, interrogando você como parte da investigação de um homicídio múltiplo."

Não se ouviu nada além do zumbido das lâmpadas fluorescentes no teto enquanto Hellgren processava aquela informação. A seguir ele se endireitou na cadeira desconfortável.

"Eu não sei nada a respeito disso", ele disse por fim.

"Nem mesmo *por que* eles foram mortos?"

"Por que eu saberia?"

"Você pode falar sobre a sua relação com René Fouquier?", Gordon repetiu. Hellgren não respondeu de imediato. Hannah percebeu uma atividade febril por trás daqueles olhos azuis.

"A gente se conhecia", Hellgren disse por fim, dando de ombros. "Isso é tudo."

"Você sabe qual era a ocupação do René?"

"Ele trabalhava no Max e estudava, até onde sei."

"Então esse rapaz, com quem você não tinha nada em comum, ia até a sua casa simplesmente para... passar um tempo com você?" Era óbvio que Gordon jamais compraria aquela história. Ele se reclinou na cadeira, pensativo. Hannah já imaginava o que ele faria — havia chegado a hora de contar a verdade —, mas resolveu esperar. Ainda pensativo, Gordon se levantou e começou a andar no pequeno espaço da sala.

"Você ouviu falar de um russo que foi atropelado nos arredores de Vitvattnet? No carro ele tinha um carregamento de anfetamina avaliado em trinta milhões, e esse carregamento sumiu. Sabemos que René Fouquier negociava drogas, mas não sabemos quem atropelou o russo e pegou a droga. Será que não pode ter sido você, Anton?"

"Era por isso que o René estava na sua casa? Para comprar?", Hannah completou.

"Por que vocês acham que fui eu?", Hellgren perguntou.

"Não sei. Por que não?", Gordon perguntou com um sorriso. "Se você nos contar o que o Fouquier estava fazendo na sua casa, dependendo da resposta podemos liberá-lo e tirar o seu nome da investigação."

Hellgren permaneceu em silêncio, com o olhar fixo na parede à frente. Hannah sabia que o que quer que viesse a seguir não seria a verdade.

"A gente tinha negócios juntos", Hellgren disse após pensar um pouco. "Mas nada relacionado a drogas."

"Que tipo de negócios?"

"Ele comprava couro, carne e chifres de mim para revender."

"Para quem?"

"Não sei. Nunca perguntei. Todas essas vendas foram feitas de maneira completamente legal."

"E por que você não disse isso logo de cara?"

Hannah tinha ideia da resposta. Hellgren sem dúvida era uma das pessoas na cidade que consideravam a polícia uma força inimiga.

Naquele instante ela percebeu sua hesitação, mas mesmo assim ele resolvera prosseguir.

"Porque eu não tenho nenhuma nota fiscal e nenhum recibo. Era tudo feito às escondidas."

"Então não foi tudo completamente legal", disse Hannah.

"As coisas que eu vendi eram legais. Foi isso o que eu quis dizer."

Hannah tomou nota. Mas parecia haver um problema com aquela história. Durante todos os anos em que havia lidado com Anton Hellgren, ele jamais havia confessado um crime. Só poderia haver uma explicação para o que estava fazendo naquele momento: ocultando um crime mais grave.

Houve uma batida numa das portas, e em seguida Roger enfiou a cabeça na sala, mais do que nunca parecido com Lurch, devido ao teto baixo.

"Gordon...", ele chamou com a voz grave, acenando com a cabeça para o corredor.

"Vamos fazer um intervalo", disse Gordon, interrompendo a gravação e saindo da sala. Hannah largou a caneta, se reclinou na cadeira e olhou para Hellgren, que permanecia sentado com as costas empertigadas, os antebraços apoiados em cima da mesa e o olhar fixo na parede oposta. Se estava preocupado com as consequências daquela confissão, não demonstrava.

"Você só tem a si mesmo para culpar pelo seu envolvimento", ela disse depois que os dois haviam passado um tempo em silêncio. Hellgren encarou-a com um olhar gelado. "Se você não tivesse envenenado aqueles lobos..."

"Que lobos?"

"Você sabia que eles andavam por lá ou simplesmente colocou o veneno para o que desse e viesse?"

Antes que Hellgren pudesse responder, se é que pensava em responder, Gordon voltou com um pequeno maço de papéis na mão. Hannah notou que a maioria eram folhas impressas. Gordon pegou mais uma vez o telefone, recomeçou a gravação e o colocou em cima da mesa.

Declarou que o interrogatório estava sendo retomado e mencionou o horário antes de inclinar o corpo à frente e espalhar as fotografias que trouxera consigo na mesa, em frente a Hellgren.

"Começamos agora mesmo uma busca na sua casa…"

Hellgren olhou para as imagens, soltou um longo suspiro e afundou na cadeira.

"**A** situação é a seguinte", disse X assim que atravessou a porta após uma reunião com os reforços chamados de Luleå e Umeå. Não havia nenhum motivo para que soubessem de todos os detalhes da investigação, em especial dado o crescente interesse da mídia, e assim só restavam Sami Ritola e o pessoal "de sempre" de Haparanda na sala de reunião.

"Umeå está mandando todo o pessoal necessário, peritos adicionais estão na cabana e no apartamento de Fouquier e o instituto de medicina forense está chamando todos os colaboradores disponíveis para trabalhar 24 horas por dia. A Divisão Nacional de Operações está a postos caso precisemos de ajuda. E sigo no comando", ele continuou, e então puxou a cadeira e sentou-se.

Todos ao redor da mesa assentiram. Não havia surpresa naquilo. Em casos como aquele, a falta de pessoal, um problema recorrente em todo o país, costumava resolver-se, pelo menos no curto prazo. X conferiu o bloco de anotações e olhou para Gordon.

"A quantas estamos com Anton Hellgren?"

"Está detido por crimes de caça", disse Gordon. "Encontramos peles, ovos e armadilhas ilegais, e ele admitiu vendas irregulares feitas para Fouquier."

"Ele tinha três ovos de aves de rapina em casa", Hannah acrescentou. "Os demais devem ter sido vendidos."

"Muito bem. Mas e quanto ao resto?"

"Não descobrimos nenhuma ligação com Tarasov e com o Honda", disse Gordon, inconformado. "Conseguimos um cachorro da alfândega, mas não encontramos nenhum indício de que ele mantivesse drogas em casa."

Será que Gordon poderia ter se enganado ou havia mesmo escutado um suspiro decepcionado de Ritola, que estava sentado abaixo do brasão da polícia enquanto Morgan fazia a tradução em voz baixa?

"Nenhum dos veículos dele tem qualquer tipo de estrago, e dentre aqueles registrados no nome dele estão todos lá", Hannah finalizou.

"Então vamos colocá-lo em prioridade baixa até encontrarmos outra pista que aponte de volta para ele", X constatou, virando-se para os outros. "Aquele número de telefone que a Hannah e o Gordon encontraram, qual é a situação daquilo?"

Ludwig limpou a garganta enquanto olhava para o papel que tinha à sua frente.

"A linha pertence a um celular pré-pago da Tele2. Pedi para que conferissem em que loja o número foi vendido para ver se foi pago no cartão."

"Não parece muito provável", P-O resmungou, alto o suficiente alto para que todos ouvissem.

"É um número novo, que nunca apareceu em outras investigações", prosseguiu Ludwig, sem preocupar-se com a interrupção. "Foi ativado no mesmo dia em que identificamos Tarasov, então pode ser que esteja ligado a esse contexto maior."

"Qual é o passo a seguir?", X perguntou, tomando notas.

"Como eu disse, vamos tentar descobrir em que loja o número foi vendido e vamos tentar localizá-lo, ainda que agora esteja desligado ou talvez até destruído. Pelo menos não está na área de cobertura de nenhuma torre. Mas vamos continuar tentando."

Um dar de ombros indicou que aquilo era tudo o que ele tinha a dizer, e logo P-O assumiu.

"A Nancy Q, ou na verdade Ellinor Nordgren, não viu nada por lá, não encontrou nenhum carro, nada. Nem ela nem os amigos."

"Se viram, logo vamos ler a respeito", Morgan emendou, mal-humorado.

Provavelmente ele tinha razão. Nancy tinha publicizado tudo aquilo ao máximo. Primeiro ligou para a redação do *Aftonbladet*, segundo haviam descoberto, mas não havia se dado por satisfeita: todos os jornais tinham manchetes do tipo "Influencer descobre homicídio dramático" em relação à tragédia. Talvez porque não houvesse muitos outros assuntos sobre os quais escrever. A polícia ainda não havia feito nenhum pronunciamento oficial, e Nancy tinha informações a dar sobre a localização exata dos corpos, o tipo de ferimentos, como pareciam ter morrido, tudo com voz trêmula e olhos lacrimosos, como se a principal vítima fosse ela mesma, por ter sido obrigada a testemunhar aquele horror. Mas a cena não parecia ter sido muito traumatizante. O conteúdo dos telefones apreendidos revelou que o grupo havia dado uma volta pelo lugar, tirando fotografias e gravando vídeos antes de chamar a polícia. Alexander continuava a se perguntar se devia ir adiante com aquilo e, em caso afirmativo, de que maneira.

Mas essa pergunta ficaria para mais tarde.

"Eu sei que foi um dia longo", ele prosseguiu, olhando para os colegas, que pareciam todos — a não ser talvez por Sami Ritola — um pouco abalados pelos acontecimentos. "Mas temos cinco homicídios, e se partirmos do pressuposto de que estão ligados a Vadim Tarasov e à droga, porque sabemos que René Fouquier provavelmente trabalhava com isso… Qual é a nossa hipótese, afinal de contas? Fiquem à vontade para opinar."

Ninguém pareceu disposto a começar, mas por fim Morgan tomou a palavra e contou que os cinco mortos da casa tinham sido identificados, os parentes tinham sido contatados e a polícia havia colhido breves depoimentos dessas pessoas. Um dos mortos já tinha ficha criminal na polícia. Furto de automóvel e outros pequenos delitos. Dois não tinham carteira de motorista, o que por si só não queria necessariamente dizer que não soubessem dirigir. René e os outros dois tinham carros próprios, mas não havia nenhum tipo de estrago em nenhum deles.

"Pelo que soubemos até agora, e pela reconstituição que fizemos a partir das informações nos telefones, nada indica que um deles tenha atropelado e matado Tarasov", Morgan concluiu.

"Eles podem ter descartado os telefones usados", P-O opinou.

"Claro, mas tem muita coisa relacionada ao comércio de entorpecentes nos telefones, então não é o que parece."

"A gente acha que eles pretendiam vender ou comprar?", Lurch perguntou.

"Por que ele venderia?", P-O perguntou. "Seria melhor oferecer tudo diretamente para a clientela."

"Não temos nenhum indício nesse sentido", Morgan acrescentou. "Nada indica que ele tenha pegado a droga."

"Para comprar, então?", Lurch prosseguiu. "Nesse caso, de quem?"

"E qual é a chance de que Tarasov tenha sido atropelado por uma pessoa que além de tudo sabia das atividades de René?", perguntou Hannah. "Nem a polícia sabia."

"Mas se aqueles eram os compradores, por que teriam sido mortos?"

"Sami, você disse que esse Zagorny mandaria uma pessoa para cá", Gordon disse, virando-se para o colega finlandês. "Será que pode haver uma relação?"

"Com certeza."

"Quem ele poderia ter mandado? Quem estamos procurando? Você tem alguma ideia?"

"Não. Posso ver se descubro, mas não tenho grandes esperanças."

Não existe nenhum risco, Alexander pensou ao olhar para o colega, que como de praxe permanecia tranquilamente reclinado na cadeira com os braços cruzados e o irritante palito de fósforo na boca, sem fazer nenhuma contribuição prática.

"Por que você continua aqui?", ele disparou, e logo viu que não deveria ter externalizado aquele incômodo.

"Não tenho pressa de voltar. Ontem eu conheci uma garota…", Sami respondeu, dando de ombros e parecendo indiferente à rejeição evidenciada naquela pergunta.

"Então o René e os rapazes vão até lá para comprar, os russos aparecem no meio do negócio, matam todo mundo e dão o fora", Ludwig arriscou, como se quisesse pôr a conversa de volta nos trilhos.

"Como os russos sabiam onde o pessoal do René estava?", Gordon quis saber.

"E, caso soubessem, onde foram parar os vendedores? Todas as pessoas que encontramos tinham relações comprovadas com Fouquier", acrescentou Morgan.

"Talvez seja uma pergunta idiota, mas a gente realmente tem certeza de que a droga não continua no Honda?", Lurch perguntou.

"Ainda não o retiramos da água, mas os mergulhadores disseram que o carro está vazio", Gordon respondeu.

Fez-se um breve silêncio. X imaginou que os pensamentos de todos estivessem tomando o mesmo rumo. Eram muitas variáveis, muitas possibilidades e muita coisa que a polícia ainda não sabia. Na verdade, a polícia não sabia de nada.

"Se o caso fosse meu…", começou Sami, olhando para X do outro lado da mesa. "Eu sei que não é, mas, se fosse… eu trabalharia com a hipótese de que tanto as drogas como o dinheiro ainda estão aqui pela região."

"Por quê?"

"Porque não sabemos o que aconteceu naquela casa. Não sabemos quem fez aquilo, nem por quê, e não temos nenhum indício razoável para sugerir que os russos estiveram lá."

A discussão prosseguiu por mais um tempo, mas, quando começou a andar em círculos, Alexander pediu que todos fizessem silêncio e resumiu o assunto.

"A prioridade número um são os cinco mortos, mas podemos continuar procurando a droga e o dinheiro, com base na hipótese de que ainda podem estar aqui pela região." Ele viu que Sami assentiu, satisfeito, e encerrou a reunião para que todos pudessem ir para casa dormir.

Alexander continuou na delegacia; precisava decidir quanto daquilo que haviam discutido seria revelado na coletiva de imprensa que seriam obrigados a dar. Ninguém tinha ligado os acontecimentos do dia ao corpo encontrado na floresta ou aos sete mortos em Rovaniemi. Ainda. Mas seria apenas uma questão de tempo.

Apenas quando entrou em sua sala Hannah sentiu o quanto estava cansada. Não era de se espantar: uma olhada no relógio revelou que estava acordada havia praticamente 16 horas. Enquanto tentava segurar um bocejo, ela pegou um dos marcadores que estavam cuidadosamente dispostos ao longo da escrivaninha e se aproximou do quadro de avisos, onde a fotografia de René Fouquier ainda estava pendurada. Ela circulou no mapa a região que havia mostrado para Thomas durante o almoço e deu um passo para trás.

"O que é isso?"

Hannah se virou. Gordon estava na porta com a fina jaqueta de verão, pronto para ir embora.

"Se vamos ter mais gente conosco agora, e se imaginarmos que tudo ainda esteja aqui pela região, então acho que devemos procurar aqui", ela respondeu, indicando o mapa.

"Por quê?"

"Por causa da batida, do Honda no lago, da intimidade com as estradinhas locais e do local da desova. Devíamos pelo menos começar lá e depois expandir conforme a necessidade."

Gordon assentiu. Tinha gostado da ideia. Hannah voltou para a cadeira, vestiu a jaqueta e estava prestes a fechá-la e acompanhar Gordon à saída quando de repente o calor começou a se espalhar.

"Merda!"

Um dia inteiro sem aquilo. Ela tinha sentido o corpo quente após fazer sexo com Gordon, mas era por causa do próprio ato, e não por causa da menopausa. Por um tempo, Hannah havia brincado com a ideia de que talvez pudesse se dar ao luxo de ter um dia ou dois sem aqueles calorões, mas não parecia ser o caso. Ela sentiu o corpo enrubescer, o suor brotar das costas e do rosto e escorrer por entre os seios. Foi até a escrivaninha, abriu a gaveta de cima e pegou um pacote com lenços de papel.

"Calorão?"

"O que parece?"

"Parece que você correu uma meia maratona."

Hannah nem sequer achou graça: apenas enxugou o rosto e o pescoço, jogou o lenço de papel no lixo e pegou outro.

"Você está de carro?", perguntou Gordon.

"Não, por quê?"

"Tem jornalistas por toda parte, e pode ser que resolvam seguir você caso volte para casa a pé."

Hannah soltou um suspiro. Olhou para o relógio. Será que devia ligar para Thomas e pedir que a buscasse? Era tarde, mas ele provavelmente não estava dormindo. Pelo menos Hannah esperava que não — ela pretendia continuar a conversa do almoço.

"Eu posso deixar você em casa, se quiser."

"Ótimo. Obrigada."

Ela segurou a gola da blusa entre o indicador e o polegar e abanou o tecido para fazer um ventinho, apagando as luzes da sala e acompanhando Gordon até a saída.

Assim que abriram a porta, os dois foram cercados. Gordon respondeu educadamente que não tinha nada a declarar e que Alexander Erixon convocaria uma coletiva de imprensa mais tarde ou então na manhã seguinte. Hannah se manteve em silêncio e irritou-se apenas nos momentos em que os repórteres chegaram demasiado perto. Os dois chegaram ao carro, entraram e conseguiram sair de ré sem atropelar nenhum dos jornalistas.

Quando chegaram a Köpmansgatan, viram pessoas reunidas na parte da esplanada mais próxima do Stadshotellet e também junto à prefeitura. Hannah imaginou que houvesse talvez cinquenta pessoas divididas em grupos, muitas abraçadas, algumas chorando. Havia velas acesas, porém o efeito não era muito impressionante naquela noite clara. Também havia flores no chão, dispostas ao longo da mureta, intercaladas com bichinhos de pelúcia, cartões escritos e pintados à mão e fotos plastificadas.

"Os nomes das vítimas já foram divulgados?", Hannah perguntou, ao ver que as fotos eram todas de rapazes.

"É o que o X está fazendo neste momento, mas parece que a história já começou a se espalhar pelas redes sociais."

Dois ou três minutos depois, Gordon parou o carro em frente à casa e Hannah. Tudo às escuras, com apenas um dos carros no pátio. Thomas não estava em casa. Não era o tipo de coisa que Gordon deveria saber.

"Obrigada pela carona."

"Não foi nada."

Ela soltou o cinto de segurança e por um instante sentiu vontade de abraçá-lo ou dar-lhe um beijo no rosto, porém se deteve.

"Tchau. A gente se vê amanhã", ela disse, e então bateu a porta e o viu afastar-se no carro, atravessando a rua e indo até a caixa de correio. Estava vazia. Ou não havia chegado nenhuma correspondência ou Thomas havia passado em casa à tarde e levado tudo para dentro. Hannah cruzou o jardim e notou que estava na hora de cortar a grama, apesar do tempo seco.

Naquele dia ela tinha começado uma coisa nova. Não era típico dela, nem o tipo de coisa que tinha por hábito fazer. Era Thomas quem tomava a iniciativa, conversava — não muito, porém mais do que ela, sempre que era preciso. Só que ele não fazia mais isso havia um tempo, não em relação a tudo o que importava naquele momento.

Mas o que era "tudo o que importava"?

Hannah percebeu que seria obrigada a dar um jeito naquilo. Aquele olhar durante o almoço. Havia um peso naquilo. Uma seriedade enorme. Ela sentiu medo. Já não seria possível evitar o assunto.

E seria melhor saber em vez de adivinhar, em vez de imaginar o pior desfecho possível.

Ela entrou para pegar a chave do carro. Não se preocupou em chamá-lo nem em conferir o quarto para ver se estava dormindo. Sabia que ele não estava em casa. Não sabia onde ele estava, mas havia pelo menos dois ou três lugares onde procurar.

Semanas depois do dia que ela havia escolhido como aniversário de 18 anos, Tio havia se aproximado e dito que ela seria obrigada a deixá-los. Já estava pronta. Estava na hora de assumir tarefas.

Mas antes ele tinha uma surpresa.

Os dois pegaram o carro. Tio começou a dirigir. Foi um longo trajeto. De volta. Mesmo que em dez anos não tivesse pensado naquele lugar nem nas pessoas que havia por lá, ela sentiu-se imediatamente de volta conforme se aproximavam. Notou que a respiração tornara-se pesada. Que a frequência dos batimentos cardíacos tinha aumentado. Se esforçou para controlá-los, contê-los, manter o foco. E deu certo. Ela conseguiu lançar um olhar calmo e indiferente para fora da janela quando Tio parou o carro.

"O que estamos fazendo aqui?", ela perguntou.

"O que você *quer* fazer aqui?"

Ela o encarou com uma expressão perplexa. O que ela queria, o que qualquer outro quisesse, era coisa de segunda ordem, sem importância.

"Esse é o seu presente de formatura."

Katja olhou mais uma vez para fora da janela, em direção ao homem no gramado em frente à pequena construção branca no pé do morro.

Dez anos haviam se passado, mas ele ainda parecia o mesmo. Tatjana já não existia mais, porém Katja lembrou-se do que ele havia feito com ela.

Ela desceu do carro, e Tio foi embora.

O homem no gramado olhou para o carro e então para ela. Não dera nenhum sinal de tê-la reconhecido. Ela continuou parada e se imaginou descendo a encosta, atravessando a rua, passando pelo jardim e se aproximando dele. Se imaginou dando o tempo necessário para que a reconhecesse antes de ter o nariz quebrado em mil pedaços.

Ou antes de ter a artéria femoral aberta com um corte rápido e sangrar até a morte no gramado.

Ou mesmo antes de ter o pescoço quebrado, e ela o observaria sufocando aos poucos.

Mas Katja não faria nada disso.

Era dia, e ela não conhecia a região nem os vizinhos, tampouco sabia quem poderia estar no interior da casa. O preparo e a paciência eram a chave do progresso. Não se podia jamais permitir que os sentimentos assumissem o controle.

Com um discreto sorriso de satisfação ela continuou andando pela rua até desaparecer.

Duas semanas mais tarde o corpo dele foi encontrado no rio. Alcoolizado, havia saído para uma pescaria, e de alguma forma tinha se atrapalhado com a corrente da âncora, caído na água e se afogado.

Porém as desgraças raramente vêm desacompanhadas, e no mês seguinte a esposa também faleceu, quando o rompimento de um cabo fez com que o fogão e a bancada da cozinha acabassem eletrificados. Katja permaneceu ao lado dos curiosos quando a ambulância chegou para buscá-la. Quando o socorro foi embora, sem luzes azuis e com a sirene desligada, ela pegou o celular e foi embora. Quinze minutos depois Tio apareceu para buscá-la.

E naquele momento ele estava na janela, o homem que havia lhe oferecido a chance de uma vingança, a chance de uma nova vida. Emoldurado pelas cortinas com estampa floral vermelha, ele olhava para o pequeno grupo de pessoas na rua e de vez em quando tomava goles da bebida quente. Katja estava sentada em silêncio num dos sofás, observando-o, esperando que ele tomasse a iniciativa.

Tio.

Ele tinha batido na porta, entrado quando ela abriu e educadamente perguntado como tinha passado, olhando ao redor, fazendo elogios e perguntando se ela poderia oferecer-lhe uma xícara de chá. Katja não perguntou o que ele estava fazendo lá, porque tinha certeza de que ele falaria na hora certa. E além do mais ela tinha uma ideia razoável do motivo.

"Cinco mortos", ele disse em russo, ainda olhando para fora da janela.

"É."

"E você já encontrou o que veio buscar?"

Katja hesitou por um instante, certa de que ele já sabia a resposta, mas relutou em pronunciá-la em voz alta porque sabia que o decepcionaria.

"Não, ainda não."

"Mas você está perto."

Mais uma vez passaram-se alguns instantes até que ela respondesse. Uma mentira facilitaria o restante da conversa, faria com que terminasse mais cedo, mas Tio era a única pessoa para quem ela jamais havia pensado em mentir.

"Não exatamente", ela admitiu a meia-voz.

Tio bebeu mais um gole de Earl Grey e, com um último olhar às pessoas enlutadas na esplanada, virou-se em direção a ela pela primeira vez desde que Katja lhe oferecera o chá.

"Mas então por que foi que eles morreram?"

"Porque sabiam demais."

"Sobre o quê?"

"Tudo. Sobre mim. Eles me atacaram."

"Eles atacaram você? Naquela casa? O que você estava fazendo lá?"

Para um desavisado aquilo talvez soasse um interesse legítimo, mas Katja sabia que estava sendo interrogada. Mais uma vez a ideia de mentir insinuou-se em seus pensamentos, e mais uma vez ela conteve esse impulso. As pessoas que mentiam para salvar a pele ou fingir que estava tudo bem não eram confiáveis, e a organização para a qual ela trabalhava baseava-se na confiança.

"Eles conseguiram me levar para lá", ela disse em voz baixa, obrigando-se a encontrar os olhos dele e vendo que as sobrancelhas erguiam-se em surpresa, mesmo que fosse impossível dizer se o gesto era espontâneo ou calculado.

"Então eles morreram porque você foi descuidada."

"Me desculpe."

Tio acenou a cabeça e concentrou-se mais uma vez na janela e nas pessoas que ocupavam a esplanada.

"Vai ser tudo mais difícil a partir de agora, não acha? A polícia vai estar mais alerta, e a cidade inteira já está cheia de jornalistas. Parece que todos os olhares estão voltados para cá."

Para qualquer outra pessoa além de Tio, ela diria que a missão era dificílima, talvez até impossível. Haviam-na mandado à Suécia para encontrar três bolsas que qualquer um podia ter pegado e depois levado para qualquer lugar. Mais de uma semana depois, as bolsas já podiam estar no outro lado do mundo.

"Eu vou dar um jeito", ela afirmou, e para sua alegria notou que a voz soava convincente.

"Eu sei. Quem está um pouco impaciente é o Valery."

"Eu tive poucos dias até agora."

Tio não respondeu; simplesmente abriu um sorriso. Será que aquilo soava como uma desculpa? Desculpas eram coisas das quais ela tinha precisado se livrar havia muito tempo.

"Eu sei, eu sei."

Tio largou a xícara de chá na escrivaninha, andou por aquele exíguo espaço e pegou o chapéu do cabideiro onde o havia pendurado ao entrar. Katja se levantou. Ele estava prestes a ir embora. Aquela breve visita havia chegado ao fim. Mas ela precisava saber.

"Por que você veio me ver?"

"Eu só queria ter certeza de que estava tudo bem. De que você estava no controle da situação."

Sem dizer mais nada, ele saiu. Quando a porta se fechou, Katja trancou-a e a seguir voltou para o sofá. Aquela definitivamente não era a resposta que gostaria de ter. Até então, a visita tinha sido uma manifestação discreta mas inconfundível de decepção. Ela tinha nutrido a esperança de que no fim Tio pudesse ter uma informação útil a oferecer, e de que esse motivo o houvesse levado até lá. Ou pelo menos de que dissesse que ela teria reforços.

Uma leve repreenda. Certa medida de humilhação.

Durante todos os anos em que havia trabalhado para Tio, ele nunca julgara necessário ver se tudo estava bem ou se ela estava no controle da situação. Naquela ocasião também não haveria motivo. Aquela breve visita tinha sido um lembrete e um aviso. Havia um trabalho a fazer — a diferença era que, dessa vez, ela parecia prestes a fracassar.

E Tio não admitia o fracasso.

Por fim ele havia dormido.

Sandra continuava acordada, vendo aquelas horas decisivas passarem no relógio, sentindo a irritação e a raiva crescerem à medida que os ponteiros se aproximavam da manhã. Aquilo não tinha sido planejado, mas a partir de então deveria ser fácil. Pelo menos relativamente fácil. Não havia como escapar do fato de que eles tinham matado uma pessoa — ou melhor, de que *Kenneth* tinha matado uma pessoa. O que os dois fizeram depois foi imoral, antiético e errado de todas as formas possíveis, mas parecia surpreendentemente fácil viver com aquilo. Ela mal pensava no que havia ocorrido, ou naquele homem abandonado na floresta. A lembrança daquilo se apagava um pouco a cada dia que passava, e assim se reduzia a um desconforto indefinido que aos poucos acabaria por desaparecer.

Tudo se resolveria. Tudo seria melhor.

No almoço ela tinha ido até a cidade, visitado lojas, feito mentalmente uma lista de desejos cheia de coisas bonitas, animada por saber que não faltaria muito tempo até que aqueles desejos todos se tornassem realidade. Três anos. Embora naquele mesmo dia ela tivesse começado a pensar que dois anos ou dois anos e meio talvez fossem o suficiente.

Storgatan ela parou em frente a um dos salões de manicure. Nunca tinha feito as unhas. Seria a própria definição de desperdício com um dinheiro que eles nem ao menos tinham. Mas unhas roídas e descamadas e cutículas feias também precisavam de cuidado e amor. E era o que haviam de receber. Porém não naquele momento.

Quando Sandra virou-se para continuar andando, deu de cara com Frida. Frida Aho, como ela tinha passado a se chamar anos atrás, depois de se casar com Harri Aho, proprietário de duas grandes lojas de *snus* na cidade. Quando os jornais vespertinos publicavam manchetes com as pessoas mais ricas do município, Harri Aho sempre estava na lista. No topo. Frida tinha centenas de seguidores a mais do que Sandra no Instagram. Postava quase todos os dias.

"Quem diria!", ela riu, tirando os óculos de sol e e aproximando. Sandra se afastou um pouco, caso Frida tivesse a ideia de abraçá-la. "Faz muito tempo desde a última vez que nos vimos."

"É."

Sandra deu um sorriso breve e falso, sem saber ao certo onde devia fixar o olhar. Frida parecia confiante e estava muito à vontade. Usava roupas claras, novas e modernas. Sapatos caros, cabelos arrumados, maquiagem na medida. Já Sandra estava sem maquiagem e usava uma jaqueta velha por cima do uniforme de agente penitenciária. Sentia-se como sempre havia se sentido perto de Frida.

Pobre, feia e insignificante.

"Como estão as coisas?", ela perguntou. A seguir perguntou se Sandra continuava trabalhando na penitenciária (*continuo*), como andava a mãe dela (*bem*) e se continuava com... como era mesmo o nome dele? Konrad? (*Continuo, sim. Kenneth.*)

Como se as duas fossem amigas. Como se ela se importasse.

Seria mesmo possível que ela tivesse esquecido?

Por anos a fio, Frida tinha aproveitado todas as oportunidades de agir com maldade, de humilhar e de provocar riso, sempre às custas de Sandra.

Em todas essas ocasiões, Sandra tinha voltado chorando para casa e jurado que nunca mais retornaria à escola.

No nono ano, Frida tinha pegado as roupas velhas do irmão mais novo para dá-las de presente a Sandra na frente da classe inteira, porque ao menos eram mais novas do que todas as roupas que Sandra usava e também porque cairiam muito bem nela, mesmo sendo de menino, já que afinal ela ainda não tinha peitos.

Sandra respondeu, fez umas perguntas e soube novidades obre outros amigos em comum antes que Frida entrasse no salão de beleza. Quem dera a rival tivesse ao menos demonstrado bom senso suficiente para não mentir na cara de Sandra dizendo que elas "tinham que marcar um encontro" ou que "deviam arranjar uma hora para se encontrar". Sandra passou a tarde de mau humor e não melhorou nem um pouco quando chegou em casa e manobrou o carro na entrada da garagem.

"De onde veio aquele Mercedes?", ela perguntou assim que entrou na cozinha, onde Kenneth terminava de preparar o jantar, algum tipo de macarrão.

"Eu peguei emprestado com o UV."

"E onde está o Volvo?"

"Eu me livrei dele."

"Onde?"

"Num fosso da mina em Pallakka."

Parecia um bom lugar. Sandra nunca tinha estado lá, mas já tinha ouvido histórias a respeito, e além disso o Volvo era a última coisa que poderia ligá-los ao Honda e ao russo. Mais um passo em direção a uma vida melhor. Mas ela hesitou por um momento. Afinal, aquele era Kenneth. Sandra o amava, de verdade, mas as coisas que ele fazia nunca eram muito bem-pensadas. Ela o encarou.

"Como foi que você levou o carro até lá?"

"Eu... fui dirigindo."

"Você quer que a gente acabe na cadeia?", Sandra cuspiu, e ele se encolheu de leve, tamanha a rispidez na voz dela. "Como você pôde andar naquele carro em plena luz do dia?"

"Sabe…", ele começou, e ela percebeu que ele já esperava a pergunta e já tinha uma resposta pronta. "Andar de carro durante o dia parece menos suspeito do que fazer isso às três da madrugada. Durante o dia, aquele era só mais um Volvo velho."

Era verdade. Ela também havia pensado nisso quando estava no carro esperando que ele voltasse depois de afundar o Honda. É mais fácil se lembrar de carros específicos quando você só viu um ou dois.

"E se livrar do Volvo foi ideia sua", Kenneth prosseguiu em tom defensivo. "Eu só fiz o que você queria."

Mais uma vez era verdade. Como sempre. Kenneth era sempre afável, fazia de tudo para vê-la alegre e satisfeita. Como um cachorro. Independentemente do que acontecesse, Sandra podia ter certeza de uma coisa: Kenneth jamais a entregaria, jamais a trairia e jamais se voltaria contra ela. Sandra devia valorizar mais aquilo. Harri Aho sem dúvida era infiel o tempo inteiro e provavelmente havia obrigado Frida a assinar um acordo nupcial.

"Você tem razão", ela disse, com a voz mansa, se aproximando e dando um beijo nos lábios do marido. "Me desculpe."

Ela não pôde evitar um sorriso ao perceber a alegria e o alívio de Kenneth. Se tivesse um rabo, ele o teria abanado naquele instante. Sandra deu mais um beijo nele antes de se afastar e sentar-se à mesa.

"Como foi que você voltou?", ela perguntou, pegando um copo d'água.

"Eu liguei para o UV e ele me buscou em Koutojärvi."

"E depois emprestou um carro para você."

"É."

"O que você disse que aconteceu com o Volvo?"

"Pifou."

Sandra observou-o enquanto ele escorria o macarrão. Havia mais naquela história. Com certeza. Naquela palavra curta e solitária. Havia alguma coisa que ele não havia contado.

"Ele não quis dar uma olhada? Afinal, esse é o trabalho dele. E como foi que você chegou a Koutojärvi sem carro?"

A única resposta que recebeu foi um longo suspiro, e Sandra notou que Kenneth fechou os olhos para evitar que transbordassem. Ele não sabia mentir para ela. E sabia que ela sabia; talvez por isso mesmo nem ao menos tentasse.

Agora ela já não conseguiria mais dormir. Não conseguiria mais relaxar. Maldito Kenneth. Maldito UV. Que vida maldita. Por que as coisas não podiam simplesmente acontecer da forma como ela gostaria? Por que tudo precisava ser tão difícil? Ela precisava dar um jeito naquilo.

Caso o pior acontecesse.

Caso eles fossem descobertos. Por um motivo qualquer.

Caso a polícia viesse.

Será que ela conseguiria se virar sozinha? O responsável por atropelar o russo tinha sido Kenneth, mas como ficaria a situação dela nesse caso? Ela era cúmplice. Cúmplice de roubo, provavelmente. E talvez de ocultação de cadáver também. Mas e se ela dissesse que Kenneth a tinha obrigado a ajudar e a manter-se calada? Que tinha feito ameaças? Que tinha escondido a vítima sem jamais dizer onde? Ela tinha medo de perguntar, de dizer o que quer que fosse. Será que acreditariam nisso? Parecia duvidoso. As pessoas que os conheciam sabiam quem tomava as decisões e quem tinha o poder de influenciar aquele relacionamento.

Thomas sabia. Hannah também. E Hannah era da polícia.

Mas Kenneth poderia ser convencido a mentir, a dizer que tinha feito ameaças e agido com violência. Faria qualquer coisa por ela. Não importava muito se a polícia acreditasse ou não: o que contaria nesse caso era a capacidade de provar que o que ele dizia não era verdade. Na melhor das hipóteses, ela continuaria livre e Kenneth seria preso.

Parecia errado.

Na melhor das hipóteses, os dois escapariam. Mas na melhor das hipóteses caso o pior acontecesse, então ele seria condenado por homicídio, passaria uns anos na cadeia, ela pegaria as bolsas com o dinheiro e então se mudaria para um lugar onde ninguém achasse estranho que eles tivessem recursos. Kenneth poderia voltar para casa depois que fosse libertado. Não era o que ela queria, claro. De jeito nenhum. Seriam muitos anos longe dele. Esse seria o plano B, caso tudo fosse para o inferno.

Ela se virou, chutou o cobertor para longe no quarto quente e sufocante e se perguntou se conseguiria pregar o olho naquela noite. Tudo indicava que não. O plano B. Ela não precisaria ficar deitada de olhos abertos fazendo um plano B se não fosse por UV.

UltraViolento.

Talvez UV houvesse começado a acreditar no que ele mesmo tinha inventado. Porém Kenneth havia lhe contado a verdadeira história do apelido. Quando Dennis tinha dez anos, ele ligou para um programa esportivo no rádio e foi convidado a responder qual era o nome dos raios que permitiam bater fotografias dos ossos no interior do corpo. E ele havia respondido "ultravioleta". No dia seguinte, todo mundo na escola passou a chamá-lo de UV, e o apelido acabou pegando.

Aquele merdinha de araque.

Ela sempre tinha sido legal com ele enquanto estava preso. Kenneth o via como um irmão mais velho, mas no fim ele deu uma punhalada em suas costas no minuto que a chance apareceu. Mesmo assim, Kenneth ainda tentava defendê-lo. Contou sobre a decisão da Segurança Social, sobre Lovis, sobre aquela vida difícil sob todos os aspectos, inclusive econômicos. Sandra não se importou nem um pouco — quem tinha uma vida fácil? Não era motivo para se aproveitar de um amigo daquela forma. Ela tinha passado a tarde inteira e a noite inteira revoltada com Kenneth, mas o que ele poderia ter feito no final das contas? Ele os havia protegido. Da melhor forma possível. De UV. Se UV apontasse na direção certa, com certeza a polícia morderia a isca. E procuraria até achar. Então seria importante que ele não apontasse.

Na verdade, ela chegou à conclusão de que era um problema simples.

Com um olhar rápido em direção ao namorado adormecido, Sandra levantou-se da cama, saiu do quarto e fechou cuidadosamente a porta. Abriu o alçapão no teto, que protestou com um ranger de molas, puxou a escada que levava ao sótão, subiu e acendeu a lâmpada. O cômodo estava quase vazio: eles não tinham muitas coisas para guardar, então assim que entrou o olhar dela foi atraído pela caixa azul na diagonal esquerda da escada.

Era uma caixa de PlayStation. Kenneth devia ter comprado aquilo. Com o dinheiro que eles não deviam tocar.

A decepção atingiu-a com força, e de repente ela sentiu-se um pouco menos desconfortável por ter pensado num plano B. O descuido de Kenneth poderia colocar tudo a perder. Seria preciso falar sobre aquilo, mas Kenneth era o menor dos problemas: ela sabia como administrá-lo, colocá-lo de volta nos trilhos. O importante mesmo era concentrar-se em UV. Ele, sim, era uma ameaça de verdade, e se havia uma coisa que ela tinha aprendido durante os anos no trabalho era a não ceder a ameaças. Sandra continuou a andar pelo sótão e logo encontrou aquilo que procurava. Kenneth havia ganhado um curso para tirar licença de caçador no aniversário de 25 anos, um presente de Thomas. Junto com outra coisa que Sandra não queria ter no primeiro piso da casa, mas que naquele instante ela pegou e observou de perto.

Uma espingarda de caça.

Hannah já podia excluir mais um lugar da lista. Thomas não estava na casa de nenhum colega de trabalho. Nenhum deles o tinha visto após o fim do expediente naquela mesma tarde.

A policial não conseguia imaginar que ele tivesse decidido tomar uma cerveja num lugar qualquer. Seria rápido fazer uma ronda, já que não havia muitos lugares onde ele pudesse estar, mesmo que na verdade ela não conseguisse pensar em nenhum naquele instante. A oferta de bares e pubs aumentava durante os meses de verão, quando os turistas apareciam na cidade, mas assim mesmo o número total era pequeno, e além disso Thomas raramente saía, muito menos sozinho, e, como Hannah já havia falado com todos os colegas dele, não restara ninguém que pudesse estar lhe fazendo companhia. Ele tinha um círculo de amizades pequeno. Maior que o dela, mas mesmo assim pequeno.

A ideia de que Thomas pudesse estar na casa de outra mulher ressurgiu. Nesse caso ela jamais o encontraria. Mas não havia nada que sugerisse isso, a não ser o claro distanciamento percebido nos últimos tempos. Não havia rastros nas roupas dele, tampouco no carro. Não havia nenhum perfume. Nenhuma compra misteriosa na conta conjunta. Hanna não sabia se havia mensagens ou e-mails porque não tinha conferido o telefone nem o computador dele, e jamais lhe ocorreria fazer esse tipo de coisa.

Ela pensou em telefonar, mas resolveu deixar o assunto de lado. Se ele queria manter distância, ela também manteria distância; se telefonasse, ele não diria onde estava, simplesmente diria que estava chegando em casa logo, mais tarde, em seguida.

Talvez ele tivesse ido à casa de Kenneth e Sandra. Thomas realmente tinha dado suporte ao sobrinho depois que a família o abandonara. Hannah nunca tinha gostado de Stefan nem se acertado com Rita. Mesmo assim, uma coisa era não ter a melhor relação do mundo com os próprios filhos, uma situação com a qual ela se identificava. Outra coisa era fingir que um filho não existia. Ela não estranhava que Stefan fosse capaz de fazer isso, mas Rita? Não era uma questão de homem ou mulher, mas o simples fato de que Stefan era um psicopata frio e controlador, e Rita não.

Sandra trabalhava cedo e todos os dias fazia uma pequena viagem até o trabalho, então com certeza estaria dormindo, mas Kenneth estava desempregado e ainda podia estar de pé. Às vezes Hannah se perguntava qual seria o destino dele. Não havia trabalhado um dia sequer desde que saíra da prisão, não havia demonstrado nenhum interesse em estudar ou aprender o que quer que fosse, não havia tomado nenhuma iniciativa para nada. Sandra carregava um fardo pesado. Hannah sempre tivera a impressão de que era ela quem fazia quase tudo, mas até mesmo para Sandra devia haver um limite. Por quanto tempo mais ela aceitaria ser a única provedora do lar?

Hannah reduziu a velocidade quando chegou à casa malconservada em Norra Storträsk. No pátio estava um Mercedes que ela não reconheceu, então talvez eles tivessem visitas, mesmo que a casa estivesse às escuras e não parecesse haver nenhum movimento lá dentro. E, como o carro de Thomas não estava lá, ela nem desceu para tocar a campainha. Apenas continuou dirigindo. Ela só conseguia pensar em mais um lugar. Se Thomas não estivesse lá, ela desistiria. Voltaria para casa e ligaria para ele ou então se convenceria de que provavelmente ele havia conhecido outra pessoa. Como ela reagiria a uma situação dessas? Será que lutaria para reconquistá-lo? Seria mesmo possível? Será que ele não a tinha deixado por haver cansado, por haver conhecido outra pessoa, por haver começado um relacionamento melhor? Qual era a chance real de que os dois "se reencontrassem"? Pequena, na opinião de Hannah. Mínima. Mas claro que isso dependeria do tipo de relacionamento que ele tinha com essa outra pessoa. Se fosse apenas sexo, como entre ela e Gordon, simplesmente alguém disposto a oferecer um pouco de intimidade e o próprio corpo, então talvez. Mas, ao contrário dele, Hannah tinha oferecido ao marido justamente isso. Diversas vezes. E tinha sido rejeitada. Se ele tivesse outra pessoa, seria por outro motivo. Um motivo mais importante.

Para seu alívio, Hannah descobriu que poderia afastar todos esses pensamentos. O carro de Thomas estava estacionado em frente à cabana de que Hannah nunca havia gostado. Quando Rita demonstrou que não tinha interesse pelo imóvel — ou seja, quando Stefan não quis que ela ficasse com aquilo —, Hannah havia torcido em silêncio para que os dois o vendessem, mas em vez disso Thomas havia comprado a parte da irmã. Hannah nunca tinha feito nenhum comentário, porque sabia o quanto era importante para ele. Deixou que a cabana fosse dele, não deles.

Ela estacionou atrás do carro de Thomas e o viu sair do galpão de ferramentas ao lado da casa com as mãos cheias. Ele se deteve, surpreso ao vê-la, ao que parecia uma surpresa não muito boa. Hannah desceu do carro, andou até ele e ao se aproximar notou que havia mais ferramentas e equipamentos espalhados ao redor.

"Oi. O que você está fazendo por aqui?", ele perguntou.

"Procurando você. Achei que estaria em casa."

"Não, eu vim para cá."

"Estou vendo. O que você está fazendo?", ela perguntou, indicando com a cabeça as coisas espalhadas no gramado.

"Limpando um pouco."

"Por quê?"

"Já estava na hora. Tinha muita coisa aqui que ninguém precisa."

Hannah deixou o olhar pelo equipamento de pesca, pelas ferramentas e pelos apetrechos de jardinagem. Fazia tempo que ela havia estado lá e participado daquilo, mas ainda assim sabia que parte daquelas coisas tinha sido comprada pouco tempo atrás. De qualquer forma, ela deixou o assunto de lado; não era aquele o motivo que a levara até lá.

"Você não parece muito feliz em me ver."

"Claro que estou."

"Claro?"

Hannah se abaixou, pegou uma das cadeiras de camping que ele havia deixado apoiada numa das paredes, abriu-a e sentou-se. Thomas a acompanhou com o olhar, ainda com um passaguá e uma fisga na mão. Hannah inclinou o corpo para a frente, apoiou os braços nos joelhos e o encarou.

"O que está acontecendo com a gente?"

Ele não respondeu, apenas soltou um longo suspiro e voltou os olhos para o céu alaranjado. Tudo estava em silêncio. Não havia o som de carros nem os sons de atividade humana, e até mesmo os pássaros e os insetos pareciam ter ido embora para deixá-los a sós. Quando Thomas enfim tornou a encará-la, a seriedade naquele olhar prendeu-a de um jeito quase físico; a inquietude fez com que ela sentisse um aperto no peito. Quando percebeu que ele lutava para encontrar as palavras e que seus olhos estavam cheios de lágrimas, de repente Hannah compreendeu.

De repente ela soube.

Não saberia explicar como. Mas o pensamento chegou, claro e cristalino. Ele queria deixá-la, mas não porque houvesse encontrado outra pessoa. Ela olhou para todas aquelas coisas no chão enquanto o cérebro tentava interpretar aquela revelação súbita.

"Nem eu nem as crianças vamos querer essas coisas."

Thomas não respondeu, mas soltou um longo suspiro que pareceu fazer com que se encolhesse. As lágrimas começaram a escorrer silenciosamente pelo rosto dele, pela barba.

"Você está doente?"

Thomas assentiu. Tinha os ombros caídos, os braços pendentes e o equipamento de pesca ainda numa das mãos, como se precisasse de toda a energia que tinha para se manter de pé.

"Eu não queria que você ficasse sabendo desse jeito."

"Há quanto tempo você sabe?"

Pensando bem, no fundo ela já sabia a resposta. Quando havia notado, pela primeira vez, que as coisas em casa não andavam bem? Quando ela passou a ter a impressão de que as coisas já não eram mais como antes?

"Um ano, mais ou menos."

Como ela tinha imaginado. Foi quando ele começou a se afastar, a ficar distante.

"Quanto tempo você ainda tem?"

Ela sentiu aquelas palavras saírem dos lábios, mas teve dificuldade para compreender que vinham dela, que ela realmente estava sentada numa cadeira de camping, no gramado da cabana, perguntando quanto tempo de vida restava ao marido.

"Uns meses, se eu der sorte."

Hannah sentiu dificuldade para respirar. O coração parecia prestes a explodir. Ela não conseguia pensar direito, não sabia como lidar com aquilo. Não tinha a menor ideia do que dizer ou do que sentir. Era um turbilhão de sentimentos. Muitos desses novos, até mesmo para ela própria.

O que fazer?

Gritar? Enfurecer-se? Sentir-se traída, enganada, amedrontada?

Hanna mais ouviu do que sentiu a respiração que se tornou pesada, a cabeça que se pôs a zumbir, o silêncio que se tornou mais distante, mais abafado, como se de repente os ouvidos dela tivessem sido tampados. Uma parte muito, muito pequena de tudo o que continuava a funcionar normalmente parecia dizer-lhe que estava em choque, mas ela não sabia o que fazer com essa informação. Não havia absolutamente nada que ela soubesse como enfrentar ou como lidar.

A solução foi levantar-se e ir embora.

"Hannah!", ela ouviu às suas costas, mas nem ao menos se virou. Simplesmente ergueu uma das mãos para evitar que Thomas a seguisse enquanto caminhava.

Ao chegar ao carro, ela viu que ele não a havia seguido. Continuava perto do galpão. Arrasado, fraco, tão incapaz de lidar com a situação quanto ela própria, Thomas não fez mais do que observar quando Hannah deu a partida no carro, engatou a marcha à ré e foi embora.

O barulho do vento que entrava pela janela aberta era quase mais alto que o latejar de sua cabeça. Mas apenas quase. Os pensamentos continuavam misturados num turbilhão, fugazes, arredios, impossíveis de controlar. Ela achava que estava chorando porque sentia o rosto úmido, mas não sentia nem tristeza nem luto em meio a tantas outras coisas.

Quando praticamente saiu da estrada numa curva suave, que ela nem ao menos sabia se era o caminho certo para levá-la de volta para casa, Hannah foi puxada de volta à realidade. Encostou o carro no acostamento e ficou parada com as mãos no volante, o olhar perdido à frente, nos dois sulcos que cortavam a floresta como uma ferida aberta. Uma nuvem de mosquitos surgiu na mesma hora, atraída pelo motor quente, e começou a entrar no carro. Hannah nem percebeu. Mesmo que o vidro estivesse baixado ela sentia dificuldade para respirar, então desafivelou o cinto, surpresa ao descobrir que estava afivelado, já que não tinha nenhuma lembrança de havê-lo prendido, desceu do carro e começou a andar em direção à floresta.

A respiração estava ofegante, no limite, já muito perto da total ausência de controle.

Ela não sabia o quanto havia caminhado quando sentou-se num toco de árvore, esfregou as mãos nas pernas da calça e começou a balançar o corpo para a frente e para trás. Aos poucos, obrigou-se a reassumir o controle, trabalhar e ordenar aqueles sentimentos.

Ela sentia acima de tudo confusão. Confusão e desorientação.

Como se ainda fosse uma menina de 14 anos. Do nono ano. Depois que a mãe havia cometido suicídio. Quando ela havia perdido o chão, e o mundo tornara-se um lugar incompreensível onde ela já não sabia mais que espaço devia ocupar. Thomas havia sido a pessoa que a ajudou a se reerguer mais tarde. Que a colocou mais uma vez de pé. Não com gestos grandiosos, não de caso pensado. Ele simplesmente havia descoberto nela uma coisa da qual gostava. Com aquele jeito tranquilo, seguro e paciente, ele havia se transformado na fundação sobre a qual Hannah começou a reconstruir a própria vida. Fora ele quem a levara a ver que havia um futuro, a terminar os estudos, a se candidatar a uma vaga na academia de polícia; e então se mudou com ela para Estocolmo e mais uma vez a ajudou a seguir em frente depois de tudo o que tinha acontecido com Elin.

Quem haveria de lhe dar forças daquela vez?

As crianças. Até então ela não havia sequer por um instante pensado em Gabriel e em Alicia. Os dois perderiam o pai, que era o favorito de ambos, e, se ela fosse bem sincera consigo mesma, que também era quem mais se preocupava com eles.

Não era exagero. Não era autopiedade.

Simplesmente era assim, e sempre tinha sido.

Thomas era mais próximo das crianças do que ela. Apesar do silêncio, apesar da introspecção, ele sempre fora mais ligado aos filhos que Hannah. Sempre estava lá para tudo o que acontecesse, para tudo o que as crianças precisassem.

Exatamente como estivera também para ela.

Talvez ela tivesse um medo inconsciente de criar laços, de amar sem limites. Ela já tinha feito isso no passado. Com a mãe, de certa forma, mas acima de tudo com Elin. E Elin havia desaparecido. Aquilo esteve a ponto de destruí-la. Ela se lembrava de ter pensado isso quando estava grávida de Gabriel. Será que teria coragem de amar com todas as forças outra vez? Ela não sobreviveria a uma segunda tristeza como aquela. E assim tinha mantido distância das crianças.

Mas será que já não havia sofrido o bastante? Quanto mais poderia ser retirado dela, afinal? A mãe, Elin, e agora Thomas.

Era demais. Realmente demais.

Hannah gritou em meio ao silêncio. Encheu os pulmões e gritou outra vez. Depois outra. Não se calou enquanto não sentiu o gosto de sangue na garganta, e então percebeu que estava chorando, perdeu totalmente o controle e começou a soluçar, ainda sentada no toco.

Ela não sabia quanto tempo havia ficado lá.

Simplesmente esperou até que aquilo passasse, se levantou e voltou ao carro. Para onde ir? Ela não queria ir para casa. Não podia. Thomas estaria lá, ou pelo menos apareceria depois de um tempo. Mas ela não suportaria encontrá-lo agora. Precisava de mais tempo. Vê-lo naquela situação não traria nada de bom. E provavelmente Thomas sabia disso também. Ele não havia ligado nem enviado mensagens desde que ela o deixara na cabana.

Quarenta e cinco minutos depois ela chegou a Haparanda pela 99, vinda do norte, entrou na Västra Esplanaden, passou em frente ao apartamento de René Fouquier e sentiu como se houvesse passado uma eternidade desde que estivera lá com Gordon. As ruas estavam vazias, apesar da luz e do calor. Hannah deixou a esplanada para trás. Velas solitárias continuavam por lá, ardendo em meio às flores e aos cartões, porém não havia ninguém. Ela continuou rumo ao sul, passou pela estação de trem, pelo outro reservatório de água da cidade, uma construção feia que parecia um conjunto de três contêineres azuis espetados em pilares de concreto, dobrou na Movägen e estacionou em frente a uma das casas idênticas no fim da rua. Seria mesmo uma boa ideia? Não importava. Não havia muitas opções. Na verdade, não havia nenhuma outra.

"Posso passar a noite aqui?", ela perguntou quando Gordon, sonolento, abriu a porta. Ele deu um passo para o lado e a deixou entrar sem dizer uma palavra.

A visita de Tio foi um abalo.
Um abalo maior e mais definitivo do que ela se imaginaria disposta a aceitar. O objetivo daquilo era óbvio: fora um aviso, um lembrete de que a missão não poderia falhar. Mas e agora? Ela já tinha feito trabalhos mais importantes que haviam levado um tempo bastante longo.

Sem visitas noturnas.

Os danos colaterais, o fato de que pessoas inocentes tinham sido atingidas, também não era novidade. Claro que era uma coisa a ser evitada, mas podia acontecer. Cinco mortos de uma vez só era um caso extremo, uma infelicidade, mas também não era nada inédito.

Mas visitas àquela hora?

O que tinha acontecido de diferente daquela vez? Por que era tão importante ter o envolvimento direto de Tio? Será que Valery Zagorny era mais do que um simples criminoso com muitos recursos financeiros? Será que havia motivos além da remuneração para que se desse por satisfeito? A presença de Tio no quarto dela em Haparanda era um indício de que sim. Mas a verdade era que ficar ruminando essas coisas eram uma perda de tempo. Todos eram avisados de que quaisquer buscas feitas por conta própria sobre o contratante ou sobre o motivo para a escolha das vítimas seriam punidas com rigor. Mesmo assim, ela não conseguiu abandonar a ideia enquanto dirigia ao longo da estrada, com o lago azul reluzindo atrás das bétulas mesmo com o avançado da hora. O idílio e a paz, as casas que pareciam espalhar-se como que ao acaso em meio ao farfalhar do verde reluzente contrastavam com a ansiedade e a inquietude no corpo dela. Tudo o que havia acontecido, inclusive os erros que ela cometera, dava-lhe a impressão de que aquele lugar estava contra ela.

Ela nunca tinha fracassado. Nunca quando havia coisas importantes em jogo.

Haparanda e Vadim Tarasov não seriam a primeira vez.

Ela acreditava estar no curso certo. Não havia como ter certeza, mas as informações que havia obtido graças a Stepan Horvat haviam-na levado ao ponto onde estava. Ao norte de Vitvattnet, perto de Storträsk.

Por fim ela viu. Levou alguns segundos até que processasse a informação e estacionasse o carro. Ela deu marcha à ré e olhou para o caminho que levava à casa enquanto passava. Placas corrugadas e telhado afundado. A fachada, a janela e as cores estragadas pelas intempéries e pelo vento. E por fim o que havia chamado sua atenção. O Mercedes na porta. Um modelo recente, em muito bom estado, pelo que dava para ver. Novo, aquele carro devia custar 750 mil coroas. Claro que usado valeria menos, porém ainda assim o carro chamava atenção em frente à casa decrépita.

O passo seguinte ainda teria de ser pensado — caso valesse mesmo a pena avançar. Ela anotou o endereço no celular e retornou ao hotel.

Meia hora depois ela abriu o laptop e reclinou-se na poltrona desconfortável. Eram duas pessoas, segundo os mais populares sites de busca. Um jovem casal. Ele não parecia trabalhar. Tinha uma firma individual registrada, mas o negócio estava desativado, ou pelo menos não tinha servido como fonte de renda nos últimos anos, até onde fora possível descobrir. A mulher tinha um trabalho de tempo integral em Haparanda.

Era funcionária pública. Tinha um salário fixo, porém baixo. O carro era importado. O registro era temporário. A situação do carro não parecia muito clara. Talvez fosse recém-comprado. Ele não parecia ser ativo nas mídias sociais. O Instagram dela era privado. Mas no Facebook ela teria que responder a um pedido de amizade. Katja mandou uma mensagem a partir de uma das contas falsas que mantinha, porém não houve nenhuma resposta durante o pouco tempo que se dispôs a esperar. Provavelmente a mulher estava dormindo; ainda era cedo.

Katja olhou para a cama que havia arrumado pela manhã. Ainda muito jovem, tinha aprendido a dormir em qualquer lugar e em qualquer circunstância, mesmo sob pressão, mas naquele momento não seria necessário. Ela aguentava mais tempo do que a maioria das pessoas sem dormir, ou apenas com pequenos intervalos para descansar.

E por fim ela se decidiu. Pegou o carro e voltou.

Diminuiu a marcha ao passar em frente à casa, olhou mais de perto. O pátio estava vazio. Não havia nada além daquele Mercedes que sinalizasse dinheiro. Na verdade não era muita coisa. Podia haver uma série de explicações para que o carro estivesse naquele lugar. Não precisava sequer pertencer àqueles dois.

Mas também podia ser um mimo resultante da pequena mudança trazida pelos 300 mil euros que os moradores haviam descoberto.

Katja dirigiu por mais uns poucos quilômetros, dobrou na primeira estradinha que pareceu adequada e estacionou o carro no acostamento. Ela apalpou o tornozelo a fim de certificar-se de que a faca estava onde deveria estar, verificou a Walther, rosqueou o silenciador, guardou-a no bolso do casaco fino e desceu do carro. Voltou até a casa com passos vagarosos. Antes de chegar ao caminhozinho que levava à porta ela desviou, atravessou uma parte mais densa da floresta e cruzou em direção à casa do vizinho mais próximo para chegar pelos fundos, por um quintal que havia tempo não recebia cuidados. Katja parou, escondida atrás de uns arbustos.

Era um palpite muito improvável. Ela começou a pensar. Se Tio não tivesse aparecido, se as questões e as dúvidas não houvessem surgido, será que teria agido com base em tão pouca informação quanto a que tinha naquele momento? Não era uma pergunta muito relevante.

Tio *de fato* tinha aparecido. E as questões e as dúvidas haviam surgido.

Quais eram os riscos? Que ela estivesse no lugar errado, claro. Que o casal na casa não tivesse nada a ver com a droga de Zagorny ou com o dinheiro do Susia MC. Na pior das hipóteses ela deixaria testemunhas ou cadáveres para trás. Mas e se não fizesse nada e realmente fossem aquelas pessoas que haviam atropelado Vadim? A qualquer momento um jornalista de Haparanda descobriria a ligação que havia entre Rovaniemi, Vadim e os cinco homens que ela havia matado. E a notícia serviria como alerta. Aquelas pessoas dariam um jeito de fugir antes que ela descobrisse qualquer outra coisa.

Tio exigia resultados. E logo.

O melhor seria continuar. Nem que fosse para descobrir se afinal valia a pena ir em frente naquela investigação. Não faria mal nenhum.

Ela saiu de trás dos arbustos e se aproximou da casa, que estava às escuras.

As coisas parecem diferentes quando a cidade desperta.
	O rio serpenteia vagarosamente, o sol brilha como havia brilhado nas últimas semanas e o tráfego na fronteira torna-se mais intenso com as pessoas que andam de um lado para o outro, mas o humor dela parece estar abafado. Pelo menos é o que ela sente. Todos falam sobre o assunto com vozes baixas e palavras discretas. Ao contrário das manchetes e dos boletins, que com letras garrafais e expressões carregadas noticiam aos gritos aquilo que aconteceu. Cinco rapazes mortos. A cidade não é grande o bastante para evitar que todos conheçam alguém que conheça alguém quem sabia que eram aqueles rapazes.
	O filho da irmã de um colega de trabalho.
	O ex-namorado de uma babá.
	O filho do sujeito que vendeu o carro para um amigo.
	Antiga como é, ela já testemunhou uma quantidade suficiente de vidas que se apagaram. Houve surtos de cólera e de salmonela. Mais de duzentos prisioneiros de guerra inválidos trocados durante a Primeira Guerra Mundial haviam permanecido lá para sempre. As pessoas afogavam-se no rio, morriam em acidentes de carro, presas nas chamas de incêndios. Ela é uma cidade. As pessoas morrem por lá como

em todo lugar. A idade, as doenças, os suicídios, as overdoses, os acidentes — oportunidades não faltam.

Mas a violência é uma ocorrência rara. E os homicídios são ainda mais raros.

Resignada, a cidade constata que são essas as coisas que lhe rendem atenção hoje em dia. Tragédias e mortes.

Já cedo pela manhã, Henrietta Stråhle está de pé. Arruma-se. Quer estar bonita e pronta para quando chegar o serviço de transporte. A assinatura do contrato estava marcada para aquele dia. Ao fim de muitos anos, enfim a antiga casa dos pais seria vendida. Por uma soma vultuosa. Ela não vai ter saudades da casa. A infância e a adolescência tinham sido terríveis, e os pais e os avós tinham sido pessoas más e violentas. Henrietta não sabia enquanto ajeitava o broche no peito, mas os novos proprietários não seriam melhores.

Pelo contrário. Dessa vez, Haparanda sofreria de verdade.

Stepan Horvat olha para a filha de três anos, que ainda dorme. Já ele passou a noite praticamente em claro. Mais uma vez tinha pensado em ligar para a polícia e contar o que sabia. Mas o que eles fariam depois? Mudariam de endereço? Por quanto tempo seria necessário? Mais uma vez ele recorda-se daquelas imagens. O ponto vermelho da mira laser sobre aquele corpinho. E se lembra do aviso, da ordem, e, exatamente como nas outras vezes, decide que o melhor seria não fazer nada.

No pequeno apartamento, Lukas sente ódio. De mulheres, meninas, garotas. Todas usam a sedução e a sexualidade como meios de força. Parecem interessadas, porém logo desaparecem e escolhem outros homens mais charmosos e mais bem-sucedidos. Renegam-lhe o direito a fazer sexo. E acumulam poder graças ao maldito feminismo, que se tornou uma espécie de religião nacional. Ele odeia as mulheres. Odeia-as com todas as forças. É um sentimento profundo e verdadeiro. E ele não está sozinho. Quando abre o computador e conta sobre a rotina de rejeição e desprezo, muitos outros confirmam tudo aquilo que ele diz. Ele tem bons motivos para sentir ódio. E devia tomar uma atitude em relação a esse problema.

Stina está na cama do seu antigo quarto de infância. Sentia-se descansada após várias noites de sono tranquilo. Ela pensa em Dennis, que assumiu toda a responsabilidade, que faz de tudo para que as coisas funcionem, quem ela sempre precisa defender na presença dos pais, que não veem nada além do receptador, do traficante, do delinquente contumaz. Sente falta dele. Dele, mas não de Lovis. Não da filha. Em geral ela sentiria náusea depois de admitir uma coisa dessas para si mesma, mas no dia anterior ela havia conseguido. Lovis tinha sido a primeira panqueca. Aquela que nunca sai como você havia imaginado. A que deu errado. Mas a próxima sairia perfeita.

No camping da corredeira de Kukkola um homem chamado Björn Karhu abre a porta do motorhome e sai no calor do verão. As duas mulheres que o acompanhavam na viagem continuavam dormindo. De pés descalços e vestindo apenas bermuda, ele caminha despreocupadamente até a corredeira. Lá as águas eram muito agitadas. Ele havia resolvido procurar um lugar mais sossegado onde pudesse dar um mergulho nu. Sem nenhuma pressa. Ainda faltavam duas horas para que estivesse em Haparanda junto com o testa de ferro que compraria a casa dos pais de Henrietta Stråhle.

Sem ter dormido, Thomas está na cozinha, esperando, e de repente se lembra de uma pergunta que lhe haviam feito na escola, talvez durante o serviço militar também, e que já lera em outros lugares.

O que você faria se soubesse que está prestes a morrer?

O que haveria tempo de fazer? Era uma lista célebre. Mas ele não tinha lista nenhuma. Considerava-se satisfeito. Não com a morte, pois teria de bom grado aceitado viver por muitos anos à frente, mas com a maneira como tinha conduzido a própria vida. Ele se levantou e bebeu mais uma caneca de café. Nada de Hannah por enquanto. Mas ela vai chegar. Assustada e brava. Por saber que vai acabar sozinha, por saber que ele havia escondido tudo. E ele tem mais um último segredo. Um segredo que ela não descobriria enquanto ele não estivesse de fato morto.

Thomas vê que com a seca o gramado começa a ficar amarelado. Segundo a previsão, o tempo continuaria bonito. Mas a previsão estava errada. Uma tempestade começa a se armar.

O carro de Thomas estava na entrada da garagem. Por um breve instante ocorreu a Hannah que ela poderia continuar dirigindo, fugir de tudo aquilo, mas quando manobrou, estacionou e desligou o motor, ela olhou para a casa. Para a casa deles. Quando Alicia foi morar sozinha eles haviam dito que a casa seria grande demais para duas pessoas. O que ela faria quando estivesse sozinha? Provavelmente a colocaria à venda. E se instalaria num pequeno apartamento. Ela reprimiu essa ideia; a hora ainda não tinha chegado. No fundo ela não sabia de nada. Mas achou que era o momento de mudar essa situação, e assim respirou fundo e desceu do carro. Tinha um pressentimento de que Thomas estaria à sua espera. E estava certa. No mesmo instante em que fechou a porta ele a chamou da cozinha. Estava sentado à mesa. Com as mesmas roupas do dia anterior. Hannah imaginava que ele houvesse passado a noite em claro, à espera. Ela parou no vão da porta, insegura em relação a tudo, a si mesma, a como prosseguir.

"Olá. Sente-se", disse Thomas, indicando cadeira do outro lado da mesa.

"Eu estou com muita raiva de você."

"Eu sei. Mas sente-se mesmo assim."

Ela não teria como evitá-lo ou evitar o assunto por tempo indeterminado. Havia um monstro à solta e não havia nenhuma forma de colocá-lo de volta ao lugar de onde havia saído, então o melhor seria encará-lo, mesmo que o momento fosse o pior imaginável.

Toda Haparanda parecia estar cozinhando em fogo brando desde o dia anterior. Era uma transformação quase física, conforme Hannah descobriu no caminho de volta para casa ao fim de uma noite insone na casa de Gordon. Um estranho silêncio abafado parecia cobrir toda a cidade. Pequenos grupos de pessoas, velas cada vez mais numerosas na esplanada e junto à igreja, gente que dava a impressão de não estar fazendo nada específico, que dava a impressão de ter saído apenas para ver outras pessoas e trocar umas palavras.

Tudo isso foi posto de lado quando ela entrou na cozinha e sentou-se. Ela tinha problemas próprios em seu mundo próprio, onde nada do que acontecia lá fora tinha grande importância.

Thomas se levantou, foi até a bancada e serviu café para ela.

"Você já tomou café da manhã?", ele perguntou.

"Não, mas não estou com fome."

Thomas assentiu, deu-se por satisfeito e felizmente não perguntou onde ela havia passado a noite. Ele pôs a caneca na frente dela e sentou-se. Estava quieto, e parecia contrariado ou incapaz de dar início à conversa.

"Você está morrendo", disse Hannah. Não havia por que fugir do assunto: afinal, sobre o que mais os dois haveriam de falar?

"Estou. De câncer."

"Qual é o prognóstico? O que o seu médico disse?"

"Ela disse que é um câncer incurável."

"E o que você está fazendo para melhorar? O que você já fez? Radioterapia? Quimioterapia? Esse câncer não pode ser operado?" Ela sabia o quanto ele resistia a procurar um médico, sempre convencido de que o corpo seria capaz de dar um jeito em praticamente tudo apenas à base de tempo e paracetamol. Provavelmente isso não se aplicaria ao câncer, mas ele podia ter tentado um tratamento menos radical para ver quais seriam os resultados. "Os seus cabelos estão no lugar e você não tem crises de vômito, não parece haver nada de diferente."

"A quimioterapia não afetou o meu cabelo, mas às vezes me sinto mal, embora quase sempre não seja mais que uma fraqueza, um cansaço…"

"Quando é a próxima consulta? Eu quero falar com a sua médica."

"Eu parei de ir a consultas. Não adianta. A metástase já começou."

Por cima da mesa, ele estendeu a mão para ela. Hannah pôde ver o quanto ele estava triste, o quanto sofria. Não por ele próprio, mas por ela. Por não ter como protegê-la daquilo. Por ser o motivo daquele sofrimento.

"Eu não queria que você se preocupasse ou sentisse pena de mim."

"Eu nunca vou perdoar você por não ter dito nada."

"Foi uma decisão minha. Cada um tem o seu jeito…"

"O seu jeito foi o errado", ela retrucou, lutando contra as lágrimas. "A gente devia fazer as coisas juntos."

"Não isso."

"Por que não?"

Os olhos de Thomas correram pelo ambiente, e por fim ele respirou fundo e apertou a mão dela com mais força.

"Eu pensei que depois seria mais fácil para você se eu me distanciasse um pouco."

"O que seria mais fácil?"

"Viver sem mim."

"Você por acaso é idiota?!", ela o interrompeu, soltando a mão por não acreditar no que tinha ouvido. "Então se você passasse menos tempo em casa e fizéssemos menos coisas juntos e parássemos com o sexo, ao fim de um ano eu não sentiria muita saudade quando você morresse?! Depois de trinta anos? Esse era o seu plano?! Que merda você estava pensando?"

"Pode ser que tenha sido um equívoco meu…"

"Com certeza você se equivocou."

"… mas eu fiz tudo pensando em você."

Hannah se deteve, começou a respirar com dificuldade e se esforçou para evitar aquela fúria repentina. Se esforçou para compreender o que ele havia feito. Fora uma tentativa de manter a dor o mais distante possível. De se afastar numa tentativa de diminuir a saudade, torná-la menor. Ele havia pensado nela. Como sempre. Ela não o merecia.

"Eu sei", ela disse por fim, tomando mais uma vez a mão dele na sua.

"Foi para que você pudesse continuar. Sem mim. Porque vai ser preciso."

"Não acho que consigo", Hannah disse com total sinceridade.

"Você tem o Gordon."

"Ele não é ninguém", ela respondeu por instinto, e no mesmo instante sentiu a consciência pesada. "Sério, ele não é ninguém", ela repetiu.

"Não tem problema", ele disse, com a voz tranquila, como se realmente pensasse dessa forma. Hannah franziu a testa quando a vergonha de ter sido descoberta deu vez à surpresa. Naquele contexto, pouco importava como Thomas havia descoberto ou há quanto tempo sabia, mas aquela reação fez com que a curiosidade tomasse conta.

"Há quanto tempo você sabe?"

"Uns meses."

"E você não disse nada?"

"Porque eu afastei você, tentei botar toda a culpa em mim e pensei que seria bom se você tivesse outra pessoa. Alguém que pudesse estar ao seu lado. Depois."

"Você está louco."

Não falar sobre a doença era uma coisa, mas aceitar uma traição era demais. Era doentio. Havia limites para o que ele podia fazer a fim de protegê-la e também para o quanto uma pessoa boa estaria disposta a sacrificar-se. Thomas havia ultrapassado em muito esses limites.

"Você não tem muitas pessoas próximas e com certeza vai precisar de alguém", ele continuou, em tom sóbrio. "E eu sei que o Gordon é uma boa pessoa."

"Pare de falar dele!"

Hannah sentiu-se quase enjoada ao pensar naquilo. Sentiu a fúria ressurgir mais uma vez, porém conseguiu mantê-la sob controle graças a uma voz que ressoou em seus pensamentos. Thomas não a tinha obrigado a fazer nada e tampouco a encorajara a acabar na cama do chefe. Simplesmente não havia feito uma oposição explícita quando tudo aconteceu. Não criou nenhum tipo de confronto. A decisão de acabar lá tinha sido dela, e nem ao menos fora preciso muito para que resolvesse tomá-la. Mais uma vez a raiva deu lugar à consciência pesada. Ela seria obrigada a mudar de assunto.

"As crianças sabem?"

"Claro que não."

Era um pequeno alívio; pelo menos ela não fora a única a não saber. Os três não haviam mantido um segredo em conjunto. Um segredo do qual ela não compartilhava.

"Quando você pretendia contar?"

"Mais tarde. O Gabriel precisa se concentrar nos estudos e a Alicia está bem na Austrália."

"Então um dia você simplesmente não estaria mais aqui? Foi assim que você imaginou?"

"Eu pensei em contar a tempo de… de me despedir." Pela primeira vez a voz de Thomas ficou embargada, e ele precisou engolir o choro e pigarrear. Hannah sentiu os olhos se encherem de lágrimas no mesmo instante. "Mas não tanto para passar meses em casa ruminando o assunto."

"Ruminar as coisas nunca melhorou nada."

"Exato."

"Eu vou perder as crianças também."

Hannah se arrependeu de ter pronunciado essa frase. Naquele momento o foco da conversa não era ela. A pessoa digna de compaixão não era ela. Pelo menos ainda não. Chegaria o dia, chegaria a hora, mas por enquanto não.

"Que bobagem."

"Nada disso. Elas ligam e fazem visitas por sua causa."

"Não é verdade."

"Ora, claro que é. E é tudo minha culpa, porque... porque eu as mantive distantes."

"Você foi uma boa mãe. E você sabe disso. Você é uma boa pessoa."

Por mais que tentasse, Hannah não conseguiu segurar as lágrimas. Mais uma vez: os sentimentos eram fortes demais, profundos demais. Havia muitos assuntos sobre os quais eles deviam conversar, precisavam conversar, mas naquele momento ela sentiu como se estivesse prestes a não sucumbir, como se a menor coisa a tornasse incapaz de se levantar outra vez. Ela afastou a cadeira.

"Eu preciso ir para o trabalho."

"Você não vai ficar em casa hoje?"

"Não posso. Eu preciso... Eu amo você, mas não posso estar aqui agora."

Ela sentiu a verdade daquelas palavras ao dizê-las. Aquilo a deixaria com a consciência ainda mais pesada, mas ela realmente precisava fazer outra coisa. Com certeza não seria a recomendação de nenhum psicólogo, mas ela seria obrigada a pôr os sentimentos de lado por um tempo. Reprimi-los. Prender a existência a algo familiar e conhecido enquanto tudo ao redor parecia desmoronar.

O trabalho. Era uma escolha simples. Ela não tinha nada além do trabalho.

Os jornalistas continuavam do lado de fora. E pareciam mais numerosos do que no dia anterior. Perguntas, câmeras e telefones acompanharam Hannah já na chegada. Na recepção, ela cumprimentou Carin com um aceno de cabeça e recebeu como resposta um olhar sério em direção ao relógio de parede. Aquela era a investigação mais importante na história de Haparanda e ela tinha se dado ao luxo de ficar até mais tarde na cama. Hannah pegou o cartão de acesso e desapareceu no corredor, passando pelo centro de detenção e seguindo rumo ao vestiário feminino. Queria colocar o uniforme o mais depressa possível.

Deixar para trás a Hannah civil, esposa de Thomas.

E tornar-se Hannah, a agente de polícia.

Já de roupas trocadas, ela subiu a escada e cruzou o corredor rumo à sua sala.

As demais salas ao longo do caminho estavam todas vazias. E a reunião da manhã talvez ainda não houvesse acabado, mas acabaria a qualquer instante. Ela não tinha a menor intenção de entrar e chamar atenção para si mesma.

Quando Hannah entrou, a nova faxineira jovem estava na sala dela, tirando o pó do banco que ficava embaixo do quadro de avisos com uma flanela.

"*Sorry, done now*", ela disse, desculpando-se ao ver Hannah.

"Não precisa se apressar."

"*No, no, done now*", ela repetiu, e Hannah poderia jurar que ao sair da sala ela fez o que parecia ser uma pequena mesura.

Hannah sentou-se atrás da escrivaninha, ligou o computador, fez o login e ficou parada, olhando para os ícones e as pastas. Por onde começar? O que ela poderia fazer para dispersar aqueles pensamentos? Era preciso mudar o foco. E ela imaginava saber a resposta. Nada. Naquele dia ela realmente precisaria fazer um esforço para concentrar-se no trabalho. E ao mesmo tempo seria obrigada a conseguir. Mas por onde começar? Por sorte ela não precisou decidir. Gordon bateu na porta e entrou logo em seguida.

"Ah, você já chegou", ele disse, fechando a porta. Hannah soltou um leve suspiro, porque sabia exatamente por que ele a havia fechado. Hannah não podia simplesmente aparecer em plena madrugada e ir embora pela manhã sem dizer nada, achando que ele não tocaria no assunto tão logo os dois voltassem a se encontrar.

"Como você está?", ele começou, sentando-se no lugar habitual.

"Bem", disse Hannah, conseguindo abrir um sorriso. "Melhor, pelo menos."

"Você parece cansada. Cansada e triste."

"Eu estou cansada."

"E realmente não quer me contar o que aconteceu?"

"Não, e estou triste por ter aparecido daquele jeito ontem."

"Tudo bem."

"Mas nós dois não podemos mais nos ver."

"Não podemos mais nos ver..."

"Não podemos mais ir para a cama. Nada de sexo. Acabou."

Claramente aquilo não era o que Gordon havia esperado. Por um instante ele pareceu em choque. Engoliu em seco e assentiu. Será que era impressão ou os olhos dele estavam um pouco úmidos quando ele tornou a encará-la?

"Por quê?"

"Simplesmente acabou."

"É por causa do Thomas? Ele sabe? É por isso?"

Parecia haver uma súplica naquela voz, como se ele precisasse de um motivo para conseguir entender. Mas Hannah não suportava a ideia de oferecer-lhe o que quer que fosse.

"Eu não quero mais. Não interessa por quê."

"Tudo bem", ele disse, com a voz trêmula e uma decepção que não conseguiu esconder quando se levantou para abrir a porta. "A gente… a gente se fala depois, de repente. Mas… enfim, temos coisas a fazer agora."

E então Gordon saiu. Hannah o acompanhou surpresa com os olhos, mas deixou aquilo de lado. O que quer que fosse, não tinha importância naquele momento. Provavelmente ela atribuía ao todo um significado maior do que de fato tinha. Estava desequilibrada. E era por isso que estava lá. Para restabelecer o equilíbrio. Com a ajuda do trabalho. Ela precisava trabalhar. E assim se levantou, dobrou à esquerda no corredor e foi até a sala de Morgan. Ele estava sentado em frente ao computador com os óculos para monitor na ponta do nariz, mas tirou-os e se virou em direção a Hannah quando ela abriu a porta e se apoiou no batente.

"Oi. Você participou da reunião?", ela perguntou.

"Participei sim, e você?"

"Eu tive uns problemas em casa."

Com certeza Morgan jamais faria qualquer tipo de questionamento ou perguntaria se ela queria falar a respeito do ocorrido. Ele não se mostrou curioso nem particularmente interessado.

"Você não perdeu grande coisa", ele disse, dando de ombros. "O Honda foi içado e mandado para Luleå."

"E o número de telefone que encontramos no apartamento do Fouquier?"

"Tentamos localizá-lo hoje pela manhã. Mas continua desligado. Até agora não existe nada nos telefones e computadores das vítimas que explique o que estavam fazendo naquela casa ou por que foram mortos."

"Então não foi nenhum deles que atropelou o Tarasov?"

"Não é o que parece. E não descobrimos nada sobre a anfetamina. Ninguém que queira comprar, ninguém que esteja se oferecendo para vender."

Hannah pensou sobre o significado daquilo. O número de telefone que eles tinham encontrado, ativo desde a identificação do corpo, e René Fouquier, que aparentemente negociava drogas. Essas coisas deviam estar de alguma forma relacionadas.

"Mas a gente tem motivo para continuar achando que isso está ligado ao Tarasov?", ela perguntou.

"Estamos fazendo um trabalho bem abrangente e nenhuma linha de investigação está descartada", Morgan respondeu, sorrindo ao pronunciar o velho clichê das coletivas de imprensa. "Mas qual seria a outra possibilidade?"

"O que vamos fazer agora?"

"Vamos continuar fazendo interrogatórios, batendo de porta em porta, esperando pelos resultados da perícia e torcendo para encontrar testemunhas."

"O Ritola ofereceu mais detalhes sobre quem os russos podem ter enviado?"

"Ele não participou da reunião."

"Onde ele estava?"

"Eu é que não sei", Morgan respondeu, mais uma vez dando de ombros.

Hannah sentiu que já tinha conseguido o que queria e em seguida voltou, lançando um olhar rápido para a sala de Gordon na outra ponta do corredor.

A porta estava fechada.

Ele não costumava fechar a porta.

Ela entrou na própria sala, que parecia ainda menor do que de fato era. Olhou mais uma vez para o computador, mas não sabia o que fazer. Com certeza havia laudos técnicos e necroscópicos que ela deveria ler. Talvez devesse preparar um organograma. Para ter uma visão mais clara. Muita coisa tinha acontecido, mas nada parecia fazer sentido num contexto maior. Devia haver pontos de contato aqui ou acolá. Ela ficou parada em frente ao quadro de avisos, olhando para o mapa, para o círculo. Norra Storträsk estava dentro.

Sandra percorria uma distância e tanto para ir e voltar do trabalho. Kenneth passava os dias inteiros em casa.

Já que seria preciso começar por um lugar ou outro, não havia nenhum motivo para não começar por aquela casa. Além disso, talvez fosse bom para ela. Ter um dia normal de trabalho parecia menos simples do que ela tinha imaginado. A despedida do dia anterior e a conversa daquela manhã ainda pesavam sobre os ombros dela. Ocorreu-lhe que a morte de Thomas seria um abalo também para Kenneth. Um abalo profundo. Será que deveria contar? Ela ainda estava imersa nesses pensamentos quando ouviu batidas na porta. Imaginou que fosse Gordon outra vez, mas era Morgan.

"Estou atrapalhando?"

"Não, não."

"Um desses sujeitos que encontramos, Jari Persson."

"O que tem?"

"Ele estava no Stadshotellet ontem. O X divulgou o nome e nos ligaram da recepção perguntando se queríamos informações."

"O que ele estava fazendo por lá?"

"Não está claro. Vamos tentar descobrir?"

Não era comum em tempos recentes ter a impressão de que o dia seria bom, então UV realmente aproveitou a caminhada até a oficina. Sentiu-se descansado. Durante a noite, havia recebido uma assistente social que tomara conta de Lovis até a manhã seguinte, e assim pôde dormir até tarde e tomar um café da manhã sossegado, além de assistir a um episódio de *Rick e Morty* no celular. Com anos de atraso, porque o tempo, a vontade e o interesse não costumavam aparecer.

Stina chegaria da visita à casa dos pais durante a tarde. No último entardecer os dois haviam conversado. Por um longo tempo. Para a surpresa dele, a esposa tinha dito que pensava em ter mais um filho. Disse que precisava disso. Sentir amor incondicional por alguém. Estar junto quando o filho dela sentasse, engatinhasse, abrisse os bracinhos para lhe dar um abraço e aprendesse a falar.

Ela havia desejado tudo isso sem jamais poder realizar esse desejo.

Se tivesse outro filho, ela não se sentiria tão em falta como com Lovis. Ele compreendeu, mas se perguntou como os dois lidariam com mais uma criança. E se tivessem mais um filho doente? Eles mal conseguiam manter o relacionamento e suportar a existência com as coisas da maneira como estavam. Mas Stina parecia segura de que mais uma criança haveria de fazê-la mais feliz e também de tornar a vida deles como casal mais simples. Ela se sentiria melhor, mais contente, e seria uma melhor mãe para Lovis. Se fosse assim mesmo, UV não queria ser a pessoa a dizer não.

Embora sem explicar como, ele havia contado que arranjara um dinheiro que poderia sustentá-los por um tempo. Claro que Stina entendeu que devia ser uma atividade ilícita, mas não demonstrou maiores preocupações: o importante era que ela não soubesse de muitos detalhes. UV ainda sentia uma pontada de culpa ao pensar no dia anterior, óbvio. Ele realmente gostava de Kenneth, mas, se havia interpretado as informações obtidas com a russa e com a policial da maneira correta, então o dinheiro arranjado não faria diferença nenhuma: eles continuariam tendo mais do que suficiente para viver bem. E Kenneth havia ficado com o Mercedes. Aquele carro valia bem mais do que as 25 mil coroas adicionais. Quer dizer, não tinha bem "ficado": ele poderia usá-lo por um tempo. Os irmãos Pelttari mais cedo ou mais tarde pediriam-no de volta, mas até lá ele com sorte já teria arranjado outro carro que Kenneth pudesse usar. Tudo acabaria bem. Kenneth não fazia planos de longo prazo, então UV teria oportunidade de consertar aquela situação.

Seria pior com Sandra. Se um dia ela viesse a saber.

Mas o carro era de Kenneth, seu amigo, e seria ele que levaria a culpa os dois fossem descobertos e chantageados. Certa vez Kenneth havia contado a UV que tinha receio de que Sandra acabasse se cansando dele, da falta de iniciativa, da falta de perspectiva, de todas as decisões ruins que havia tomado, e em razão disso não seria viável contar para ela o que tinha acontecido.

UV estacionou o carro no pátio e notou que a luz da oficina estava acesa. Que bom. Raimo estava lá. Ele tinha apenas 18 anos e havia abandonado o curso técnico de mecânica naquele outono, mas mesmo assim entendia muito de carros. E estava na oficina. Raimo não tinha sido muito firme nos últimos tempos, e assim UV fora obrigado a ter uma conversa séria para dizer que ele não podia aparecer quando bem entendesse, mas que continuaria contando com ele. Quando UV abriu a porta e entrou, Raimo foi falar com ele.

"Você ficou sabendo?"

"Do quê?"

"Do Theo e dos outros."

"Ah, sim."

Seria difícil evitar o assunto. A notícia estava por toda parte. No início ele havia acompanhado tudo, mas logo as diversas hipóteses sobre o que teria acontecido deram lugar à mais pura fantasia, a relatos de segunda ou terceira mão; boatos transformaram-se em verdade, pessoas mencionadas deram respostas duras cheias de ameaças e ódio, e por fim ele abandonou esse carrossel de informação, desinformação e especulação que parecia girar cada vez mais depressa.

"Eu conhecia o Theo. Você também?"

"Eu sei quem ele era."

"Parece que ele tinha envolvimento com uma organização supremacista."

"É mesmo?"

"Está em toda parte. Quem disse foi um cara que conhecia o ex-namorado da irmã dele."

UV deu-lhe um tapinha no ombro e seguiu em direção ao pequeno vestiário.

"Mas agora, ao trabalho."

"Tem uma cliente esperando por você no escritório."

UV deteve-se e lançou um olhar rápido em direção à porta fechada, como se daquela forma fosse possível descobrir quem era a pessoa sentada do outro lado.

"Quem?"

"A namorada do Kenneth. A agente penitenciária."

Então Kenneth havia contado tudo. Puta merda. UV pensou em sair de lá. Em pedir que Raimo esperasse um pouco, entrasse no escritório e dissesse que ele não apareceria porque estava doente. Mas nesse caso ela iria à casa dele. Não importava o que ele dissesse, não importava para onde fosse, ela não desistiria. Melhor seria enfrentar aquilo de uma vez por todas.

UV abriu a porta do escritório, onde o arquivo-morto demasiado grande e a mesa com o computador e a impressora faziam com que aquele pequeno espaço desse a impressão de ter móveis em excesso. Havia pôsteres promocionais, fotografias de carros e um calendário de parede de 2012 pendurados nas paredes verde-escuras. A silhueta de Sandra revelava-se no outro lado da mesa, iluminada por trás pelo tênue sol que entrava pela única janela do ambiente, que precisava de uma boa limpeza.

"Oi, Sandra."

"Oi, Dennis."

"O que posso fazer por você?", ele perguntou, tentando parecer o mais relaxado possível sentando-se na velha cadeira manchada de óleo.

"O que você acha?"

Ele a encarou. Ela não cedeu. UV se lembrava daquele mesmo olhar na penitenciária. Os recém-chegados por vezes tentavam se aproximar dela, achando que seria uma pessoa mais fácil de assustar e de controlar por ser mulher. Porém todos, sem exceção, logo descobriam que essa tinha sido uma ideia totalmente equivocada.

"O dinheiro", ele disse.

"O dinheiro", ela repetiu, assentindo.

"Eu não vou devolver."

"O dinheiro não é seu."

"Também não é seu."

"É mais meu do que seu."

UV apoiou os cotovelos em cima da mesa e pousou o queixo sobre as mãos enquanto continuava a encará-la. O que mais ela sabia? O que mais poderia fazer? Ele seria obrigado a resolver aquela situação, mas como?

"Eu quero o dinheiro de volta", disse Sandra, interrompendo os pensamentos dele. Ela acenou com cabeça para o colo, UV inclinou-se para a frente e olhou para baixo da mesa. Ele sempre tinha achado que Sandra era um pouco esquisita, um pouco difícil de entender, mas nunca havia imaginado que seria completamente louca. Aquele pensamento se revelou uma verdade, uma vez que ela tinha uma espingarda apontada para ele.

"Largue isso."

"Você pretende me devolver o dinheiro?"

"Largue isso", ele repetiu, com a voz tranquila.

Sandra deu de ombros, afastou a cadeira e apoiou a espingarda em cima da mesa.

"Eu gostaria de não ter que atirar em você."

"Bom saber."

"Pelo menos não aqui."

UV tentou identificar sinais de que ela estivesse brincando. Mas não havia nenhum.

"Então se eu não devolver o dinheiro…", ele disse, indicando a espingarda com a cabeça.

"Você vai devolver", ela respondeu, confiante.

"Mas se eu não devolver, você vai me dar um tiro?"

"Ou então a polícia talvez receba uma denúncia anônima de drogas escondidas aqui." Sandra abriu os braços, olhou ao redor e depois para ele. "Pode ser até que encontrem um pouco."

UV a observou em silêncio. O que sabia? O que poderia usar? Como resolver aquela situação? Ele imaginava que o Volvo já estivesse desovado àquela altura, então não havia mais com o que barganhar. Que burrice não ter batido fotos do carro na garagem deles!

Ele mal a reconhecia. Na penitenciária, Sandra havia sempre mantido distância profissional e quase nunca estava presente quando ele e Kenneth se encontravam. Mesmo nas poucas vezes em que os dois tinham se visto, ela nunca tinha adotado lhe dado muita confiança.

Mas, como tinham nascido e crescido em Haparanda, ele sabia de coisas sobre ela. Tinha ouvido histórias sobre a escola, o bullying, a mãe alcoólatra. E tinha entendido que ela sempre tivera o desejo de chegar mais longe, de se erguer acima daquilo tudo. UV torcia para que fosse verdade. Aquela seria a chance de tornar sua vida livre de problemas, pelo menos no que dizia respeito aos assuntos econômicos. Valeria a pena correr o risco.

"A polícia disse que havia drogas no carro. Anfetamina. E me pediram para ficar de olhos abertos", ele começou, imaginando que Kenneth já teria contado essa parte. Sandra permaneceu em silêncio. "Quanto?"

Ela inclinou a cabeça para o lado e o examinou, como se quisesse entender o que ele estava fazendo, se aquela era uma tentativa de enganá-la de alguma forma.

"Não sei", ela disse por fim. "Bastante, acho eu. Uma bolsa inteira."

"E o que vocês pretendem fazer com isso?"

"Nada. É arriscado demais."

UV respirou fundo; aquele era o momento da verdade, e os instantes a seguir decidiriam o futuro. Não apenas dos dois, mas de toda a pequena família dele.

"Eu posso vender para vocês. Falar com os meus antigos contatos."

Sandra devia ter imaginado que se mantinha fria e impassível, mas a linguagem corporal a denunciava: ela endireitou um pouco o corpo, inclinou-se para a frente, e foi possível discernir uma faísca de interesse em seus olhos. A ideia era tentadora. UV estava certo, afinal de contas.

"Havia dinheiro no carro, também?", ele perguntou. Sandra deu a impressão de ter mordido a isca, mas aquilo não bastaria. Ainda seria preciso tirá-la da água.

"Tinha."

"Quanto?"

"Por que você quer saber?"

A desconfiança havia voltado. Ela estava tentada, mas não convencida. Ainda. UV explicou o que sabia e o que imaginava saber. Que aquilo tinha relação com os acontecimentos em Rovaniemi, com uma negociação que havia dado errado — ela devia ter lido a respeito —, e que o motorista do carro em que haviam batido tinha fugido com o dinheiro e com as drogas. E que as drogas valiam mais ou menos dez vezes mais na rua do que o dinheiro que estava no carro. Quanto?

"Trezentos mil euros", ela disse ao fim de um longo suspiro.

UV assoviou, porque era mais do que imaginara.

"São mais ou menos 3 milhões de coroas."

"Então a droga vale 30 milhões de coroas suecas?"

"Em preço de rua. Com um pouco de sorte eu podia vender por dez.

Sandra talvez não soubesse disso, e abriu um sorriso largo e alegre, como se estivesse num sonho. Ele estava muito perto. Bastaria tomar cuidado.

"Eu quero vinte por cento", ele disse. "Você fica com os outros oitenta."

"Eu sei fazer conta."

UV fez um aceno e deixou-a pensar. Não queria parecer muito ansioso, porque seria importante dar a impressão de que estava apenas ajudando, colocando-se à disposição para fazer coisas para eles, e não em favor próprio. Ele logo notou, satisfeito, que ela havia se decidido antes mesmo de tornar a falar.

"Quinze. Você fica com quinze por cento."

"Combinado."

O tempo continuou passando.

    O que mais Hannah faria para manter-se ocupada? O Stadshotellet não tinha nada a oferecer. A recepcionista com certeza tinha visto Jari Persson no lobby durante a manhã, e com certeza o havia reconhecido, uma vez que o pai dele jogava *bandy* no mesmo time que o marido dela. Mas estava andando de um lado para o outro, resolvendo assuntos do hotel e trabalhando na recepção, e assim não viu quando Jari foi embora nem se havia encontrado outra pessoa. Uma pena. Numa das vezes em que ela foi para o lobby o homem simplesmente não estava mais lá, e ela não conseguia pensar em ninguém no hotel que ele pudesse conhecer ou que pudesse estar aguardando.

    Antes de ir embora, Hannah e Morgan haviam pedido uma lista impressa dos hóspedes no hotel. Os dois já praticamente sabiam qual seria a resposta — e, como haviam imaginado, esse não era o tipo de coisa que a recepcionista estaria disposta a fornecer sem antes falar com o chefe.

    Eles tinham conseguido a lista durante o almoço. Dos 92 quartos, 68 estavam ocupados. Durante boa parte da tarde, Hannah tinha averiguado cada um dos hóspedes, mas não encontrou ninguém que chamasse atenção. Nenhuma das pessoas hospedadas naquele momento estava lá quando Tarasov foi atropelado e acabou virando comida de lobo. Uns haviam chegado por volta do dia do atropelamento, porém a maioria já tinha ido embora. Entre aqueles que ainda se encontravam por lá, não havia nenhum que justificasse uma investigação após uma averiguação prévia.

Tinha sido um trabalho solitário e aborrecido, que, no entanto, havia cumprido a função de mantê-la ocupada. Manter seus pensamentos ocupados. Mais não seria preciso.

Quando Hannah terminou, ela foi ao encontro de P-O e colocou-se à disposição. As informações não paravam de chegar. Os reforços que haviam chegado — policiais em início de carreira e um ou outro aspirante colocados numa central junto à pista de tiro para receber as ligações — foram mais tarde incorporados a um grupo liderado por P-O, que era a pessoa mais analítica — e, segundo muitos, também a mais chata — de toda a delegacia. O grupo avaliava as informações, listava-as em ordem de prioridade e despachava agentes para checá-las.

De acordo com o que Hannah sabia, nada havia levado a qualquer tipo de resultado direto. Parte das informações daria início a novas diligências no dia seguinte, mas a impressão era de que a comunidade não conseguiria resolver o assunto por conta própria. Pelo menos não até aquele momento.

A partir de então não haveria muito que Hannah pudesse fazer, mas ela não queria ir para casa. Ainda não. Talvez não quisesse de todo. Hannah se espreguiçou na cadeira, se levantou e olhou pela janela. Olhou para o céu, onde após semanas de tempo limpo as nuvens cinza-escuro haviam mais uma vez começado a despontar no horizonte, e segurou um bocejo. Em seguida ela foi buscar uma caneca de café. A porta da sala de Gordon estava aberta. Hannah havia trocado algumas palavras com ele após a visita ao Stadshotellet, mas ele havia simplesmente pedido a ela que apresentasse as informações obtidas a X. Isso era tudo.

Hannah abriu a porta da copa. Ele estava sentado no sofá azul.

"Então você ainda está por aqui", ela constatou, aproximando-se da cafeteira. Um café grande, extraforte, sem leite. Ela esperou até que a máquina terminasse de zumbir, pegou o copo plástico e sentou-se no sofá ao lado de Gordon. Imaginava que ele fosse se levantar e ir embora, mas ele não se mexeu. "Tem alguma coisa que eu possa fazer agora?", ela perguntou, tomando um longo gole de café.

Gordon olhou para o relógio que ficava acima da porta da sala de reunião.

"Você pode ir para casa. Foi o que os outros fizeram."

"Eu não quero."

"Ele está bravo?"

Hannah respirou fundo, porque sabia que não poderia evitar aquilo para sempre; se Gordon estava disposto a falar, então o melhor seria encarar o assunto de uma vez por todas. Pelo menos até certo ponto. De certa forma, ela devia isso a ele. Hannah largou o copo e se virou.

"Não, ele não está bravo."

"Mas ele sabe."

"Sim, ele sabe. E já faz um tempo."

Gordon assentiu em silêncio, como se enfim houvesse descoberto, como se enfim houvesse confirmado por que ela não queria mais ir para a cama com ele.

O marido dela sabia. Era um ótimo motivo.

Ela poderia contar toda a verdade. Ele entenderia. Mais do que isso: tentaria ajudá-la, perguntaria como estava, se precisava de alguma coisa. Ele demonstraria preocupação. Era uma ideia tentadora, mas Hannah ainda não sabia nem ao menos como ela própria lidaria com a situação. Envolver mais uma pessoa seria demais. Na hora certa ele ficaria sabendo. E seria uma pessoa de quem ela precisaria. Exatamente como Thomas havia dito. Mas tudo isso estava no futuro. No futuro próximo, mas mesmo assim era o futuro. O mais difícil para Hannah era pensar que o trabalho seria mais um lugar onde ela acabaria sentindo-se desconfortável, um lugar que teria que evitar, do qual teria que fugir. Ela precisava de Gordon. Como chefe, como amigo. Mesmo com a porta da copa fechada e a delegacia praticamente vazia, ela baixou a voz para falar.

"Eu não quero que as coisas fiquem esquisitas entre nós."

"Eu sei."

"Você passou o dia todo estranho hoje."

"Eu sei. Para mim foi uma surpresa. Não recebi muito bem a notícia." Ele abriu os braços e esboçou um sorriso que não parecia totalmente sincero. "Mas não vou continuar estranho. Eu prometo."

"Que bom."

"O que você pretende fazer agora? Em casa."

"A gente vai resolver isso", ela mentiu, despreocupadamente. "De um jeito ou de outro."

"Mas você não quer ir para casa."

"Não, ainda não. Você tem outra coisa que eu possa fazer?"

Já no meio do caminho Hannah se arrependeu. Aquilo não era nem o que ela queria nem do que ela precisava.

Estar sozinha num carro. Com tempo de sobra para pensar.

Em Thomas, claro, mas também em Gordon. Ela não conseguia entendê-lo direito. Nunca tinha sido muito boa em ler outras pessoas, o que talvez fosse estranho em vista da profissão que tinha, mas ela não havia conseguido entender o comportamento dele ao longo daquele dia. Gordon não era do tipo que se sentiria rejeitado. Não era um caso de masculinidade ferida. Mas Hannah lembrou-se de quando ele havia deixado a sala dela.

O olhar era de tristeza, não de raiva. A expressão no rosto, de desilusão.

O sorriso na copa não tinha chegado até os olhos, como de costume.

Hannah sabia que ele gostava dos encontros pelo menos tanto quanto ela própria, mas será que Gordon tinha encarado aquilo como mais do que sexo descompromissado? Será que tinha se apaixonado por ela? Que bobagem. Gordon era um homem de 36 anos, e ela era uma mulher casada com dois filhos crescidos que sentia os calorões da menopausa e que em menos de dez anos estaria aposentada.

Por que ela pensava mais nele do que em Thomas?

Por que ela pensava nele, aliás?

Hannah pisou no acelerador, aumentou a velocidade, queria dirigir o mais depressa possível. E voltar ao trabalho.

Vinte minutos depois ela chegou a uma estradinha onde um Hyundai estava estacionado e um homem com a idade dela, talvez até um pouco mais velho, permanecia à espera. Hannah examinou a casa decrépita ao estacionar. Com as placas corrugadas, o telhado quebrado e a certeza de que aquilo precisava de uma boa reforma, lembrou-lhe o recanto de Kenneth e Sandra na outra margem do lago. Ela saiu do carro, e o homem que estava à espera se aproximou com passos animados.

"Mikael. Mikael Svärd. Muito prazer."

"Hannah Wester. Muito prazer."

"Fiquei muito contente com a sua ligação. Quando ligamos ontem à tarde para a polícia, nos disseram que nenhum agente seria enviado."

"Bem, mas aqui estou eu." Hannah pegou o bloco de anotações e folheou-o até encontrar uma página em branco. "Vocês queriam registrar uma ocorrência relativa à filha de vocês, que desapareceu com o marido", ela constatou, e aproximando da casa decrépita.

"Namorado. Eles não são casados."

"Como eles se chamam?"

"Anna. Anna Svärd e Ari Haapala. Eu e a minha esposa passamos aqui para deixar a Marielle, mas eles não estavam em casa. E não conseguimos contato desde então."

"Marielle é a filha deles?"

"Sim."

"Que idade ela tem?"

"Fez dois anos agora em maio. Às vezes ela fica com a gente, para que a Anna e o Ari possam ter um tempo a sós."

Um tempo a sós. Aquilo nunca tinha existido para ela e para Thomas. O pai dela era bom com as crianças, mas só enquanto também estivesse se divertindo. Não havia interesse nenhum em ajudar e assumir responsabilidades. O pai de Thomas havia se mudado para a França após o divórcio e, quando tiveram Gabriel, a mãe dele já tinha 75 anos e começava a manifestar os primeiros sinais de demência. Não havia ninguém com quem deixar uma criança. Com Elin não teria sido nem ao menos possível, já que na época eles moravam em Estocolmo.

"Por que vocês acham que aconteceu alguma coisa?", Hannah perguntou, afastando esses pensamentos enquanto começava a dar uma volta na casa.

"Porque eles sabiam que a gente ia aparecer, porque não atendem os telefones e porque além disso o carro não está aqui."

"Qual é o carro deles?"

Hannah parou e se abaixou. Uma vidraça na janela do porão estava quebrada. Os cacos espalhavam-se pelo chão. Era o tipo de coisa que qualquer um trataria de limpar quando se tinha uma criança de dois anos brincando no quintal.

"Um Mercedes. Tinham acabado de comprar o carro. E de mandar o antigo para o ferro-velho. Eles ganharam um dinheiro numa loteria qualquer."

"Qual é o número da placa?"

"Não sei, o carro era novo."

Hannah se levantou e continuou a andar ao redor da casa, mas tudo parecia estar em ordem. A não ser por aquela vidraça.

"Você tem a chave?", ela perguntou, olhando para a porta. Mikael Svärd assentiu e puxou um molho de chaves do bolso.

"Estivemos aqui hoje à tarde, a minha esposa e eu, mas a casa estava vazia", ele disse enquanto os dois subiam juntos os degraus da entrada.

"E eles não podem simplesmente ter ido para um lugar qualquer? Com os telefones desligados? Para ter mais um tempo a sós?"

"Eles sabiam que a gente ia trazer a Marielle hoje. Nunca fariam uma coisa dessas sem ela."

Não, afinal que pais abandonariam a filha?, pensou Hannah enquanto entravam pelo corredor.

Havia roupas penduradas em cabides dispostos ao longo da parede. Sapatos na sapateira e no chão. Todos lado a lado, cuidadosamente organizados por ordem de tamanho.

"Anna! Ari!", Mikael gritou em direção ao interior da casa. Hannah deixou que ele continuasse, porque tinha sentido seu nervosismo assim que o encontrou no jardim. Claro que ele esperava que o casal tivesse voltado. Reaparecido. E que as horas de preocupação e angústia logo não fossem nada além de um episódio perdido na memória. Mas não houve nenhuma resposta. Nenhum alívio.

Juntos, os dois entraram na cozinha. Hannah percebeu que tudo estava muito bem-cuidado. Eles tinham apenas uma filha de dois anos, porém mesmo quando ela e Thomas se esforçavam para manter as coisas em ordem era sempre possível ver que havia crianças na casa. Lá, tudo estava organizado, seco e arrumado. Os brinquedos estavam guardados, as bancadas estavam livres de farelos e as facas estavam todas presas aos faqueiros imantados na parede, organizadas conforme o tamanho. Até mesmo as fotografias e os bilhetes na porta da geladeira estavam dispostos em fileiras perfeitamente simétricas com ímãs redondos de três cores diferentes. Os ímãs não utilizados estavam meticulosamente enfileirados na lateral esquerda.

Vermelho, verde, azul. Vermelho, verde, azul.

"Anna! Ari!", Mikael gritou enquanto continuava a percorrer a casa. Hannah ouviu quando ele subiu a escada. Chamou-os mais uma vez. Ela estava prestes a segui-lo quando um barulho a levou a se virar. Primeiro teve a impressão de que alguém havia jogado alguma coisa, mas logo percebeu o que era. Gotas de chuva batiam na janela e no parapeito. Começou com poucas gotas solitárias, mas logo a chuva ganhou força e começou a martelar incessantemente o vidro.

O olhar de Hannah pousou em uma fotografia emoldurada que estava entre duas plantas no parapeito. Ela se aproximou e a pegou. Devia ser Marielle. Provavelmente tirada no inverno anterior. Ela estava rindo com os bracinhos erguidos, em cima de um trenó. Coberta por uma pele de ovelha e uma touca com tapa-ouvidos, além de luvas grossas presas aos braços do macacão. Tinha as bochechas vermelhas. Como Elin quando voltava do frio. O corpinho quente de suor, as bochechas geladas. Em um dos dois invernos que ela tinha vivido. Hannah olhou através da janela para o jardim com grama alta que perdia os contornos em meio à chuva que escorria pela vidraça.

Realmente estava chovendo muito.

Os limpa-vidros trabalham na velocidade máxima, porém assim mesmo enfrentaram dificuldade para manter a água longe. Por toda parte as pessoas tentam proteger-se daquela chuva repentina, encolhendo os ombros, colocando o que estivesse à disposição em cima da cabeça para evitar o pior. Os bueiros não conseguiam dar conta de tanta água em tão pouco tempo. As ruas estão alagadas, e as rodas dos carros formam cascatas na calçada e encharcam ainda mais os pedestres apressados.

Eu devia ter pegado o guarda-chuva, ela pensa enquanto passa por uma fileira de carros estacionados ao longo do parque em Söder. Para bem na frente, próximo à passarela, certa de que nenhum guarda de trânsito estaria na rua com um tempo daqueles. Seriam apenas cinco minutos. No máximo. E então ela desliga o motor. A chuva martela a lataria. Abafa o som do rádio, que toca "Cotton Eye Joe", do Rednex. Pelo menos uma coisa boa do temporal. A loja de discos fica a poucos metros. Mas a distância seria o bastante para que ela acabasse encharcada. Será que devia esperar que a chuva passasse? Hannah olha para o céu. Tudo está preto. Não há nenhum sinal de que aquilo vá parar. Nem mesmo dar uma trégua. Ela se vira em direção ao banco de trás. Elin está dormindo na cadeirinha. O bico da chupeta está quase fora da boca. Hannah o ajeita de volta ao lugar e ela chupa com vontade, como o rei de *Robin Hood* chupa o polegar na véspera do Natal. Com certeza ela vai acordar se Hannah tirá-la do carro num tempo daqueles. Olha para a loja que lhe prometeu um álbum pirata do Bruce Springsteen. Não era exatamente legal, mas também não era ilegal o suficiente para que ela tivesse qualquer tipo de restrição quanto a isso. Seria bom pegar o disco de uma vez. E dá-lo de presente a Thomas pelo novo trabalho que ele com certeza conseguiria. Por fim ela se decide. Desafivela o cinto de segurança e prepara-se. Abre a porta, encolhe os ombros assim que os pingos a atingem, reúne forças, fecha a porta no maior silêncio possível e então atravessa a rua.

Ela entra na loja e sacode-se como um cachorro. Só havia um outro cliente no balcão. E parecia estar lá mais para conversar do que para fazer compras. O assunto são os discos da Stax. Hannah não sabe se isso é uma banda, um estilo musical ou um selo. Ela olha para o carro. Chega a ser difícil enxergá-lo com o dia já meio escuro e a cortina de chuva. Logo chega a vez dela. O homem atrás do balcão a reconhece, pega a encomenda, ela paga e, com o disco num saco plástico, mais uma vez se prepara para encarar a chuva.

Hannah percebe logo ao sair que há uma coisa errada, mas não sabe ao certo o quê. Tem uma coisa visível do outro lado do carro. Uma coisa que não deveria estar lá.

É uma porta aberta.

Elin não sabe abrir portas.

Será que ela não tinha fechado direito? Tinha, sim. Ela estava com pressa por causa da chuva, mas devia ter batido a porta, não? Com certeza. Mas assim mesmo a porta está aberta. Uma mão gelada aperta o coração de Hannah enquanto ela atravessa a rua e só não é atropelada porque nenhum carro aparece; ela não consegue pensar em nada. Só tem olhos para uma única coisa. A porta aberta que dá para o parque e para as árvores mais atrás. Ela chega, quase resvala, deixa a sacola cair, recobra o equilíbrio e dá a volta no carro.

Vazia. A cadeirinha está vazia.

Hannah começa a rodopiar pela calçada. Elin tinha que estar por lá. Qualquer outra ideia seria absurda. Mas a filha não está lá. O pânico toma conta. Ela sabe o que deve ter acontecido, mas não pode, não quer entender. Hannah grita o nome de Elin. E grita. Vê que outras pessoas param na busca por um abrigo onde possam estar a salvo da chuva. Um som originado nas profundezas do medo e do desespero. Um som que não permite que os outros simplesmente passem. Hannah vê que pessoas se aproximam, porém nenhuma delas está com sua filha.

Ela grita o nome mais uma vez. E então ela vê. Na calçada. Um sapatinho vermelho de verniz. As pernas não aguentam mais. De repente ela cai de joelhos. É difícil respirar. Ela acha que devia pegar o sapato, mas não sabe o que fazer. Já não se lembra.

O sapatinho vermelho faz com que tudo se torne preto.

"Eles não estão aqui", disse Mikael Svärd ao voltar para a cozinha. Ele a observava com um olhar confuso, e então percebe que Hannah estava chorando. E ela também percebeu que Mikael Svärd interpretou aquelas lágrimas da pior maneira possível.

"O que foi? O que foi que você encontrou?", ele perguntou, preocupado.

"Nada, me desculpe. A sua neta me lembrou uma outra pessoa. Perdão."

Hannah enxugou as lágrimas. E amaldiçoou-se a si mesma. Amaldiçoou Thomas. Aquilo era culpa dele. Ele a tinha enfraquecido, ele a tinha deixado vulnerável. Ela nunca se permitia pensar em Elin.

"Eles não estão aqui", Mikael repetiu, desconfortável, correndo os olhos por aquela policial chorosa.

"Eu ouvi."

"E o que a polícia vai fazer agora?"

Hannah sabia o que gostaria de fazer: ir embora daquele lugar. Tão logo quanto possível. Ela pôs a fotografia de volta no parapeito, limpou a garganta e se recompôs para voltar a ser mais uma vez a representante de uma autoridade oficial.

"Não há muito que a polícia possa fazer. Os indícios apontam para um afastamento voluntário, e nesse caso não há nada que possamos fazer antes que se passem 24 horas."

"Aconteceu alguma coisa com eles. Eles jamais inventariam um 'afastamento voluntário'. Aconteceu alguma coisa."

"Eu lamento."

"Vocês não podem ao menos iniciar uma busca pelo carro ou coisa parecida?"

"Sim, podemos", Hannah respondeu, saindo da cozinha e da casa enquanto Mikael Svärd permanecia atônito no pátio ao mesmo tempo em que ela entrava no carro e manobrava para voltar a Haparanda.

Já na metade do caminho de volta Hannah sentiu que precisava falar com outra pessoa. No início ela achou que seria melhor estar sozinha com seus pensamentos, mas a lembrança tinha sido tão real e tão nítida que havia permanecido como uma membrana fina e pegajosa que se estendia sobre todas as coisas ao redor, deixando tudo imundo.

Ela pensou em ligar para Thomas, como em geral fazia, depois pensou em fazer de conta que tudo estava bem, mas não havia como. Seria impossível. Por enquanto. Ela precisava manter a distância. Como sempre havia feito em relação a tudo o que era difícil. Em relação a todos os grandes sentimentos. Mas naquele momento Hannah sentiu a necessidade de ouvir outra voz além da sua, que não parava de tagarelar em sua cabeça.

Ela ligou para Gordon. Ele atendeu no mesmo instante, perguntou o que tinha acontecido e ela falou. Sobre Svärd, sobre a casa, sobre a janela quebrada, sobre tudo, menos sobre a chuva e a lembrança.

"Mesmo assim, acho que a gente devia mandar um perito", ela disse por fim.

"Por quê?"

Hannah hesitou por um instante. Depois de sair da casa ela tinha formulado uma teoria. Primeiro havia tentado ignorar aquilo como um pensamento demasiado otimista, uma vontade de transformar aquela simples diligência num evento importante, bem mais importante do que realmente era, mas a ideia havia permanecido e negava-se a ir embora. Naquele instante ela decidiu colocar a teoria à prova, formulando-a em voz alta.

"A gente devia investigar se não foram eles que atropelaram o Tarasov."

"Por que você acha isso?"

"Porque eles moram numa região compatível, os dois são locais e acabaram de vender o carro antigo para um ferro-velho e de comprar um novo. Eu o encontrei no registro: é um Mercedes de quase meio milhão de coroas."

"É bastante dinheiro."

"O pai disse que eles haviam ganhado uma loteria qualquer, mas isso pode ser apenas uma desculpa para explicar de onde veio o dinheiro."

Gordon permaneceu em silêncio. Hannah percebeu como ele, com o telefone colado à orelha, tentava seguir aquele raciocínio para fazer as perguntas seguintes.

"E, nesse caso, onde está o casal?"

"Não sei."

"Eles provavelmente não se afastariam voluntariamente sem levar a filha."

"Talvez eles tenham se escondido e planejem buscar a filha mais tarde. Porque eles sabem onde ela está, afinal."

"Pode ser."

"Ou então…"

Hannah hesitou. A continuação daquela frase era mais improvável do que tudo o que ela havia dito até então, e havia poucos indícios para sustentar o que estava prestes a falar. A bem dizer, não havia indício nenhum.

"Ou então o quê?", Gordon perguntou.

"*Se* foi isso o que aconteceu, então eles podem ter cometido um erro."

"E então…?"

"E então podem ter sido capturados por quem se encarregou do Fouquier e da gangue dele."

Hannah ouviu um suspiro no telefone e não conseguiu decidir se aquilo expressava um lamento porque a teoria dela era insana demais ou então porque havia uma chance de que mais cadáveres aparecessem.

"Você encontrou indícios?", ele perguntou, com uma leve expectativa na voz de ouvir uma resposta negativa.

"Sinceramente, não", Hannah admitiu. "Tudo estava em ordem, mas um perito talvez pudesse encontrar resquícios de sangue ou outra coisa do tipo."

"Eu vou tratar do assunto com o X, mas não temos muito fundamento para levar isso adiante."

"Eu sei, mas pela primeira vez na vida a gente tem recursos."

"Vou conversar pessoalmente com ele, mas não espere milagres."

"Ele ainda está por aqui?"

"Está falando com a imprensa, fazendo uma atualização."

"Surgiu alguma novidade?"

"Nada que você já não saiba."

"E você também está na delegacia?"

"Estou."

"Eu chego daqui a dez ou quinze minutos."

Hannah mordeu a língua e arrependeu-se no mesmo instante. Por que tinha dito aquilo? Talvez fosse apenas por hábito. O risco era que Gordon interpretasse aquilo como um convite, como um pedido de que ficasse mais um pouco na delegacia e a esperasse. E talvez fosse de fato o que Hannah queria. Ela mesma não sabia. Mas não havia muito mais o que fazer; o que estava feito estava feito.

"Até daqui a pouco, então."

"Até daqui a pouco", ela respondeu, e encerrou a chamada enquanto dirigia pela chuva.

"É para você", disse a russa, ou qualquer que fosse a nacionalidade dela, ao sair do carro que tinha insistido em levar até a oficina. UV a encarou, estupefato. "Fique com ele. É um presente."

"Pelo quê?"

"Eu quero que você me ajude e sei que fui meio dura na última vez." Ela colocou a mão no capô do Mercedes prata enquanto dava a volta no carro. "Um presente em sinal de trégua", ela disse, e então o olhou nos olhos e estendeu a mão. "O meu nome é Louise."

"Obrigado", disse UV, apertando a mão estendida enquanto também a olhava. "Mas eu não posso ajudar você."

Não era verdade. E também não fora verdade na outra vez em que ela tinha aparecido por lá. Na outra vez ele sabia que o Honda azul estava na garagem de Kenneth, mas mesmo assim a havia despachado para Jonte. Queria saber mais antes de resolver o que fazer com as informações que tinha. E naquele momento ele sabia exatamente como agir.

Mentir não era difícil. Ele saía-se bem. Quanto maior fosse a necessidade de ocultar os fatos, melhor era seu desempenho na tarefa. E a necessidade de ocultar os fatos nunca fora maior do que naquela situação. Após meses de sacrifício, angústia, lágrimas e exaustão, finalmente surgia uma chance de resolver o problema. A famosa luz no fim de um túnel que ele nunca imaginou ter fim.

Ajudá-la estaria, portanto, fora de cogitação.

E assim ele mentiu descaradamente.

"O René já não está mais por aqui", ela disse em tom casual, inclinando-se despreocupada em direção ao carro molhado.

"Quem é René?"

"O René Fouquier. Você não está a par?"

O alarme soou e pediu cautela; mesmo que ela causasse uma impressão neutra, quase desinteressada, aquilo começava a se parecer com um teste. Ele reconheceu o nome e quando deu por si estava feliz de saber que Raimo tinha encerrado o expediente mais cedo.

"Eu já vi esse nome em um lugar ou outro, mas não sei quem é."

Era verdade: UV nunca tinha ouvido falar em nenhum René antes de encontrar o nome nos jornais. Mas naquele instante lhe ocorreu o que a mulher realmente estava querendo dizer. Ela era o motivo para que René "não estivesse mais por aqui". Ele e outros quatro rapazes. Ela representava um perigo, um perigo maior do que ele havia imaginado no primeiro encontro, maior do que qualquer outro que já tivesse encontrado na vida.

"Ele era o novo você." Ela voltou a encará-lo. "Eu pensei que se o novo você já não estivesse mais por aqui, talvez as pessoas voltassem ao antigo."

UV não respondeu. Quanto ela sabia? Mais do que dizia? Caso soubesse do acordo que havia feito com Kenneth e Sandra, ela não o teria procurado, mas teria ido diretamente a eles. E assim teria recuperado tanto a droga como o dinheiro. E depois o teria punido. Mas em vez disso ela tinha lhe dado um carro e pedido ajuda. Mesmo que estivesse já um pouco mais calmo em virtude dessa conclusão, UV percebeu que teria de prosseguir com cautela. Quanto maior fosse a distância entre os dois, melhor.

"Eu não faço mais essas coisas", ele disse, sabendo que não seria nada fácil.

"Mas você está prestes a recomeçar."

"Como assim?"

"Espalhe a notícia de que você está de volta à ativa."

"Eu não posso."

Ela deu alguns passos em direção a ele. UV teve que resistir ao impulso de se afastar. Ela parou muito perto, encarou-o bem nos olhos e deu a impressão de hesitar por um instante.

"Você lembra que na outra vez em que estive aqui eu perguntei sobre anfetamina, Dennis?", ela questionou. "Uma grande quantidade?"

"Lembro."

"Eu preciso encontrá-la. É muito, realmente muito importante para mim. E você tem que me ajudar a atrair quem estiver com essa carga."

Será que ele havia se enganado ou de fato havia uma nota de desespero naquela voz? Ela parecia convicta. Ou seria apenas uma nova tática para convencê-lo a oferecer ajuda?

"Já faz bastante tempo. Se esse René não conseguiu, por que eu conseguiria?"

"Ninguém o conhecia. Nem mesmo nós. Você, por outro lado, vai espalhar a notícia de que está de volta à ativa, em busca de grandes negócios. Depressa. Volte à ativa… pela sua filha."

Mesmo que aquilo não tivesse a intenção de soar como uma ameaça, foi assim que soou. Teria sido fácil entregar Kenneth e Sandra. Dar à russa o que ela queria e assim fazer que desaparecesse de sua vida para sempre.

Mas assim ela desapareceria com os milhões deles.

Com todo o futuro da família.

Portanto não havia alternativa. Ele precisava ganhar. Livrar-se dela. Sem complicar o assunto. Dizer que estava dentro, vender a droga de Sandra para os finlandeses, esperar um tempo, contatar "Louise" e dizer que ninguém tinha aparecido nem dado notícia.

O que fazer? Ele era um mentiroso extraordinário.

Se nada mais funcionasse, pelo menos aquela seria uma forma de ganhar tempo, de pensar melhor a respeito de tudo.

"O que eu ganho com isso?", ele perguntou, imaginando que uma concordância precipitada talvez despertasse suspeitas.

"Você acabou de ganhar um carro."

Ele a encarou, olhou para o Mercedes, deu a impressão de pensar um pouco e então deu de ombros.

"Claro, eu sei disso, mas…"

Do lado de fora veio o som de um carro que estacionava perto da entrada. UV olhou pela janela e o reconheceu de cara. De todas as pessoas que ele não queria encontrar naquele instante…

Segundos depois, a primeira estrofe de "Für Elise" soou quando Sandra abriu a porta e entrou com uma grande bolsa preta na mão. UV tentou relaxar, mas sentiu o coração martelando no peito quando ergueu o braço num cumprimento.

"Olá! Por favor, me espere um pouco no escritório, eu já estou indo", disse a voz, leve como de costume. Ele conseguiria dar um jeito naquilo.

"Claro." Sandra olhou rapidamente para a mulher à sua frente, sorriu e também a cumprimentou com um aceno de cabeça. "Louise" retribuiu o sorriso e acompanhou a visitante com o olhar.

"É a sua amante?", ela perguntou depois que Sandra havia entrado no escritório e fechado a porta.

"Como? Não, porra, não, não." UV riu por reflexo, talvez ansioso demais para deixar o assunto de lado.

"Você pareceu meio nervoso quando ela chegou."

"Pode ser, mas não é nada disso."

Ela não disse nada; simplesmente lhe lançou um olhar desafiador, sem dúvida porque gostaria de entender a relação entre os dois, uma vez que não era "nada disso". Teria sido melhor admitir que os dois trepavam de vez em quando. Mas a hora havia chegado. Ele olhou para a porta fechada por onde Sandra havia entrado e, quando tornou a virar o rosto, baixou a voz.

"É um esquema de… seguros."

"Boa sorte, então, mas não se esqueça do nosso trato."

"Pode deixar, vou começar a falar com o pessoal logo em seguida."

"Obrigada."

Após um rápido sorriso ela tomou o caminho da porta. Ele suspirou, aliviado.

"Dennis…"

Ele se virou a tempo de vê-la com a mão pousada sobre a maçaneta.

"Livre-se desse negócio o quanto antes", ela disse, indicando o Mercedes.

"Por quê?"

"Porque mais cedo ou mais tarde vão procurar esse carro."

A melodia de "Für Elise" acompanhou-a enquanto UV permanecia com os olhos fixos no carro. Merda. Ela tinha deixado com ele o fruto de um roubo. Ou coisa ainda pior. Mas, como o carro não estava à vista, ele podia esperar um pouco até decidir o que fazer com aquilo.

Sandra esperava-o no escritório.

Parte das velas ainda estava acesa na esplanada quando Hannah passou de carro. Mais flores, bichos de pelúcia e cartões escritos à mão, agora que todos já sabiam quem eram os mortos. Havia mais pessoas do que o habitual na rua, apesar da chuva, que tinha diminuído mas havia deixado uma névoa fina sobre todos os que se movimentavam por aquele cenário. Boa parte das pessoas estava indo ou voltando da vigília na igreja, que permaneceria aberta durante a noite inteira. Por toda parte havia pequenos grupos de velhos, jovens e crianças. Eram poucas as pessoas dispostas a estar sozinhas naquele luto coletivo. Era preciso dividi-lo, mesmo que fosse com um estranho. Hannah não entendia para que aquilo poderia servir.

As ruas pareceram esvaziar-se à medida que ela se aproximava do rio e da delegacia, e quando enfim chegou, o entorno parecia deserto. Havia um único jornalista solitário no banco da entrada. Os outros já deviam ter desistido, conseguido o máximo possível com a polícia. Àquela altura, com a identidade das vítimas já oficialmente confirmada, restava somente a abordagem pessoal, os detalhes sentimentais capazes de despertar solidariedade com as vítimas e com seus familiares. Para trás haviam ficado pais, namoradas, professores, colegas de trabalho.

Restava perguntar se haveria qualquer motivação para que justamente aquele filho, namorado, aluno ou colega tivesse acabado daquela forma. Conseguir depoimentos relativos à perda, à amizade e aos sonhos destruídos.

Mas, quando passou a caminho do estacionamento dos funcionários, Hannah viu que aquele não era um jornalista. Ela deteve o passo.

Era Thomas. Sozinho na chuva.

Ele também a tinha visto, mas não havia saído do lugar: simplesmente erguera a mão num cumprimento. Hannah fechou os olhos por uns instantes, recompôs-se e saiu do carro.

"O que você está fazendo aqui?", ela perguntou quando chegou ao banco.

"Esperando por você. Eu não sabia se você ia para casa."

"Eu tinha pensado em ir. Daqui a mais um tempo. Mas como você sabe temos que resolver esses cinco homicídios…"

Esse era um dos motivos de ainda estar no trabalho àquela hora. Não era a única razão, e Thomas sabia disso. Ela sentou-se ao lado dele e sentiu a umidade atravessando o tecido da calça. Mas não se importou com aquilo.

"Desde quando você está sentado aqui?"

"Faz um tempo. Você já comeu?"

"Faz um bom tempo que não como", ela disse, sentida. Thomas retirou um wrap de presunto e queijo da pequena mochila que estava ao lado dele no banco. Entregou-o para ela. Hannah tirou o embrulho e deu uma mordida faminta.

"Eu não mereço você."

Thomas abriu um sorriso discreto e pôs o braço ao redor dela. Hannah sentiu um nó na garganta, e de repente ficou difícil engolir.

"Como você está?"

Hannah quase soltou uma gargalhada. Aquilo era a cara de Thomas. Preocupar-se com ela. Não havia se passado um dia que fosse desde a revelação, mas assim mesmo… como ela estava? A verdade era que ela não sabia.

"Hoje eu pensei na Elin", ela disse, e então percebeu que aquilo dizia muita coisa sobre como estava.

"Por quê?"

"Não sei. Eu vi uma fotografia e... começou a chover e tudo o mais. Eu baixei a guarda."

"Você deveria fazer isso mais vezes."

Hannah sentiu os olhos transbordarem e as lágrimas misturarem-se à chuva. Ela apoiou a cabeça no ombro dele.

"Eu te amo."

"Eu sei", ele disse, e ela soube que ele estava sorrindo. Ela tinha captado a referência a *Star Wars*. Uma lembrança de todas as coisas de que viria a sentir falta. E foi inundada por aquele sentimento. Todas as lembranças, tudo o que eles tinham feito juntos, tudo aquilo pelo que haviam passado. Era uma vida inteira. Cada dia era melhor por causa dele, e Hannah simplesmente havia tratado aquilo tudo como se fosse uma coisa dada. Nunca tinha mostrado uma apreciação verdadeira.

"Eu te amo e estou triste."

Porque ela sentia demais. Por Gordon, claro, mas também, e talvez acima de tudo, porque não estava ao lado do marido quando enfim precisara dela mais do que ela dele.

"Você não precisa ficar assim."

"Eu quero estar ao seu lado. Por você. Isso aqui...", disse ela, acenando com a cabeça para a delegacia. "Isso... não é nada."

"E vai estar. Eu te conheço."

Hannah endireitou o corpo e olhou para ele. Era importante dizer aquilo, para que ele realmente entendesse o que ela queria, o que ela gostaria de alcançar.

"Eu não sei como. Eu não sei como vou passar esses meses com você, sabendo que no fim você não vai mais estar por aqui."

"A gente vai dar um jeito nisso. É um bom sinal que a gente possa falar sobre o assunto."

"Mas a gente não estaria fazendo isso se você não estivesse sentado aqui."

"Estaria, sim. Um pouco mais tarde."

Ela colocou as mãos no rosto úmido dele, olhou bem fundo em seus olhos e então apertou os lábios contra os dele, num beijo forte e longo, e por fim o abraçou.

"Eu não mereço você", ela sussurrou no ouvido dele.

"Você é quem está dizendo. Mas você sabe que não é verdade. Eu amo cada dia que passo ao seu lado."

Ela o abraçou mais forte. Não queria soltá-lo, mas seria obrigada se não quisesse encharcar-se por completo. Hannah então o soltou, levantou-se e secou o rosto com a mão.

"Eu tenho que entrar e… trabalhar", ela disse, fazendo mais um gesto em direção à delegacia.

"Está bem. Eu vou para casa me secar."

"Eu já vou. Prometo."

"Está bem."

Thomas pegou a mochila e tomou o rumo de casa. Hannah percorreu o caminho até a entrada, se virou e observou o marido até que ele houvesse desaparecido em meio à chuva.

Carin tinha ido para casa, e a recepção estava vazia e as luzes apagadas quando ela passou por lá e deslizou o cartão no leitor. Hannah deteve-se ainda na escada em frente à porta. Aquele seria o caminho mais curto a percorrer, caso realmente pretendesse subir. Ela não sabia. Não conseguia pensar direito. Não queria ir para casa, mas talvez fosse o certo? Trilhar o mesmo caminho de Thomas. Caso subisse a escada ela seria obrigada a passar em frente à sala de Gordon. Não era isso o que ela queria naquele instante. Em vez disso, Hannah desceu até o porão, entrou no vestiário, tirou o uniforme molhado e tratou de secar-se. E depois?

Para onde vai uma pessoa que não quer estar em lugar nenhum?

Por fim Hannah subiu pela escada dos fundos e desabou em cima da cadeira. Ela não acendeu nenhuma luz. Como se o restante do mundo refletisse o seu ânimo, tudo no lado de fora parecia bem mais escuro do que estivera em muito tempo. A época de sol da meia-noite havia chegado ao fim naquele ano. Naquela mesma noite, o sol aos poucos baixaria do horizonte. Não que fizesse grande diferença, porque as nuvens escuras que chegavam davam a impressão de terem vindo para ficar.

Ela fechou os olhos e lutou contra as lágrimas. Não conseguia se lembrar da última vez em que havia chorado, e tentava conter as lágrimas pela terceira vez somente naquela noite. Pelo mesmo motivo.

Tudo e todos eram retirados dela.

Hannah pousou o olhar vazio no quadro de avisos. O mapa com o círculo, a fotografia de René Fouquier, a investigação a que ela tinha se dedicado ao longo do dia inteiro. Tudo cuidadosamente preso com alfinetes.

Ela tinha feito aquilo com mais cuidado do que imaginara.

Então Hannah endireitou-se na cadeira. A ordem a lembrou de uma coisa... objetos dispostos em ordem. Linhas retas. Os alfinetes que não estavam sendo usados para segurar nada, dispostos em fileira no lado esquerdo.

Vermelho, verde, vermelho, verde, vermelho, verde.

Aquilo com certeza a lembrava de outra coisa, de uma coisa ligada a... De repente ela se lembrou. Foram necessários uns poucos segundos até que ela compreendesse o que havia descoberto. Porque era... inacreditável. Seria mesmo possível?

Com a revelação, Hannah se levantou com um sobressalto tão violento que a cadeira bateu na parede logo atrás e ela machucou a coxa no tampo da mesa. Cobriu a boca com a mão, prendeu a respiração e sentiu que estava com os olhos arregalados.

"Puta merda", ela murmurou, lançando um último olhar em direção ao quadro de avisos e saindo d sala, a caminho da de Gordon.

"Eles estiveram aqui. É ela!", Hannah disse quase aos berros depois de entrar na sala dele. Gordon tinha ouvido os passos rápidos no corredor e já estava de pé quando ela chegou.

"Quem é que esteve aqui?", ele perguntou, pronto para agir mesmo estando perplexo. Hannah se obrigou a tomar fôlego. As palavras embolavam-se na garganta: todas queriam sair ao mesmo tempo.

"A pessoa, ou pelo menos uma das pessoas enviadas pelos russos. É uma mulher, e ela já esteve na casa de Fouquier, na casa da Svärd e aqui. Ela esteve aqui! Ela faz a limpeza daqui. A limpeza da delegacia."

Pela expressão de Gordon, Hannah percebeu que aquelas informações não haviam explicado muita coisa. A ânsia que sentia misturou-se à irritação. Eles tinham que fazer alguma coisa. Naquele instante. Ela tinha descoberto um fato decisivo para a investigação e Gordon não conseguia perceber.

"Ela faz a limpeza da minha sala. A nova faxineira. É ela!"

"Ela está lá agora?"

"Não, poxa, claro que não", ela bufou, frustrada. "Venha. Venha comigo."

Hannah se virou e voltou às pressas com Gordon. Quando os dois entraram na sala ela acendeu a luz do teto e praticamente o obrigou a sentar-se na cadeira enquanto ia até o quadro de avisos.

"Olhe aqui para esses alfinetes: verde, vermelho, verde, vermelho. As cores se alternam no lado esquerdo. Na casa da Svärd havia ímãs de geladeira em *três* cores diferentes, também dispostos no lado esquerdo: vermelho, verde, azul, vermelho, verde, azul."

Hannah foi até a escrivaninha, ligou o computador e esperou impacientemente. Gordon ainda não tinha entendido aquilo direito, mas aguardou em silêncio enquanto Hannah encontrava o que procurava.

"Aqui", ela disse, abrindo as fotografias do apartamento de René Fouquier que os peritos haviam mandado e virando o monitor para que Gordon pudesse vê-las. "Na casa do René, os porta-copos à esquerda da mesa de centro: vermelho, preto, vermelho, preto, vermelho, preto.

Hannah olhou para Gordon, que naquele instante talvez começasse a entender aonde ela queria chegar, a importância daquilo que tinha a dizer.

"Eu achei que era uma simples mania de organização, mas era ela. Ela tinha organizado os brinquedos e pendurado as facas em ordem na casa da Svärd. E veja isso aqui…" Hannah apontou para a organização em sua própria escrivaninha, onde as canetas, os post-its e os outros materiais de escritório se encontravam cuidadosamente dispostos em ordem de tamanho e cor sempre que possível. "É ela. Ela esteve aqui."

"Como diabos ela entrou aqui?", Gordon perguntou, mas Hannah notou que ele já estava com a cabeça em outro lugar. No lugar onde ela estava.

Mais perto de uma solução.

"**E**u sabia que vocês viriam", disse Stepan enquanto abria a porta do apartamento para recebê-los na sala, onde uma mulher que Hannah reconheceu estava no sofá com um menino de oito ou nove anos. Sofia tinha feito a faxina da delegacia por muitos anos. Desde que a empresa de Stepan Horvat tinha ganhado o edital do município. Hannah cumprimentou-a com um aceno de cabeça. Sofia devolveu um sorriso e logo a seguir olhou preocupada em direção ao marido, que sentou-se ao lado deles no sofá.

"Quem é essa aqui?", Alexander perguntou, indo direto ao assunto.

Stepan olhou para a fotografia empurrada em direção a ele por cima da mesa de centro. Rápido, depressa, como se ele já soubesse quem ou o que veria na imagem.

"Não sei", disse Stepan, tirando os olhos da imagem.

"Essa imagem foi obtida pela câmera de vigilância da delegacia de polícia", Alexander prosseguiu, apontando para a fotografia. "E essa mulher é uma das suas funcionárias. O cartão de acesso foi emitido para a sua esposa."

"Mas essa pessoa não é a sua esposa. Como é que você explica isso?", Hannah perguntou.

Stepan suspirou e olhou para a esposa. Havia certa resignação no olhar que os dois trocaram. Sofia se levantou e foi até a cômoda que ficava numa das paredes. Gordon se aproximou para ter uma visão melhor. Não esperava que nada de imprevisto acontecesse, mas assim mesmo não faria mal nenhum tomar a precaução necessária. Se a mulher na fotografia era a procurada, então aquelas pessoas estavam de uma forma ou de outra envolvidas num homicídio múltiplo.

"Ela apareceu poucos dias atrás", disse Stepan. "Com as fotografias."

"Ela? A mulher da imagem?", Hannah perguntou.

Stepan assentiu, e Sofia entregou um pequeno envelope para Gordon. Ele bateu as mãos nos bolsos e então se virou na direção de Hannah e Alexander.

"Vocês têm luvas?"

Os dois também apalparam os bolsos e balançaram a cabeça. Gordon pegou o canto da aba do envelope entre as unhas, se aproximou e colocou-o em cima da mesa, abrindo-o com uma caneta e balançando-o para que revelasse o conteúdo. Hannah e X inclinaram-se para a frente.

Eram fotografias de uma menina de cabelos e olhos castanhos, com cerca de três anos, tiradas em diferentes lugares: no parquinho, no maternal e num local que parecia ser um jardim. Em comum havia o fato de que em todas as imagens a menina estava sob o pontinho vermelho de uma mira laser. Na testa, no peito.

"Essa é a nossa filha", disse Stepan.

"E foi ela, a mulher da foto, que entregou essas fotografias para vocês?", Hannah perguntou, examinando o conteúdo do envelope. Stepan respondeu com um aceno de cabeça.

"Por que vocês não procuraram a polícia?", Gordon perguntou.

"Ela nos disse para não fazer isso", Sofia respondeu, como se aquilo fosse uma obviedade, e então voltou a sentar-se. No mesmo instante o menino se encolheu para junto dela.

"Ela queria entrar na delegacia. Eu coloquei a fotografia dela num crachá e entreguei o cartão magnético da Sofia."

Hannah sentiu que naquele instante haviam obtido a resposta que procuravam. Já sabiam como e por que, embora ainda não soubessem quem. No geral, a visita foi uma decepção, em especial quando se pensava na grande revelação que os dois tinham imaginado ainda na delegacia.

"Por que ela queria entrar na delegacia?", perguntou Stepan com a voz claramente perturbada. "Ela fez alguma coisa? Não me diga que ela fez mal a outra pessoa?"

"É exatamente isso que achamos", Alexander respondeu, se levantando.

"Eu tenho uma fotografia mais nítida, se vocês quiserem ver", disse Stepan, levantando-se e entregando a imagem obtida por câmera de vigilância para Alexander.

"Por que você tem essa fotografia?"

"Ela me enviou duas. Eram para o crachá."

Ele foi até a cômoda e voltou com uma fotografia de passaporte tirada numa cabine de fotografia qualquer. A jovem loira tinha um sorriso tranquilo nos lábios. Hannah pegou a fotografia e começou a examiná-la. Não restava nenhuma dúvida de que era aquela a mulher que tinha estado na delegacia. Mas também havia outra coisa. Ela não saberia dizer ao certo o quê. Era um pressentimento quase indecifrável, uma ligação que não se deixava perceber.

"Ela usava o cabelo num corte preto e curto quando esteve aqui."

"Um corte chanel assimétrico", Sofia acrescentou, mostrando o comprimento com a mão.

"Hannah?"

Hannah ergueu os olhos, viu a mão estendida, percebeu que havia travado olhando para aquela fotografia e a seguir entregou-a para Alexander, que a guardou. Os dois prepararam-se para ir embora.

"Vocês vão prendê-la? A gente está a salvo por aqui?", Stepan perguntou, fazendo um gesto em direção à família no sofá. Alexander olhou para o menino que havia passado todo aquele tempo em silêncio com uma expressão séria ao lado da mãe, ouvindo tudo o que era dito. Ele abriu um sorriso tranquilizador. O menino não esboçou nenhuma reação.

"Provavelmente, mas se a sua esposa tiver como passar uns dias longe com as crianças, seria uma boa ideia."

"Mas e eu?", perguntou Stepan.

Hannah imaginou que ele já soubesse a resposta.

"Você vem conosco."

Ela olhou para Kenneth do outro lado da mesa. Assistiu enquanto terminava de comer o último pedaço de carne, tentando juntar a maior quantia de molho possível com a ajuda da batata. A presença dela provavelmente era a única coisa que o impedia de lamber o prato como um menino atacando um sorvete numa festa. No caso de Kenneth, ele ganhara um filé. Ela tinha mentido e dito que o filé estava numa promoção imperdível por causa da data de validade próxima. Não era verdade. Ela pagara o preço cheio. E feito muitas outras coisas naquele dia.

O que não havia feito, no entanto, foi contar para ele que havia resolvido vender a droga. E nem ao menos sabia direito por quê. Era como se ele não precisasse saber daquilo. Talvez porque a ideia de *não* vender a droga tivesse originalmente partido dela: foi ela quem o impedira de tentar. Ela não queria vê-lo azedo por dias a fio, dizendo que a ideia parecia ruim quando vinha dele, mas boa quando vinha dela.

E certamente ele não precisava saber que ela havia feito um trato com UV. Ela sabia o quanto ele sentia-se traído pelo ex-amigo, e seria mais uma mágoa descobrir que ela havia recompensado essa traição com um milhão e meio.

Claro que a ideia nunca tinha sido essa: ela fora até a oficina decidida a exigir de volta o dinheiro de Kenneth, mas UV tinha feito com que a ideia de quadruplicar aquela soma parecesse muito simples.

Ela ficaria com a maior parte do dinheiro, e ele com todos os riscos. Se acabasse indo preso e a delatasse, ela simplesmente negaria tudo: afinal, ele era apenas um ex-presidiário que por um motivo ou outro havia tentado uma vingança. As pessoas conheciam a relação entre os dois e a amizade entre Kenneth e UV; certamente era uma situação inusitada, mas o que haveria em termos de provas? Nada. Absolutamente nada.

Ela tinha sentido o gostinho de tudo o que a vida nova poderia oferecer.

Quando foi até a cabana em ruínas pegar a bolsa com as drogas, ela também havia pegado um pouco de dinheiro. Após deixar a oficina, tinha atravessado a ponte e passado o restante da tarde fazendo compras em Tornio. Em Haparanda sempre havia o risco de que estranhassem o fato de ela fazer o pagamento em euros. Ela tinha comprado roupas, maquiagens, sapatos, tinha se dado ao luxo de comprar lingeries caras, um relógio, objetos decorativos para a casa e um Ladyshave, aparelho para a depilação das pernas e da virilha sobre o qual ela tinha lido várias recomendações no Instagram. Já de volta à Suécia, tinha seguido até o centro, ido ao salão de manicure e torcido para que houvesse um horário disponível. Sim, havia. Por mais de uma hora ela havia deixado outra pessoa tomar conta dela, torná-la mais bonita.

Simplesmente porque ela podia, porque ela queria e porque aquilo lhe fazia bem.

Quando foi às compras no caminho de casa, não quis que o dia terminasse com macarrão ou com palitinhos de peixe ou o que quer que houvesse em casa. Por isso o filé.

Ao chegar em casa ela não retirou todas as sacolas do carro para não despertar suspeitas em Kenneth, mas ele não havia percebido nada. Nem os castiçais novos que ela havia colocado na janela, nem as roupas novas que usava nem as unhas recém-feitas, mesmo que ela nunca usasse esmalte e que ainda por cima aquele fosse um esmalte cor-de-rosa. Tudo o que ele havia notado tinha sido o filé.

De certa forma Sandra decepcionou-se ao constatar que ele não prestava atenção nela, que ele não valorizava aquele esforço para ficar bonita e para embelezar a casa. Por outro lado, também era bom que ele não se interessasse em saber como ela havia pagado por aquilo tudo. Caso soubesse que ela havia recorrido ao esconderijo, seria mais complicado protestar contra o PlayStation. Ela não tinha mencionado o videogame novo no sótão porque estava guardando o assunto para o momento em que precisasse de uma vantagem, em que precisasse fazer com que ele sentisse culpa.

E além do mais havia problemas mais urgentes.

O primeiro era que Kenneth poderia querer fazer coisas pelas costas dela outra vez, voltar à casinha, perceber que a bolsa com as drogas tinha sumido e assim descobrir que ela a pegara, porque as outras bolsas continuavam por lá. O outro problema era o que fazer com o dinheiro que recebesse de UV.

Ela tinha chegado a uma solução que funcionava para ambos.

Quando UV aparecesse com o dinheiro ela o transferiria para outro lugar. O dinheiro velho e o dinheiro novo. Encontrar um lugar novo sem contar nada para Kenneth. Para o bem de ambos. Ele não precisava saber que ela tinha negócios com UV e acabar decepcionado, e, além disso, caso a polícia o interrogasse, ele não precisaria mentir caso fosse pressionado. De fato ele não teria nenhuma ideia da localização do dinheiro.

Ela seria obrigada a pensar em diversos desdobramentos e descobrir as falhas existentes, porém não naquele instante. Aquele dia tinha sido o melhor em muito, muito tempo. Talvez bastasse esperar um ano antes de começar a usar o dinheiro. Antes que ela pudesse começar uma vida nova.

Antes que *eles* pudessem começar uma vida nova, ela se corrigiu.

Não era para ser tão difícil assimilar essa ideia...

UV manteve a velocidade ao cruzar a ponte que levava à península que era a Finlândia. Não estava nem muito rápido nem muito devagar. Ele não sabia se a alfândega tinha ou não tinha um leitor automático de placas na fronteira, mas mesmo assim baixou o boné e manteve o rosto voltado para baixo ao fazer a travessia. *Mais cedo ou mais tarde vão procurar esse carro*, a mulher tinha dito. UV torcia para que fosse o mais tarde possível.

    Depois que Sandra deixou a oficina naquela mesma tarde, ele tentou fazer o trabalho como de praxe, mas não conseguiu se concentrar. Os pensamentos voltavam-se o tempo inteiro para a bolsa no escritório e cada vez mais para aquele maldito carro. Por fim ele havia se levantado e examinado o veículo. A polícia não tinha aparecido desde aquela noite, mas ele não tinha coragem de mantê-lo na garagem. Não podia acabar na cadeia por uma coisa tão simples. Ele havia tomado uma decisão rápida, e então fez um telefonema e fechou a oficina pelo restante do dia. Atravessou a ponte seguinte, que o levava até o continente, seguiu pela E8, dobrou à direita na primeira rotatória e poucos minutos depois entrou na região industrial perto da Torpin Rinnakkaiskatu. Mikko o aguardava junto à porta da garagem quando ele entrou e estacionou.

A porta se fechou, e Jyri, que era doze minutos mais velho que o irmão, se aproximou e examinou o Mercedes.

"Não é esse", ele constatou assim que UV desceu.

"Eu sei. É outro."

"Você não disse que viria com o Mercedes?"

"Eu disse que viria com *um* Mercedes."

"Onde está aquele da Flórida?", perguntou Mikko, colocando um sachê de *snus* na boca enquanto avaliava o carro ao lado de Jyri.

Os irmãos Pelttari. UV não era baixo, mas perto deles parecia um menininho. Os dois tinham cerca de dois metros de altura e eram musculosos, tinham cabelo loiro raspado e tatuagens. Além disso, Mikko tinha uma grande cicatriz vermelha que ia da orelha direita até a bochecha, o que lhe conferia um aspecto perigoso.

Como de fato era. Como de fato os dois eram.

"Ainda não está pronto", UV mentiu. Ele achou que seria melhor não dizer que havia emprestado o carro para Kenneth, pois tinha certeza de que os irmãos não apreciariam a notícia. Esse seria um problema para mais tarde.

"E de onde foi que veio esse aqui?"

"Um amigo meu roubou."

"Então ainda está quente?"

"Está. Precisa de placas novas, número de chassi novo, pintura nova… enfim, de tudo", UV disse.

"E por que você já não se encarregou disso?", Mikko perguntou, chutando de leve um dos pneus traseiros.

"Para ser bem sincero, eu não queria manter esse carro na oficina. A polícia aparece por lá de vez em quando."

Os irmãos se entreolharam, e Mikko deu de ombros.

"Vou pagar cinco", disse Jyri.

Cinco mil euros. Mais ou menos 50 mil coroas suecas. UV não sabia direito o que esperar, mas era mais do que aquilo. Esse dinheiro não era nada.

"Esse modelo custa meio milhão de coroas", ele arriscou.

"Se a oferta não está boa, pode levá-lo de volta."

UV suspirou. Percebeu que estava numa situação terrível para negociar. Ele não poderia de jeito nenhum levar o carro de volta para a Suécia. Nunca mais queria ver aquilo.

"Cinco agora e cinco quando eu entregar o outro."

Jyri fez um gesto afirmativo com a cabeça: o negócio estava fechado. Ele começou a se afastar, e UV o seguiu. O escritório era maior que o dele, mais iluminado e mais agradável, e tinha um sofá no canto e uma TV na parede. Jyri foi até o caixa, abriu-o, contou cinquenta cédulas verdes de cem euros, entregou-as para UV, guardou as restantes e fechou a gaveta.

UV ficou olhando para o dinheiro que tinha nas mãos. Ele sabia o que seria obrigado a fazer, e também sabia por que, mas mesmo assim resistia. Estava ao mesmo tempo frustrado e revoltado ao perceber que a solução do problema dele e de Stina incluiria muitos passos indesejados para trás. Ele voltaria ao crime. De verdade. UV tinha imaginado que nunca mais se envolveria com drogas. Aquilo era uma merda, ele vira com os próprios olhos o que tinha acontecido a outras pessoas, a amigos, a garotos e garotas tão jovens que ainda eram praticamente crianças, porém o mais grave de tudo era saber que acabaria preso outra vez caso fosse descoberto. E então o que aconteceria com Stina e com Lovis? A sociedade já os tinha abandonado, já tinha mostrado que não se importava. Não havia nada indicando que as autoridades limpariam a sujeira ou assumiriam qualquer tipo de responsabilidade se ele acabasse preso outra vez. Mas qual seria a alternativa? Não havia nenhuma.

"Eu estou com um outro negócio em andamento", ele disse, e viu que Jyri se virou e o encarou com certa curiosidade no olhar. Ele contou. Sobre a anfetamina. Sobre quanto era e quanto ele queria, e então mencionou um número maior do que Jyri aceitaria. No fim os dois deram-se por satisfeito com oito.

"Precisamos de um tempo para arranjar o dinheiro", Jyri disse quando estendeu a mão para fechar o negócio.

"Claro."

"A gente liga. E agora o Mikko pode levar você de volta."

UV saiu do escritório e da garagem e pediu a Mikko que o deixasse em frente ao Maxi quando retornaram a Haparanda. Ele comprou comida sem nem ao menos conferir os preços. Aproveitou a sensação de poder escolher o que gostava, o que Stina gostava. Conseguiu aproveitar, apesar de tudo. Apesar das circunstâncias. Cinco mil euros no bolso. E outra vez a mesma quantia no momento da entrega. Aquilo pagaria muitas horas de assistência, e junto com o dinheiro que já havia recebido de Kenneth e os 15 por cento que receberia pela venda da anfetamina, o futuro parecia muito promissor. Por um bom tempo.

Stepan Horvat estava no centro de detenção, porque a partir de então caberia ao juiz decidir se poderia ou não ser liberado. No nível pessoal, Alexander solidarizava-se com a situação. A ameaça à família sem dúvida era um atenuante, mas não havia como deixar de lado o fato de que aquele homem havia cometido um crime. Na pior das hipóteses, se a loira tivesse usado a ajuda dele e as informações obtidas na delegacia para chegar a Fouquier e aos outros, ele seria cúmplice de um homicídio múltiplo.

Mas aquilo teria de esperar até a manhã seguinte, porque naquele instante havia coisas mais importantes a fazer.

Enquanto subia os degraus em direção à sala de reunião ele sentiu a mesma a mesma tensão de quando Gordon falou sobre a descoberta feita por Hannah. O fato decisivo na investigação. A visita à casa de Horvat não tinha sido tão proveitosa como ele a princípio imaginara, mas mesmo assim eles tinham conseguido uma fotografia. Ele tinha pedido as gravações das câmeras de vigilância na cidade — não eram muitas, mas havia algumas —, e além disso a polícia usava tecnologia de reconhecimento facial, de modo que seria possível comparar a fotografia do passaporte com todo tipo de registro imaginável.

Tanto na Suécia como em outros países. Gordon havia ficado na casa de Horvat, à espera dos peritos enviados. Se tudo desse certo eles conseguiriam encontrar impressões digitais ou até mesmo DNA nas fotografias e no envelope que haviam ficado para trás.

Ele abriu a porta da copa e parou ao ver uma menina sentada no sofá azul com uma Coca-Cola, um pacote de rolinhos de canela e um iPad na mesa logo à frente.

"Oi…", ele disse, surpreso.

"*Oi!*", ela respondeu, sem tirar os olhos da tela.

"O que você está fazendo aqui?"

"*Olen täällä idiootin kanssa.*"

Alexander pensou ter entendido a terceira dessas quatro palavras, imaginou que a explicação para a presença daquela menina estaria na sala de reunião e então foi até lá, entrou e fechou a porta.

"De quem é aquela menina lá fora?"

"Minha", disse Ludwig. "É a filha da minha namorada. Não consegui ninguém para ficar com ela."

Alexander se virou e olhou em direção à parede, onde uma imagem dividida ao meio ocupava toda a tela de projeção. Era a fotografia original apresentada por Horvat, da mulher de cabelos loiros, e ao lado uma cópia onde, com o auxílio do computador, o corte fora substituído por um chanel assimétrico de fios pretos.

"Nós já sabemos quem é essa?"

O silêncio que se seguiu foi uma resposta inconfundível.

"Ainda não", Lurch disse ao ver que ninguém mais parecia disposto a falar.

"E nas câmeras da cidade, o que conseguimos?"

"Ainda não a encontramos em nenhuma filmagem", disse P-O. "Eu comecei pelas câmeras próximas da delegacia, mas você sabe que não são muitas, e assim existe o risco de que ela não tenha passado na frente de nenhuma."

"Ou então de que as tenha evitado de propósito, já que parece ser bastante perspicaz", Ludwig acrescentou.

Alexander olhou mais uma vez para as fotografias: a mulher de fato parecia bastante perspicaz. Mas Haparanda não era muito grande, e a polícia tinha fotografias dela, agentes, recursos, perícia técnica e todos os registros do mundo à disposição.

Com certeza eles haveriam de encontrá-la. E de prendê-la.

Esse pensamento foi interrompido quando a porta se abriu e Sami Ritola entrou com uma caneca de café numa das mãos e três rolinhos de canela na outra. Alexander o havia chamado junto com os outros, mas claro que ele havia chegado atrasado. Às vezes ele tinha a impressão de que o colega finlandês fazia certas coisas de propósito só para irritá-lo.

"Que bom que você pôde nos fazer companhia", ele disse num tom de voz tão azedo que a má vontade ficou evidente mesmo sem tradução. Ainda assim, Morgan repetiu a frase em finlandês.

"É chique chegar atrasado", veio a resposta. Sami colocou um dos rolinhos de canela na boca e sem nenhuma pressa foi até o lugar de costume, na ponta da mesa, e sentou-se. Arregalou os olhos ao ver as imagens na tela de projeção, engoliu e apontou.

"Por que essa foto da Louise está aqui?"

Todos na sala pararam o que estavam fazendo e o encararam. Morgan chegou até a se esquecer de traduzir.

"O que foi que ele disse?", Alexander perguntou. "O nome dela é Louise?"

"Você a conhece?", Hannah perguntou.

"Mais ou menos. Eu fui para a cama com ela." Sami manteve o olhar fixo em Alexander enquanto Morgan traduzia. "Estamos hospedados no mesmo hotel."

E la sabia esperar.
Mas nem por isso gostava. Em momentos como aquele, por exemplo, quando havia pouco ou nada a fazer além de torcer para que a mais recente visita a Dennis Niemi desse resultado, ela sentia-se irritada e irrequieta. Tinha pensado em esperar mais dois dias. Deixar que ele espalhasse a notícia de que havia voltado a negociar drogas.

Era a melhor chance que tinha. A única chance, na verdade.

Se aquilo não desse resultado seria preciso repensar tudo. Ela seria obrigada a admitir que a pessoa que tinha atropelado e enterrado Vadim Tarasov não tinha a intenção de fugir com a droga. Pelo menos não naquele momento, e não naquele lugar. Não em Haparanda.

Em tese, seria impossível rastrear o dinheiro. Se fosse gasto na compra de um carro ou de uma casa, de um pacote de férias no exterior, investido em ações ou gasto em artigos de luxo, ela jamais saberia. O acesso às dependências de toda a delegacia tampouco havia oferecido o que ela tinha imaginado a princípio. A dizer pelo que tinha visto, não havia surgido nenhuma hipótese nova que fizesse a investigação avançar. A última pista — o círculo no mapa afixado ao quadro de avisos na sala de Hannah Wester — tinha sido um engano.

Mais um. Era uma quantidade incomum de enganos para ela.

Mas aquela também era uma missão incomum.

Quanto mais ela pensava sobre a tarefa que tinha pela frente, mais aquilo parecia impossível. Em casos normais, as missões envolviam uma ou mais pessoas de identidade conhecida. Às vezes essas pessoas estavam protegidas por sistemas de alarme, câmeras de vigilância e vidros blindados. Às vezes estavam no que consideravam ser esconderijos secretos. Às vezes tinham vidas perfeitamente comuns e não tinham a menor ideia de que alguém houvesse pagado uma grande quantia em dinheiro para que aquela normalidade não se perpetuasse. Mas eram pessoas que viviam no meio de outras pessoas, que podiam ser compradas, subornadas, ameaçadas, traídas e enganadas. A informação sobre onde essas pessoas estavam e como chegar até elas sempre estava disponível, mesmo que por vezes fosse difícil obtê-la.

Ela nunca tinha sido enviada para uma missão em que o objetivo fosse resgatar uma coisa que pudesse estar com absolutamente qualquer um em absolutamente qualquer lugar. No início parecia fácil: ir até a Suécia, encontrar as bolsas, matar quem estivesse com elas e voltar. Talvez por isso ela tivesse cometido tantos equívocos simples. Como acontece a um time que vai jogar contra um adversário que em teoria devia ser mais fraco e acaba perdendo. Quando, ainda meio de brincadeira, o time percebe que a vaca está indo para o brejo, é difícil se recompor e ganhar a partida. Ela tinha subestimado a missão. Tinha cantado vitória antes do tempo. Depois Tio havia aparecido e bagunçado a cabeça dela.

A noite anterior tinha sido coisa dele.

Era frustrante, mas não exatamente preocupante.

Ela sabia que a polícia não começaria as buscas pelo jovem casal desaparecido em menos de 24 horas. Além disso, não havia nenhum sinal de violência na casa, e como tudo sugeria que os dois tinham se afastado voluntariamente, talvez se passasse ainda mais tempo antes que a polícia começasse uma averiguação mais séria.

Tudo isso antes que a investigação fosse aberta.

Antes que chegasse ao conhecimento de Tio.

Ela precisava de tempo. E o tempo estava passando naquele quarto de hotel em Haparanda. Será que ela deveria começar a fazer planos para o caso de o dinheiro e a droga já não estarem mais na cidade? A polícia não parecia trabalhar com essa hipótese, mas se Dennis Niemi não lhe desse nada ela seria obrigada a considerar essa possibilidade. E assim as chances de recuperar o dinheiro e a droga seriam bem menores.

O telefone, que ainda estava ligado, tocou em cima da mesa. Ela se levantou e atendeu. Passou uns instantes ouvindo e então pediu para ligar de volta mais tarde.

Finalmente! Boas notícias. As primeiras em muito tempo.

Ela pegou a Walther e o silenciador no cofre, prendeu a faca no tornozelo, saiu do quarto de hotel e pela primeira vez teve a esperança de que logo poderia sair daquela cidade e daquele país.

Discutiu-se intensamente o próximo passo, a melhor forma de prosseguir. Hannah tinha certeza de que todos sentiam a mesma coisa: uma vontade enorme de sair da sala de conferência, ir ao hotel e fazer uma investida com a maior força possível. Naquele mesmo instante. Mas eles seriam obrigados a conter essa vontade. A expectativa de uma investida era tão forte que chegava a parecer uma presença física na sala.

Uma carga elétrica.

Alexander interrompeu a discussão com um telefonema para o Stadshotellet, no qual perguntou se Louise estaria no quarto.

A resposta foi negativa.

Eles tinham acabado de perdê-la.

Mas ela não tinha feito o check-out. X pediu à mulher no outro lado da linha que não saísse da recepção e desse notícias assim que soubesse que Louise Andersson estava de volta. Sem dar bandeira, claro. A recepcionista nem ao menos indagou por quê: tinha ouvido a seriedade naquela voz e comprometeu-se a fazer como lhe haviam pedido.

Eles não sabiam onde ela estava, mas descobririam assim que voltasse e a seguir traçariam o plano de acordo com essa informação. Não se atreviam a ter um agente fazendo a vigilância do hotel. A mulher já tinha estado diversas vezes na delegacia, e assim poderia reconhecê-los. Caso alguém fosse enviado, seria Sami. Ele já estava hospedado no hotel, inclusive no mesmo andar, e ela sabia que ele era policial, uma vez que foi assim que se apresentou quando os dois se conheceram no bar.

"Talvez por isso ela tenha ido para a cama com você", disse Morgan. "Para conseguir informação."

"E você acha que eu daria?", Sami retrucou, claramente incomodado pela ideia de que aquela jovem talvez não o tivesse escolhido em razão do charme e da aparência irresistível.

"Você não seria o primeiro", Hannah acrescentou em tom seco.

Sami encerrou aquela conversa virando-se para Alexander.

"Se o quarto agora está vazio, eu acho que seria uma boa ideia colocar alguém lá dentro."

"Por quê?"

"Para fazer com que ela caia numa armadilha. Vocês chegam por trás, seguem-na até o quarto e, quando ela entrar, eu já estou lá dentro."

"Você?"

"Me coloco desde já como voluntário."

Hannah achou que seria uma boa ideia. Se por um motivo qualquer a polícia não quisesse se aproximar muito dela por causa dos outros hóspedes e ela conseguisse chegar ao quarto, muita coisa poderia acontecer. Eles não sabiam que tipo de armamento a mulher tinha, e além disso ela havia dado mostras claras de que era indiferente à vida das pessoas. Não haveria como evacuar a esplanada, porque despertaria suspeitas caso as pessoas que o tempo inteiro prestavam homenagem às vítimas desde o dia anterior sumissem do lugar todas de repente. Uma arma automática apontada para fora da janela poderia em segundos virar uma tragédia inconcebível. Ter um agente no interior do quarto para evitar a situação era uma boa ideia, mas a decisão caberia a X.

Outra boa ideia seria chamar o secretário do município e tomar as providências necessárias para que a prefeitura fosse aberta o quanto antes.

De lá, a polícia teria uma vista privilegiada do hotel. Morgan foi incumbido de postar-se na janela que dava para a esplanada.

A entrada dos fundos, que levava ao estacionamento do hotel, poderia ser vigiada a partir da construção decrépita em boa parte desocupada na Stationsgatan. As lojas do térreo estavam todas vazias, com papel pardo colado às vitrines desde meses atrás. Se eles conseguissem abrir um buraco lá, poderiam vigiar sem nenhuma chance de que fossem descobertos a partir da rua. Mas não havia tempo para contatar os proprietários. Alexander autorizou Lurch e P-O a entrar: o pior que poderia acontecer era a polícia ter que pagar por uma fechadura nova.

Se Ludwig usasse um moletom com capuz, poderia misturar-se às pessoas na esplanada.

Hannah foi designada para esperar num carro junto com Gordon, que chegaria a qualquer instante — Alexander havia pedido que voltasse da casa de Horvat assim que Ritola soltou a bomba de que conhecia a suspeita. O local escolhido foi a Packhusgatan, em frente à pizzaria. A distância era grande o suficiente para não chamar atenção e também pequena o suficiente para que os dois pudessem agir em qualquer ponto ao redor do hotel em poucos segundos, caso fosse necessário.

"Eu vou estar no escritório atrás da recepção", Alexander disse, e assim encerrou as ordens. "Armas e coletes à prova de bala. A comunicação deve ser mantida ao mínimo possível no canal três. Temos que nos apressar. Quero que todos estejam a postos quando ela voltar."

"E quanto a mim?", Sami perguntou.

"Você vai para o quarto dela", Alexander disse. Sami abriu um sorriso de satisfação quando Morgan traduziu.

Prontos e decididos, todos foram se preparar. Era um bom plano, Hannah pensou. Eles não tinham acesso a agentes com treinamento especial ou com equipamento especial. Manter o assunto com a polícia de Haparanda, sem envolver os reforços, parecia uma decisão acertada. Os recém-chegados, por mais competentes e bem-intencionados que fossem, eram sempre motivo de preocupação. Louise certamente devia estar armada e já havia demonstrado ser perigosa ao extremo, mas eles seriam oito policiais. E com uma vantagem incrível: Louise não sabia que a haviam descoberto e que estavam à espera. Daria tudo certo.

A caminho da porta, Ludwig se deteve.

"Merda. O que eu vou fazer com a Helmi?"

Hannah imaginou que aquele fosse o nome da enteada. Ela ouviu um suspiro irritado de Alexander.

"Porra, Ludwig. Dê um jeito nisso."

"A Eveliina só chega em casa tarde da noite."

"Dê um jeito!"

Hannah não se demorou o suficiente para ouvir qual seria a solução apresentada. Apressou-se escada abaixo, pegou a arma, vestiu o colete à prova de balas por baixo da jaqueta do uniforme, pegou um colete para Gordon e saiu para esperá-lo. Tinha acabado de sair quando ele chegou, apressado.

"A gente já sabe onde ela está?"

"Sabemos onde ela vai aparecer", Hannah respondeu, olhando para o colete. "Eu e você vamos ficar no carro, parados na Packhusgatan."

"No meu carro?"

"Por que não?"

Oito minutos e 47 segundos depois, todos confirmaram brevemente pelo rádio que estavam em posição.

Bastava esperar.

O cheiro parecia outro. Essa era a grande diferença. Menos fechado. Mais livre. Ele não tinha pensado nisso antes, mas naquele instante sentiu-o intensamente enquanto estavam no sofá, assistindo juntos a um filme. Stina tinha um cheiro bom de xampu, sabonete e um hidratante que havia encontrado no banheiro, mas não era só isso. Todo o apartamento parecia mais limpo, mais ventilado, sem nenhum jeito de hospital.

O pai de Stina a levara de volta para Haparanda e a deixara no lado de fora: preferiu não entrar e não cumprimentou nem a ele nem a Lovis. Stina mal havia entrado quando ele disse que tinha uma surpresa. Os dois fariam um passeio. Nada de grandioso. Mas Ronnie, um dos amigos de infância com quem ele ainda mantinha contato, passaria umas semanas viajando para visitar parentes no sul e depois iria ao festival de Roskilde, e assim UV poderia usar o apartamento dele num dos prédios amarelos de dois andares da Åkergatan. Era um apartamento pequeno de um quarto, porque Ronnie e a namorada não tinham filhos, mas ele e Stina conseguiriam passar uma tarde, uma noite e uma manhã juntos sem ter que adaptar a rotina aos cuidadores e sem que houvesse sobressaltos com Lovis. Por 12 ou 14 horas, os dois estariam a sós.

Assim que os dois entraram no apartamento ela o abraçou. Não o largou mais: beijou-o e começou a tirar sua roupa. Será que ele ainda se lembrava do que haviam conversado na noite anterior? Sim, devia se lembrar. Então o melhor seria começar logo, pois talvez levasse um tempo até que desse resultado. Ela realmente queria ser mãe outra vez. Fazer a segunda panqueca.

Eles fizeram sexo desprotegido na cama de Ronnie. Depois Stina passou um tempo deitada de costas, com os pés apoiados no colchão e um travesseiro debaixo das nádegas. De vez em quando ela erguia o quadril em direção ao teto para deixar tudo "escorrer para dentro", como ela mesma dizia.

"Escute… aquele negócio da panqueca…", UV disse depois de passar um tempo em silêncio e permitir-se relaxar ao lado dela.

"O que tem?"

"Você não pode falar sobre aquilo com outras pessoas."

"Por que não?"

"Porque as pessoas em geral descartam as panquecas que deram errado. Simplesmente as jogam fora."

"Não foi isso que eu quis dizer", Stina respondeu, e UV percebeu que ela se magoara ao ver que ele tinha sequer cogitado uma ideia daquelas. "Foi só um jeito carinhoso de… quando uma coisa não sai direita, você continua até que saia como você havia imaginado."

UV não respondeu nada, porque tinha a esperança de que ela mesma se ouvisse e percebesse que aquilo não soava nem um pouco melhor.

"Quer dizer, também não foi isso que eu quis dizer… mas você entendeu."

UV se virou para Stina. Não duvidava nem por um instante que ela de fato teria uma vida melhor, viveria mais feliz e enfrentaria melhor as adversidades se tivessem uma criança saudável. O que ele não sabia era se, no meio de tudo isso, ela também seria uma mãe melhor Lovis. Mas o que ele teria a ganhar se puxasse o assunto naquele momento? Sabia da luta de Stina. Sabia que ela tinha um desejo de amar a filha incondicionalmente e que se esforçava muito para que fosse assim.

"Entendi, sim", ele disse, acariciando o rosto dela. "Mas você não pode falar sobre a Lovis desse jeito."

"Está bem."

"Combinado, então."

Ela se endireitou, jogou o travesseiro para longe, deslizou para baixo do edredom e o abraçou. Eles fizeram sexo mais uma vez.

Depois tomaram um banho juntos, colocaram roupas de ficar em casa, abriram a mesinha dobrável na pequena cozinha clara cheia de móveis da IKEA e comeram o que ele havia comprado. Levaram vinho, Coca-Cola — UV não quis beber, porque se tudo desse certo ele pegaria o carro mais tarde —, batata chips e nozes até a sala, acomodaram-se no sofá e usaram o Chromecast para transmitir um vídeo do celular dele para a grande TV de tela plana fixada na parede.

Stina escolheu qualquer coisa na Netflix, e ele a espiou de canto de olho, com o braço nos ombros dela, sentindo o perfume dos cabelos recém-lavados e também do apartamento. Os dois puderam relaxar e curtir um ao outro. Era difícil lembrar a última vez que haviam estado juntos daquela forma. Quando haviam estado um com o outro. Fazia muito tempo. Mas isso logo mudaria.

Aquele passaria a ser o novo normal.

O telefone dele tocou. Era Jyri. Sem pausar o filme, UV levantou-se do sofá e atendeu. Andou até a porta, deu as costas para Stina e falou com a voz baixa, quase num resmungo. Pouco mais de trinta segundos depois ele desligou e olhou para Stina, mas não voltou ao sofá.

"Vou ter que dar uma saída."

"Agora?", Stina perguntou, endireitando-se no sofá.

"É, eu preciso resolver um assunto."

"Tudo bem."

Ela sabia muito bem que não era a oficina que proporcionava as horas dos cuidadores nem uma tarde como aquela. E sabia muito bem que os carros que ele consertava para os finlandeses também não davam muito dinheiro, e que aquilo que ele estava prestes a fazer certamente não era legal.

"Você vai demorar?", ela perguntou.

"No máximo uma hora."

"Tome cuidado."

Se quisesse saber mais, se quisesse saber tudo, ela teria perguntado. Mas não foi o que aconteceu. Então UV foi até o sofá, abaixou-se e a beijou.

"Você pode continuar no seu celular", ele disse, indicando a televisão, e então saiu.

A placa de "não perturbe" estava pendurada na maçaneta. Tinha estado lá desde a chegada de Louise Andersson. Ninguém tinha entrado no quarto para fazer a limpeza, de acordo com a camareira que abriu a porta para ele. Mesmo assim, o quarto estava na mais perfeita ordem, como Sami pôde ver enquanto se instalava. As toalhas estavam penduradas no secador de toalhas do banheiro, toda a louça estava seca, os frascos de xampu, condicionador e sabonete líquido disponibilizados pelo hotel cuidadosamente dispostos ao lado da pia, e no outro lado estavam frascos, potes e tubos que ela devia ter levado consigo. Dois suportes de peruca com as respectivas perucas estavam lado a lado, em frente ao espelho. A loira, que ela havia usado na delegacia, e uma outra de cabelos na altura do ombro, com fios loiro-acinzentados e franja. A cama estava arrumada, a lixeira vazia e a mesa na mais absoluta ordem, com o laptop no meio. Sami nem ao menos se preocupou em abri-lo. Certamente estaria protegido. Ele abriu o guarda-roupa e não teve nenhuma surpresa ao ver as roupas cuidadosamente dobradas e penduradas de acordo com aquilo que certamente era um sistema, mesmo que não fosse um sistema identificável. O cofre estava aberto e vazio. Em nenhuma parte viam-se coisas que pudessem oferecer pistas quanto à identidade dela ou ao motivo de sua presença naquele lugar. Uma profissional de gabarito.

Ele foi até a janela, afastou a grossa cortina com o indicador e olhou pela fresta em direção à esplanada. Depois ele decidiu que de nada valeria postergar: seria preciso agarrar o touro pelos chifres, e assim ele sentou-se numa das poltronas. Pegou o telefone e fez uma ligação.

"Aqui é o Sami. Ele está por aí?", perguntou ao ser atendido. Imaginou que teria de esperar mais uma vez e que assim poderia repassar mentalmente tudo aquilo que pretendia dizer, mas a voz grave de Zagorny se fez ouvir no instante seguinte.

"O que você quer?"

"Eles já sabem quem ela é."

"Quem já sabe quem é?"

"A polícia já sabe que você a mandou para buscar suas coisas", Sami explicou, tomando o cuidado de não deixar a irritação transparecer na voz, mesmo que tivesse praticamente certeza de que Valery já o havia entendido na primeira vez. "Estou no quarto dela agora mesmo."

Não se ouviu nenhum ruído de Zagorny. Sami não conseguia decidir se aquele longo silêncio era um sinal de reflexão ou de raiva, o que o deixou preocupado.

"Como foi que a descobriram?", veio por fim a pergunta.

Sami pensou um pouco: havia mais de um fator em jogo, e o mais relevante era que ela havia deixado rastros, ou que no mínimo havia executado ações que podiam ser rastreadas. Isso e a decisão de infiltrar-se na delegacia.

"A polícia trabalhou bem", ele resumiu, tentando simplificar as coisas.

"Achei que ela seria melhor do que isso."

"Parece que não."

"Quanto a polícia sabe?"

"A polícia tem uma fotografia dela, mas não sabe como se chama. Sabe apenas quem é ela, e também onde está hospedada."

"Como foi que descobriram onde ela está hospedada?"

Enfim havia chegado: aquele era o momento que ele mais temia e que havia dito diversas vezes para si mesmo que não poderia explicar. O momento que o tornava digno de uma reprimenda.

"Eles conseguiram uma fotografia dela e… eu fui obrigado a dizer que sabia onde ela estava."

"Por quê?"

Não importava quanto houvesse se preparado para aquele momento; Sami tinha consciência de que aquilo não soaria nada bem. Mas a alternativa era mentir, o que seria ainda pior. Ele respirou fundo.

"Nós dois nos encontramos no hotel. Eu não sabia que ela era a sua enviada. Acabamos fazendo sexo, e se os meus colegas a prendessem e os funcionários do hotel se lembrassem de terem nos visto juntos, como eu poderia explicar não ter dito nada ao ser confrontado com uma fotografia dela na delegacia?"

Palavras demais. Aquilo era mais uma defesa do que uma explicação. O silêncio permanecia no outro lado da linha — sem dúvida um silêncio irritado, ou seria apenas imaginação?

"Eu fui obrigado a improvisar para salvar a minha própria pele."

Naquele momento ele ouviu Valery soltando um resmungo e trocando palavras em russo com outra pessoa. Depois, silêncio. Um longo silêncio. Mas ele não havia desligado.

"Eu achei que você deveria saber", prosseguiu Sami, numa tentativa de que fora ele o mensageiro da má notícia. "Para que possa entrar em contato com ela e avisá-la, ou fazer o que você bem entender."

Não era uma saída muito boa. Pelo menos não para ele. Se ela não voltasse ao hotel, os colegas da polícia talvez entendessem que alguém havia soado o alerta. Será que as suspeitas recairiam sobre ele? Afinal, era ele quem havia chegado de fora, era ele a pessoa menos conhecida, era ele o menos digno de confiança. Alexander Erixon, aquele merda, certamente acharia que era ele. Não só acharia, mas torceria para que fosse. Será que teria provas a oferecer? Não era certo.

"Mate-a."

Sami ficou um choque, certo de que tinha ouvido errado.

"O que foi que disse?"

"Mate-a."

Se avisá-la era uma ideia ruim, então aquilo era uma ideia mil vezes pior. Ele fechou os olhos e sentiu a respiração tornar-se mais pesada. Simplesmente recusar-se a obedecer àquela ordem seria impensável. Valery Zagorny não era o tipo de homem que aceitava um não como resposta. E provavelmente também não era o tipo de homem que aceitaria sugestões, mas mesmo assim ele seria obrigado a pelo menos tentar.

"Ela é uma profissional, não? Quer dizer, mesmo que a polícia a capture, ela não vai abrir a boca", ele disse, pensando consigo mesmo que aquilo soava ponderado e racional. "Então não seria melhor simplesmente falar com ela e…"

"Você não temeu pela sua pele?", Zagorny o interrompeu com a voz gelada.

"Sim, mas…"

"Então pare de falar e trate de matá-la."

A chuva escorria pelo vidro, mas os limpadores de para-brisa deram conta enquanto ele dirigia até Västra Esplanaden. Chegou até as piscinas públicas e dobrou à esquerda em direção à grande rotatória que o levaria à IKEA, sairia na 99 e depois seguiria rumo ao norte.

Logo a grama bem-cuidada do campo de golfe estendeu-se à direita. O campo pegava uma parte do rio e localizava-se bem na fronteira: tinha 11 buracos na Suécia e sete na Finlândia. Tudo estava vazio e deserto por conta do tempo horrível, mas em geral o campo era bem popular naquela época do ano. O sol da meia-noite tornava possível jogar a qualquer hora, e graças ao fuso horário entre os países era possível fazer, em termos de tempo, o *hole in one* mais demorado do mundo com um pouco de sorte. Uma tacada rumo ao sexto buraco dada na Suécia chegava à Finlândia uma hora e cinco segundos depois.

UV nunca tinha jogado golfe, nunca tinha pensado em começar.

Jyri pediu que os dois se encontrassem nos arredores de Karungi, e ao fim de vinte minutos ele chegou, deixou a 99 para entrar na Stationsvägen, que avançava ao longo da ferrovia, aumentou a velocidade e continuou rumo ao oeste.

Ao fim de pouco mais de um quilômetro, saiu mais uma vez da pista e parou no lugar combinado. Uma cancela ferroviária enferrujada com uma placa de "Proibido o tráfego de veículos" furada a bala impedia o acesso a um ramal mais ou menos tomado pela vegetação. Mais atrás, numa clareira, havia um amontoado de placas de concreto abandonadas. Talvez aquilo pertencesse ao município, ou então a outro qualquer. UV saiu do carro, deu a volta na cancela e olhou para a clareira. A chuva havia parado, mas ele sentia que a umidade da grama penetrava os tênis e a calça. Foi até as placas de concreto, sentou-se numa delas e olhou para o relógio. Parecia ter sido o primeiro a chegar. A não ser pelo sopro do vento em meio às árvores, não se ouvia nada. O tempo úmido havia calado os passarinhos e afastado os insetos.

"Você não acreditou em mim quando eu disse que tínhamos amigos em comum?", UV ouviu de repente às suas costas, levantando-se no mesmo instante. Ele reconheceu a voz e sabia quem encontraria antes mesmo de se virar. Era ela — Louise, a russa ou quem quer que fosse naquele momento. Parecia estar tranquila, apoiada contra as placas de concreto enquanto segurava uma pistola abaixada na mão. Ela não estava lá quando ele havia chegado, e UV tampouco ouviu quando ela se aproximou. Merda. Aquela mulher o assustava.

"Os irmãos Pelttari ligaram para mim na mesma hora", ela disse, com uma expressão que parecia sugerir um sentimento de pena, muito embora ele soubesse que não devia ser nada disso.

"As coisas estão no carro", ele disse, fazendo um gesto com a cabeça em direção ao lugar onde tinha estacionado.

"Eu sei."

"Pode levar tudo."

"É o que eu pretendo fazer."

UV tinha um pressentimento de que aquilo não seria o bastante e notou que o coração havia começado a bater mais depressa no peito. Devagar, ele começou a andar para trás. Ela não havia se mexido, e eles estavam a mais ou menos vinte metros um do outro. Ele não era rápido e não estava em boa forma, mas estava com medo, apavorado, então a adrenalina e o estresse deviam oferecer alguma vantagem. Preparou-se mentalmente para se virar e correr enquanto aos poucos tentava aumentar a distância entre os dois.

"Me desculpe", ele disse, erguendo as mãos, na esperança de fazer com que ela relaxasse um pouco mais. Ela ainda não tinha se mexido. Ele tinha uma chance, com certeza tinha uma chance — por favor.

"Onde foi que você arranjou essas coisas?", ela perguntou.

"Me desculpe", ele disse, sentindo as lágrimas escorrerem pelo rosto. Ele nem ao menos estava chorando: os olhos simplesmente transbordaram. "Por favor. Me desculpe." UV não queria morrer. Realmente não queria morrer. Ele pensou em Lovis, em Stina, que estava no sofá do apartamento de Ronnie. Ele não podia morrer.

"Quem está com o dinheiro?"

Em resposta, UV balançou a cabeça com um gesto resignado, e então deu um passo para trás, tomando cuidado para firmar bem o pé; não poderia tropeçar, tinha que encontrar um ponto que servisse como apoio, e por fim achou um tufo de grama que parecia mais firme e respirou fundo.

No instante seguinte ele se pôs a correr.

As pernas trabalhavam freneticamente enquanto os braços agitavam-se nas laterais do corpo. Ele correu. Mais depressa do que jamais havia corrido. Viu o carro se aproximar e tentou ao máximo aumentar o ritmo. Não sabia onde ela estava e tampouco atreveu-se a olhar para trás. Apenas continuou a correr. Chegou de volta à cancela. Aquilo podia dar certo. Será que tinha ouvido leves estampidos ou aquilo era fruto da imaginação? Será que ela tinha atirado? Em caso afirmativo, estaria usando um silenciador, e com o sangue pulsando alto na cabeça seria impossível ouvir os disparos. De qualquer modo, ela tinha errado. Ele não havia se ferido.

Quando viu o carro afundar numa das laterais, UV entendeu que ela não tinha errado. Ela tinha atirado nos pneus, não nele. O carro afundou mais um pouco, dessa vez para a frente, quando o outro pneu dianteiro foi atingido. A que velocidade ele poderia chegar com os dois pneus dianteiros murchos? Provavelmente ainda era o suficiente para escapar, não? Mas ele ainda teria de parar, destrancar a porta, abri-la, entrar, dar a partida…

Não havia a menor chance.

Não contra uma mulher que havia acertado os dois pneus de uma distância de sabe-se lá quantos metros.

Ele continuou a correr e sentiu o peito queimar, porém não deu a menor atenção a isso. Simplesmente continuou a correr. Atravessou a estrada, olhou depressa ao redor, primeiro à direita, depois à esquerda, torcendo para que alguém aparecesse. Ninguém apareceu. Ele desceu a vala no outro lado. Imaginou sentir um gosto metálico na boca, mas não tinha certeza: àquela altura, não sabia nem se ainda respirava. Sentiu que estava perdendo velocidade e tentou acelerar, mas o corpo não lhe obedecia. Abriu caminho por entre as bétulas que lhe chicoteavam o rosto e chegou ao leito da ferrovia. Do outro lado estava a floresta. Uma floresta de verdade. Densa e exuberante. Lá ele poderia esconder-se. Fugir, manter distância. Mas para isso seria preciso cruzar os trilhos. Ele reuniu todas as forças de que ainda dispunha para vencer os degraus que levavam aos trilhos, chegou lá no alto e estava prestes a sumir do outro lado quando sentiu uma fisgada na perna e caiu. Não chegou a ouvir o tiro, mas compreendeu que fora atingido quando ouviu o próprio grito de dor e percebeu que o leito da ferrovia de repente chegava mais perto. Ele caiu rolando do outro lado. Sentiu o rosto e os braços serem arranhados, mas nada se comparava à dor que sentia na perna. Mesmo assim, permaneceria um tempo fora do campo de visão dela.

Ele tinha uma chance, com certeza tinha uma chance — por favor.

UV se levantou e manquejou para o lado, embrenhando-se em meio às árvores. Mas não chegou muito longe, porque não aguentou mais: tombou atrás do tronco de um abeto e tentou respirar fazendo o menor barulho possível. As calças estavam encharcadas de sangue por causa do grande ferimento na coxa.

Era muito sangue. Sangue demais.

Ele apertou a mão contra o ferimento e a respiração tornou-se curta e espasmódica. Então ouviu quando a mulher deslizou pelo leito da ferrovia e a seguir levantou-se. Ele fechou a boca e tentou respirar fundo pelo nariz. Ele ouviu. Ouviu que ela se aproximava. Seria por causa do sangue? Seria mesmo tão simples quanto seguir um rastro de sangue? Ele fechou os olhos até que tudo ficasse em silêncio.

Quando tornou a abri-los, ela estava agachada poucos metros à frente. A pistola estava apontada para baixo.

"Onde foi que você arranjou as drogas? Quem está com o dinheiro?"

UV balançou a cabeça, chorando. O suor, as lágrimas e o ranho escorriam pelo rosto, e ele não fez nenhum esforço para limpá-los. Não aguentava mais. Começou a ter dificuldade para manter as imagens em foco e sentiu-se enjoado e desorientado.

"Eu deixo você aqui se me contar."

Ele a encarou com o olhar vazio, porque talvez não conseguisse responder nem mesmo se quisesse por causa da respiração cada vez mais curta e cada vez mais espasmódica. Era o choque. Ele estava em choque. A mulher se inclinou para a frente e pegou o queixo dele, erguendo sua cabeça.

"Eu pego as coisas no seu carro e depois vou atrás do dinheiro. Trate de estancar esse sangramento e você poderá sobreviver."

"Estanque você… e aí eu conto."

Ela olhou para a perna ferida e tornou a encará-lo. A visão dele tornava-se mais borrada a cada instante que passava.

"Essa é a sua última chance. Onde foi que você arranjou as drogas? Quem está com o dinheiro?"

Não houve nenhum esforço para fazer nada. Nenhum esforço para salvá-lo. Realmente já era tarde demais. Ela precisava descobrir tudo que pudesse naquele instante. Ele não queria morrer, porém morreria assim mesmo. Foi o que compreendeu naquele instante.

"A Lovis…"

"O que foi que você disse?"

"A minha filha… é doente."

Na cabeça dele aquilo soou diferente, mais como uma declaração de amor. Uma declaração do quanto a amava mesmo que ela não pudesse jamais amá-lo de volta, da vontade de proporcionar-lhe a melhor vida possível, o desejo de estar sempre ao lado dela, a necessidade de estar sempre ao lado dela. Por um instante fugaz UV conjurou uma imagem de Lovis e de Stina, e a ternura que sentiu ao vê-las misturou-se ao desespero e ao luto por ter de abandoná-las, até que por fim perdesse a consciência.

"Merda!"

Ela sentiu o corpo inteiro ser tomado pelo desânimo ao olhar para aquele corpo morto apoiado no tronco do abeto. Mais um fracasso. A droga provavelmente estava no carro, mas seria preciso um nome para encontrar o dinheiro. Os finlandeses que haviam dado a dica não tinham informações quanto à identidade da pessoa que havia fornecido a droga a UV. Eram informações que ela tinha o dever de arrancar dele. E ela tinha certeza de que as teria obtido se ao menos tivesse a chance. Mas ele havia caído no chão e morrido. O tiro na artéria femoral havia se juntado ao estresse, e o esforço adicional da corrida o levara a morrer de hemorragia num instante.

A impressão era de que nada estava dando certo.

Frustrada, ela deixou UV, mais uma vez cruzou o leito da ferrovia, a estrada e foi até o carro dele. Por um lado, encontrar a metade do que procurava era melhor do que nada, mas por outro não era grande coisa. Ela não poderia voltar enquanto não tivesse encontrado tudo, e naquele momento não tinha a menor ideia de onde encontrar a metade faltante.

Por fim ela abriu o porta-malas. Reconheceu a bolsa no mesmo instante.

Era a mesma bolsa preta que a mulher havia levado para a oficina quando Katja entregou o Mercedes a UV. Ela pensou um pouco, tentando se lembrar de um nome que ele pudesse ter pronunciado quando pediu à mulher que o esperasse no escritório, mas por fim chegou à conclusão de que ele não tinha mencionado nomes. Pouco importava, porque não devia ser muito difícil encontrá-la.

Com energias renovadas, ela percebeu qual seria o passo a seguir.

Primeiro levou a bolsa com a droga ao próprio carro, estacionado um pouco mais adiante. Depois atravessou novamente os trilhos e desceu à floresta para buscar o corpo de UV. Com certa dificuldade, ela o arrastou para o outro do lado dos trilhos e para o outro lado da estrada. A maioria das missões que recebia estava relacionada a ambientes urbanos com um grande número de testemunhas potenciais, telefones celulares e câmeras de vigilância, 24 horas por dia. Sem dúvida uma cidade nortista de população esparsa facilitava o trabalho. Ninguém tinha passado desde que UV estacionara o carro, e ninguém apareceu enquanto ela, durante aqueles minutos de risco, arrastou-o ao para o outro lado da estrada a fim de colocá-lo no interior do porta-malas já devidamente esvaziado. Ela dirigiu o carro por umas centenas de metros antes de fazer uma curva em direção à floresta onde ocultaria o cadáver. O mais importante era que não encontrassem o corpo nas horas a seguir, para que a mulher com a bolsa não soubesse que UV tinha sido morto e assim se assustasse, pegasse o dinheiro e desaparecesse. Não seria preciso mais do que doze horas para que a missão estivesse cumprida.

No dia seguinte ela estaria de volta a São Petersburgo.

Avanço. Progresso. Enfim.

Quando trinta minutos depois viu Haparanda surgir em meio à névoa cinzenta, ela percebeu o quanto precisava daquilo.

Não havia muita gente na esplanada em frente ao hotel quando ela chegou à Köpmansgatan vinda do leste. O tempo e o avançado da hora deviam ter parte naquilo. Havia vagas livres no estacionamento em frente à entrada principal. Por hábito, ela olhou para a janela do quarto no último andar antes de estacionar o carro. No mesmo instante desligou a seta e seguiu em frente sem reduzir a velocidade.

Um movimento. Uma pequena fresta nas cortinas fechadas. Aquilo tinha durado poucos segundos, mas não havia dúvida.

Havia alguém no quarto.

Tranquila, ela seguiu em frente, obrigada a pensar. O mais provável era que fosse Tio. Mas por que mais uma visita já no dia seguinte? Nada havia mudado. E além disso ela não estava convencida de que Tio entraria no quarto sem que ela estivesse por lá. Quem mais poderia ser? A placa ainda estava pendurada na maçaneta, e de qualquer forma já era tarde demais para que fosse um funcionário do hotel. Seria a polícia? Não parecia muito provável que tivessem avançado tanto em tão pouco tempo. Ela podia ligar para Tio, claro.

Perguntar onde ele estava e se por acaso a aguardava.

Bastaria uma rápida conversa para descobrir.

Não seria nada bom manter-se longe do hotel, nada bom mesmo, porém aquele era um problema que por ora não havia como resolver. Quando Ludwig havia perguntado a Helmi se havia outra pessoa com quem pudesse ficar, outra pessoa para quem ele pudesse ligar, a menina tinha simplesmente balançado a cabeça. Ele tinha sugerido colegas de escola e amigas das aulas de dança, mas ela continuou a balançar a cabeça e a dizer que queria voltar para casa e para a mamãe. Talvez fosse mesmo o melhor: já estava bem adiantada para uma menina de sete anos, e se tentasse livrar-se dela a uma hora daquelas ele acabaria parecendo o pai postiço incompetente que — quanto a isso não pairava nenhuma dúvida — Helmi já devia ter descrito em outras ocasiões.

Sob pressão, ele havia sugerido a Alexander que a menina o acompanhasse até a esplanada e ficasse por lá com ele. Como um pai e uma filha que juntos participavam daquele luto coletivo. Ela não correria nenhum risco, porque o plano de evacuar a esplanada por ora não seria implementado, e além disso Eveliina poderia buscá-la quando voltasse à cidade.

"E se você for obrigado a intervir, o que acontece?", Alexander perguntou.

"Ela tem sete anos", Ludwig respondeu, olhando para a enteada no sofá. "Já pode ficar um tempo sozinha. E esperar por mim."

O olhar lançado por X foi mais do que suficiente para que Ludwig soubesse o que ele pensava daquela ideia.

Naquele instante ele estava em frente ao computador, sentindo-se um idiota. O horário comercial tinha acabado há bastante tempo e eles não tinham ninguém que pudesse cuidar de Helmi, mas, como recém-chegado ao time ele não queria ser o sujeito que contribuía menos do que todos os demais.

"Quanto tempo a gente vai ficar aqui?", Helmi perguntou em finlandês, jogando longe a caneta que usava para desenhar e encarando-o com um olhar contrariado.

"Até a sua mãe chegar."

Ela ergueu a sobrancelha como quem não havia entendido, mesmo que ele estivesse razoavelmente certo de que havia escolhido as palavras e a ordem corretas.

"Falta pouco", ele disse, pronunciando as palavras devagar e caprichando na articulação.

Helmi soltou um suspiro que fez suas bochechas se inflarem como as de um hamster e revirou os olhos.

"Você pode desenhar mais um pouco", sugeriu Ludwig, e Helmi pegou um punhado de desenhos prontos com uma expressão que indicava que ela não havia feito outra coisa na última meia hora.

"E o iPad?"

Com mais um suspiro ela saiu da sala arrastando os pés, e logo ele ouviu as vozes artificialmente aceleradas de um desenho animado.

Ludwig voltou para o trabalho, mas não conseguiu se concentrar. O melhor seria ir embora. Só restava uma coisa a fazer, apenas para que no dia seguinte pudesse dizer que tinha feito pelo menos aquilo.

Compensado o fato de não estar no hotel.

Mais uma vez ele tentou localizar o telefone com o número encontrado no apartamento de René Fouquier. Até então esse método não havia dado resultado algum. A Tele2 não soubera informar em que loja o chip tinha sido vendido, e as tentativas da polícia de rastrear o número não tinham dado em nada.

"Helmi, vamos para casa", ele gritou em direção à copa, e então se levantou, vestiu a jaqueta e juntou as canetas e papéis que a menina tinha espalhado pela mesa de conferência. "Desligue o iPad e pegue suas coisas."

Ludwig estava prestes a fechar o laptop quando algo o surpreendeu. Seria mesmo verdade? Será que tinha dado uma sorte daquelas? Ele ajeitou a cadeira e sentou-se outra vez. Processou as informações que havia obtido. Sentiu um nó na barriga causado pela adrenalina e pela expectativa ao ver aquele gráfico colorido na tela.

"Vamos?", Helmi perguntou já na porta.

"Espere um pouco", Ludwig respondeu, sem desgrudar os olhos do monitor.

Helmi se virou e voltou batendo os pés até o sofá. Ludwig passou um tempo pensando se o melhor seria usar o rádio ou o telefone, decidiu-se pelo celular e ligou para Alexander, que atendeu já no primeiro toque.

"Ela ligou o telefone!", Ludwig disse quase aos berros. "Eu consegui rastrear o número."

Katja estava no coreto vermelho e branco localizado na parte da esplanada mais afastada do hotel, vigiando a entrada.
Tinha pensado em esperar uma hora, sem pressa.

De vez em quando apontava o binóculo para a fachada, rumo à janela do quarto, mas não tinha descoberto mais nenhum movimento. Claro que aquilo não queria dizer necessariamente que não houvesse ninguém por lá, mas apenas que não havia se revelado outra vez.

Depois de analisar a situação e os planos de ação possíveis, ela tivera uma ideia que não envolvia Tio e que, se tudo desse certo, revelaria se estava sendo vigiada pela polícia. Para terminar o passeio sem rumo ela foi até a delegacia de polícia, dobrou à esquerda, em direção à água, e cogitou a ponte ferroviária verde-azulada, firmada sobre as pesadas fundações de pedra que atravessavam o rio, mas em seguida se arrependeu: não queria que as torres de telefonia da Finlândia captassem sinais, e assim voltou em direção ao centro. Parou junto ao parquinho à beira do calçadão e caminhou até lá. Pegou o telefone, que estava desligado desde que se livrara de René e dos outros na casa deserta, e tratou de ligá-lo. Desbloqueou-o com o código de quatro dígitos e ligou para o serviço de hora certa apenas para ter certeza de que o aparelho fosse visto como ativo. Depois ela o colocou num dos balanços de pneu e voltou à esplanada. Estacionou o Audi e caminhou os poucos metros que a separavam do coreto, que tinha um mastro desproporcionalmente alto fixado ao teto.

E começou a esperar.

Ela não sabia direito como aquilo funcionava, mas o número que tinha dado a René Fouquier estava afixado ao quadro de avisos na sala de Hannah Wester, então provavelmente a polícia estava tentando descobrir a quem pertencia. Não sabia se o número era colocado num programa que sinalizaria automaticamente quando o aparelho fosse ligado ou se as buscas teriam de ser feitas manualmente.

Passados 45 minutos começaram a acontecer coisas.

Um carro que pareceu familiar chegou do oeste e parou em frente ao hotel. Ela ergueu o binóculo. Era isso mesmo. Ela já tinha visto aquele carro parado em frente à delegacia. Era o carro de Gordon Backman Niska, que naquele momento estava com Hannah Wester e mais uma pessoa no banco traseiro. O fato de estarem chegando no mesmo carro de uma direção que não era a da delegacia a uma hora daquelas indicava que já podiam estar nos arredores do hotel, mas a certeza veio apenas quando momentos depois Alexander Erixon saiu pelo acesso principal do hotel e saltou para dentro de um carro que seguiu em direção ao rio.

Katja baixou o binóculo e começou a andar tranquilamente em direção ao Audi.

O que estava acontecendo?

Minutos antes Alexander tinha dado ordens a Roger para que saísse da Stationsgatan, se juntasse a Hannah e a Gordon e o buscasse em frente ao hotel.

Ela havia ligado o telefone. Ou melhor: assim como os outros, ele imaginava que seria ela. Que aquele seria o telefone dela.

Teria sido um descuido. Uma imprudência.

Caso não fosse uma distração, uma manobra evasiva.

Nesse caso ela saberia que a polícia estava no encalço e talvez até mesmo que o hotel estava sob vigilância. Como ela poderia saber dessas coisas? Será que Zagorny dera o alerta? Mas, sendo assim, por que não apenas sumir com total discrição?

Sami aproximou-se da janela e espiou mais uma vez. Tudo estava do mesmo jeito. Ele nem ao menos sabia o que estava procurando. Teria ajudado se ao menos soubesse que tipo de carro ela dirigia. Ele soltou a cortina e mais uma vez assegurou-se de que a pistola estava engatilhada. Sentiu que as mãos estavam suadas e limpou-as nas calças.

Estava nervoso. Mais do que nervoso, para dizer a verdade — estava com medo.

Aquela não era uma situação qualquer. Ela tinha ligado o telefone.

A vontade que ele tinha era sair do quarto, do hotel, de Haparanda, da Suécia. E voltar para a Rovaniemi natal. Mas essa não era uma alternativa realística. Valery Zagorny havia lhe confiado um trabalho. Se ele ficasse lá, pelo menos teria chance de sobreviver. Morgan e P-O estavam ambos a postos e se encarregariam de avisar quando ela se aproximasse do hotel. Caso a vissem.

Ele pensou no lugar mais estratégico para esperá-la. Seria melhor sentar-se no sofá e atirar tão logo a silhueta dela surgisse na porta? Nesse caso, se errasse ele teria pouca mobilidade para um segundo disparo. Mas pouco importava; ele tinha um pressentimento de que haveria uma única chance. Afinal, ela tinha matado cinco homens com uma faca. Será que deveria esperar até que ela entrasse no quarto, para assim poder alegar legítima defesa? Ou será que deveria esconder-se no banheiro, atrás das cortinas, embaixo da cama?

Ele respirou fundo, secou mais uma vez a palma das mãos e atravessou devagar o quarto inteiro. E então parou.

Ele não tinha visto aquilo antes. Ou seria apenas impressão?

Pelo espelho do corredor, Sami tinha imaginado ver um brilho vermelho junto à parede, num ponto em que a colcha da cama não descia até o chão. Ele fechou os olhos por um tempo, porque aquilo podia ser só uma impressão causada pela vista cansada depois de passar todo aquele tempo no escuro. Mas quando tornou a abri-los o brilho continuava lá. Será que havia escutas ou alarmes no quarto? Será que ela sabia que havia gente por lá? Com a testa franzida, Sami aproximou-se da cama para examinar melhor.

Katja estava sentada no carro, pensando no que havia deixado para trás. Não havia nada que pudesse ser rastreado, claro; e ela tinha poucos objetos pessoais com valor afetivo e jamais os levava consigo durante as missões. Além disso, não havia nada valioso no quarto. A única coisa sobre a qual não tinha certeza eram os traços de DNA. Mas havia um protocolo para minimizar esse risco.

E ela o havia seguido à risca.

O quarto estava preparado.

Ela se inclinou para a frente, abriu o porta-luvas, pegou a caixinha, abriu a tampa, pressionou um botão com o polegar e acionou o detonador. Ouviu a explosão poderosa, viu as chamas irromperem pelas janelas e a chuva de estilhaços de vidro, fragmentos de madeira e pedaços de alvenaria. O pânico espalhou-se em meio às pessoas que ainda circulavam pela esplanada, e a seguir veio o silêncio do choque que se instala sempre que as pessoas veem-se obrigadas a processar um evento que acabam de testemunhar, mas que mesmo assim não conseguem acreditar que tenha acontecido.

Katja deu ré e saiu sem pressa. No retrovisor, viu o buraco enorme sob o telhado do hotel; partes da construção haviam pegado fogo, e uma fumaça preta começara a se erguer rumo ao céu encoberto.

"Agente sabe ao menos se ele tinha família?", Lurch perguntou enquanto, quebrando o silêncio na sala de reunião. Não era preciso explicar a quem ele se referia: todos entenderam de imediato, sem conseguir pensar em qualquer outra coisa.

Uma bomba no hotel. No centro da cidade.

Sami Ritola estava morto, e dois outros hóspedes haviam sofrido ferimentos leves. Incidentes com bombas e explosivos lamentavelmente vinham se tornando corriqueiros na Suécia, mas não em Haparanda.

"Não sabemos", Morgan respondeu, dando de ombros. "Ele foi para a cama com aquela mulher no hotel, então provavelmente não", emendou Ludwig.

A hipótese foi recebida com silêncio: ninguém se prestou a discutir se Sami Ritola poderia ou não ter sido infiel. Todos estavam cansados e precisavam de repouso, mas todos pareciam também avessos à ideia de ir para casa mesmo que já não fossem mais requisitados no hotel. X havia chamado o pessoal de Boden, Kalix e Luleå e recebido os reforços enviados pelos colegas finlandeses de Tornio. O esquadrão antibombas estava a caminho, e a DNO — Divisão Nacional de Operações — também devia em breve juntar-se à investigação. Quando os reforços chegaram, Alexander dispensou os policiais locais. Todos haviam estado perto da explosão — Morgan e P-O na construção ao lado — e haviam perdido o colega finlandês. Além disso todos haviam trabalhado 17 horas consecutivas, e o dia seguinte não seria menos movimentado. Os boatos e as suspeitas correm pela cidade. De manhã todos saberiam, todos fariam perguntas.

Todos estariam inseguros e com medo.

E exigiriam respostas, ações, resultados.

A porta da sala de reunião se abriu, e Gordon entrou com duas pessoas em trajes civis que ninguém tinha visto antes. Uma era um homem de cabelos brancos que parecia ter uns cinquenta e poucos anos, com uma calça social e uma camisa polo que davam a impressão de que tinha acabado de chegar de uma partida de golfe. A mulher parecia ter uns 15 anos a menos, tinha cabelos e olhos castanhos e vestia uma saia lápis, uma blusa de seda branca abotoada no pescoço e tênis.

"Esses são Henric Isacsson e Elena Pardo, de Estocolmo", Gordon apresentou-os, e a seguir fez um gesto para que os dois se sentassem à mesa.

"Vocês chegaram bem depressa", P-O disse, cético. "Já estavam a caminho quando o Alexander ligou?"

"Eles não são da DNO", Gordon explicou.

"Ah. De onde vocês são, então?"

"Somos do serviço de cooperação internacional da Polícia Nacional de Segurança", Elena respondeu, acomodando-se. "Fomos informados de que vocês estavam fazendo buscas no registro em uma tentativa de identificar aquela mulher."

Ela abriu a pasta e colocou uma fotografia da mulher até então conhecida apenas como Louise Andersson em cima da mesa. Naquela imagem, os cabelos eram diferentes: fios longos e cacheados num tom intermediário de loiro. A imagem tinha sido captada a partir de uma câmera de vigilância, mas não havia nenhuma dúvida de que aquela era a mesma pessoa.

"Podemos tratar disso amanhã se vocês quiserem ir para casa agora", Gordon disse. "Por outro lado, seria bom que já estivessem todos atualizados para a gente começar."

Os cinco ao redor da mesa trocaram olhares e acenos de cabeça: aquele dia já longo poderia muito bem se alongar mais um pouco.

"Vocês sabem quem é essa mulher?", Lurch perguntou, indicando a fotografia com a cabeça.

"Sim e não, com ênfase em não", Henric respondeu, enigmático. "Sabemos que ela já esteve antes na Suécia, porque essa imagem foi captada em Ystad anos atrás."

"O que ela estava fazendo lá?"

"A suspeita é que tenha executado um informante que participava de uma investigação sobre tráfico de pessoas. E dois seguranças."

Hannah pegou a fotografia e a examinou com a mesma atenção que havia dedicado à fotografia de passaporte na casa de Horvat.

"Temos motivos para crer que ela também esteve por trás da morte do adido cultural da Ucrânia após os eventos na Feira do Livro de Gotemburgo em 2017", Elena prosseguiu. "E que além disso esteve envolvida com vários outros homicídios no exterior."

"Aquilo não foi um acidente? Na Feira do Livro?", Morgan perguntou. "Não foi simplesmente o vento que derrubou uma vitrine?"

"Não conseguimos provar que *não* foi isso que aconteceu", Henric respondeu, olhando para todos com um olhar firme.

"E o que vocês sabem a respeito dela?", Hannah perguntou, largando a fotografia e visivelmente interessada.

"Não muito. Temos fragmentos de informação colhidos aqui e acolá que estamos tentando montar, mas ela é uma assassina de aluguel treinada, e além disso não é a única. Existem outras pessoas que fazem parte dessa organização, mas em tese não sabemos nada sobre elas."

"Em tese?"

"Sabemos apenas que a organização recruta crianças, que desde muito pequenas são treinadas para ser… como ela."

"Onde?"

"Na Rússia, até onde sabemos, mas a organização também pode atuar em outros países."

"Por que a Rússia?"

Henric e Elena se entre olharam, e Henric fez um gesto indicando a ela que falasse.

"No ano passado a Europol fez uma varredura da internet usando um novo programa de reconhecimento facial e acabamos descobrindo isso aqui."

Ela colocou mais uma fotografia em cima da mesa. Era uma ampliação de uma imagem em preto e branco: uma ambulância em frente a uma casa e um grupo de curiosos ao redor.

"Essa imagem foi publicada por um jornal local russo. A fotografia foi tirada no vilarejo de Kurakino, dez anos atrás. A mulher na maca morreu em casa num acidente elétrico. E a nossa suspeita está aqui."

Elena apontou para uma jovem mais ao fundo, em meio ao grupo de curiosos. Todos na sala inclinaram-se à frente para ver melhor. Estava dez anos mais jovem e o corte de cabelo era outro, mas sem dúvida era a mesma pessoa.

"Por quê?"

"Acreditamos que ela tenha sido criada nessa casa."

"Essa é a mãe dela?"

"Segundo a polícia russa, que nos ajudou nas investigações, os vizinhos que ainda moram por lá disseram que o casal Bogdanov tinha uma filha chamada Tatjana que morava com eles, mas nos registros das autoridades russas essa criança nunca existiu."

"Mas então de onde ela veio?"

"Ninguém sabe. Ela surgiu já com dois anos e desapareceu aos oito."

"E com essa idade imaginamos que ela tenha sido recrutada."

"Se essas informações estiverem corretas, ela tinha 18 anos quando essa fotografia foi feita."

Hannah se inclinou para a frente e examinou mais uma vez a imagem, que não estava perfeitamente em foco, mesmo assim conseguiu reconhecê-la. Uma jovem decidida e séria no final da adolescência. Se dez anos haviam se passado desde então, ela estaria com 28 anos.

"O pessoal da escola disse que ela era sobrinha dessa mulher", Elena prosseguiu. "Mas isso não é bem verdade."

"O que aconteceu com o 'pai'?", Lurch perguntou.

"Ele se afogou poucas semanas antes que da morte da 'mãe'."

Todos processaram aquela informação em silêncio. Seria difícil imaginar pessoas capazes de recrutar crianças de oito anos e treiná-las ao longo de toda a adolescência para que dez anos mais tarde se tornassem assassinos profissionais. Era como se no ano seguinte pegassem a enteada de Ludwig e a educassem para matar. Mas, levando-se em conta o que sabiam sobre a mulher que aparecia naquelas fotografias, sobre o que era capaz de fazer e o que havia feito na cidade durante aqueles últimos dias, infelizmente aquela parecia ser uma teoria absolutamente digna de crédito.

"Os vizinhos disseram que a menina era maltratada, então achamos que ela foi recrutada, treinada…"

"… e que no fim voltou para se vingar", Hannah completou, olhando para Henric, que confirmou a suspeita com um gesto afirmativo de cabeça. "Mas você disse que ela passou a viver com essa família aos dois anos", Hannah prosseguiu.

"Sim, ela tinha perto de dois anos quando apareceu em Kurakino."

"Quando foi isso?"

"Em 1994."

"E vocês não sabem de onde ela veio?"

"Não. Só sabemos o que os vizinhos nos disseram. Agora vocês sabem tanto quanto nós."

Hannah fez um breve aceno de cabeça, estendeu o braço e pegou mais uma vez a primeira fotografia, tirada por uma câmera de vigilância em Ystad, reclinou-se na cadeira e se pôs a examiná-la.

"Muito bem. Agora é a vez de vocês. O que vocês têm a nos dizer sobre ela?", perguntou Henric, pegando um bloco de anotações e correndo o olhar pelas outras pessoas na mesa.

O que eles poderiam dizer?

De certa forma todos os pensamentos da sala orbitavam em torno dela, mas quando tentavam expressá-los os agentes da polícia de Haparanda notavam o quão pouco de fato sabiam. Sabiam que tinha uma determinada aparência, que tinha estado na delegacia, que tinha matado cinco pessoas e explodido um quarto de hotel, e também que falava sueco.

"Ela fala pelo menos quatro idiomas fluentemente, até onde sabemos", Henric acrescentou.

"Mas mesmo assim é um pouco esquisito que fale sueco, porque é um idioma pequeno", Morgan constatou.

"Ela trabalha na Escandinávia, e sabemos que também fala finlandês."

Ele fez um gesto para que prosseguissem, mas como ninguém tomou a palavra Hannah afastou a cadeira e se levantou com um movimento brusco. Com a fotografia nas mãos, saiu da sala e deixou os colegas para trás sem dizer uma palavra.

Está chovendo quando a cidade aos poucos desperta.
O dia há de trazer muitas conversas, surpresas e preocupações. Apesar da chuva, muita gente vai até o cordão de isolamento em torno do hotel destruído para dizer que sente-se desprotegido, que está pensando em se mudar.

Ninguém vai fazer nada disso.

Pelo menos não em razão daquele fato.

Ela já passou por situações similares no passado. Uma coisa acontece, duas ou três semanas se passam e depois tudo volta ao normal. Ao fim de um ano aquela data seria lembrada como "faz um ano desde" — apenas mais uma lembrança dentre tantas outras.

Como o postilhão morto em Harrioja no ano de 1906, as vítimas da cólera, o acidente em Palovaara durante a remoção das minas em 1944, os mortos durante as guerras finlandesas, em Seskarö durante a revolta da fome em 1917, os inválidos da guerra.

Os habitantes diriam que a cidade é agradável, segura, boa para as crianças e tem acesso fácil à natureza, e, embora haja poucos eventos, problemas com drogas, desemprego e estradas ruins, todos os olhares encontram-se voltados para o futuro. Existe uma crença no futuro. Uma crença de que a cidade há de prosperar.

Os contatos internacionais colocariam a cidade de volta no mapa. Dessa vez seria a China. A nova rota da seda. As melhorias de infraestrutura que já haviam chegado a Kouvola e talvez chegassem a Haparanda e continuassem até Narvik. Em todo o país, Haparanda era a única cidade que tinha ligação por via férrea com a Finlândia.

Mas não havia certezas. Assim como os habitantes, a própria cidade com o passar dos anos também aprendera a ter expectativas modestas. Se não haviam conseguido restabelecer nem mesmo as ligações com Luleå e Boden, como seriam as coisas em relação à China?

Boas, era o que todos esperavam.

A cidade sentia falta de estar sob os holofotes.

A bem da verdade, os dias de glória não davam nenhum sinal de que poderiam voltar. Mas a resposta caberia ao futuro.

Naquele momento a chuva saciava a sede da terra e limpava os telhados, os carros e as ruas. Como um dilúvio. O futuro imediato havia chegado.

Nem todos sobreviveriam.

Thomas acordou mais tarde do que o habitual, porque havia tomado um analgésico e um comprimido para dormir na noite anterior. O lado da cama que Hannah ocupava estava vazia. Não havia nenhum sinal de que ela houvesse dormido por lá. Mas aos poucos ela tornaria a se aproximar. Quando estivesse pronta. Eram muitos sentimentos envolvidos, e ela nunca tinha sido muito boa em lidar com esse tipo de situação. Nunca fora incentivada a demonstrar o que sentia durante a infância e a adolescência. A mãe também nunca havia compreendido os sentimentos da filha, e o pai nunca entendera para que servia tudo aquilo.

Ruminar sobre as coisas nunca havia melhorado nada.

Thomas sabia o quanto ela já havia perdido. A mãe, claro, mas principalmente Elin. Elin, que nunca era mencionada. Mesmo que estivesse por trás da tristeza reprimida, do medo, da infinidade da culpa.

Quando a mãe cometeu suicídio, ele ajudou Hannah a seguir em frente. Muito tempo depois, ela havia dito a ele que tinha sido muito importante ouvir de outra pessoa que aquilo não era culpa dela. Mas no caso de Elin... Nada do que ele disse surtira o menor efeito. Era como se as palavras dele não conseguissem alcançá-la. Mesmo que a culpa pelo suicídio da mãe tivesse sido esmagadora, não era nada comparado àquilo. O luto e as buscas haviam se tornado uma obsessão que literalmente a matava aos poucos, juntamente e o relacionamento ia junto.

Por fim ele foi obrigado a dar um ultimato. Em nome de ambos. Hannah teria que decidir se queria recomeçar a vida ou abandoná-la de vez.

Antes de qualquer outra coisa, os dois precisariam sair de Estocolmo. Para começar o processo de cura em outro lugar. Eles se mudaram. Apesar de tudo. Voltaram ao norte. A Haparanda.

E aos poucos, muito aos poucos, Hannah também retornou à rotina, à vida. Três anos após o desaparecimento de Elin ela tornou a engravidar. Ninguém sabia como aquilo podia acabar, mas ela se entregou à vida do bebê e às tribulações dos primeiros anos. Às vezes exagerava na proteção, às vezes demonstrava falta de interesse, mas no geral eles haviam voltado a ser uma família. Pelo menos até aquele momento, quando ela haveria de perdê-lo também.

Thomas levantou-se da cama e saiu do quarto. Franziu a testa ao ver que o alçapão que levava ao sótão estava aberto.

"Hannah...", ele gritou em direção à abertura. Como não houve resposta, ele fechou o alçapão e foi até a cozinha. Hannah estava sentada à mesa com uma caixa de mudança ao lado, no chão. Uma caixa que ele nem recordava e que havia torcido para nunca mais ver. Havia documentos, pastas e fotografias em cima da mesa. Hannah ainda usava as mesmas roupas com que havia saído de casa no dia anterior. Os olhos estavam levemente avermelhados pela privação de sono, mas o olhar parecia um pouco maníaco quando ela o encarou.

"É a Elin."

"Como?"

"Essa mulher que a polícia está procurando. É a Elin."

Acuada, com a voz quase arfante, Hannah parecia estar funcionando num ritmo tão acelerado que Thomas surpreendeu-se ao constatar que permanecia sentada.

"Tudo bem, tudo bem, espere um pouco…", ele disse, estendendo as mãos em direção a ela, e a seguir puxando uma cadeira para sentar-se. Não tinha entendido nada, mas enquanto olhava para a esposa teve a certeza de que, a despeito do que tivesse acontecido, a despeito da motivação para a ideia de que Elin estaria envolvida com aquilo, a situação como um todo era quase insuportável para ela. "Fica calma…"

"A mulher que a polícia está procurando", ela prosseguiu, sem dar o menor sinal de ter se acalmado. "Eu já falei sobre ela?", Hannah perguntou, e Thomas mal conseguiu balançar a cabeça antes que ela começasse. Ela não sabia direito o que havia e o que não havia comentado, então contou toda a história desde o início, de maneira resumida e desconexa: Tarasov, o dinheiro, a droga, uma pessoa enviada pelos russos, os homicídios, os desaparecimentos, a bomba no hotel.

"Explodiram uma bomba no hotel?", ele perguntou, surpreso.

"Sim, durante essa noite. Ela explodiu o quarto em que estava hospedada."

Aquilo pareceu apenas uma nota de rodapé antes que Hannah continuasse a falar sobre a mulher que se apresentara como Louise Andersson e conseguira acesso à delegacia, onde as duas haviam se encontrado, e sobre a qual a Polícia Nacional de Segurança havia oferecido informações poucas horas antes.

Sobre a menina que havia surgido num vilarejo russo. Aos dois anos de idade. Em 1994.

"É ela. É a Elin", Hannah concluiu, olhando para Thomas com os olhos cheios de lágrimas, com expectativa e esperança de que o marido compartilhasse a exaltação e a alegria daquela descoberta.

"Não, não é", ele disse com a voz calma, obrigado a decepcioná-la.

"Claro que é. Eu sei."

"Hannah… essa não é a Elin."

"Eu senti assim que vi a fotografia na casa do Horvat, o sujeito que providencia a limpeza para a delegacia", ela prosseguiu, sem dar atenção ao que ele havia dito. "Eu senti…"

Thomas não respondeu, limitou-se a encará-la com tristeza enquanto ela procurava alguma coisa em meio aos papéis.

"Ela é parecida com a Alicia, eu pensei quando a vi na minha sala, com a peruca, mas olhe aqui…" Ela pegou e mostrou para ele uma fotografia que parecia ter sido tirada a partir de uma câmera de vigilância. "Está vendo? Claro que é ela. Olhe. Tem outra imagem ainda melhor na delegacia."

Thomas nem ao menos olhou, apenas afastou a fotografia, inclinou-se para a frente, segurou as mãos da esposa e a olhou bem fundo nos olhos.

"Hannah, meu amor, por favor, pare. Essa não é a Elin. Não faça uma coisa dessas com você mesma."

"Tudo bate…"

"Não é ela."

Thomas sentiu o corpo de Hannah se enrijecer quando ela afastou as mãos, respirou fundo e enxugou a lágrima solitária que estava presa aos cílios de um olho. Percebeu a mudança se alastrar por todo o corpo antes que ela mais uma vez parecesse fria e o encarasse.

"Então eu estou louca."

"Não."

"Que nem a minha mãe."

"Não, você não está louca", ele disse, do jeito mais delicado e mais afetuoso possível. Fora obrigado a escolher as palavras com todo o cuidado. Ele era bom naquilo. "Você não dormiu, e nem falamos direito sobre, você sabe, sobre a minha doença e as coisas que ainda vão acontecer."

Ele tentou novamente segurar as mãos dela, estabelecer contato físico, mostrar que estava ao lado dela, mas Hannah se afastou.

"Você está tentando se agarrar a um fio de esperança. E eu entendo as suas razões, mas é melhor não contar com isso. Por favor. Você pode acabar magoada."

"Eu não estou louca", ela repetiu em voz baixa, como se não tivesse ouvido nada do que ele havia dito.

"Mas você está triste. Quer recuperar o que já teve, não quer admitir que tudo seja tirado de você."

"É ela", Hannah afirmou mais uma vez, decidida, e então afastou a cadeira, levantou-se com um movimento brusco, encarou-o com mágoa no olhar, parecendo mais decepcionada por ele não estar compartilhando aquele momento do que brava por não lhe dar crédito e, sem dizer mais nada, levantou-se para ir embora.

"É impossível", ele prosseguiu. "Imagine, essa menina, todas as coisas pelas quais ela passou, a pessoa que ela se tornou, e que ainda por cima ela tenha acabado justamente aqui em Haparanda, numa investigação da qual você faz parte!"

Não houve resposta. Thomas ouviu quando a porta do banheiro bateu e a tranca girou. Parou junto da mesa, olhou para as fotografias, para os documentos da investigação de Estocolmo que Hannah tinha desencavado, para o sapatinho vermelho de verniz.

O tempo inteiro ele temia que Hannah fosse lidar mal com sua partida, mas naquele momento, pela primeira vez percebeu que talvez ela realmente não tivesse meios para lidar com aquilo.

Aquela não era uma chuva qualquer. As gotas precipitavam-se furiosas sobre o teto e deixavam-na desconfortável. Tinha sido assim desde a infância. Ela não tinha nada contra a chuva, nada contra o tempo.

Mas não gostava de estar num carro enquanto chovia.

Talvez porque o carro fosse muito eficaz em abafar todos os outros sons e ela quisesse estar em pleno controle de todos os sentidos. Naquele instante ela não ouvia nada a não ser o tamborilar constante na carroceria. As nuvens também limitavam o alcance da visão. Mesmo que ligasse os limpadores de para-brisa de vez em quando, era difícil enxergar a entrada da oficina a dez ou quinze metros de distância.

O telefone dela zumbiu no bolso. Ela aceitou a chamada com um *sim* lacônico.

"Você explodiu o quarto." Era a voz familiar de Tio, que parecia fazer uma constatação sem nenhum resquício de julgamento.

"Explodi."

O melhor seria admitir não era a primeira vez que essas coisas aconteciam, e aquilo não tinha sido um fracasso, mas justamente o que se esperaria dela numa situação daquelas.

"Por quê?"

"Eu tinha motivos para crer que a polícia o havia descoberto."

"E realmente havia. Um policial morreu na explosão. O Zagorny está furioso, porque era um dos sujeitos dele."

"Então ele despachou outros além de mim?", ela perguntou, sem deixar transparecer que aquilo era uma surpresa bastante indesejável.

"Um agente infiltrado como plano B. Caso a polícia encontrasse as mercadorias antes de você."

"Você sabia disso?"

"Não."

Nada mais. Tio devia ter compreendido que o simples fato de que Zagorny havia mandado outros homens seus era uma clara manifestação de desconfiança. Como ele não havia interpretado dessa forma, mais uma vez ela se viu obrigada a questionar aquela relação e a perguntar-se quem era Valery Zagorny, afinal de contas.

"Termino hoje. Logo devo estar de volta", ela disse para mudar de assunto e evitar aquela pergunta inevitável.

"Você tem certeza?"

Katja viu que um vulto surgira caminhando depressa na lateral da oficina, sem guarda-chuva ou qualquer outro tipo de proteção contra a chuva, já totalmente encharcado. Ela ligou novamente os limpadores de para-brisa e viu quando Raimo Haavikko, o jovem funcionário, se aproximou da porta, tentou abri-la e, ao ver que estava trancada, começou a mexer nas chaves que tinha consigo.

"Tenho certeza", ela disse enquanto o rapaz abria a porta da oficina e desaparecia lá dentro.

"Muito bem. Então nos falamos mais tarde."

Depois tudo ficou em silêncio. Ela guardou o telefone, saiu do carro e correu em direção à garagem. "Für Elise" recebeu assim que entrou e limpou os pingos de chuva que haviam caído no rosto. Minutos depois, Raimo saiu de um dos cômodos mais ao fundo e começou a abotoar o macacão, os cabelos pretos ainda pingando.

"Oi, Raimo", ela disse, abrindo um sorriso. Ele dirigiu-lhe o mesmo olhar de "eu te conheço?" que UV havia lhe lançado na primeira vez em que os dois haviam se encontrado, e então se aproximou, passando a mão pelos cabelos molhados.

"Oi."

"Você pode me ajudar com uma coisa?"

Raimo olhou desconfiado ao redor, claramente desconfortável com a situação, e talvez um pouco contrariado por ter que assumir uma responsabilidade.

"Você acha que pode esperar até o Dennis voltar? É ele que, tipo, cuida desse lugar. Ele deve chegar a qualquer momento."

"Não, eu não posso esperar o Dennis chegar." Ela sorriu mais uma vez. "Tenho certeza de que você pode me ajudar. Eu estou procurando uma pessoa."

"Muito bem. Quem seria essa pessoa?"

"Uma cliente de vocês. Uma mulher grandona, com cerca de 1,75 m de altura e cabelos loiros por aqui." Ela colocou a mão logo abaixo do ombro. "Com olhos verdes e sardas no rosto."

"A Sandra."

Katja tinha uma mentira preparada caso ele perguntasse por que ela queria saber aquilo, caso ele achasse que não podia sair revelando os nomes dos clientes a esmo, mas ele pareceu genuinamente contente de poder ajudar.

"Sandra?"

"É a namorada do Kenneth. Ela esteve aqui ontem mesmo."

"Kenneth."

"Ela é agente penitenciária. Trabalha no presídio", ele disse, fazendo um gesto em direção ao local onde ficavam as instalações.

"Você por acaso sabe qual é o sobrenome dela? Ou, melhor ainda, onde ela mora?"

"**S**alvar como..." e então selecionar o dispositivo USB que ela havia conectado. Enquanto o computador executava a tarefa, Hannah recolheu os papéis da investigação que não tinha em versão digital, mas que talvez fossem necessários.

Não esperava que Thomas fosse acreditar incondicionalmente no que ela dizia, mas tampouco havia imaginado que pudesse rejeitar sua teoria daquela forma decidida e categórica, como se nem ao menos por um instante se mostrasse disposto a aceitar a possibilidade de que ela tivesse encontrado a filha deles.

Mas as coisas eram o que eram. Ela entendia.

E não usaria aquilo contra Thomas.

Já bastava tudo com o que ele precisava lidar. E claro que o marido merecia que ela se envolvesse mais com aquilo. Era o que Hannah queria, era o que pretendia, mas antes de qualquer outra coisa ela precisava seguir aquela descoberta até o final. Nada nem ninguém a deteria.

Você quer recuperar o que já teve, não quer admitir que tudo seja tirado de você, ele havia dito. A questão não era essa: não havia nada mais a recuperar. Haviam se passado 26 anos nos quais aquela Elin de dois anos de idade não havia existido, bem como nada da pessoa que ela poderia ter se tornado.

Os sonhos, os planos, as expectativas — tudo havia desaparecido.

Hannah mais do que tudo precisava chegar ao fim daquilo. Assim como era importante descobrir o paradeiro de um corpo mesmo quando se tinha certeza de que uma pessoa desaparecida estava morta. Para assim ter um desfecho.

Ela tinha marcado uma reunião com Henric e Elena, queria saber mais, queria saber tudo. Disse que talvez pudesse ajudá-los, quando na verdade eram eles que poderiam ajudá-la. Depois ela iria para a cabana — não queria permanecer na delegacia e não poderia estar em casa na companhia de Thomas —, a fim de analisar, na paz e na tranquilidade, todo o material de que dispunha, tudo aquilo que sabia, para então decidir qual seria a melhor forma de prosseguir.

Ela foi interrompida quando Gordon apareceu na porta. Simplesmente ficou parado no batente em vez de entrar e sentar-se. Ele parecia cansado, embora quase nunca parecesse estar cansado.

"Como você está?", ele perguntou.

"Bem, por quê?"

"Ontem eu fiquei pensando depois do que aconteceu com o Ritola e tudo mais."

Claro. Os acontecimentos das últimas semanas haviam resultado na morte de um colega, então seria natural que Gordon conversasse com os policiais e perguntasse como todos se sentiam e como estavam lidando com aquilo.

"Ah", disse Hannah. "Está tudo bem. Quero dizer, o que está feito está feito, acho eu." Ela balançou a cabeça, lamentando, mas naquele instante não conseguiria expressar mais do que aquilo. Para dizer a verdade, ela não havia pensado no colega morto por um momento sequer desde o encontro com Henric e Elena.

"O que vai acontecer a partir de agora?"

"A DNO foi chamada. O X vai deixar a investigação a cargo deles, acho, e logo vamos descobrir o que querem que a gente faça."

"Eu preciso de umas horas a sós."

"Hoje?"

Hannah compreendeu a surpresa de Gordon. Os policiais naquela delegacia tinham ido de acidentes com animais na estrada e casos isolados de agressões para homicídios em massa e explosões de prédios. Se havia um momento em que ela não deveria tirar umas horas para si, o momento era aquele, mas ela nem ao menos se importou em dar qualquer tipo de explicação.

"É. Aconteceu uma coisa."

Ela viu percebeu que Gordon queria perguntar se aquilo estaria relacionado a Thomas, e por extensão a eles dois, mas no fim se conteve.

"Bem, nesse momento não sou eu quem concede ou não as dispensas, então…"

"Você não pode simplesmente dizer que estou fazendo outra coisa por hoje? Depois eu dou um jeito."

"Claro. Vá para casa, então."

"Obrigada." Hannah o observou. Ele parecia realmente cansado. "Como você está? Parece exausto."

"Está tudo bem. Podemos falar sobre isso outra hora."

"Tem certeza?"

Assim que terminou de falar ela percebeu que não deveria ter oferecido aquela abertura. Henric e Elena estavam à sua espera, e ela não queria saber o que podia estar incomodando Gordon; queria apenas vestir o uniforme o quanto antes, para que a visita parecesse oficial, e depois pôr-se a caminho. Para saber todo o possível a respeito de Elin.

"Tenho, pode ficar tranquila."

E então Gordon saiu. Ela ouviu quando ele parou na sala de Morgan, logo adiante no corredor, e perguntou como o policial estava. Hannah juntou as últimas coisas de que precisava.

Era impossível, Thomas havia dito, que aquela mulher procurada pela polícia fosse a filha deles. Impossível. Mas coisas impossíveis aconteciam o tempo inteiro. Irmãos eram reunidos ao fim de três décadas, gêmeos separados ao nascer reencontravam-se na idade adulta, cachorros voltavam para casa depois de passarem dez anos desaparecidos.

Nada era impossível.

"Eu já tentei ligar, mas ele não atende."

Sandra percebeu que o bom humor sentido ao longo da manhã inteira estava desaparecendo. Ela tinha acordado antes que o despertador soasse, com um frio na barriga de expectativa, como se aquilo fosse uma véspera de Natal que jamais houvesse vivido quando criança. Cantarolando, desceu a escada ainda de roupão e preparou o café da manhã. Olhou para a breve mensagem que havia recebido de UV na tarde anterior e mais uma vez não pôde conter um sorriso.

Pode vir buscar amanhã / Dennis Niemi, Oficina mecânica.

Um tom sóbrio e neutro, como se a mensagem dissesse respeito ao carro dela ou a uma peça sobressalente, sem nada que pudesse levantar a suspeita da polícia. Seria impossível desconfiar que o assunto daquela mensagem eram oito milhões de coroas. Que ela poderia buscar. Naquele mesmo dia. Sandra apagou a mensagem — o que devia ter sido feito assim que a recebeu, mas a felicidade de ler e reler aquilo a impedira — e subiu para se vestir. Escolheu algumas das roupas novas que havia comprado. Sapatos novos. Queria sentir-se bonita.

Saiu de casa no horário de sempre, chegou à penitenciária no horário de sempre. Vestiu o uniforme e respondeu com um "sim" alegre e satisfeito quando uma colega perguntou se a blusa que usava era nova. Depois de uma caneca de café chegou a hora de abrir as celas.

Como em outro dia qualquer.

Mas aquele não era um dia qualquer. Era um dia muito, muito especial mesmo. Ela se flagrou sorrindo por diversas vezes: tinha o pensamento em outras coisas. Em oito milhões de outras coisas. O plano era ir até a oficina durante o intervalo de almoço, mas o tempo parecia se arrastar, ela não conseguiria aguentar até lá, estava ficando louca andando de um lado para o outro na marcenaria. Logo ela pediu desculpas e disse que não estava muito bem, como acontecia de vez em quando, tornou a vestir as roupas civis e foi de carro até a oficina. Perguntou sobre UV assim que viu Raimo. Ele não estava por lá. Ainda não tinha chegado. E não tinha dito nada sobre a hora que chegaria. Raimo não sabia onde ele estava.

"Eu já tentei ligar, mas ele não atende."

Sandra deixou a oficina, correu em meio à chuva e entrou mais uma vez no carro. Ligou para UV assim que fechou a porta. Na mesma hora a ligação caiu na caixa postal.

Irritada, ela desligou, vendo-se obrigada a pensar. A primeira coisa que lhe ocorreu foi que ele a enganara. Que tinha pegado o dinheiro e sumido. Que ela tinha sido ingênua e confiado nele, totalmente cega pela expectativa. Ela sentiu a respiração mais pesada, sentiu a raiva aumentar como uma bola incandescente no peito. Os pensamentos voltaram-se à espingarda que continuava no porta-malas. Ele acabaria por se arrepender. Mas e a filha, Lovis? Não era possível se mudar com ela de uma hora para a outra. E a namorada de UV? Talvez ela soubesse de alguma coisa. Sandra pegou o telefone mais uma vez e procurou o número de Stina.

Ela não conseguia controlar o choro. Pela trigésima vez, ligou e pôs-se a escutar.

Aqui é Dennis Niemi, da Ofi...

Stina desligou e largou o celular no colo sem saber o que fazer. Alguma coisa tinha dado errado. O que quer que tivesse levado UV a desaparecer era um sinal de que alguma coisa dera errado. Na melhor das hipóteses ele teria se escondido, à espera de algo. Na pior…

Seria melhor não pensar a respeito.

Ela se enrolou no cobertor, sentada naquele apartamento estranho. Não poderia ligar para a polícia, não poderia envolver a polícia, mas nesse caso para quem ligar? A quem recorrer se ele não aparecesse logo, se realmente tivesse acontecido alguma coisa? O telefone vibrou. Ela se jogou em cima do aparelho. Não era UV. Era um número desconhecido, mas talvez ele houvesse pegado emprestado um outro telefone qualquer porque havia se livrado do seu.

"Alô, sim?" Havia uma esperança enorme naquelas duas palavras.

"Oi. Aqui é a Sandra. Fransson. Namorada do Kenneth."

"Ah, olá." Stina limpou a garganta e fungou para esconder o choro. Sandra Fransson. A agente penitenciária. O que será que ela queria? Será que Dennis estava na casa de Kenneth? Nesse caso ele poderia ter dado notícias.

"O Dennis está por aí?", Sandra perguntou.

"Não, não está."

"Você sabe por onde ele anda?"

"Não. Por quê?"

"Ele tinha combinado de me encontrar na oficina, porque a gente tem um… ele ia me ajudar com uma coisa."

"Ele não está aqui. Eu não sei onde ele está."

Sandra mordeu o lábio inferior. Stina tentou esconder, mas era claro que estava triste e havia chorado. Será que era o tipo de coisa que Sandra poderia simplesmente ignorar? As duas nem se conhecem. Será que ela estava chorando porque UV a deixara? Porque tinha passado a mão em dez milhões de coroas que não eram dele e abandonado a família?

"Aconteceu alguma coisa?", ela perguntou, tentando demonstrar ternura e preocupação genuínas. "Parece que você está chorando."

Stina não respondeu na hora; primeiro lutou contra as lágrimas e pensou sobre o que podia dizer e o que não podia. Sandra era agente penitenciária, mas ela precisava falar com alguém. Estava quase enlouquecendo por conta daquela insegurança, daquela preocupação.

"Stina?", ela ouviu Sandra chamar no outro lado da linha ao perceber que havia passado um tempo em silêncio.

"Ele saiu de carro ontem à tarde. Disse que precisava resolver um assunto e não voltou mais."

"Que assunto?"

"Eu não sei, mas era uma coisa, você sabe, uma coisa talvez não inteiramente legal…"

"Achei que ele tivesse parado com essas atividades, não?", Sandra respondeu, tentando não dar bandeira para que Stina não achasse que ela poderia estar envolvida nessa coisa não inteiramente legal.

"Ele tinha, mas a Segurança Social diminuiu as nossas horas de assistência, e aí…"

"Ah, eu sei, o Kenneth me contou." Sandra emulou um pouco de solidariedade na voz, porque já não se importava mais; queria apenas saber onde tinha ido parar o dinheiro. Em outras palavras, onde Dennis estava. E ela tinha uma certeza razoável de que não conseguiria essa informação com Stina.

"A gente precisa de ajuda", Stina disse, com a voz embargada. "Mas isso custa dinheiro, então… ele decidiu fazer uma coisa."

"E não voltou mais."

"É."

"Você não tem nenhuma ideia de onde ele possa estar?"

"Não."

Sandra acreditou. Aquilo estava de acordo com o que ela sabia. UV talvez quisesse enganá-la, mas não deixaria a família em apuros. Stina parecia de fato muito abalada, e não havia nenhum motivo para crer que estivesse fingindo a preocupação e a tristeza, ou que os dois tivessem feito planos de fugir juntos. Com o dinheiro dela.

"Ele vai voltar", ela disse, ansiosa por encerrar a conversa. "E pode deixar que não vou falar nada sobre o que você me contou."

"Obrigada."

"Mande notícias."

"Claro. Você também."

E então ela desligou. Sandra olhou para a chuva. O que tinha acontecido? Alguma coisa devia ter acontecido. Havia motivos para crer que aquilo estaria relacionado à venda. Quem poderia ter informações sobre aquilo? Sandra saiu do carro e mais uma vez aproximou-se de Raimo.

"Você conseguiu falar com ele?", ele perguntou assim que ela apareceu na porta.

"Não. Quando ele chegar, peça que ligue para mim na mesma hora."

"Claro."

"Ou, melhor ainda: me liga *você* na mesma hora."

Ela se aproximou de uma das bancadas enquanto procurava um papel e uma caneta na bolsa.

"A propósito, aquela outra mulher conseguiu falar com você?", Raimo perguntou, enquanto ela pegava uma nota fiscal e anotava o número de telefone no verso.

"Quem?"

"Uma garota passou aqui ontem e perguntou por você."

Sandra parou o que estava fazendo, endireitou as costas e olhou para Raimo.

"Que garota?"

"Sei lá. Ela sabia como você era, mas não como você se chamava."

"E você disse?"

"Disse...", Raimo respondeu, com certa hesitação, dando-se conta de que talvez aquela não tivesse sido uma ideia muito boa.

"Como ela era?"

Raimo descreveu e Sandra soube no mesmo instante de quem se tratava. A mulher com aquele Mercedes caro, sobre a qual UV tinha se recusado a falar quando entrou no escritório após o encontro na oficina, quando Sandra perguntou quem era. Ele tinha dito que era apenas uma cliente. Ao relembrar a cena, Sandra percebeu que ele parecia bastante nervoso. Como se a mulher que dirigia aquele Mercedes não fosse uma simples cliente.

Ela terminou de anotar o telefone no verso da nota fiscal e entregou-a para Raimo.

"Assim que ele chegar", ela disse, voltando ao carro.

Havia uma chamada perdida, ele viu ao sair do banho. De Sandra. Kenneth pegou o telefone e ligou de volta enquanto ia até o quarto se vestir.

"Oi. Vi que você me ligou", ele disse, quando ela atendeu já no primeiro toque.

"Se o UV não está em casa e não está no trabalho, você sabe onde mais ele poderia estar?"

"Quê? Não. Como assim?"

"Ele não tem nenhum, como posso dizer... nenhum esconderijo ou coisa do tipo?"

"Não, por quê?", Kenneth perguntou, vestindo uma camiseta limpa. Ele ouviu quando Sandra tomou fôlego no outro lado da linha e começou a contar tudo. Interrompeu-a assim que ela disse que havia pegado a droga para que UV a vendesse. Onde diabos ela estava com a cabeça? Os dois haviam combinado que ninguém mexeria naquilo!

Kenneth foi informado de que esse assunto poderia ser discutido mais tarde, mas que naquele momento o importante era que ele ficasse quieto e a ouvisse.

Então ele ficou quieto e ouviu.

Uma mulher tinha perguntado por ela naquela manhã, um dia após o desaparecimento de UV. O assunto era um carregamento de droga que valia muito dinheiro. Que pertencia a outra pessoa antes de parar nas mãos deles. Imagine se estivessem atrás deles? Se UV tivesse fodido tudo de um jeito ou de outro? Falado com as pessoas erradas?

"Como era essa mulher?", Kenneth perguntou em frente à janela do quarto.

Sandra descreveu-a por alto.

"Ela está aqui neste momento", Kenneth a interrompeu, dando um passo para trás. Ele viu o Audi que havia estacionado na entrada da casa e a mulher que saíra dele. Viu quando ela sacou uma pistola e a destravou antes de colocá-la mais uma vez no bolso.

"Ela está armada", ele disse, arquejando e dando mais um passo para trás, sentindo o medo tomar conta.

"Esconda-se!"

"Como?"

"Não deixe que ela encontre você. Não importa o que aconteça, está me ouvindo? Esconda-se. Depressa!"

Kenneth baixou o telefone e olhou ao redor, desesperado. Onde? Onde poderia se esconder? Poucas vezes havia brincado de esconde-esconde quando pequeno, e sempre havia se dado mal nessas ocasiões.

No armário? Debaixo da cama? Atrás das cortinas?

Todos esses eram lugares batidos, os primeiros onde qualquer um acabaria procurando. A campainha tocou. Kenneth soltou um pequeno gemido, e aquilo foi o suficiente para tirá-lo da paralisia. Ele tinha uma casa inteira onde se esconder. Correu no maior silêncio possível para fora do quarto. A campainha soou de novo. Dessa vez foi um toque mais longo, mais insistente. Kenneth havia chegado ao andar de baixo. Pensou em ir ao porão, mas a porta rangia e, em razão da proximidade, ela talvez ouvisse. Mais toques na campainha. Quatro, cinco toques breves. Kenneth não sabia como agir. O que ela faria se ninguém abrisse? Será que desistiria? Será que esperaria no carro até que alguém aparecesse? Nesse caso ele poderia manter-se escondido e chamar a polícia. Por que uma mulher armada estaria de tocaia em frente à casa deles era uma coisa que tentaria explicar mais tarde; naquele momento o importante seria escapar.

A mulher parou de tocar a campainha. Kenneth olhou ao redor, e estaria totalmente exposto caso ela desse a volta na casa. Ele ficou na escada, onde não havia janelas. Talvez pudesse se arriscar a espiar do andar de cima para ver se a mulher havia voltado ao carro. Mas ele soube que não assim que ouviu uma das janelas do porão estilhaçar-se. Kenneth terminou de subir a escada, na tentativa de manter-se o mais distante possível daquela mulher.

O pânico estava muito próximo. Seria necessário pensar. Depressa. Essa já não era uma de suas maiores habilidades e naquele momento parecia impossível. Sua cabeça estava totalmente vazia.

Ele ouviu quando a porta do porão foi aberta. Aquela mulher já estava dentro da casa e ele ainda não sabia o que fazer. Qualquer coisa seria melhor do que estar onde estava, e assim ele voltou discretamente ao quarto e se aproximou do guarda-roupa aberto. O cesto de roupa suja. Era um cesto grande, do tamanho de uma mala de viagem, feito de vime ou casca de árvore ou cortiça ou qualquer outra coisa do tipo. Ele podia entrar ali e fechar a tampa. Era um esconderijo muito, muito ruim, mas ele não conseguia pensar em mais nada.

Conseguiu enfiar-se no meio das roupas, mas achou muito apertado e enquanto ajeitava a tampa já se perguntou se aguentaria ficar lá dentro.

"Kenneth", ele ouviu uma voz chamar no andar de baixo, e por reflexo prendeu a respiração. "Sandra? Vocês estão em casa?"

Kenneth ouviu enquanto a mulher se movimentava lá embaixo, atravessava os cômodos, subia a escada. Fechou os olhos. Nada, a não ser talvez pelo Mercedes no pátio, indicava que estivesse em casa. Ele podia simplesmente estar fazendo uma caminhada. Na chuva. E alguém podia ter ido buscá-lo. Ela não tinha como saber que ele estava em casa.

Kenneth ouviu passos no alto da escada.

"Kenneth!"

Ele permaneceu imóvel, praticamente sem respirar, ignorando a dor nas pernas e na lombar. Abriu a porta do banheiro. O piso ainda devia estar molhado por conta do banho. Mas aquilo não significava nada, porque eles não tinham aquecimento no piso: a água podia estar lá havia horas. Se ao menos o espelho não estivesse embaçado…

Segundos depois ele a ouviu entrando no quarto. Katja pareceu dar-se por satisfeita depois de ficar escutando por um tempo que pareceu uma eternidade voltar para o andar de baixo. Kenneth tentava manter a respiração sob controle e mudar de posição, mas o cesto não permitia. Ele ouviu quando ela entrou na sala, e então tudo ficou em silêncio. Totalmente em silêncio.

Ela não se mexeu. Ele não se mexeu.

Quinze minutos se passaram. Depois outros quinze. O corpo doía tanto que ele achou que começaria a chorar. Onde estaria aquela mulher? Kenneth não tinha ouvido nada por um bom tempo. Esperou mais dez minutos e por fim não aguentou mais. Com todo o cuidado, ergueu a tampa do cesto e tentou ficar de pé. Os músculos gritavam de dor ao menor sinal de movimento, mas, em câmera lenta, ele conseguiu se erguer e sair do cesto. Permaneceu imóvel por um tempo, porque não tinha certeza de que as pernas fossem obedecer-lhe e não queria cair e fazer barulho. Logo ele fez uma tentativa. Naquele momento havia um plano. Devagar, Kenneth se aproximou da janela do quarto, que pelo lado de fora tinha uma escada de incêndio afixada à parede. Olhou cautelosamente para fora. O Audi continuava lá, e a mulher não estava no carro, o que o levou a imaginar que ainda estaria na casa. Esperando em silêncio.

Ele soltou a tranca da janela, parou e ficou escutando. Não houve nenhum ruído no andar de baixo. Pôs a mão na janela e a empurrou para fora. A janela não se mexeu um milímetro sequer. Kenneth estava prestes a aplicar mais força quando Sandra chegou ao pátio. Ele ouviu a mulher se mexer no andar de baixo. Teve vontade de gritar para Sandra, mas faltou-lhe coragem. Viu apenas que ela saiu do carro às pressas, abriu o porta-malas, se inclinou para a frente e ao se endireitar tinha uma espingarda nas mãos.

A arma estava carregada. Ela sabia disso, mas verificou a espingarda e a seguir aproximou-se da porta com passos decididos.

Muitos pensamentos haviam ocorrido no caminho de volta para casa, que nunca havia parecido tão longo. A maior parte dizia respeito a Kenneth e ao que ela faria caso estivesse ferido ou morto. Claro que Sandra tinha imaginado diversas possibilidades futuras nas quais Kenneth tinha um papel menos central ou encontrava-se de todo ausente, mas durante os 45 minutos que levou para chegar até Norra Storträsk ela não conseguiu fazer nada além de torcer para que ele escapasse. Em especial naquele momento, quando o que quer que acontecesse teria sido causado por ela. Sandra não diria nada sobre aquele PlayStation idiota se ele ao menos sobrevivesse.

O Audi na entrada devia pertencer àquela mulher.

Ela continuava lá. Seria esse um bom ou um mau sinal?

Será que não tinha encontrado Kenneth ou será que o havia matado sem descobrir o que queria? Tudo parecia apontar para a primeira alternativa. Sandra achava que, se a mulher conseguisse encontrá-lo, não seria difícil convencê-lo a dizer tudo o que sabia, e assim subiu depressa os degraus de pedra que levavam à entrada, destravou a arma e abriu a porta. Ela avançou e parou ainda na entrada. Estava totalmente concentrada e mais à vontade do que poderia imaginar tendo uma espingarda carregada na sala da própria casa. A casa estava em absoluto silêncio. Sandra não tinha nenhuma ideia do que fazer. Mantendo as costas voltadas para uma das paredes, ela se aproximou da cozinha. Olhou depressa lá para dentro. Tudo estava vazio, até onde pôde ver. Logo ela ouviu um som familiar. O instante necessário para identificá-lo como o ranger da porta do porão foi o suficiente para que a mulher do Audi se aproximasse e colocasse a arma em suas costas.

"Largue a espingarda, por favor."

Sandra obedeceu, pois não era suficientemente bem-treinada para envolver-se numa luta corpo a corpo. Largou a arma em cima da bancada.

"Onde está o seu namorado?"

"Eu não sei."

"Você não veio correndo até aqui para salvá-lo?"

"Se você estivesse com ele. Mas você não está."

A mulher a encarou com um pequeno sorriso de satisfação. Sandra ficou impressionada consigo mesma: não sabia de onde havia tirado aquela coragem.

"Kenneth!", a mulher gritou, empurrando Sandra para dentro da cozinha. "Apareça, ou então eu vou machucar a Sandra."

As duas esperaram. Sandra pensou em gritar e pedir que ele ficasse onde estava, mas certamente era uma coisa que Kenneth já devia ter entendido.

Não houve um movimento, um ruído sequer.

Ou então Kenneth havia conseguido escapar de alguma forma. Sandra voltou-se para a mulher com o que parecia ser um sorrisinho. Uma pequena vitória. Mas antes que ela pudesse reagir a mulher agarrou seu o braço, torceu-o, colocou a mão dela contra a parede, apertou-a com o cano da arma e disparou.

O som do tiro foi abafado, mas o grito de Sandra foi muito alto.

Ela olhou para a mão. Havia um furo. De um lado ao outro. Por mais estranho que parecesse, a dor pareceu diminuir quando o sangue começou a escorrer.

"Kenneth!", a mulher gritou para o interior da casa. Sandra gemia, com a mão ferida pressionada entre a barriga e a outra mão. A blusa nova absorveu parte do sangue, mas não tudo: o restante começou a pingar no chão. E nada de Kenneth. A casa permanecia tão silenciosa quanto antes.

"Sente-se", a mulher disse, empurrando Sandra em direção à mesa da cozinha. Ela obedeceu. Tinha a mão apertada contra a barriga e a respiração pesada, os pensamentos confusos e a coragem anterior perdida. A mulher segurou-a pelo queixo e ergueu a cabeça dela.

"Você sabe onde está o dinheiro?", ela perguntou em tom calmo. Sandra fez que sim. "Quanto é?" Sandra não entendeu a pergunta. Quanto é? Então ela não sabia? Ou seria uma confirmação? Para que ela não gastasse tempo numa coisa que não serviria para o objetivo desejado?

"São duas bolsas. Mais ou menos 300 mil euros."

A mulher acenou a cabeça e a colocou de pé.

"Vamos fazer um curativo e depois você me mostra."

Somente após ouvir o carro dar ré e desaparecer Kenneth se atreveu a sair do esconderijo. O misto de enjoo e angústia que sentia na barriga tornava a respiração difícil. *Não importa o que acontecer*, Sandra havia dito. Ele a escutara; era sempre o melhor a fazer. Fora preciso usar toda a força de vontade para não sair correndo ao ouvi-la gritar, mas de um jeito ou de outro ele havia conseguido.

Tinha fechado os olhos, tapado os ouvidos, mordido os lábios.

Compreendera que aquela seria a melhor chance para que ambos sobrevivessem. A mulher precisava de apenas um deles para mostrar onde estava o dinheiro. O outro seria desnecessário. Naquele instante, os dois a haviam convencido de que ele não estava em casa, e assim a mulher não teria razões para acreditar que alguém pudesse fazer qualquer coisa.

Mas fazer o quê? O que ele faria? O que poderia fazer?

Ir atrás? Nesse caso estariam de volta à situação anterior. Além disso, ela já estaria com o dinheiro, e a partir de então não haveria mais nenhum motivo para poupar a vida deles. Mas ela havia levado Sandra. Ele precisava fazer alguma coisa. Com as mãos trêmulas, Kenneth pegou o telefone. Encontrou o número e ligou. Ficou andando de um lado para o outro enquanto o telefone chamava, mas parou assim que ouviu aquela voz familiar.

"Você precisa me ajudar. Estou na merda."

Hannah aumentou o ritmo dos limpadores de para-brisa e lançou um olhar rápido em direção ao material no assento do passageiro. O encontro com Elena não trouxera grandes novidades além das informações que ela já tinha obtido pela manhã na delegacia.

Na verdade, havia uma única coisa. Uma palavra.

Academia.

Era tudo o que havia, a única informação oferecida por Elena que era mais do que simples palpite ou especulação.

Elena tinha aberto a porta e recebido Hannah num quarto de hotel em Tornio, ao qual ela havia chegado na hora combinada. Estavam apenas as duas por lá.

"Onde está o Henric?", Hannah perguntou ao entrar.

"No Stadshotellet. Está acompanhando o trabalho dos peritos."

"Entendo", disse Hannah, sentando-se. Elena ofereceu-lhe um café, que ela recusou, e sentou-se com um bloco de anotações no colo.

"Você disse ter informações que podem nos ser úteis", Elena disse, indo direto ao assunto, sem rodeios.

"Sim, mas eu menti." Elena a encarou com um olhar de surpresa. "Não sei nada além do que eu já contei ontem à tarde na delegacia."

Elena fechou lentamente o bloco de anotações. Tensa, alerta, como se de repente Hannah tivesse passado a representar uma ameaça.

"Mas então por que você está aqui?"

Sem dúvida havia desconfiança naquela voz. Hannah sabia que a pergunta acabaria por surgir. Estava pronta para aquele momento. E tinha pensado em simplesmente falar a verdade, na crença de que fosse essa a melhor forma de conseguir aquilo que pretendia. Aquilo de que precisava.

"Eu a encontrei na delegacia quando ela estava na minha sala", disse Hannah.

"Muito bem."

"Notei uma coisa que na hora eu não saberia dizer o que era, mas desde que vocês apareceram…"

"Sim?"

Havia chegado o momento. A parte mais difícil. Hannah manteve contato visual, o que seria importante se não quisesse ser tratada como uma louca assim que começasse a contar a história.

"A minha filha desapareceu em Estocolmo em 1994, aos dois anos de idade. E eu vejo muitas semelhanças."

A reação de Elena revelou que aquilo não seria o bastante para mostrar que Hannah não enlouquecera. Ela olhou ao redor e abriu um sorriso inseguro e compassivo.

"Seria uma coincidência e tanto, para dizer o mínimo."

"Eu sei, e você é livre para acreditar no que quiser. Pode achar que estou louca. É o que o meu marido acha. Mas será que você não poderia me contar o que vocês sabem?"

"Depende." Elena já parecia um pouco mais relaxada, mas continuava na defensiva. "O que você pretende fazer com essa informação?"

"Nada", Hannah mentiu. "O que eu poderia fazer? Vocês, que trabalham com recursos conjuntos da União Europeia, não conseguem encontrá-la."

"Mas então por quê…?"

"Eu quero saber todo o possível. Tudo que eu puder descobrir. Talvez eu perceba que afinal não é ela. Também seria bom… na verdade, seria o melhor", ela se corrigiu, mesmo sem ter certeza de que aquilo fosse verdade.

Elena respirou fundo e soltou um longo suspiro. E começou a pensar. Analisou Hannah como se quisesse descobrir possíveis segundas intenções ou qualquer outra coisa que lhe houvesse escapado. E por fim ela se decidiu.

"Como a gente disse ontem, não sabemos muita coisa, mas tem um detalhe…"

Academia.

Era o que eles tinham, era o que havia, segundo Elena.

O lugar para onde as crianças eram levadas, o lugar onde eram treinadas. Por dez anos. Caso sobrevivessem. Era uma palavra dita aos sussurros, mencionada em uns poucos documentos, praticamente um boato, mas tinha aparecido um número suficiente de vezes para que valesse a pena levá-la a sério. Eles não sabiam onde aquilo ficava, nem se era um único lugar ou se tinha várias filiais.

Academia.

Foi por essa pista que Hannah decidiu começar assim que chegou à cabana.

Sandra estava sentada no banco do passageiro, e a dor na mão ferida ia e vinha no ritmo da pulsação cardíaca. Os analgésicos convencionais que eles tinham em casa não haviam ajudado em nada.

Primeiro ela tentou explicar. Como os dois tinham conseguido o dinheiro, como haviam entregado a droga para UV. Disse que tudo não havia passado de um acidente, que nunca tinham planejado fazer mal nenhum. Eles simplesmente não haviam pensado. Acabaram no meio de tudo aquilo e mergulharam de cabeça.

"Foi um erro idiota", comentou a mulher.

"O que aconteceu com o UV?", Sandra perguntou após mais uns quilômetros.

"Você quer mesmo saber?", a mulher retrucou, e Sandra achou que aquela era uma resposta suficiente.

As duas continuaram em silêncio. Por um instante Sandra cogitou a ideia de se jogar do carro e fugir a pé, mas um lance de olhos para o indicador de velocidade fez com que ela mudasse de ideia. Dar o endereço errado e tentar enganar aquela mulher tampouco tinha parecido uma boa estratégia, de maneira que logo elas estariam por lá. Se Kenneth não encontrasse uma forma de ajudá-la, então a única esperança seria torcer para que a mulher a deixasse ir embora quando conseguisse o que procurava. Mas Sandra achava que seria nutrir esperanças demais.

"Pode encostar", disse Sandra, apontando para um ponto logo à frente na estrada. "Fica naquela direção."

O carro parou à beira da estrada e ambas desceram. A mulher fez um gesto para indicar que Sandra fosse à frente e sacou a pistola. O céu estava cinzento, e as árvores, o musgo, a grama — tudo na floresta estava úmido. O cabelo grudava-se à cabeça e ao rosto, e a bandagem ao redor da mão havia ganhado uma coloração vermelho-clara com a chuva. Do nada, Sandra pensou que não tinha impermeabilizado os sapatos novos. Era um pensamento idiota, porém melhor do que imaginar o que aconteceria dali a poucos minutos, quando as duas chegassem à casinha.

"Lá", ela disse, apontando para as quatro paredes decrépitas que surgiram logo à frente. A mulher assentiu, e as duas prosseguiram. Entraram pela abertura onde em outras épocas ficava a porta, e Sandra mostrou-lhe o alçapão fechado no assoalho. A mulher parou a poucos metros e acenou com a cabeça em direção ao chão.

"Abra."

Sandra ajoelhou-se e com certa dificuldade conseguiu abrir o alçapão. Primeiro achou que tinha enxergado mal, que o céu escuro e a chuva haviam lhe pregado uma peça. Ela não viu as bolsas. Somente ao fim de segundos aterrorizantes percebeu que de fato não estavam lá.

"Não é possível!" Ela se pôs de pé, totalmente perplexa. A mulher se aproximou, olhou para o interior do alçapão e ergueu a pistola. Sandra ergueu os braços acima da cabeça e pôs-se desajeitadamente de pé.

"Não, não, não! Estava tudo aqui! Eu juro! Foi aqui que escondemos tudo. Eu juro."

"O seu namorado…"

"Não, não, quer dizer, talvez, eu não sei, mas se foi isso mesmo a gente vai encontrar as bolsas. Se estiver com ele a gente vai encontrar essas bolsas. A gente… a gente só precisa ligar para ele."

"Não foi o Kenneth."

Com a arma erguida, a mulher se virou depressa em direção àquela voz enquanto, com um único movimento fluido, deslizou para trás de Sandra e passou a segurá-la como um escudo humano. Sandra tentou processar aquilo que via e ouvia. Nada fazia sentido.

Thomas estava na chuva. Com uma espingarda apontada para elas.

"O dinheiro está comigo. Pensei em dar tudo para os meus filhos."

"Entregue tudo para mim, senão ela morre", a mulher respondeu com a voz tranquila, apontando a pistola para a têmpora de Sandra.

"Largue-a e eu lhe entrego o dinheiro. Assim você pode voltar para a Rússia. Com a sua missão cumprida. Sem que ninguém precise morrer."

Sandra não entendeu o que estava acontecendo. Não entendeu nada. O que Thomas estava fazendo por lá? Quando havia pegado o dinheiro? Por acaso ele sabia quem era aquela mulher? Ela não parecia ser a única pessoa surpresa.

"Você sabe quem eu sou", a mulher constatou em tom meio interrogativo.

"Não, mas eu sei por que você está aqui. A minha esposa é policial."

"A Hannah."

"Só eu sei onde está o dinheiro. Solte-a e eu mostro para você onde está."

"Se eu soltá-la você atira em mim."

"Eu já tive várias chances de atirar em você se eu quisesse fazer isso."

Fez-se silêncio. Ouviam-se apenas as gotas que caíam nas árvores e o telhado afundado. Sandra mal se atrevia a respirar, e não queria de jeito nenhum virar o rosto para ver se conseguia ler as intenções da mulher às suas costas. Simplesmente manteve os olhos fixos em Thomas. A chuva fazia com que os cabelos dele grudassem na cabeça, mas ele não parecia se importar. Apenas piscava os olhos de vez em quando. Mantinha as pernas abertas, com a espingarda pronta para disparar.

"Você pretende simplesmente deixar que eu vá embora?", a mulher perguntou, quebrando o silêncio. "A sua esposa já deve ter lhe contado o que fiz."

"A polícia vai continuar atrás de você. Eu quero apenas salvar a Sandra e o meu sobrinho. Gente demais já morreu."

Fez-se um novo silêncio. Sandra logo sentiu que a pressão sobre o antebraço diminuiu. Ela foi empurrada para o lado com um movimento repentino e quase chegou a tropeçar. A mulher logo apontou a arma para Thomas.

"Tudo bem, então."

Katja não confiava naquele homem, claro que não, e por isso não relaxou por um instante sequer enquanto o seguia. De fato ele havia passado uma impressão de sinceridade ao dizer que não queria aumentar o número de mortos, e ao pensar no assunto ela teve certeza de que ele realmente poderia ter atirado nela diversas vezes enquanto as duas avançavam em direção à casinha decrépita sem nenhum risco de ferir Sandra, mas assim mesmo se recusara a agir dessa forma.

Se ele realmente a levasse até o dinheiro, o que ela faria? A missão era clara.

Encontrar a mercadoria e matar quem estivesse com a carga.

Será que poderia ocultar de Tio quem estava com aquilo, dizendo que a droga tinha permanecido com UV o tempo inteiro? UV, que estava morto, sem sombra de dúvida. Não que ela se importasse com as vontades do marido de Hannah, mas seria bom simplesmente pegar o necessário e voltar para São Petersburgo. Sem que fosse preciso caçar Sandra e Kenneth apenas para matá-los. Ela não precisaria decidir naquele instante. Ainda não havia conseguido o dinheiro. Muita coisa ainda podia acontecer.

"Como você sabia que estávamos aqui?", ela perguntou ao ver uma cabana pintada de vermelho no meio da floresta.

"O Kenneth me ligou e disse que vocês estavam vindo buscar o dinheiro."

Então Kenneth tinha estado o tempo inteiro em casa. Katja ficou impressionada ao perceber que ele não havia se revelado nem mesmo quando ela atirou na mulher dele. Uma decisão acertada, sem dúvida, mas que pouca gente conseguiria tomar.

"Quando você tirou o dinheiro daqui?"

"Ontem à tarde."

Os três saíram da floresta, deram a volta na cabana e aproximaram-se de um carro estacionado, que Katja imaginou pertencer a Thomas.

"Qual o seu nome?"

"Thomas. E o seu?"

"Louise."

"Qual é o seu nome verdadeiro?"

"Eu não tenho um nome verdadeiro."

"Nem mesmo Tatjana?"

Ela deteve o passo no mesmo instante. Segurou a coronha molhada com mais força e apontou-a para a cabeça dele. Quem era aquele homem? Marido de Hannah, segundo havia dito, mas além disso podia ser qualquer um. A polícia a havia encontrado, mas que houvessem investigado o suficiente para descobrir o nome que os "pais" haviam lhe dado... era muito improvável.

"Você sabe quem eu sou?"

"Não, mas a minha esposa acha que sabe."

"Pare agora!", ela disse, com a voz gélida.

"Podemos falar sobre isso no carro", ele respondeu, andando.

"Não. Pare agora. Largue a espingarda."

Thomas parou e se virou, mantendo a espingarda apontada para baixo. Parecia estar prestes a falar quando outro carro surgiu no acesso à cabana. Katja manteve a mira sobre Thomas, que pareceu tão surpreso quanto ela no momento em que o veículo parou, a porta se abriu e Hannah desceu. A mão foi em direção ao coldre. Katja apontou a arma para ela, ouviu Thomas gritar *"Não!"* e viu com o rabo do olho quando ele tornou a erguer a espingarda. Aquele tipo de arma faria estrago numa área considerável. Katja deu uns passos para trás e mais uma vez apontou a arma em direção a Thomas.

"Elin!", Hannah exclamou em meio à chuva. Katja não sabia por que a mulher estava gritando aquilo nem o que significava. "Elin!"

Katja puxou o gatilho antes que Thomas terminasse de erguer a espingarda; a bala entrou acima do olho direito, o movimento cessou de repente e a seguir ele caiu no chão sem fazer nenhum som. Hannah gritou. Katja ouviu um disparo e olhou mais uma vez para o carro. Viu quando Hannah se protegeu atrás da porta aberta com a arma na mão. A seguir veio mais um disparo. Mais uma vez o tiro errou o alvo. Katja estava totalmente exposta. Na fresta abaixo da porta, as pernas de Hannah eram um alvo pequeno e difícil de acertar. Logo um terceiro disparo saiu da arma de Hannah, e Katja teve a impressão de que a bala havia passado muito perto. Então tomou uma decisão. Executou três disparos rápidos em direção ao carro, sem fazer a mira, e então entrou correndo na floresta.

Hannah a viu desaparecer entre as árvores. Levantou-se com o olhar perdido, como se precisasse entender onde estava, e então começou a andar. Era difícil encher os pulmões: as vias aéreas pareciam obstruídas. Hannah notou que respirava com gemidos curtos e desesperados.

Ela deu um tiro nele.

Tentou entender o que tinha acontecido, como podia ter acontecido, se realmente tinha acontecido. Os dois estavam armados quando ela parou em frente à cabana.

Meu Deus, ela deu um tiro nele.

Naquele instante Hannah percebeu que ainda tinha a arma na mão. Em seguida a deixou cair sobre o cascalho e andou. Abaixou-se ao lado do corpo inerte de Thomas, mas não sabia o que fazer com as mãos; hesitou antes de pousá-las sobre o peito da camisa úmida. A chuva caía diretamente nos olhos vidrados e diluía o filete de sangue que escorria do buraco na testa.

Tudo o que ainda estava preso no peito de Hannah de repente soltou-se. As forças que a mantinham de pé sumiram de repente, e ela desabou por cima de Thomas.

"Hannah?"

Ela levou um susto e olhou em direção à voz. Sandra tinha dado a volta na casa. Aquilo também parecia incompreensível. Ainda mais quando o marido dela estava caído no chão com uma bala na testa.

"O que você está fazendo aqui?"

"Ele está morto?", Sandra perguntou, aproximando-se e levando a mão à boca. Hannah seguiu-a com o olhar. Quando chegou mais perto, Sandra ajoelhou-se no chão. "Meu Deus..."

Hannah a encarou com perplexidade.

"O que você está fazendo aqui?", ela perguntou novamente.

"Onde ela está?", Sandra indagou, evitando a pergunta de Hannah mais uma vez e olhando preocupada ao redor.

"Ela saiu correndo."

"E você não vai pegá-la?"

"Não sei...", respondeu Hannah, acima de tudo porque não sabia como aquela situação poderia evoluir. Parecia difícil fazer qualquer coisa; seria difícil levantar-se, difícil pensar.

"O meu carro está uns quantos metros para lá", disse Sandra, apontando com o dedo. "Você consegue alcançá-la."

Hannah hesitou, olhou para Thomas e sentiu o peito apertar-se outra vez, a respiração tornar-se mais difícil, os olhos transbordarem.

"Eu posso ficar aqui com ele", Sandra disse, com uma voz mais terna. "Você tem que pegá-la."

Hannah olhou-a nos olhos. Sandra tinha uma expressão surpreendentemente tranquila e composta. Era bom ter quem lhe dissesse o que fazer. Assim não seria preciso tomar nenhuma decisão. As que Hannah havia tomado até aquele ponto tinham sido ruins, erradas e fatais.

Ela se colocou mais uma vez de pé e foi até o carro. Conseguiu dar a partida e sair de ré. Os faróis iluminaram Sandra, que estava ajoelhada ao lado de Thomas. Ela achou que aquilo poderia romper os últimos laços que mantinha com a realidade, mas para sua própria surpresa descobriu que estava mais decidida, mais racional. Quando engatou a primeira marcha e arrancou, chegou a sentir o princípio de uma fúria que levava seus pensamentos em outra direção, para longe da tristeza infinita, mesmo sabendo que muito provavelmente essa mesma tristeza haveria de fazer-lhe companhia por muito tempo dali para a frente.

Com a respiração praticamente normal, Katja saiu da floresta e entrou no carro. Tinha conseguido analisar a situação enquanto corria. Não era uma situação confortável. Se aquele Thomas realmente tivesse falado a verdade, como ela achava que tinha, então não havia mais chance de encontrar o dinheiro. Já não havia nenhum motivo para continuar por lá. Voltar com a metade do que ela tinha prometido estava fora de cogitação — mas o que fazer nesse caso?

Ela tinha fracassado. Essa era a simples verdade.

Aquela cidadezinha de merda na Suécia a levara ao fracasso.

Pela primeira vez. E era justamente isso que acabaria por salvá-la. Ela era uma das melhores da Academia, se não *a melhor*. Receberia um castigo, mas poderia continuar. O investimento feito tinha sido alto demais para que pudessem livrar-se dela de uma hora para a outra.

Katja deu a partida no carro, saiu do acostamento e avançou depressa, porém não na velocidade máxima. Em direção a estradas maiores. Será que a identidade falsa continuava funcionando? Será que ela poderia se arriscar a comprar um bilhete? A polícia já podia ter sinalizado o nome Louise Andersson a todos os pontos de embarque possíveis. Será que teria de fazer todo o percurso de volta dirigindo?

Nesse caso seria preciso arranjar outro carro, pois aquele logo estaria sendo procurado.

Katja pensou em todas as rotas de escape e em todas as formas de transporte possíveis; por fim chegou até a 99 e já estava a caminho de Haparanda quando percebeu que outro carro a seguia.

Hannah a alcançara ao fim de poucos quilômetros. Imaginou que já tivesse sido descoberta e reconhecida, então manteve uma distância que lhe permitia ter o carro de Sandra à vista mas com uma margem grande o bastante para que pudesse reagir caso o veículo à frente tentasse qualquer tipo de manobra. Estava pronta para o pior. Para qualquer coisa.

Ela selecionou o telefone no rádio do carro e ligou para Gordon.

"Eu sei onde ela está", Hannah disse assim que ele atendeu.

"Ela quem?"

"Essa Louise, ou Tatjana ou como quer que se chame. Enfim, essa mulher!", Hannah disse quase aos gritos. Ela ouviu Gordon respirar e levantar-se da cadeira. "Ela está na 99 a caminho da cidade."

"Como é que…"

"Ela deu um tiro no Thomas", Hannah o interrompeu. Ela não sabia por que tinha feito aquilo. Era uma idiotice. Dizer aquelas palavras em voz alta tornava a situação como um todo mais real, e às vezes ela não sabia lidar direito com a realidade. Mas sentira-se obrigada a dizer aquilo, a contar o que tinha acontecido. "Ele está morto", ela prosseguiu, ouvindo a voz se embargar, as palavras travarem na garganta.

No outro lado da linha houve um momento de silêncio. Ela imaginou Gordon à sua frente, o esforço para continuar a conversa. *Quem haveria de continuá-la?* Gordon, o colega atencioso que gostaria de perguntar, consolar e escutar, ou Gordon, o delegado que estava no encalço de uma assassina?

"Você está atrás dela na 99? Ela está no seu campo de visão?"

Claramente o delegado havia vencido. Pelo menos naquele momento.

"Sim."

"Eu vou reunir a equipe toda e ligo de volta em dois minutos."

"Não demore. Vamos chegar a Haparanda em dez minutos."

"Tome cuidado e não faça nenhuma besteira." Parecia evidente que Gordon gostaria de falar mais, gostaria de manter-se na conversa, e assim Hannah o ajudou desligando o telefone e dedicando toda a sua atenção ao carro que avançava à frente.

Gordon olhou para o telefone que tinha na mão na tentativa de processar o pouco que havia escutado. Mas logo teve de pôr as especulações de lado e avançar às pressas no corredor para falar com Morgan, que se levantou do outro lado da escrivaninha já ciente de que havia novidades.

"Chame todo mundo agora mesmo", disse Gordon assim que parou no vão da porta.

"O que foi? O que foi que aconteceu?"

"Hannah ligou."

"O que houve com ela?" Havia tensão na voz em geral tranquila de Morgan quando ele deu um passo em direção a Gordon.

"O Thomas morreu." Não era o que Morgan havia perguntado. Não era a informação necessária, porém assim mesmo Gordon sentiu-se obrigado a pôr aquilo para fora. "A mulher que explodiu o hotel matou-o com um tiro."

"Como assim? Quando? Onde?"

Morgan tinha a capacidade de absorver informação melhor e mais depressa do que qualquer outra pessoa que Gordon conhecia, mas mesmo assim ele viu no olhar perplexo do colega que naquele caso não tinha conseguido acompanhar o **desenrolar da** novidade.

"Não sei, eu não perguntei. As duas estão vindo para cá."

"Como assim? Juntas?"

Estava claro que Morgan não tinha entendido nada. Gordon sentiu a impaciência à flor da pele.

"Não! A Hannah está seguindo o carro daquela mulher. Elas vão estar aqui em dez minutos."

"Muito bem, então temos muita pressa."

"Onde está o X?"

"No hotel. Você quer que eu ligue para chamá-lo?"

"Esqueça. Não há tempo para isso. Chame todo mundo para a sala de reunião." Gordon já estava saindo da sala quando Morgan o impediu.

"Gordon…"

"O que foi?", Gordon perguntou, incapaz de controlar o estresse e a irritação na voz.

"Ela vai superar tudo." Morgan se aproximou dele. "Eu sei o que você sente pela Hannah. Ela vai superar tudo. Nós vamos fazer de tudo para ajudá-la."

Morgan colocou a mão pesada no ombro de Gordon, deu um leve apertão e olhou-o bem nos olhos. Ele sabia. Claro que sabia. **Morgan** Berg sabia de tudo. Gordon já devia ter aprendido.

"Chame todo mundo", ele repetiu, dessa vez com a voz mais **baixa,** para que a gratidão pudesse ser ouvida. Morgan acenou a cabeça, e Gordon saiu depressa no corredor e subiu dois a dois os degraus da escada que levava à sala de reunião.

Katja lançou um olhar em direção ao retrovisor. Hannah se mantinha cerca de cem metros atrás e não fazia nenhuma tentativa de se aproximar, ultrapassá-la ou obrigá-la a parar. Por ora, bastaria mantê-la a distância. Ela tinha acabado de matar o marido daquela mulher. Matar ou ferir uma pessoa que houvesse machucado você era motivo de satisfação — Katja sabia disso por experiência própria —, e muita gente mostrava-se disposta a correr diversos riscos em nome da vingança. Assim, saber que Hannah estava a certa distância não faria mal nenhum. Mas o fato de que estivesse onde estava era indicativo de que havia chamado reforços, de que provavelmente estava em contato direto a fim de manter a polícia atualizada quanto à sua localização e seus movimentos. Ela precisava tirar aquela mulher de perto, mas fazer aquilo seria difícil enquanto mantivesse distância. E Katja tampouco estaria disposta a deixar que se aproximasse, pois não queria correr nenhum risco.

Logo ela tomou uma decisão. Se ela desse meia-volta, passaria ao lado de Hannah, bem próximo. Ou pelo menos próximo o bastante para inutilizar o carro. E então poderia desaparecer nas pequenas estradas vicinais. E depois atravessar a ponte que a levaria de volta à Finlândia em Övertorneå. Será que havia uma delegacia por lá? Com certeza não haveria uma com muitos policiais ou muitos recursos. Katja estava prestes a executar essa manobra na estrada vazia quando, ao lançar um último olhar para o retrovisor, descobriu que naquele momento Hannah tinha a companhia de uma viatura de polícia vinda do norte. As luzes azuis estavam ligadas, mas não as sirenes. Ela não conseguiria passar pelos dois carros. Por um tempo chegou a considerar a ideia de parar, abandonar o veículo e empreender uma fuga a pé, mas essa alternativa já não existia mais. Praguejando, Katja seguiu adiante, esperando que uma nova chance pudesse surgir ao longo do caminho.

Os cinco homens estavam todos debruçados por cima do mapa aberto na mesa de conferência, decididos e concentrados.

"Pelo que sabemos, elas devem chegar por aqui", disse Gordon, apontando para o ponto do mapa onde a 99 chegava pelo norte.

"E agora são dois carros na perseguição?", Lurch perguntou.

"São. Assim é mais difícil para ela voltar, mas não queremos que chegue até a E4."

"Então vamos pará-la aqui", disse Morgan, colocando o dedo sobre a rotatória da IKEA. "Mas também não queremos que ela volte para a Finlândia", ele prosseguiu com o raciocínio.

"De jeito nenhum", disse Gordon.

"Desse modo a forçamos a ir para o centro", P-O constatou enquanto olhava para o mapa. Gordon levantou o rosto ao perceber o tom crítico naquele comentário. "Tem muita gente por lá. O que vai acontecer se ela fizer reféns?"

Gordon pensou um pouco. Era uma objeção totalmente justificada. O pouco que a polícia sabia a respeito da mulher que se aproximava da cidade consistia justamente no fato de que não dava a menor importância para a vida de outras pessoas.

"Está chovendo. O centro deve estar bem vazio. Temos que cruzar os dedos. Eu quero levá-la até aqui", disse Gordon, apontando mais uma vez para o mapa. Ele torceu para que o tom de voz revelasse que não esperava receber mais nenhuma objeção. Não havia dúvida quanto a isso.

Os outros olharam para o ponto indicado. Assentiram e conferiram o relógio na parede.

Restava pouco tempo.

Hannah mantinha a velocidade e a distância. O reforço estava logo atrás, em silêncio, com as luzes azuis piscando no interior do carro. Gordon estava de volta aos alto-falantes. Mantinha contato com todos os carros disponíveis e já havia colocado a polícia finlandesa na ponte, então aquela já não seria mais uma rota de fuga viável.

"Temos um plano."

Hannah ouviu atentamente.

Ao ver a paisagem de longe, com o reservatório de água sob o fundo escuro do céu, ela percebeu que detestava aquela cidade. E esperou que nunca mais precisasse voltar. Continuava a acreditar que poderia sair daquela situação, embora as coisas se tornassem cada vez mais difíceis à medida que se aproximava de Haparanda. Haveria mais policiais e a dificuldade seria maior. Será que havia reforços do sul? De Estocolmo? Era provável. Deviam ter contado para Hannah sobre ela. Sobre Tatjana.

Tudo fora para o inferno de forma totalmente espetacular, e ela tinha vários problemas à frente: Tio, Zagorny, o fato de que sua fisionomia era conhecida e também o fato de que certas pessoas sabiam coisas sobre seu passado. Aqueles eram problemas graves. Perto disso tudo, fugir da guarnição policial de uma cidade provinciana não seria grande coisa. O importante seria manter-se atenta às possibilidades que surgissem e reagir prontamente.

A primeira viatura que ela avistou entrou na E4 em alta velocidade. Parou derrapando e fez o bloqueio de ambas as pistas que levavam a oeste na rotatória. Policiais armados saíram da viatura e colocaram-se em posição.

Os carros que chegaram depois se dividiram na rotatória e a obrigaram a fazer uma curva à esquerda, em direção à fronteira com a Finlândia. Mas essa tampouco seria uma rota viável, ela percebeu já na rotatória seguinte, ao ver luzes azuis também na ponte. O único jeito foi dobrar à direita, em direção à Storgatan. Hannah e o outro carro continuavam a segui-la. Estavam mais próximos. A polícia a levava para um lugar determinado, seguindo um plano.

Ela continuou em direção ao centro; as raras pessoas que se arriscavam a sair naquele tempo pararam na calçada ao ver que se aproximava zunindo, muito acima da velocidade máxima permitida, com os outros carros logo atrás. Deixou para trás a zona comercial, os bancos, a loja da H. M. Hermanson e avançou rumo à região onde ficavam as construções residenciais. Aproximou-se da ferrovia, e no fim da rua viu a pequena ponte de pedra com os trilhos em cima. Ela teve uma ideia. Por baixo da ponte havia uma única pista. Se batesse a uma velocidade baixa contra a parede direita e deixasse o carro atravessado no meio da pista, ela conseguiria saltar para longe e desaparecer entre as casas do outro lado. Não parecia que a polícia tivesse mandado viaturas para aquela parte, e ela não tinha visto nem ouvido helicópteros.

Daria certo. Ela era rápida.

Antes que os perseguidores tivessem saído dos carros, passado pelo carro dela e saído do outro lado, ela já estaria muito bem escondida, à espera.

Ela sabia esperar.

Logo repassou o plano mais uma vez. Não era um plano garantido, mas ela seria obrigada a improvisar; já estava na hora de pôr um fim àquilo tudo. Os dois carros mantinham-se o tempo inteiro logo atrás. Em fila, como ela pôde ver, e assim Hannah seria a primeira a chegar à ponte. Não devia ser muito ágil. Assim as chances aumentavam. Ela soltou o cinto de segurança, concentrou-se no caminho à frente e deu uma freada brusca. Uma viatura tinha chegado pelo outro lado e bloqueado a passagem da pista única por baixo da ponte.

Merda, merda, merda!

Era lá mesmo que tinham planos de capturá-la.

Não havia mais saídas; ela tinha acabado de deixar a última para trás. Katja lançou olhou pelo retrovisor. Os carros atrás já sabiam o que estava prestes a acontecer, e naquele momento colocaram-se lado a lado, o que a impedia de voltar pelo mesmo caminho percorrido até então. À direita havia uma velha construção industrial abandonada, então a rota de fuga teria de seguir pela esquerda. Em direção ao rio. Ela engatou a primeira marcha e avançou pelo cascalho que terminava no monte que subia em direção aos trilhos e à ponte ferroviária de mais de um século que ligava a Suécia à Finlândia. Katja subiu a encosta até onde foi possível. À esquerda havia o abrigo de uma guerra qualquer, à direita uma abertura na cerca que ladeava os trilhos.

Ela se jogou para fora do carro, colocou-se de joelhos e atirou em direção aos veículos que vinham em seu encalço. Os dois pararam quando as balas atingiram os para-brisas, e os policiais abaixaram-se por trás dos painéis. Katja se levantou ao mesmo tempo em que recarregava a arma e logo se pôs a correr, atravessou a abertura na cerca e saiu na ponte.

Hannah permaneceu no carro, chocada ao ver as duas perfurações de bala no lado direito do para-brisa. Gordon e Morgan passaram correndo. Gordon parou e ergueu o polegar com um gesto interrogativo. Ela respondeu com um aceno de cabeça enquanto ele continuou a correr e logo alcançou Morgan já na encosta do monte. Hannah soltou o cinto de segurança e saiu do carro. Provavelmente devia correr atrás da mulher, porém jamais a alcançaria, e além disso tinha deixado a arma na cabana — então de que adiantaria?

Por outro lado...

Ela sentia-se obrigada a saber como aquilo tudo acabaria. Nem ao menos sabia o que esperar. Será que gostaria de saber? Será que gostaria de estar certa, afinal? Aquela mulher dera um tiro em Thomas sem nem ao menos pestanejar. Não seria melhor se ela simplesmente desaparecesse?

Enquanto subia o monte, Gordon ordenou aos gritos que a mulher parasse e aumentou o ritmo. Um tiro foi disparado. Gordon tornou a gritar. A seguir, vários tiros. Quando ela chegou ao topo, viu que tanto Morgan como Gordon tinham as armas na mão. Apontadas para a frente. Hannah atravessou a cerca e aproximou-se cautelosamente dos colegas. Viu o que eles viam.

Poucos metros à frente daquela enorme construção de metal, a mulher havia se colocado de joelhos no meio dos trilhos. Hannah viu que ela respirava com dificuldade. As costas inteiras se mexiam a cada fôlego. Devagar e com visível dificuldade, a mulher se pôs de pé.

"Largue a arma e deite no chão!", Gordon berrou, aproximando-se com a pistola erguida. Hannah permaneceu onde estava e percebeu que a mulher ainda tinha a arma na mão quando se levantou e deu um passo trôpego para o lado, em direção às enormes traves de metal. Ela tinha sido atingida por no mínimo dois tiros. Um na perna, um na lateral da barriga. Gordon gritou mais uma vez e ordenou que largasse a arma e se deitasse no chão.

Ela não fez nenhuma dessas coisas.

Em vez disso, respirou fundo, pareceu recobrar as forças de um instante para o outro e ergueu a pistola. Morgan e Gordon atiraram ao mesmo tempo. Os dois a acertaram. A mulher cambaleou, por um momento deu a impressão de recobrar o equilíbrio e então caiu para a esquerda. Onde antes houvera uma trave de apoio naquele instante não havia nada. Ela pareceu surpresa ao sentir que a mão tentava agarrar-se ao vento antes de cair da construção de metal nas águas turbulentas mais abaixo. Gordon e Morgan correram.

Hannah se virou e afastou-se.

Desceu o monte e voltou devagar até o carro. A fúria que havia sentido, que havia lhe dado forças, a adrenalina da perseguição, aqueles momentos de foco total.

Tudo havia desaparecido.

Restava apenas um vazio enorme.

Mais viaturas suecas e finlandesas chegaram e estacionaram. Os colegas corriam para lá e para cá, em direção à ponte, em direção ao rio. Ordens eram dadas, as equipes de resgate se coordenavam. Hannah assistia a tudo aquilo como se através de um filtro. Era como se nada lhe dissesse respeito, porque tudo parecia estar acontecendo a outra pessoa, em outro lugar. Os sons eram abafados, os movimentos eram lentos.

Ela sentou-se mais uma vez no carro. Fariam-lhe perguntas. Sobre o que estava fazendo na cabana. Sobre o que Sandra estava fazendo lá junto com Thomas. Sobre o motivo para que a mulher que naquele momento estava nas águas do rio também estivesse lá. Por que Hannah tinha ido até lá? No meio de uma investigação? Imediatamente após um encontro com a Polícia Nacional de Segurança? Por acaso havia uma relação entre as duas coisas?

Sim, fariam-lhe muitas perguntas. Mas ela não diria nada sobre o que realmente acreditava. Sobre o que a tinha levado até lá. Sobre quem tinha matado Thomas. Sobre Elin. Sobre essa filha perdida que havia causado tanta dor e tanto sofrimento. Acima de tudo para Hannah. Outra vez.

Pouco importava que estivesse cansada. Tudo fora perdido.

Tudo havia acabado.

Tudo.

Naquele belo dia de verão em julho, muitas pessoas estavam numa praia, à beira do mar, com um copo na mão, deitadas à sombra. Estava quente demais para fazer qualquer coisa, e a presença de clientes nas lojas devia-se apenas ao refresco trazido pelo ar-condicionado.

Era um dia que a maioria das pessoas não associa ao luto, à perda, a um funeral.

A cidade já presenciou inúmeros.

Haviam se passado cinco mil anos desde o primeiro, e desde então continuavam a acontecer num fluxo intenso que não dava sinais de cessar. Se a cidade tinha uma certeza, essa certeza era que todos aqueles que um dia a habitam acabam por morrer junto dela.

Assim é a vida.

Claro que isso não torna as coisas mais fáceis para os que estão ao lado da sepultura. A mulher e os dois filhos crescidos. Todos de luto pela morte do pai. Ela faz um esforço para resignar-se, para não desmoronar. O filho chora, evoca memórias e sente saudades. A filha também chora, mas em meio ao luto existe uma suspeita, uma acusação silenciosa de que talvez a mãe esteja de uma forma ou de outra ligada à morte do pai.

Muitas pessoas compareceram à cerimônia. O homem que a ama. Que não consegue decidir se aceita o posto que lhe ofereceram em Umeå. Ou se fica na cidade. Por ela.

Outros colegas dela. Vizinhos. Mas nenhum amigo de verdade. Nenhuma pessoa realmente próxima.

No fim do enterro as pessoas se separam. Cada um vai para um lado, e não há nenhum tipo de reunião. A mãe e os filhos vão para casa. Para a casa onde nunca viveram sem Thomas. O homem que os três deixaram no cemitério.

A cidade os vê e os conhece, mas o que mais pode fazer como cidade? Nada além de continuar a existir.

Como sempre faz. Como sempre fez.

Silenciosa e paciente, recebendo de braços abertos os recém-chegados e chorando pelos que se vão, sempre estendida às margens do rio.

"**P**ense!"

"Eu já pensei e não sei."

"Você era próximo dele."

Kenneth não respondeu. Simplesmente deu de ombros. Sandra contraiu os lábios. Ela acreditou nele. Acreditou que realmente estivesse fazendo o possível para ajudar. Já fazia quase um mês que repetia a mesma pergunta quase todos os dias. Ele simplesmente não sabia.

O que diabos Thomas podia ter feito com o dinheiro?

O dinheiro dela.

O dinheiro que lhe daria uma nova vida, mais fácil. O dinheiro que acabaria com todas as preocupações relativas às contas que se acumulavam na mesa da cozinha. Ela estava de licença médica, e Kenneth como de costume não levava dinheiro nenhum para casa. A vida de casal era qualquer coisa, menos fácil.

A polícia tinha aparecido, claro, e feito um monte de perguntas. O que Sandra estava fazendo na cabana quando Thomas foi alvejado? Por que estava junto com a mulher que havia disparado o tiro?

Por sorte os dois conseguiram conversar antes do primeiro interrogatório, e assim puderam combinar os depoimentos. Aquela louca tinha aparecido na casa deles e por um motivo qualquer estava convencida de que os dois sabiam de coisas ligadas ao russo atropelado na floresta. Por que a mulher achava isso, nenhum deles sabia. Simplesmente foram obrigados a dar um jeito de tirá-la da casa, e o jeito foi entrar no jogo, dizer que poderiam levá-la até aquilo que procurava. Kenneth havia ligado para Thomas, que tinha aparecido e… bem, o resto da história a polícia conhecia bem.

Por que eles não tinham ligado para a polícia em vez de ligar para Thomas? Kenneth não conseguiu segurar as lágrimas quando respondeu que gostaria muito de ter feito isso, mas na hora essa ideia não lhe ocorreu. Thomas sempre os tinha ajudado antes, com tudo…

No início os policiais se mostraram céticos, porém quando mais tarde encontraram a droga no carro da mulher e o corpo de UV no porta-malas do próprio carro, pareceram perder todo o interesse por Sandra e por Kenneth. Provavelmente haviam concluído que, se UV estava com a droga, também devia estar com o dinheiro — que simplesmente não fora encontrado.

Assim que a polícia os deixou em paz eles voltaram até lá, foram até as ruínas da casinha e certificaram-se de que o dinheiro realmente não estava no esconderijo antes de começar uma busca. Os dois passaram dias andando pelo terreno e pela floresta. Em círculos cada vez maiores. À procura de sinais de que uma pessoa houvesse cavado, movido, arrastado ou escondido. Mas não encontraram nada. Eles chegaram a arrombar a cabana para vasculhar cada centímetro lá dentro — inclusive dentro do galpão. Mas não encontraram nada.

"Você acha que ele pode ter escondido o dinheiro em casa?", ela perguntou naquele instante, ciente de que tinha mencionado o assunto poucos instantes atrás. Mas aquilo ocupava os pensamentos dela durante todo o tempo que passava acordada.

"Se fosse assim, a essa altura a Hannah já teria encontrado."

"Pode ser que não. Ele disse que tinha pensado em dar o dinheiro aos filhos. Você acha que ele pode ter chegado a contar onde escondeu tudo?"

"Não."

"Ligue para a Hannah e diga que gostaríamos de fazer uma visita para ver como ela está. Assim já podemos dar uma olhada."

"Sandra…"

Ela o encarou. Kenneth não gostou nem um pouco daquilo, e ela sabia disso, em especial porque ele sentia-se culpado pela morte de Thomas. Mas naquele instante os sentimentos dele estavam em segundo plano.

"O que foi?"

Estava claro nessas três palavras que ela não queria ser contrariada nem questionada naquele momento. Kenneth compreendeu no mesmo instante.

"Não foi nada", ele disse, e então pegou o telefone celular com um suspiro.

Seria melhor assim. Primeiro Hannah, Gabriel e Alicia, depois os colegas de Thomas, possivelmente os vizinhos. Ela sabia mais ou menos quando Thomas devia ter pegado as bolsas, e assim podia tentar descobrir por onde havia passado até ser atingido pelo tiro. Será que era possível conseguir os dados do telefone dele? Descobrir em que lugares havia estado? Valia a pena tentar.

Ela daria um jeito de conseguir o dinheiro de volta.

O dinheiro dela.

Nem que fosse a última coisa que fizesse.

O outro lado da cama estava vazio. Claro que estava. Agora era sempre assim, não importava a hora do dia. Hannah se levantou, vestiu uma calça jeans e uma camiseta e foi até a cozinha. Na maioria dos dias, era o máximo que conseguia.

O que mais poderia fazer? Por quê? Por que fazer qualquer coisa ao invés de nada?

Pelos filhos? Os dois ainda estavam em casa. Para eles talvez fosse mais fácil encontrar o caminho do recomeço. Estavam mais próximos dos próprios sentimentos, e assim era mais simples falar a respeito. Um com o outro. Com os amigos. Claro que havia recaídas, mas no geral os dois estavam bem.

No caso dela a história era diferente. Hannah se sentia pela metade. Era um clichê, mas ela não encontrava outra forma de expressar a ideia. A vida dela e a de Thomas haviam se entrelaçado por muito tempo. Agora que ele não estava mais lá, caberia somente a ela carregar todas as memórias. Sozinha.

Assim era a tristeza.

O peso insustentável de responder sozinha por todo o tempo que haviam passado juntos, com medo de que as memórias esmaecessem até o dia em que tivesse de perguntar a si mesma se aquelas lembranças de fato eram reais.

Assim era ser um dos que ficam para trás.

Ela tinha sido deixada para trás. Estava sozinha.

Claro que haviam feito perguntas.

Hannah tinha explicado a ida até a cabana dizendo que pretendia dedicar-se à investigação num lugar quieto. Não houvera nenhum outro motivo. Ela não disse sequer uma palavra a respeito de Elin. Todos haviam se dado por satisfeitos.

Kenneth e Sandra também deram respostas que pareceram satisfatórias aos colegas dela. Naquele momento, a polícia trabalhava com a hipótese de que UV tivesse atropelado Tarasov. A droga tinha sido encontrada, mas não o dinheiro. Haviam interrogado Stina, a namorada dele, que disse não saber de nada.

Hannah também não sabia de tudo. Restavam vários pontos de interrogação.

Segundo o depoimento de Sandra, os dois foram obrigados a levar a mulher para longe para que assim Kenneth, que havia passado todo o tempo escondido, tivesse uma oportunidade de pedir ajuda. Por que a mulher acreditava que Kenneth e Sandra tinham se envolvido com aquilo? Como Kenneth sabia para onde as duas tinham ido? Por que levá-la até a cabana? Qual era o plano? Jogar o jogo da mulher, claro. Mas até que ponto? O que teria se passado antes que Thomas chegasse?

Esses eram os pontos de interrogação.

Kenneth tinha conhecido UV na prisão. O Volvo que tinha mantido por vários anos tinha sumido. Às vezes Hannah imaginava que Kenneth e Sandra tinham atropelado Vadim Tarasov na floresta. E que haviam fugido com o dinheiro e a droga. Que a russa estava certa.

Tudo era possível.

Ela não pensava mais no assunto. Pouco adiantaria. Ou mesmo nada. Gordon havia feito visitas. Como o colega atencioso de sempre. Ofereceu-se para ajudar de todas as formas, perguntando se ela precisava de alguma coisa, demonstrando que se importava. E disse que Hannah podia ligar sempre que quisesse.

Ela não tinha ligado. Não tinha feito nada.

Estava sozinha. Deixada para trás.

Mas dias ociosos com tempo demais para pensar não resolveriam coisa nenhuma, não poderiam melhorar coisa nenhuma. Aquilo já havia durado tempo suficiente.

Ruminar sobre as coisas nunca havia melhorado nada.

A despeito do que sentisse, a despeito de como estivesse, Hannah seria obrigada a seguir em frente. E ela sabia muito bem como. Hannah ligou a cafeteira e pegou o material que havia retirado da delegacia antes de ir à cabana. Antes de ver Thomas ser morto com um tiro. Por aquela mulher cujo corpo jamais fora encontrado, mas que ela acreditava ter sido um dia sua filha.

Alguém havia tirado Elin dela e arruinado a vida da filha treinando-a para se tornar a mulher que acabaria por matar seu marido. Alguém, em algum lugar, era responsável por aquilo. Alguém que ela teria de encontrar.

A Academia.

Isso era tudo o que ela tinha.

Era também por onde começaria.

Agradecimentos

Acabou. Fim. Não há mais nada a dizer sobre Hannah, Katja e Haparanda por um tempo. O que vem agora é uma lista de nomes que você não precisa ler se não quiser, mas, já que você chegou até aqui... Bem, esse foi o sétimo livro que escrevi, mas o primeiro que escrevi sozinho. Claro que não trabalhei sozinho o tempo inteiro, e é por isso que essas páginas existem. Tive pessoas que me ajudaram, me apoiaram, falaram comigo, me encorajaram e que às vezes, quando eu realmente precisava, me fizeram pensar em outra coisa. Sem essas pessoas, *Na boca do lobo* não existiria.

Em primeiro lugar, um muito, muito obrigado a ULF WALLIN, da polícia de Haparanda. Ele e o colega MARTIN ASPLUND me receberam durante a minha primeira pesquisa de campo em Haparanda e responderam a todas as minhas perguntas, e mesmo depois Ulf foi generoso o bastante para continuar esclarecendo todas as outras dúvidas sobre o trabalho da polícia que surgiram enquanto eu trabalhava no livro. Às vezes as respostas não serviam muito bem para o que eu precisava, e nesses casos eu fiz alterações para que se adequassem melhor à história. Em razão disso, é possível dizer que tudo o que está certo deve-se a Ulf, enquanto tudo o que está errado deve-se a mim.

Obrigado a DANIEL FÄLLDIN, chefe de comunicação do município de Haparanda, que também passou um bom tempo às voltas comigo e com as minhas perguntas. Embora eu saiba que não pude me aprofundar muito em tudo aquilo que se pode saber a respeito de Haparanda, foi Daniel quem me providenciou as estatísticas e outras informações necessárias.

Descobri que não é nada fácil escrever um livro sozinho, ainda mais para uma pessoa habituada a trabalhar em grupo como eu. Por essa razão agradeço a MICHAEL HJORTH, meu amigo e colega, por ter lido o manuscrito, se interessado pelo projeto e oferecido sugestões e observações valiosas.

Agradeço também à editora Nordstedt, que me acompanhou desde que apresentei a ideia de escrever um livro por conta própria e que, ao longo de todo o projeto, me ofereceu apoio, incentivo e ajuda. Agradeço especialmente às pessoas com quem trabalhei mais de perto: EVA GEDIN, PETER KARLSSON, HENRIK SJÖBERG, KAJSA LOORD e ÅSA STEEN.

Obrigado também a NICLAS SALOMONSSON e a todos os funcionários da Salomonsson Agency, que me ajudam com tudo, me tratam da melhor forma possível e cuidam para que o meu trabalho ultrapasse as fronteiras da Suécia.

Obrigado a ANNIKA LANTZ por ter me deixado surrupiar uma excelente piada que se encaixava perfeitamente no livro.

PÄR WICKHOLM fez as capas de todos os livros que eu e Michael Hjorth escrevemos juntos, e também a original de *Na boca do lobo*. Como de praxe, a capa ficou genial e proporciona uma ótima primeira impressão ao leitor — mais uma vez, muito obrigado.

Minha melhor amiga, CAMILLA AHLGREN, dessa vez não se envolveu no projeto, mas nos falamos praticamente todos os dias, nos vemos sempre que possível, e para mim é difícil imaginar um período de trabalho longo e intenso sem a alegria e a energia que nossas conversas e encontros me proporcionam.

E, como sempre, os maiores agradecimentos, bem como o meu amor incondicional, vão para a minha família. Para LOTTA, que no momento da publicação desse livro está casada comigo há trinta anos. Amo nossa vida juntos, amo você e não gosto nem de pensar em como seria a minha vida caso não tivéssemos nos conhecido naquela festa em 1986. Nesse caso eu não teria sido o pai de nossos três filhos já crescidos:

ALICE, EBBA e SIXTEN. Vocês sabem que me enchem de orgulho, sabem o quanto fazem de mim um homem feliz e sabem o quanto amo vocês — nem seria preciso escrever nada aqui.

Por último, um muito obrigado a todas as pessoas que encontrei e com quem tive contato durante as minhas visitas a Haparanda. Vocês fizeram com que eu me sentisse muito bem-vindo, e espero que não se importem com certas liberdades que tomei em relação à geografia e ao lugar onde coloquei certas coisas; tomara que vocês gostem das situações pelas quais fiz a cidade passar.

DIREÇÃO EDITORIAL
Daniele Cajueiro

EDITOR RESPONSÁVEL
André Marinho

PRODUÇÃO EDITORIAL
Adriana Torres
Júlia Ribeiro
Daniel Dargains

REVISÃO DE TRADUÇÃO
Mariana Donner

REVISÃO
Thaís Carvas
Rachel Rimas

DIAGRAMAÇÃO
Alfredo Rodrigues

Este livro foi impresso em 2022
para a Trama.